"尼尔·朗道的轰动性著作《电影编剧路线图》不是告诉[你]伟大的剧本是如何产生的。尼尔带你深入当今一些最杰出[的]解到他们的剧本为什么那样写，目睹伟大的作品从何而来。[这是一本有关电影制作的]者，说真的，任何很想知道电影如何制作的人的必读之书。"

　　　　——丹·吉克斯，奥斯卡最佳影片制片人，电影作品包括《美国丽人》、《大鱼奇缘》和
　　　　《米克尔》

"在我开始任何新剧本之前，我使用尼尔的21个问题作为我前进的路线图。它们对我的作用
是无价的，不仅有助于指明道路，而且有助于揭示故事中的潜在漏洞。"

　　　　——兰迪·布朗，影片《人生决胜球》编剧（朗道教授以前的学生）

"尼尔恳切地告诉你被很多伟大的编剧遵循又打破、推崇并痛骂的规则。在过去的25年里，
这些编剧完成了许多有趣的电影，本书将带你深入到他们的编剧流程。不论你是想学习编
剧，还是只是喜爱电影，阅读本书都将是巨大的享受。"

　　　　——伯尼·戈德曼，戈德曼影业制片人（《白雪公主之魔镜魔镜》、《斯巴达300勇士》、
　　　　《活死人之地》）；迪斯尼和威秀影业前高管，在此期间他负责 《训日》、《十一罗
　　　　汉》、《夺金三王》、《黑客帝国》、《太空牛仔》、《超异能快感》、《老大靠边闪》、
　　　　《特工佳丽》及其他多部大片的制作

"找到正确答案的唯一途径是问出正确的问题。尼尔·朗道为编剧们做到了极致——提出了
21个最相关的问题。然后，他更进一步地让21位杰出、慷慨的成名编剧来回答这些问题。最
终得到的这本书中汇编了最有用的信息，用独创、易用的形式呈现给你，供你任意使用，买
两本。一本放在你的工作室，另一本装入你为大地震准备的工具包吧。"

　　　　——哈尔·阿克曼，UCLA电影电视和数字媒体学院编剧系联合系主任，《哈利·斯坦溏心
　　　　谋杀之谜》作者

"尼尔·朗道的《电影编剧路线图》，是近年来日益蓬勃发展的同类图书领域内我所见过的
最严谨也最显著的贡献。他使用清晰、愉悦的语言，挖掘编剧和所有创意表达领域参与者所
面对的问题的根源。阅读这本书，艺术工作者可以用全新的视角，从故事到人物到对话、场
景、设置冲突、主题等更多方面，了解银幕写作这个行当。他使用口碑电影作为例子，把理
论和应用整合到一起，用独到的眼光把握故事叙述中难以提摸的特点。这本书不仅是一本基
础读物，还包含了大量有益的实际操作建议，将扩展丰富剧本及剧本创作的事业。我向新
手、有经验的编剧以及所有喜欢好电影的人强烈推荐这本《电影编剧路线图》。"

　　　　——理查德·沃尔特，UCLA电影电视和数字媒体学院编剧系主任、教授，《编剧：电影
　　　　和电视写作的艺术、技巧和商业》作者

"无论有抱负的新人还是职业编剧，《电影编剧路线图》都是极其有用的资源。尼尔对故事明确且有说服力的处理方式将帮助你分辨你作品的优势和弱点，书中所附的专访带你深入编剧的创作生活，如果你想在银幕上看到你的作品，这本书是你走在正确方向上的巨大一步。"

———丹·马祖，影片《诸神之怒》、《闪电侠》编剧（朗道教授以前的学生）

"《电影编剧路线图》好像是一条直通世界上22位最聪明的编剧头脑的热线。通过广泛的采访，从宏观概念和主题层面一直到人物刻画的最小复杂性，尼尔·朗道和受访编剧揭示了这个行当的秘密和诀窍。这本出色的书涵盖了编剧工作的每一个方面。"

———桑德·贝内特，《编剧技巧：成为更好编剧的150个实用建议》作者

**Focal Press**
Taylor & Francis Group

*Media*
TECHNOLOGY
传媒典藏

写给未来的电影人·编剧系列

# 编剧路线图
## 推动故事发展的 21 个关键问题（电影篇）

The Screenwriter's Roadmap
21 Ways to Jumpstart Your Story

[美] Neil Landau 著

李志坚 译

人民邮电出版社

北　京

**图书在版编目（CIP）数据**

编剧路线图：推动故事发展的21个关键问题. 电影篇 / （美）朗道（Landau, N.）著；李志坚译. -- 北京：人民邮电出版社，2016.6
（写给未来的电影人. 编剧系列）
ISBN 978-7-115-42032-9

Ⅰ. ①编… Ⅱ. ①朗… ②李… Ⅲ. ①电影编剧 Ⅳ. ①I053.5

中国版本图书馆CIP数据核字(2016)第091790号

## 版权声明

- ◆ 著　　　　[美] Neil Landau
-    译　　　　李志坚
-    责任编辑　宁　茜
-    责任印制　周昇亮

- ◆ 人民邮电出版社出版发行　　北京市丰台区成寿寺路 11 号
   邮编　100164　电子邮件　315@ptpress.com.cn
   网址　http://www.ptpress.com.cn
   北京捷迅佳彩印刷有限公司印刷

- ◆ 开本：690×970　1/16
   印张：19.25　　　　　　　　2016 年 6 月第 1 版
   字数：341 千字　　　　　　 2025 年 2 月北京第 24 次印刷
   著作权合同登记号　图字：01-2013-8791 号

定价：69.00 元
读者服务热线：(010)53913866　印装质量热线：(010)81055316
反盗版热线：(010)81055315

内容提要

　　本书不是告诉你如何写一个好剧本，而是告诉你伟大的剧本是如何写出来的。作者将带你深入当今一些最杰出编剧的思维和写作过程，你将了解到他们的剧本为什么那样写，目睹伟大的作品到底从何而来。对于有兴趣写剧本的人，或者任何对电影制作感兴趣的人来说，这都是一本必读之书。

　　本书可以引导你在编剧的过程中，始终走在正确的路线上，并到达终点：完成一部充满惊奇、唤起共鸣，并且为市场准备的剧本。避免剧本写作时常常遇到的错误转折、死胡同、情节漏洞及其他障碍。

　　作为好莱坞著名的编剧和"剧本医生"，本书作者尼尔·朗道（Neil Landau）向你提出了写剧本时的21个问题，帮助你确定故事结构、深化人物的性格曲线、加强利害冲突、增加悬念以及诊断并修复潜在的弱点。这21个重要问题历经实践的检验，并在许多好莱坞最卖座和最受好评的影片的制作中应用。

　　本书每一章的结尾都附有"家庭作业"，书中案例均选自近期卖座片和经典影片，并且附有对好莱坞一些最成功编剧的专访，这些编剧包括斯科特·Z·本恩斯（《世纪战疫》）、托尼·吉尔罗伊（《谍影重重》）、莱塔·卡罗格里迪斯（《禁闭岛》）、大卫·凯普（《蜘蛛侠》）、杰夫·内桑森（《猫鼠游戏》）、艾瑞克·罗斯（《特别响，非常近》）、大卫·S·高耶（《蝙蝠侠：黑暗骑士崛起》）、比利·雷（《饥饿游戏》）、梅莉莎·罗森伯格（《暮光之城》）、谢尔顿·特纳（《在云端》）等。

献给我的儿子，

每天给我灵感的

诺亚（Noah）和扎克（Zach）。

我们盯着自己的后院，劈开道路穿越雨林，渡过杂草丛生的河流，在沼泽中艰难跋涉，步履沉重。当我们到达像是目的地的地方，我们画下地图交给别人。不过，我们会告诉他们林间小路，还是迫使他们通过泥泞的斜坡？我们会标注毒藤，指明哪个位置的河水浅到可以通过，还是会在树上增加晃来晃去的大毒蛇？我们未受信任。我们却告诉我们的读者，请相信我。

我们尽己所能，我们不是制作一份和绘制领土一样的路线图，不是为了创作嬉戏的绿长蜥蜴和失落的城市的故事，不是为了找到全部星星的秩序——它们难以数清却并非无限的形体在我们的头顶微光闪烁，举头可见却永远遥不可及。在《一个地图绘制者的梦想》一书中，弗拉·毛罗决定把寻找终极地图的工作留给每个个体。"智者思考这个世界，"他认为，"他们完全知道他们是在思考他们自己。"也许去想象更普遍、更客观、更真实的东西根本就是愚蠢的。我们每个人都拿着一张白纸，在无垠时间中的某一时刻站在宇宙中一个独一无二的点。

这是我们开始的地方。

彼得·特尔奇
《想象力的地图：作为绘图师的作家》
三一大学出版社：圣安东尼奥市，得克萨斯州
版权所有：2004年，第236页

# 前言

编剧总是想完成剧本，想让剧本刚好到达他们预期的目的地：The End。❶但是哪一条是去那里最好的路？我原创的"推动故事发展的21个关键问题"，是我在加州大学洛杉矶分校编剧课使用的讲义，用来帮助学生逐步揭开剧本结构和角色发展基本原理的神秘面纱——以我的规则和我的方式。当我决定向21位最好的编剧（其中几个是以前的学生）提出这些问题时，我一点也不怀疑，他们的观点将会大大地影响我的教学和写作的方式。作者/教授成了学徒/学生。现在，是真正的约瑟夫·坎贝尔❷式的"英雄之旅"，我"带着灵丹妙药回归"并且呈献给你。

这本书不能保证你用21个容易的步骤一定可以写出一个伟大的剧本。但是，本书会告诉你许多可行的路线和工具，帮助你的剧本发挥出最大的潜力。

当我开始拟定我的专访对象名单时，我有三个主要的标准：（1）一位工作上受人尊敬的人；（2）一份已经获得显著评价以及/或者票房成功的良好记录；以及（3）剧作者的影片经受住了时间的考验并且/或者有效地抓住了写作剧本时所处时代的潮流。

本书的每一章自成一体，每章提供了对一位编剧的专访，其作品代表了特定的主题。本书可以按顺序阅读，也可以随机查看。书中尽可能引用最新的电影并且涵盖了多种类型，一些永恒的经典和我个人喜欢的影片也穿插其中。不过我要事先警告：讨论这些影片的时候有许多的剧透。我要事先为此道歉，但这是引用和分析电影的职业风险。玫瑰花蕾是雪橇❸。忘了它吧。

在每一章之间，你会发现既有很多的相似观点，也有同样多的矛盾观点。这是我有意为之的一部分。从一开始，我就欢迎不同的意见。对于其中一些受访编剧而言，预先规划/大纲阶段是神圣不可侵犯的，而另一些则根本不写大纲。有些人认为研究工作是必不可少的，并且整合到探索的过程中，而另一些则避免在事实和统计数字中陷得太深。

到目前为止，分歧最大的是电影主题——大约一半的受访者赞成界定主题而且编剧要服务于主题，而另一半的受访者则努力避免任何形式的普遍真理，否则作品会变得做作或说教。必须郑重声明，我对于主题的立场是，它取决于编剧的个人创作过程和剧本面临的具体挑战，而且最终取决于作品与观众直面相对时起作用的是什么。

---

❶ The End，影片结束时的常见字幕，意为"剧终"。译注。

❷ 约瑟夫·坎贝尔（Joseph Campbell，1904—1987），美国神话学家、作家，著有《英雄之旅》等书，对研究人类文化中神话和宗教信仰的共同点和共性作用做了开创性研究。译注。

❸ 影片《公民凯恩》的开头，报业大亨凯恩说出"玫瑰花蕾"后便死去。为弄清楚"玫瑰花蕾"的含义，一名年轻记者展开了调查。在影片结尾，"玫瑰花蕾"的含义揭晓，原来是指凯恩童年时玩过的那副雪橇。译注。

尽管这本书的论点是，编写一个成功的剧本没有绝对的公式，但我仍然必须建立一套易于使用的基本语汇，出于这个原因，我使用的术语"第一幕"是指剧本的前四分之一，"第二幕"是指中间的两个四分之一，"第三幕"是指剧本最后的四分之一。这仍然是今天好莱坞主要制片厂使用的最流行的结构，但这绝对不是强制使用的结构。

　　智慧敏锐的希德·菲尔德（Syd Field）❹最早将这个基本术语理论化和普及化，我使用这个基本术语并不意味着我赞同这一个结构范式。不过我相信，在努力打破基本规则之前，认真学习它们是很有价值的。创新通常来自于对前辈的学习。如果你想造一个更好的捕鼠器，首先学习如何做一个基本款可能是个好主意。

　　同时，这本书将从多种角度展示不同类型的剧本结构。正如你会从所附的21篇专访中辨别出来的那样，许多在娱乐行业里最成功和最受重视的编剧严格坚持基本的三幕结构范式，另一些则不，还有几个积极地反对。

　　在你读了无数个讲故事的模式、方法和例子之后，只有你可以决定哪个建构模式最适合你的剧本。如果你正在各种可能性之间纠缠不清，不要过分思考它。就选那个从创作上最让你激动、给你灵感的结构——然后为之努力。

　　我对我的学生说，写只有你能写的剧本——基于你独特的视角和生活体验。让这本书成为你写电影时的向导，你的电影既是为了娱乐也是为了启示。今天的观众很有见识，常常认真对待他们的娱乐——即便纯属消遣。我们需要电影反映我们、挑动我们、告诉我们并且启发我们。伟大的电影将引起共鸣，留下不可磨灭的印象。

　　当你踏上你的编剧之旅，请为漫长而艰巨的行程带上一份午餐。为延误和绕道做好准备——在这段时间，你可能（暂时地）会讨厌你正在进行中的作品、你的故事前提，进而恨自己当初想到它。但是假如你有天分和毅力，那么无论你是刚刚出发还是已经冒险行走在这条路上，请放心，你一定能够从这里到达目的地。

---

❹　希德·菲尔德（Syd Field，1935—2013），美国著名编剧，提出了电影的"三幕剧"范式，著有多部流传甚广的编剧教科书。译注。

## 致谢

无比感谢21位杰出的受访者慷慨地分享他们的智慧、洞见和轶事。

最高的赞美和感谢献给我的编辑特丽莎·钱伯斯，以及为本书编辑付出巨大贡献的汤姆·奥斯汀，特伦特·法尔和詹姆斯·莫里斯。

特别感谢焦点出版社的丹尼斯·麦戈纳格尔和卡林·里根，以及以下同行的慷慨支持、鼓励和指导：哈尔·阿克曼，亚历山大·阿克珀，卡里·布罗考，朱莉娅·坎德勒，索查·费尔班克，拉尔夫·福勒，帮了大忙的裴迪·盖萨尔，沃尔特·克莱恩哈德，帕梅拉·让，柯瑞·米勒，大卫·斯特恩和理查德·沃尔特。

谨以此书纪念阿诺德·詹姆斯·塔平三世。

## 译者简介

李志坚博士，副教授，现执教于杭州电子科技大学，主要研究方向为数字媒体产业。著有《中国电视公共服务的传输体系研究》一书，翻译出版了《编剧的内心游戏：成功影片的故事形式》、《视频制作手册（第4版）》、《视频技术内幕（第2版）：从模拟到高清》、《音视频压缩实用手册（第2版）：如何使用最优方式进行音视频压缩》等多部图书。电子邮箱：zhijian@alumni.sjtu.edu.cn

# 目录

# 第1章
## 球在哪里?

### 弄清故事前提中的中心冲突

许多新手常常在对于剧本要讲什么还没有头绪的时候就开始动笔写作。我倒不认为需要为此感到羞愧。事实上,这是剧作者的探索过程中必不可少的一部分。正如本书中所提到的,即使最熟练的专业编剧,在挖掘一个表面上似乎是绝佳的原创想法中所蕴含的金矿时,也会失足摔跤。编剧过程是一系列艰难的决定。面对一个好的故事前提呈现给你的无限多个可能性,你将如何驾驭并且吸收它?你如何收窄它的范围,让它能被人理解和接受?你如何把头脑里纷繁复杂的想法和创意合情合理地写在纸上?对我而言,开始时理清影片的*中心冲突*是很有帮助的。

**"球"是你故事前提中固有的中心冲突——"但是"是它的精髓。**

在研究和开发阶段(或者叫摔跤和手舞足蹈的阶段),我认为理清并且确定剧本前提的中心冲突至关重要。要选择这样的创意,你不仅激动难耐要去写它,而且它也包含了强烈的内在冲突。将创意嵌入本身就应该是一个矛盾,常常用"但是"这个词来表达。

"但是"为整个第二幕或者剧本的核心提供基础和"叙事驱动力"。对于许多编剧者而言,这不过是一种本能。要讲述一个有着开头(设置)、中间(困境)和结尾(解决)的好剧本,这是不可或缺的部分。困境将是剧本前提中心的"但是"。

下文中列举的范例电影,每部中都有强有力且可行的中心冲突。注意,每个例子在开始时都有一个引人注目的角色(或两个乃至整个家庭)。要记住,角色有多好,剧本才有多好。不存在"无人驾驶"的电影,所以不仅要弄清楚是什么在推动故事前进,同时要弄清楚谁坐在方向盘后面。

### *注意每部影片的中心冲突:*

《永不妥协》(*Erin Brockovich*):一位单亲妈妈和一家巨型公用事业集

团较量，**但是**她没受过多少教育而且没钱。

《阳光小美女》（*Little Miss Sunshine*）：一个满是失败者的家庭寄希望于一场儿童选美比赛，**但是**通向胜利的道路布满不幸，而入围的女儿又是无可救药地笨手笨脚。

《好孕临门》（*Knocked Up*）：一个游手好闲的成年人必须要准备当爸爸了，**但是**他自己还是一个没成熟的孩子。

《美国丽人》（*American Beauty*）：一个沮丧的居家男人重新找到了生活中的乐趣，**但是**这乐趣源于他对自己未成年女儿的闺蜜不可告人的欲望。

**如果主人公的积极目标或A计划（在第二幕开始）是基于欲望与必要性的冲突，它可能不足以支撑你在剧本中间部分写上五十几页。**

把第二幕作为主人公必须处理并且（或者）克服的大挑战，否则将会产生严重后果。如果他/她可以轻而易举地离开或者摆脱麻烦，那么他/她就不值得我们花费时间和买票的钱。不过话又说回来，作为一个观众你可能已经知道这一点。如果故事缺少前进的动力，观众是可以感受得到的。情节推进才能让观众继续保持注意力，不是因为他们没别的事情可做，而是因为人物和故事都必须如此。

**总是问自己：如果我的主人公没有实现他/她的目标，会发生什么？**

影片的*利害*关系可以定义为不作为的后果。他/她会失去什么？如果答案是：什么都不会失去，那么你的第二幕已经过于薄弱或平淡。修改、返工、重新思考、提高冲突、强化反派、让气氛升温和收紧时限来增加紧迫性。在你开始动笔之前，搞清楚剧本的中心冲突。如果你列出十个可能的中心冲突，通常有一个冲突会突然吸引你，这个冲突最值得深挖和研究。*参见讨论利害关系的第5章。*

**一个好的、可行的中心冲突充满了可能性。**

在形成创意的早期阶段，如果你立马撞上一堵混凝土墙，极有可能这道墙是告诉你该掉头或者找条别的路径。有时候，拆掉这堵墙你也可能会发现一个秘密隧道通向一个更好的冲突。不要拒绝任何的可能性。正如托尼·吉尔罗伊在本书所附的专访中所说的，他"几乎总是通过一个非常小的洞"找到通向新故事的路。

吉尔罗伊先生也谈到，在开始写之前他从来没有有意识地去思考中心冲突。但是，当你去仔细查看他的作品，你会发现：

《全面反击》（*Michael Clayton*）：迈克尔（乔治·克鲁尼 饰）是一名律师，在资深律师搭档亚瑟·艾登思（汤姆·威尔金森 饰）停止服药并且心理渐渐失去控制之后，费尽力气去制止他——**但是**迈克尔发现亚瑟可能是他们当中最理性的人，因为他威胁要揭发一个危险的公司阴谋。

《口是心非》（*Duplicity*）：两个明争暗斗的商业间谍（朱莉娅·罗伯茨，克里夫·欧文 饰）坠入爱河并且成为同伙，**但是**他们可以永远真诚地信任对方吗？

《谍影重重》（*The Bourne Identity*）：杀手杰森·伯恩（马特·达蒙 饰）被他的敌人追捕，**但是**他记不起他的过去。

**随着中心冲突在剧本中点加深，主角的外部冲突（来自某个对抗性力量）激起内心冲突。**

如果你的剧本以一个绝望的主角开始，通常剧本的设置会更强。让某人处在已经山穷水尽的地步——然后再推他一把。即使主角看上去不那么悲惨，但如果我们在他最初"平凡的世界"中只看到一个微小的裂隙或者稍大些的孔洞，那么我们会对他激起更多的好奇心。在某些情况下，这种绝望是非常微妙的，比如在电影《爱就是这么奇妙》（*L.A. Story*）中，来自永远阳光明媚的南加州的快乐的气象预报员（史蒂夫·马丁 饰），在解说中告诉我们他总是那么开心，而他并没有意识到他有多么不开心。或者电影《在云端》（*Up in the Air*）中的瑞恩·宾汉姆（乔治·克鲁尼 饰），告诉我们他是多么珍视身为一名四处漫游的常旅客，陶醉于肤浅的男女关系，这是他存在的意义……但是或许在他的旅程不断地中转停留的过程中，有什么东西丢失了。

准备一个绝望的主角来面对中心冲突，不容变更地引向剧本的中点（第55页左右），在那里主角被抛入来自外部的一系列意想不到的困境之中。剧本中点是中心冲突的核心，是主角没有预料到的某个事件，如果对观众而言也多少有些出其不意的话则更好。出其不意意味着吃惊和碰撞——作用力和反作用力——而这推动情节从中点到达高潮。

**剧情就是揭露。**

理想的情况是，随着剧情的展开，关于主角我们会有非常重要的发现，并且一些隐藏的真相将大白于天下。如果我们从一开始就知道一切，那么毫无疑问接下来的事情会让人了无兴趣。一定要有意地散布信息，然后让角色们自己去发现。观众渴望新的信息，所以不要给他们信息，直到你已经准备就绪。*另请参见讨论中心谜题的第17章。*

每一个场景都需要迫使我们继续前行，因为观众几乎总是对他们不知道的东西更好奇，而不是他们确实知道的东西。

如果你的剧本构思是可行的，第一幕和第二幕将会提出一个需要在第三幕回答的中心问题或者谜团。也就是说，如果剧情设置把我们吸引进去，并且意想不到的难题火上浇油，让我们欲罢不能，那么如何破解这些难题就会变得非常诱人和必然发生。

影片《在云端》中，瑞恩（乔治·克鲁尼 饰）和我们一样被美丽的亚历克斯（维拉·法梅加 饰）迷住了。但是她的一部分诱人之处是，她好到几乎不像是真的。随着两人恋情的进展，他们在他妹妹的婚礼上发展出一段真正的关系，我们也想更多地了解她。但亚历克斯还是让人琢磨不透……直到瑞恩冲动之下跳上一架航班，然后出现在她家门口准备向她示爱。当他发现她已经（幸福地）结婚并且有了孩子时，我们能感受到他的心碎和羞辱感，这个意外的发现也反映了我们自己的震惊和失望。

在影片《瑞秋要出嫁》（*Rachel Getting Married*）中，我们可以看到滥用毒品对金姆（安妮·海瑟薇 饰）的影响以及她为了康复面对的挑战，但我们并不完全了解她内心深处的焦虑不安，直到她故意开着家里的车撞到树上，我们才知道，原来金姆想要自杀，对她而言，活在痛苦的过去中比死更可怕。金姆那压抑的波希米亚式家庭小心翼翼地设法不让金姆参加她姐姐的婚礼，我们不知道金姆的过去发生了什么难以启齿的事情。这个谜底在金姆和她的母亲（德布拉·温格 饰）爆发激烈的冲突后揭晓了，我们发现金姆要对她弟弟的意外死亡负责，这是金姆几乎记不起的恐怖事情，因为她在照看弟弟期间嗑药嗑得太厉害。但是，这是清醒时的金姆必须面对的事实。

按照亚里士多德的说法，剧情有两种：简单的和复杂的。这两种剧情模式都可以用来讲故事。

简单剧情几乎总是"高概念"的。简单剧情的一个例子是大片《生死时速》（*Speed*）（基努·里维斯和桑德拉·布洛克 主演）：公交车上有一枚炸弹，如果不拆除它全车人都得死，而公交车的行驶时速绝对不能低于五十英里。这个剧情有让全家人肾上腺素激增、大吃爆米花的能力。我想要严肃地指出，"简单"剧情和"简单化"的剧情有很大的不同。写剧本时，简单是一种美德。

可能我给我的学生最多的关于故事的建议是："保持简单"。另一方面，简单化是不可取的，它意味着肤浅和可以预知，会导致写出来的脚本平庸无趣和缺乏想象力。要想尽办法避免这种情况。这就像是骑马，观众牵着它并且知道基本的限制条件，转弯和掉头通常和危险有关，而冲突最基本的作用是奋力战胜邪恶，这就是简单剧情有效果的原因。

**复杂剧情**通常更有层次感，探讨道德的灰色地带并且包含了更大的角色个性发展空间。这就像是《钢铁侠》（*Iron Man*）和《拆弹部队》（*The Hurt Locker*）之间的区别。在简单剧情版的《拆弹部队》中，上士威廉·詹姆斯（杰瑞米·雷纳 饰）将拆除炸药并且追杀掉一个超级恐怖分子。但奥斯卡奖获奖编剧马克·波尔和导演凯瑟琳·毕格罗呈现给我们的是一个复杂的战争英雄和战争的道德灰色地带。它不能简单地为好人与坏人分类，它是关于战争的非人性和冲突各方遭受的心理创伤。影片没有给出一个彻底的解决办法。角色们面对着巨大的挑战，这些挑战可以深深地改变他们，或者让我们更深入地了解自己的类型和本性。不管他们是改变一点点、改变很多，还是根本没有改变，他们随着故事的展开而发展。

**下一次当你纠结于剧情的演绎时，记住观众最关心的是角色之间的关系。**

在中心冲突展开过程中不能引起情感投入的角色，不管他们是否十分可爱，实际上都只是在纸面时空中走过的陌生人，对每个人来说都是浪费时间。除了你的主角，还有谁会出现在你的电影里并且对你的主角有最大的正面和负面的影响？它可以是反派或者"关键角色"，例如恋人，导师或者密友。在许多伟大的电影中，核心关系有三方面并且涉及两个同样重要的角色。

在影片《少女孕记》（*Juno*）中，朱诺有两个核心的"爱情"故事：一个是和保利（迈克尔·塞拉 饰），她肚子里宝宝的只有十几岁的父亲；另一个是和马克（杰森·贝特曼 饰），那个想要收养小孩的成年人。马克是关键的核心关系，从根本上促使朱诺完成了从一个喜欢冷嘲热讽的冷漠少女到一个更成熟的年轻女性的成人礼。

影片《全面反击》中，中心关系在迈克尔（乔治·克鲁尼 饰）和亚瑟·艾登思（汤姆·威尔金森 饰）之间，后者是高级合伙人，他的生活正在失去控制。但是，就在迈克尔竭力平息可能失常的亚瑟时，他开始看到亚瑟狂乱背后的真相，而这些信息帮助迈克尔揭露出巨大的公司阴谋。

在影片《猩球崛起》（*Rise of the Planet of the Apes*）中，中心关系在主角凯撒（大猩猩）和他的非官方养父威尔（詹姆斯·佛朗哥 饰）。威尔把凯撒从幼崽抚养到青年期的大猩猩，不可避免地凯撒将会反抗他的权威。威尔对凯撒的影响是故事的先决条件。威尔在凯撒身上非法测试的治疗老年痴呆症的药物让他超越他的生物学的界限。不过这是他们的个人关系，而多年的培养帮助凯撒演变成为一名能够凌驾人类的法律的动物领导人。

**剧本的中心冲突是有效的剧情梗概的核心。**

剧本的"前提"是电影的基本概念或创意。某些时候，制片厂的审读或者开发主管会要求把剧本前提浓缩成一句话的"剧情梗概"。一个新剧本要获得好莱坞的青睐，它需要引人关注，并且进入电影业的"食物链"——从那些只有推荐权的人传递到那些真正有权说是的人手中。不过，如果你的剧本前提太复杂而难以总结成一个有说服力的剧情梗概——这种梗概理论上包含一个大大的"但是"——那么你的剧本要通过第一关很可能会有问题。出于这个原因，弄清楚你的剧本前提的中心冲突，是我要提出的最重要的1号问题。

> 如果没有一个清晰明确的中心冲突，你可能有一个有趣的剧情设置，甚至可能有一个令人惊讶的结尾，但是中间部分则是一团糨糊。剧本的中心不成立，或者就没有中心，就像一块中间没有奶油的奥利奥饼干，那么乐趣在哪呢？

## 专访：编剧/导演　托尼·吉尔罗伊（Tony Gilroy）

### *托尼·吉尔罗伊电影作品年表*

**代表作：**

《谍影重重4》（*The Bourne Legacy*）（兼导演）（2012）

《国家要案》（*State of Play*）（2009）

《口是心非》（*Duplicity*）（兼导演）（2009）

《全面反击》（*Michael Clayton*）（兼导演）（2007）

**奥斯卡奖提名（导演和原创剧本）**

**美国编剧工会奖提名**

《谍影重重3》（*The Bourne Ultimatum*）（2007）

《谍影重重2》（*The Bourne Supremacy*）（2004）

《谍影重重1》（*The Bourne Identity*）（2002）

《一线生机》（*Proof of Life*）（2000）

《陨石大冲撞》（*Armageddon*）（1998）

《魔鬼代言人》（*The Devil's Advocate*）（1997）

《热泪伤痕》（*Dolores Claiborne*）（1995）

《冰上奇缘》（*The Cutting Edge*）（1992）

作者❺：本书第1章想说的是厘清剧本前提的中心冲突的重要性，因为如果剧本前提本身嵌入了一个真正强大的中心冲突，它常常会带给你剧本的整个第二幕。就像在影片《全面反击》、《口是心非》和《谍影重重》中那样，这些东西非常清晰。这是你在改编或者原创剧本时考虑的东西吗？你从角色开始吗？还是从主题开始？还是从剧本前提开始？

托尼：我从来没有从剧本前提开始。剧本前提是一个更大的主题。那似乎相当棘手。开头非常难。开始动笔并且为那个想法感到兴奋真的很难……我想你可以从复仇的想法开始。但是，从一个主题开始这种想法，我从来没有按这种路数走通过。我想我总是尽可能从最小的洞爬过去。对我来说，最窄的路总是最好的，更具体和窄的路。探测你的路数然后找到它。但是，你必须要找到它。我不知道你或者读者关于主题的想法和我的想法是否一致。对我来说，电影应该是你可以对自己说清楚并且感到值得拍成电影的事情。那种像是你可以解释给你自己的事情。我已经在这条路上走了很远也没有找到它，所以我已经不得不放弃它们。我总是通过我能找到的最小的事情开始。

作者：拿《全面反击》做例子，你是从一个反常的无赖律师或者一个法律事务所的"调停人"开始的吗？

托尼：是的，我认为这是一个有趣的职业，这也会是一个有趣的角色，一份有趣的工作。并且，其中蕴涵的想象力和生机浓郁到你似乎可以闻到。我不知道你会怎么处理一个职业杀手的角色。有多少人曾经想过这个创意？但我敢肯定这里有新的东西值得再说一次。我敢肯定有一些办法来应对。所以，你正在寻找一块未开发的处女地，而土里会有一些仿佛有前景的东西。并且，我不断探索。我摸索了很长时间。

作者：你在动笔之前做很多研究吗？采访做这种工作的人或者读很多资料？

托尼：是的。我认为这是编剧工作中几个巨大的、令人难以置信的额外收益之一……如果你对此有兴趣，并且投入进去……你会在生活中许多不同的事情上成为专家——某种程度上只是无关紧要的外围专家。我在《全面反击》中做到了这一点。我花了很多时间和律师聊天，大量阅读有关律师的资料，了解法律体系和律师事务所并且了解他们如何运作这些庞大的组织。我住在纽约，他们都有自己的特点然后你渐渐地……《全面反击》是如此蕴藏丰富，你有无数办法去挖掘它。这是好的一面——但你很难弄清楚要讲哪个

---

❺ 指本书作者。下同。译注。

故事，它是如此鲜活的，甚至闻起来就是鲜活的。和我意识到哪一个故事里有一个发动引擎相比，它可能有更多的个人共鸣。但是，是的，我去研究了好一阵子。

作者：亚瑟·艾登思（汤姆·威尔金森 饰）的性格似乎对这个故事很有用处，否则影片基本上会是迈克尔（乔治·克鲁尼 饰）与凯伦（蒂尔达·斯温顿 饰）的对手戏。亚瑟是那么复杂，而且他在剧情中是如此举足轻重的角色。你是什么时候想出来的？

托尼：我不能很确切地想起是什么时候出现了这些念头。但是当我和在大律师事务所——巨大、庞大的律师事务所——工作的人聊到他们的工作量时，我震惊了。但这具有强迫性质的工作却是必须的，而且必然花费大量时间。对时间的需求是难以置信的。那样会成就什么又会耗费什么？这其中有许多流传很广的趣闻轶事和未经证实的信息，说的是律师事务所有非常非常古怪的合伙人。许多这样的人一旦获得了权利，他们会从这种行为中获益。有许多人有真正的极端个性和怪异行为。而且，当时我有一些躁郁症的经历，似乎有一个角色就忽然间这样成型了。我想我首先写的那些可能进入电影的事情之一是他在一开始说的话。这是非常宝贵的。他开始说话，然后那些台词就随之而来了。我不确定那意味着什么或者会怎么进行。但是，我想有这样一个角色是一个很好的机会，这个角色有不可思议的智商和语言能力，这是可以值得一说的地方，而他自己并没有意识到这一点。他就是这么活生生地出现了。他怎样到了这里，他身上又会有什么事情发生。这有很多条轨迹。我当时正在和律师聊天，这些律师告诉我不良文件的故事。接着，我开始深入了解整个这方面的事情，与此同时剧情就出现了。不过，这是非常大的探索过程。有一些想法走得非常快，但是其中有一个想法会显得非常巨大，其余想法如同围绕航标航行一般环绕着它。

作者：亚瑟·艾登思可以视为电影版的《电视台风云》（*Network*）中霍华德·比尔（彼得·芬奇 饰）。愤怒的先知充满义愤，出口成章。

托尼：你需要找到一些地方，你可以很自然地写这样的地方。它是那个人可以穿衣的衣柜。当我们制作《魔鬼代言人》时，我为阿尔·帕西诺（饰演约翰·弥尔顿）写那些连珠妙语时所获得的乐趣也许不会再有，因为只在那部电影里那样写完全是合理的。你不能太戏剧化。在大多数时候，你以一个不那么会说话的人作为结束对电影会更好。所以，当你找到一个角色，这个角色有合情合理的权利以特定的方式说清事情，有一种无论你相信与否都引人一头钻进去的世界观，那么你真的能够好好地利用它。所以，亚瑟（汤姆·威尔金森在《全面反击》中饰演的角色）就是那个角色。他能完全自由地转换，在这个意义上他是撒旦的化身。我敢肯定，帕迪·查耶夫斯基❻在他意识到了他可以对角色做些什么的那一刻，会觉得他这里不必有任何隐藏。它是完全合情合理的。你不能走得太远。所以，我敢肯定，你要是能够赤裸裸地表达自己，你也会同样地高兴。

作者：是的，一定是这样的。

托尼：绝对如此。我这么说是打个比方，是的，他把衣服脱了。

作者：考虑到剧情是那么错综复杂，你在开始写作之前会做个提纲吗？

托尼：我会。我已经说过无数遍了。我收集收集又收集再收集，只是堆积了一大堆永远不会拍成电影的可笑的纸和对话以及不相关的事情。而且，仅仅是堆积堆积再堆积，直到堆到不能再堆的地步。所有这些都让人沉湎其中。随着你职业生涯的继续，你必须专注一些事情。你必须要专注让你沉溺其中的事情，那些被认为是孩子似的好奇、单纯和信心。但是，有一件事你必须明白的是，你自己应该有一个极其残酷果决的部分。因此，在某一个点，你变成故事的魔鬼代言人，不管有什么只要是不需要存在的，就让它消失。对我来说，业余爱好者的一个真正的标志是，你给某人一份笔记让他们说："你知道我在这上面花了多长时间吗？"而你只是想离开："真的吗？"因为我已经浪费了多年的工作。事实上，应该有一个感觉非常洁净和令人振奋的地方，在那里把东西扔掉。发现我不需要的东西然后把它们扔掉，没有比这更让我快乐的事情了。比得到更好的事就是把它扔了。

作者：关于编剧，我们听到太多利害关系。例如，弄清楚利害关系，让影片涉及的利害关系足够重大。我确实发现它非常重要。在《全面反击》中，利害关系极其重大，因为它谈论的是全球健康和中毒的人。但是，我们来看《口是心非》，这部影片是完全不同的腔调，但是同样错综复杂又让人满意，但是影片的利害关系却那么不同。对雷（克里夫·欧文 饰）和克莱尔（茱莉亚·罗伯茨 饰）而言，他们是相当自我放纵的。他们只是为了让自己满意。你是如何看待利害关系的？

托尼：那是不同的目标。我自己从没有想太多关于星球被毒化或者别的能成为影片外壳的东西。我一直相信，利害关系完全是个人化的。利害关系是"我能获得救赎吗？"当你几乎来不及拯救你自己时，对我来说它是一部"太迟"的影片。我认为利害关系总是个人化的。《口是心非》是有意为了游戏和好玩。利害关系对他们而言是爱情。两个绝对是彻底堕落的职业骗

---

❻ 帕迪·查耶夫斯基（Paddy Chayefsky，1923—1981），《电视台风云》的编剧，曾两次获奥斯卡最佳编剧奖，一次获奥斯卡最佳编剧提名。译注。

子能不能相爱并且从中获益……当他们真的坠入爱河时会怎么做？要怎么才能走到那一步？即使身为一名成熟有经验的编剧，我也曾在尽力构建原创材料的道路上走了很远，才意识到对一个主角没有足够迫切的需要。我认为那是一部传统的影片不能忽略的东西。你必须回到那里，你必须十分迫切。并且，这种需要越迫切，就越容易找到前进的方向。

**人们必须不顾一切想要某些东西。发生的事情，或者我得到的或救赎的东西必须是重要的。越是绝望，动力就越大。**

作者：作为观众，你某种程度上在玩我们，你收起了一张牌，我们不得不等到影片的后三分之一或者高潮才看到那些东西揭晓。你的电影在这些方面做得太棒了，因为你按时间表每次给我们看到拼图的很小部分，而不是在很靠后的时间全部出来。我认为《热泪伤痕》**❼**（*Dolores Claiborne*）就是这样一个疑团。

托尼：原著小说实际上没有任何悬念。小说的结构是一种古怪的方式。在头十页，女主角基本上是在警察局接受讯问。她说，"我没有杀那个老女人，但是20年前我确实杀死我的丈夫，如果你给我拿瓶酒，我会告诉你为什么"。这种结构在电影中没有效果，所以我们改变了开头。

作者：你有句经典台词，"我杀了那个女人和我现在戴着钻石头饰一样不可能。"**❽**你有这些精彩的、标志性的角色与超级难忘的台词。当你构思时，可能在大纲阶段，你是否会想："好吧，我必须藏起来一些东西。"你把一切都构建得像一个谜团吗？

托尼：我认为你不可以戏弄别人。这方面没有规则手册。讲述故事并且保持你的兴趣的最有趣的方式是什么？有时候看一部十分蹩脚的电影，我真的很生气。这是我会警醒自己别的并反对别人做的事情。别去戏弄别人。剧本应该是自然发生的有机整体。《口是心非》全部都和其中的游戏有关，那是一种非常好玩的类型。因为你有一场演三遍的戏，所以其中能玩出许多花样来。它来自一个自然而然的谜题。总的来说，我在《全面反击》中没有感觉到这一点。我们跳回到电影，跳回到还没有发生那么多事情时，为什么这家伙看上去会以这种方式行事？是什么让他来到这里？这只是我认为讲这个故事的一种最有趣的框架。如果有人因为在电影里看到什么并且认为我是在戏弄观众的话，我会很失望。我没有意识到我在说，"哦，我要把这个隐藏起来。"信息以戏剧性

---

❼ 此片系根据斯蒂芬·金同名小说改编。译注。

❽ 这是影片中女主角在车上对其女儿说的话，当时她头上并没有戴任何东西。译注。

的方式揭示了它本身。有时，最好一开始就告诉大家和角色有关的一切，因为他们置身事外，这很重要。我写过很多电影，现在也正在写，在这部电影里要读懂角色是一个非常慢热的过程。只是这里没有机会事先说这个人是谁，当他自己暴露出来时，就会有一种戏剧性的气势。我正在想我看过的那种戏弄观众的电影："得了，你刚在这里糊弄我。"我不希望我是这样做的。这不是有意的。这只是有关什么是讲故事的最好方式。

作者：在《全面反击》中，比如汽车炸弹，你想着："好吧。是什么让他到这个节点的？"有人实际上正在试图暗杀他，而我们直到故事很后面的时候才发现？

托尼：如果你按时间顺序讲故事，你永远不会……我敢肯定，在不同点我们都想过这个问题，但如果你按时间顺序讲故事，你永远不会有一个机会去强调他真正的问题。你永远没有机会说，"上帝，我想在这里"，并且理解他正在经历的东西。它更多的是关于角色而不是隐藏故事的能量。

作者：这也是一个看事情的时点，因为迈克尔所知道的只有，在他停下来与那些马待了一会儿后，"轰"地一声他的车被炸掉了。接下来，我们开始回放，并且跟随他发掘的脚步尝试去发掘事件真相。这是一种用来把我们卷入所谓"刺激性意外"的刻意叙事策略吗？

托尼：我一有机会就要说我反对这样做。我不喜欢人们汇编的那些编剧规范。我不喜欢用机械的方法来学习如何做到这一点或者三幕剧结构。这些东西非常具有破坏性。它们还让很多不能做到的人以为他们能够做到。如果存在一个结构和操作方法，它会导致很多人相信，只要能够弄明白它，他们就可以做到。我认为这些固定模式也抑制那些本应该做到的人，他们有令人难以置信的想象力，但是在构筑讲述他们的故事时被所需要的技巧弄得混乱了。最重要的是想象力。但是没有人谈论它。它只是无法获得足够的发挥。编剧成了拼凑材料的代称。有的人拥有狂野的想象力去谈论某些事情，但是展示给我的是乱糟糟的东西，他不能把它们放在一起，他没有能力正确地讲述，也没办法选择丢掉了其中的哪部分；有些人是出色的技师，却没有想象力，本质上是一名记者。我对前者更有兴趣。对我来说，这是编剧教育和编剧文化中很大的一块缺失。电影不好有很多原因。最大的原因是，有太多会出错的方法。从开始到最终完成一部电影有太多事情。当你执导一部电影，基本上每天你可以有1800种方法去蹂躏你的电影，而这么做把前期和写剧本时所做的一切都放大了。因此，很难把事情做对。不过，我说的是别的事情。我说的是人们如何实现他们打算写的东西以及他们打算怎么做。你看到这么多的人不重视想象或者对此无话可说。一个23岁的小孩什么也不知道，哪儿也没去过，然后给你写一封信说："我想成为一名编剧，而且我已经买了所有的书。"这样能写出来什么？很少有人能写出来的。

作者：听到你说这些真是受益匪浅。我可不打算写一本汇编册子或者做一件你坚决反对的事情。

托尼：每个人都可以谈论那些让竞争环境公平的话题，这是最低的共同标准。而且，也许大多数这类事情确实发生了。你也许可以做出一个算法计算出只有上帝知道的结构，而我可能就陷入其中了。但是我想要做的是尽可能地保持想象力，并且写那些在某些方面对我重要的事情，创造出能够反映我从人们的行为中所学的人物，书写那些能反映人类是多么复杂、多么矛盾和不可思议的故事。然后，设法在两个小时内以一种不会让观众厌烦的方式讲出来。最后这两小时会不可避免地把你带入被认为是技巧的东西里去。但最重要的是想象力。拼凑材料的人已经太多了。

## 作业

给你的剧本前提写下十个不同的一句话剧情梗概——每个包含一个中心冲突（使用"但是""不过""不幸的是""然而""即使"等表述）。哪一个让你突然觉得最切实可行？哪一个有可以探究的最强烈和最可信的主角以及中心冲突？哪一个感觉最具有独创性？哪一个对你最鲜活？哪一种你写起来感觉最可怕并且最有创造性和挑战性？提示：这一个是你要征服的。写一个你最害怕讲述的故事，这个故事会成为你突破性的脚本。

# 第2章
## 我们为什么在这里?

### 把背景和时代视为剧本的另一个角色

写你所知道的事情，如果你对其没有生活经验，那就研究它。维基百科是一个开始工作的好地方，但你需要更深入地挖掘。搜索网络上晦涩难懂的文章和深刻的见解。阅读那个时期的回忆录、小说集和非小说类文学作品。观看那个时代的以及关于那个时代的电影和纪录片。如果资金和时间允许的话，那么安排一次研究之旅，在你打算设为背景的地方走走。不要试图去伪造。读者会看出来，故事的根基会遭到破坏。

下面是编剧兼导演泰特·泰勒（Tate Taylor）关于在密西西比州拍摄《写出友共鸣》（*The Help*）外景不得不说的话：

> 我让 [制片厂的主管们] 确信密西西比州是一个角色，而你无法伪造南方，你无法伪造密西西比州。所以我真的花了很大力气把影片带到那里。百分之九十五外景是在实际的位置。我知道这些房屋。斯基特的房子——我大学时在那所房子吐了。那是我大学朋友的父母的家，在富兰克林。那个楼梯间：哦，是的。我在西莉亚住的房子长大，我在那片土地打猎抓鱼。我被告知我绝对不要跑到那块地上去，因为凯特夫人会开枪杀我，凯特·威廉姆斯拥有那所房子。所以，这一切都是很私人的。你不得不去密西西比获得那个感觉。

（罗伯特·哈林采访，《南方绅士》，美国西部编剧协会
《*Written By*》杂志，2012年2/3月号，第33页）

经过几十年把他最好影片的背景设置在曼哈顿之后，伍迪·艾伦开始横跨大西洋进军欧洲：《赛末点》（*Match Point*）发生在伦敦，接下来是《午夜巴塞罗那》（*Vicky Cristina Barcelona*）以及最近的《午夜巴黎》（*Midnight in Paris*）。在这部奇思妙想电影中，主角吉尔（欧文·威尔逊 饰）是一个失意的小说家，他从2010年穿越到喧嚣的20世纪20年代，然后又穿越到20世纪

初前后的美好年代。和他的黑白片杰作《曼哈顿》描绘了纽约独一无二的庄严一样，这部影片是艾伦先生献给光影之城巴黎的情人节礼物。伍迪熟悉巴黎的文化和历史，他把过去、现在和他的标志性的神经质、怪癖、幽默与讽刺并列在一起。随着当代的吉尔邂逅过去的传奇般的文学和艺术偶像——F·斯科特·菲茨杰拉德（F. Scott Fitzgerald）、格特鲁德·斯泰因（Gertrude Stein）和巴勃罗·毕加索（Pablo Picasso）——他们影响了他对当前世界的看法，反之亦然。通过呈现给我们一个立刻变得真实、又极度浪漫、具有永恒魔力的巴黎，艾伦使这跨越时间的离奇相互作用变得可信。

**深入的研究常常让角色和故事显露出来。**

真实的故事和轶闻几乎总是比你编造的内容更好。编剧新手常常错误地先勾画出一个剧本，然后再研究细节。用必要的背景知识助长你的想象力，这能够帮助你成为更加强大、更加自信的讲故事的人。如果你的主角是一名厨师，那么阅读著名厨师的自传，研究烹饪书，去合适的餐厅吃饭并且要求到厨房参观。比这更好的是，采访厨师的餐厅领班和接待人员。我最近的工作是一部故事发生在外太空的动画电影，但是所有的细节来自美国航空航天局（NASA）和参观卡纳维拉尔角❾，以及我的制片人恰好收集的航天纪念品。

在把《继承人生》（*The Descendants*）从小说联合改编成剧本的过程中，生于内布拉斯加州的导演兼编剧亚历山大·佩恩花了一年中的大部分时间生活在夏威夷，并且观察到一个真实的与世隔绝的夏威夷，从而对岛上生活有了细微和有质感的认识：历史、音乐、美食、方言和习俗。不是每个人都能像佩恩这样阔气，但是环境的特殊性总是在佩恩最好的作品中扮演着联合主演的角色。一提到《杯酒人生》❿（*Sideways*），你马上就想到了加利福尼亚的葡萄酒之乡，而你并没有在喝梅洛！

**在谈论真相时，我们都有自己立场。**

现实是主观的。无论多么用心良苦，每个人都以他自己的观点记忆过去。或者正如作家珍妮特·温特森（Jeanette Winterson）注意到的："……记忆曲线很少是一根直线。"（《面具背后：约翰·欧文的〈一个人〉》，《纽约

---

❾ 卡纳维拉尔角（Cape Canaveral），肯尼迪航天中心和卡纳维拉尔空军基地所在地。译注。
❿ 《杯酒人生》（Sideways）是佩恩编剧并执导的一部著名影片。影片发生加利福尼亚葡萄种植基地，片中主人公对葡萄酒颇有研究并喜爱一种名为"梅洛"的葡萄酒。译注。

时报》书评，2012年5月13日）。身为编剧的任务是为你的人物解释事实，并进一步实现自己的规划：写一部引人入胜的电影。

**不要害怕拿不到许可。**

尽量保持真实，但不要被事实拖累。如果不是作为拖延的借口，太多的研究可能是一个陷阱。一旦你的想象力和记事本充满了创意和灵感，把记事本放在一边然后开始动笔。你不是在写一部纪录片，所以把不相关的剔除掉，不要试图用你挖掘出来的全部精彩事实去打动观众。你的角色和背景将被注入事实的精神。如果你写的故事"灵感来自真实事件"，那么通常需要压缩时间并且把几个人物合并成一个，甚至同时删掉一些人。不管怎样，一旦电影开始，观众对情节的兴趣要超过对一堂学究式历史课的兴趣。相反，尝试去捕捉时间和地点的*逼真度*；你的电影不需要百分百的历史准确，但它确实需要让人*感觉*正确。

**两个发生在波士顿的传说……**

影片《社交网络》是根据基于本·麦兹里奇（Ben Mezrich）的非虚构文学作品《意外的亿万富翁》**⑬**改编，这部作品提出了对Facebook创始人马克·扎克伯格发家的观点。他的故事被嵌入哈佛大学/剑桥大学有独特个性文化的一群人当中，这群人正处于一个非常明确具体的时期：当时手机的主要用途是通话，只有不善交际的人才成天粘到自己的笔记本电脑上。在校园酒吧的开场戏为全片定下了基调。马克（杰西·艾森伯格 饰）和漂亮、现实的埃里卡（鲁尼·马拉 饰）约会。很明显他喜欢她，但他喋喋不休又含糊其辞，说话不给人情面，不自觉地流露出优越感，这让她（还有我们）感到疲累。埃里卡告诉马克她像和一台跑步机在约会，撂下话要找个有魅力的赛艇队队员，借口她要去学习了。马克向她道歉，但是坚持她不需要去学习。埃里卡问为什么他这么确定她不需要学习。马克告诉她，"因为你去的是B.U.（波士顿大学）"，暗指这么做是从常青藤盟校的巨大退步——这是这个聪明谨慎的家伙愚蠢的不经大脑的评论。这是这部影片特有的背景——圈内人行话。而这也是压垮埃里卡的最后一根稻草，埃里卡和他分手然后走了，留给马克一颗用再多的成功也不能填补的破碎的心，同时，他也感觉他

---

**⑬** 本·麦兹里奇（Ben Mezrich）的小说《意外的亿万富翁：Facebook的创立，一个关于性、金钱、天才和背叛的故事》（《The Accidental Billionaires: The Founding of Facebook, a Tale of Sex, Money, Genius and Betrayal》）改编，讲述了Facebook的创建人马克·扎克博格和埃德华多·萨瓦林的发家史。译注。

比赛艇运动员低人一等。东岸的"船员"团队加入了两个最英俊魁梧的成员温克莱沃斯孪生兄弟（均由阿米·哈默饰演）和他们关于高校社交网络的初步想法……带来了踌躇满志的竞争然后演变成一场具有历史意义的法律诉讼。这部电影的核心谜团是通过前闪和闪回导入的法律证词。这个故事的原创性每一点都不亚于《蝙蝠侠前传》（*Batman Begins*）。马克·扎克伯格可能出生在纽约州的白原市，但Facebook出生在哈佛，是其创始人的贪婪野心和极度不安全感的产物。

影片《城中大盗》（*The Town*）的开头是发生在哈佛广场大厦内的剑桥商业银行的抢劫，但影片的其余部分安排在波士顿附近盛产银行劫匪的查尔斯城。这个荒凉的地方距离马克·扎克伯格⑫的常青藤盟校的世界有一百万英里之遥。在查尔斯城，兄弟之间宁愿坐监狱也不愿背叛他们当中的一个。我们的反英雄角色道格·麦克雷（本·阿弗莱克 饰）在仓促的逃跑中，释放了作为人质的银行经理克莱尔（丽贝卡·豪尔 饰），但在她回到查尔斯城后一直关注着她。他追求她，两人开始恋爱，而同时他向他的朋友和查尔斯城其余的黑社会罪犯隐瞒了他们的关系。道格渴望离开并与克莱尔在佛罗里达开始新的生活，但是一个有恩于道格的残忍的洗钱罪犯（当地的花店店主）强迫他最后抢一次银行，否则克莱尔会被杀害。花店店主代表了传统的邻里关系：生日，婚礼和葬礼——这是在任何城镇永恒的事实，查尔斯城的邪恶黑暗也因此关联交叉。道格被困在这难以应付的两难境地中，这个困境扎根于这种独特的生活和地点，而他早已知道这一点。

---

因此，下一次你在脚本中键入：**外景**。**波士顿**，或者**纽约**，或者**巴黎**，要注意这个城市以及地球上所有其他城镇，有许多独特的邻里关系和个性。影片背景和生活在其中的角色一样有许多不同的方面。时间和地点的质地和细微差别对建立电影的基调是不可缺少。没有语境，用来交代环境的**远景**是没有意义的。

---

### 专访：艾美奖得主
#### 编剧/导演　珍·安德森（Jane Anderson）
**珍·安德森电影作品年表**

代表作：

《十全主妇》（*The Prize Winner of Defiance, Ohio*）（兼导演）（2005）

---

⑫ 马克·扎克伯格就读的哈佛大学在波士顿。译注。

《亲密风暴》（*Normal*）（2003）（电视剧和舞台剧版本名为《寻找正常》（*Looking for Normal*））（兼导演）（2003）

艾美奖提名

美国编剧工会奖提名

《如果墙会说话2》（*If These Walls Could Talk 2*）（电视剧）（兼导演）（2000）

艾美奖提名

《宝贝跳舞》（*The Baby Dance*）（电视剧和舞台剧）（兼导演）（1998）

艾美奖提名（编剧和导演）

《恋爱编织梦》（*How to Make an American Quilt*）（1995）

《你也可能碰上的事》（*It Could Happen to You*）（1994）

《啦啦队长谋杀案》（*The Positively True Adventures of the Alleged Texas Cheerleader-Murdering Mom*）（电视剧）（1993）

艾美奖

美国编剧工会奖


作者：我们从《十全主妇》开始。在我看来这部影片和我们这个时代的生活有太多相似之处，然而那个特定的故事只能放在那个时代来讲述。

珍：作为一名作家，在处理和时代有关的事情时，必须问自己："我们为什么在现在看这件事，它和当代观众是如何相关的？"作家是天生的研究者，我们喜爱阅读历史和非虚构文学作品，并且我们常常希望与我们的读者分享我们的研究，虽然我们的研究可能有重大错误。我们着迷的某个时代或地点可能没有赶上相关性和娱乐价值，我们必须对此非常小心。研究对赋予故事的丰富性是必要的，但是首先你还必须清楚为什么你要讲这个故事。

《十全主妇》是特里·瑞恩（Terry Ryan）写的一本回忆录。她的母亲伊芙琳·瑞恩不得不接受的事实是，即使你的丈夫让你和你的孩子陷入极其悲惨的境地，你也不得不支持他，不管是为什么。这是我曾经写过的最难的脚本之一，因为我真的很难理解，一个女人如何能这么多年维持这样的夫妻关系。那么，我要告诉看这部电影的年轻女性，或者我这个年纪的女性什么？伊芙琳·瑞恩（朱丽安·摩尔 饰）是一个英雄，但我要说维持不幸的婚姻也是英雄行为吗？因此作为一个作家，我不得不弄清楚如何在道德上讲得通。不管我们做哪一种电影类型，我们确实有责任认真对待我们送出去的文化语言和各种信息。即使一部动作冒险片，如果你展示人们被枪杀，你可以辩解说那是为了娱乐，但你也必须敏锐地意识到你对你的观众在说什么。而我对此一直都很了解，每次我写了一个脚本我总是问自己："我正在告诉世界什么？我在传达什么信息？"

因此在这部片子里是伊芙琳·瑞恩，她是一个极其聪明、富有创意的女人。她困在一个小镇上，抚养十个孩子和一个酗酒的丈夫（伍迪·哈里森 饰），她的丈夫花掉了她所有的钱。伊芙琳是个英雄，因为她的生活目标是让每一个孩子不受伤害地走到外面的世界。我觉得以写回忆录的女儿结束剧本是重要的，看到她作为一个完整的有创造性的成年女性是如何回头看待她母亲的生活。我问特里·瑞恩她如何原谅了她的父亲，她如何能承受这一切。她笑着说："我妈妈教给我们别放在心上。"在他众多可怕的醉酒中的某一次，伊芙琳告诉她自己和她的孩子们不要让这些影响到自己。我写了一场戏，在这场戏里他暴怒得让人厌恶，而她却让他开始嘲笑自己是多么荒唐。对于《十全主妇》，我为我自己想出了一个句子，这句话是："痛是不可避免的，但忍受痛苦是一种选择。"

地点在这部戏里非常重要，因为是在美国中西部地区。中西部地区的有些方面我真的佩服。他们是如此令人难以置信地吃苦耐劳。在十九世纪，那些坐着大篷车搬去中西部的人不得不忍受蝗虫、冰雹、白喉和寒冬。他们的庄稼死了，他们不停地耕作。一直、一直、一直是这样。我在写《十全主妇》剧本的时候，同时在写《亲密风暴》。这两个都是发生在中西部地区的故事。而我真的去了迪法恩斯市与特里和她的兄弟姐妹见面，同时我也在为《亲密风暴》查看农场社区。我注意那里的地形不仅仅是非常平坦的，而且一切都是成行成列的。道路非常、非常、非常直，而且在这些道路边缘的田地——我会看农民耕田，犁出直直的一行，然后转身再犁另一行。作为沿海人，我们拿中西部人的个性取乐，因为我们觉着这些笔直的行列没有创意，缺少叛逆精神。但是要种庄稼必须有行和列，你必须有笔直的行列来应对在糟糕的农场季节要面对的全部灾难。我已经逐渐爱上了这种循规蹈矩的文化。我觉得这种文化是讲故事所需的非常丰富的画布，因为它拥有一些让我的人物必须去对抗的东西。《亲密风暴》发生在中西部地区的农村社区。这是关于一个男人（汤姆·威尔金森 饰）和他结婚二十五年的妻子（杰西卡·兰格 饰）的故事，这个男人意识到他是困在男人身体内的女人。故事的过程由于影片背景的设置而更加激烈。如果我把故事设置在加利福尼亚州，或者科罗拉多州，或者东海岸，就不会同样激烈。如果设置在南方，虽然它可能是很有趣的。

作者：但是，更火爆。

珍：会更火爆。我把故事设置在中西部，是因为这部戏叫作《寻找正常》（*Looking for Normal*），而这部电影叫作《正常》❸，而我更感兴趣的是，一个人如何成为变性人并且想守住他们的婚姻回到习惯的生活。南方是非常野蛮的，适合不同类型的故事。

作者：是的，这几乎就像他们不能保持那种生活——他们希望回到正常，但是"正常"至少在南方……

珍：那儿应该有酗酒，应该有带枪的人——这当然是一种刻板印象，但南部各州真的有一段极端的历史。中西部地区的历史是人们试图让各种因素驯服，以便使他们能够过上有规律的生活。这种动力让我着迷用于特定的故事情节。

作者：《十全主妇》中的伊芙琳甚至还有一个不断发生的插曲，每次她上车要去什么地方的时候，不是孩子拔了邻居的花园，就是汽车熄火，让她不能成行。她被困住了。

珍：是的。这是一种深度责任感的文化——这是伊芙琳的监狱，因此她是可敬的。

作者：她的孩子是她的首要任务。这是一种讽刺，因为在电影的结尾，她赢得了"辣椒博士挑战"，而奖励除了一些钱之外，还有一趟欧洲之旅。而她最终把旅行兑了钱去付按揭。因此，它的真正意思是，这件事可以让她自由地去探索这个世界，而这可能会改变她——但她的根是这个家。而孩子们不想离开这个家。我的意思是，这是在迪法恩斯市，这不是巧合。

珍：我很高兴你抓住了这一点，因为这是我想要表达的一个非常重要的主题。你知道，我有一本回忆录，并且要梳理大量的材料改编成剧本。没有一个人的生活是一个三幕结构。作为作家，你需要挑选这个人的生活主题。你的工作不是制作一部关于一个历史事件或者个人生活的纪录片，你的工作就是给它戏剧性的内容，并使其巧妙地展现出来。所以，在《十全主妇》这部电影中，我挑选了一些象征性符号。伊芙琳·瑞恩已经在比赛中赢了巨大的冰柜。这是婚姻中一个绝好的争吵对象，因为凯利（伍迪·哈里森 饰）知道他从来挣不到足够的钱让这个冰箱填满食物。我让他带回家一个小包装的汉堡肉，当他把它放在那台大冰柜的底部时，它看上去实在太可怜了。然后伊芙琳赢了超市购物大礼包——好吧，她能把冰柜一直填到顶上。一旦你知道你要写什么，现实生活中的事件会自行整理出来——象征符号就闪现出来了。

作者：冰柜就是整个家庭的一个中心隐喻，因为当它首先送过来的时候，空空的冰柜提醒了丈夫他自己的空虚。有一场戏里，他甚至还打砸冰柜

---

❸ 《亲密风暴》的英文片名为《*Normal*》，意为"正常"。译注。

并试图把它扔到房子外面去。当然酒精填充了他的空虚——或许他这么认为。酒精实际上制造了更多的空虚。然后，伊芙琳用食物填满了冰柜，他嫉妒她是怎么填满它的。这就像是需要被填补的平静生活，但他不能成为填补它的那个人。

珍：确实如此。确实如此。

作者：然后到了一个特别的时刻，她没有赢得任何比赛，冰柜确实空了，而当冰柜空了以后，维持家庭在一起的粘合剂是爱，但你不能用它来填充冰柜。它非常美丽，非常诗意。好的，我们现在来谈谈给HBO制作的《如果墙会说话2》。也是在中西部吗？

珍：它是模糊的。整部影片是关于时代。我不认为我们的制片人曾经真正清楚——我不停地问："我们在哪里，我们在哪里？"我们都隐约觉得是在中西部，但实际上时间更重要了。这是在20世纪60年代初。像是，1961年。然后影片就跳到1972年，这时女权主义已经到来，突然之间女同性恋被承认，然后是现在，女同性恋可以结婚并且有孩子。

作者：你聚焦在同性恋权利上——能够探望在医院里的生病的伴侣并且做决定。

珍：是的。你是一个妻子但你又不是。

作者：是的，被排斥的感觉。所以时代是根本，以及她们有多爱对方，以及你看到这个真正强势的女人以及她怎么退缩又怎么被贬低。

珍：以及我使用房子里的物体——例如收藏的鸟类标本——来表达如果你是一个亲戚，即使你是一个遥远的亲戚，那么你有资格拥有房子里的一切。在其中一场戏中，伊丽莎白·帕金斯的角色（爱丽丝）想要那张床。凡妮莎·雷德格雷夫（伊迪丝）冒出一个绝妙的想法。她说："难道爱丽丝要量一量床的尺寸去看她要多大的床垫吗？"我打电话给道具人员，告诉他们给我们一个1961年的卷尺。它加强了那场戏。爱丽丝甚至让她的女儿帮她扯住卷尺的另一头，这强化了整个场景的丑陋。

作者：领地被入侵。

珍：领地被入侵。床是另一个象征符号，因为，这张床当然是婚床，我们假设她们在这张床睡了几十年。我有意让伊迪丝把艾比（玛丽安·塞尔德斯 饰）的睡衣裤摊在她的床上接着拿开枕头，在床上沉浸在悲伤中，然后床被搬走了。所以再一次，我觉得让物体充满情感的象征意义是十分重要的。

作者：我们切换到另一部HBO电影，《啦啦队长谋杀案》（*The Positively True Adventures of the Alleged Texas Cheerleader-Murdering Mom*），这部影片发生在得克萨斯的钱纳尔维尤。

珍：哦，地点是十分重要的。十分重要。我去了那里。分配给我的任何工作任务都和地点有关，我总是对制片人说，"你需要把我送到那里去。"到了钱纳尔维尤我的许多问题会迎刃而解。HBO交给我一篇文章，说的是有个女人为了啦啦队长的位置想谋杀另一个女人。这件事太荒堂可笑了，我必须知道什么样的环境可能产生这种情况。我去了钱纳尔维尤，它告诉了我一切。首先，那里太臭了，那是从事化工精炼的地方。钱纳尔维尤因一条航道而得名[14]，那里挤满了塑料和石油精炼厂，所以你在20英里外就能闻到这个地方。那是有毒的！不仅如此，当你穿过郊区旅游，前面的草坪有告示，上面写着：地下埋有输送石油、天然气和易燃液体的管道，当心！卖烟花的小摊贩却随处可见——没错，就在埋藏着易燃液体管道的地面之上！然后是枪，枪也是这种文化的一部分。我找到一个关于工厂危险的纪录片，其中一部分是在钱纳尔维尤，因为其中一个炼油厂爆炸，死了一百个工人。于是我马上把它加入了剧本。它是那种什么事情都可能发生的感觉。在得克萨斯州的这个小镇，任何东西都能爆炸。

> 当你生活在一个任何东西都能爆炸的地方，你的行为会变得鲁莽，并且有些不计后果，有些生存至上。

这是社区的一种生存至上的类型。生存至上者觉得为了保护你的孩子做什么都可以，包括雇人去杀对手的妈妈——所以这就是为什么地点很重要的原因。

作者：这也是大得克萨斯人的生活理念，旺达·霍洛韦（霍利·亨特 饰）渴望的状态。

珍：没错。这里靠近休斯敦。所以，前夫托尼（格雷格·亨利 饰）住在休斯顿的郊区，那里的房子更花哨，当我们走进他们的房子，房子里的一切都是用来装样子的。我记得他们有一个巨大的书架，那些书都是皮面装订的，因为这样更好看。

作者：那些书从来没有打开过。

珍：是的。并且他们有一只狗，是那种……是沙皮狗吗？它们无毛又难看，但是真的很贵。我也注意到了这种家庭的穿着。他的新妻子必须有好的珠宝——当我们探访旺达时，她打扮得很好，但她仍住在钱纳尔维尤一片很普通的房子里，地下是输送易燃气体的管道，但是她仍然有大得克萨斯人的

---

[14] 钱纳尔维尤，英文名为Channelview，字面意思是航道风景。钱纳尔维尤位于休斯敦船舶航道东北部。译注。

头发，需要穿大高跟鞋，看起来很性感，而且大手花钱。

作者：当她终于被捕，有一句精彩的台词，她问警察："我该穿什么去牢房？"

珍：然后警察对她说了句话，非常有帮助作用——"你可能想带上你的珠宝。"这是得克萨斯州特有文化的一部分——面子文化。

作者：在《宝贝跳舞》一片中，背景扮演了一个重要的角色。一对不能生育的富裕夫妇（斯托卡德·钱宁和彼得·里格特 饰）住在布伦特伍德，那里的环境——他们的房子非常现代化却又显得贫瘠，之后他们去了路易斯安那，那里非常绿色，并且有流浪狗。

珍：我以前去过路易斯安那。在南方的环境东西总是长得那么好……猫总是有小猫，而狗总是有小狗。那里非常闷热，而且很潮湿，任何落在地上的种子都会长出芽来。所以，是的，我要拍这对洛杉矶的夫妇，并且把他们放在一个给不孕增加焦虑的环境。但伴随着多产而来的是贫困，你拿这些猫咪、宝宝、狗狗和植物怎么办？所以，是的，这是一个完美的环境。

作者：还有宾果游戏！我记得宾果球，在影片开始它冲开一条道路。

珍：是的。在我去路易斯安那州然后去了一家宾果游戏厅之前，我没有想到那一点。我没有意识到它是那种文化中那么重要的组成部分。

作者：很像一个鸡蛋的随机受精过程，而这就是我想到的……

珍：我喜欢这个比喻。

作者：这同样发生在《十全主妇》和你另一部电影《你也可能碰上的事》（*It Could Happen to You*）**⑮**。我开始思考运气扮演的角色。这是一个大抽奖，百万分之一的机会，有多少精子在游向前……

珍：没错，是的。

作者：而且，《十全主妇》中的比赛——一件事是如何改变你的生活——它或者让你的生活破碎或者让人们更接近，这是如何做到的。

珍：我的家境殷实，我总是问自己，为什么我能够出生在这种环境，让我永远都不用为钱操心，而且我曾经想要的每一个机会我都能拥有——教育，等等。我有鼓励我施展创意的父母——为什么我这么幸运？为什么我的灵魂或者别的一切，投胎在这个家庭？而为什么有这么多的人出生在那样悲惨心碎的境况中呢？这太不公平了，这就是为什么运气是——我想这就是为什么我不断地写它的原因。在《你也可能碰上的事》（*It Could Happen To*

---

**⑮** 影片中，警察查理因为没带够钱给餐厅女招待付小费，便承诺如果他买的彩票中了奖就一人分一半，如果没中奖则第二天把小费补上。但是当晚查理的彩票中了巨奖，查理决定……译注。

*You*）这部影片中，那一天结束的时候，它不是我的作品，因为它是被改写的，但主题都在那里。我在父亲死后写了这部片子，纪念他的慷慨。因为事实是，如果你有一颗慷慨的心，你会得到十倍的回报。这是主题。因此，运气让警察和女服务员得到那笔钱。但前妻大怒，并且从他们那里拿走了钱，他们又变穷了。但由于他们对给予他们的东西是那么慷慨，纽约人给了他们十倍的回报。那就是我对生活的幻想——如果你慷慨大方地对待你所拥有的，那么即使你没有获得金钱形式的回报，你也会在精神上和情感上获得回报。你会拥有朋友。在我的旅途中，我见过的很穷的人愿意分享他的一切。这是我想传达到文化（观念）中的主题。

作者：最后一个问题。我在教书时，我总是问学编剧的学生，"这个本子的热量在哪里？"在《十全主妇》中你直接得到了热量，我的意思是，他醉酒发怒让影片非常火热。牛奶洒出来、玻璃割伤她那场戏，那是真正火爆的场面。当然，不是每一个场景都能火热，所以你不断铺垫和铺垫，但我认为部分的热量从积极面和消极面的碰撞中产生的。因此，当你要去这个地方做你的研究，你一直在寻找这个地方积极和消极属性吗？

珍：是的，这个地方的矛盾性。

作者：你知道，爱最终是积极的，恐惧最终是消极的，所以围绕这种事可能发生在你身上这种想法，看看它们如何汇合是那么有趣——在某种程度上，彩票本身是中性的。

珍：是的。你的愿望，你的梦想，你的勤奋，你的选择，决定了你将拥有什么样的人生。你所做的一切都不会保证你会拥有名声、金钱或者成功，因为生活并不总是公平的。但你确实能控制你是否要举止得体并且保持创意，还是你打算把欢乐带进你的生活。而这正是在我们这个疯狂的行当中你要记住的。回去不断耕作吧。在一天结束的时候，感谢你的幸运之星，让你以讲故事为生。

## 作业

时间和地点是如何定性并且强化你的故事前提？背景设置的地域和文化传统如何影响你的角色的决定和演变？给你的主要故事背景列出十个最突出或标志性的特征。这些因素如何整合到你的场景中？你能够用视觉、听觉、嗅觉、味觉、触觉和任何其他的环境性影响更有效把场景分出层次吗？

　　为什么你的剧本以"今天"开始，而不是从昨天或者是一个星期/一个月/一年/十年前开始？列一张你的剧本在什么时间发生了什么事情的年代表。你的故事总的时间周期是多长？在一年中的什么时候？天气如何？这个故事发生在某个假日还是特殊活动？你提供哪些与角色和地点有独特关联而不是空泛老套的视觉线索？

# 第3章
## 我们支持谁?

### 创造一个有核心矛盾的标志性主角

是什么让标志性人物如此经久不衰?是他们对自我的独特视角和他们周围的世界。如果你剥去他们的外部(隐喻)面具和盔甲,他们的生命中心会是一个悖论。在《沉默的羔羊》中,她既是顽强的联邦调查局特工又是一个脆弱的女孩(克拉丽丝·斯泰琳)。而他是一个看似无畏的肾上腺素分泌旺盛的战士,完全没有任何情感上的亲密功能(《拆弹部队》中的上士威廉·詹姆斯)。他是一个貌似无畏的考古学家/冒险家,但他害怕蛇、害怕承诺(《夺宝奇兵》)。在《这个杀手不太冷》中,里昂(让·雷诺 饰)是一个冷血杀手,但是对年少的孤儿马蒂尔达(娜塔莉·波特曼 饰)而言,他是一个养育她的父亲般的人物。嵌入这个悖论的人是脆弱的,这引起了我们对主角的根本兴趣——无论他/她是否天生可爱。

**想吸引一位电影明星,剧本里需要有一个有磁力的角色。**

显然,选派演员对塑造任何标志性角色都是必不可少的组成部分。这是演员和角色之间的完美婚姻。许多编剧在写剧本时,喜欢在头脑中选派自己的理想演员——可能在世的,也可能去世的。在小说作品中,最充分实现的人物往往来自我们自己的生活。哪一个先来,是先有鸡还是先有蛋,是角色还是演员对角色的诠释?对于编剧,目的是为了从这些充分现实的标志性人物中获取灵感,然后孵化自己的新鲜创作。

**标志性的主角常常需要被迫放弃他们视为其最大优势的东西。**

在第一幕中介绍的主角会有他/她自己的一套优先顺序,价值观,习惯和基本做法。但是影片中的危机通常会挑战他/她,使其重新评估、重新调整,并且认识到是他们最好的本性把他们带到这个极限点。其结果是,最发达的主角会首先被不受自己控制的状况强迫(通常如此)交出他们的行为"拐杖",然后寻找一条新的生存途径。

在影片《美国丽人》（*American Beauty*）中，莱斯特（凯文·史派西饰）开始时是个沾沾自喜的人，但是随着情节进展他被解雇要面对未知的生活，并最终变成一个看不清前进道路的男人。在影片《六度分离》（*Six Degrees of Separation*）中，奥文萨（斯托卡德·钱宁 饰）从她自命不凡的丈夫和他们的精英生活方式走出来，寻求一个更真实的全新开始。在影片《少女孕记》（*Juno*）中，十几岁的女主人公（艾伦·佩姬 饰）在她怀孕的过程中，从一个尖刻的孩子成长为一个真诚的成人和未来的母亲。在《阳光小美女》（*Little Miss Sunshine*）中，理查德（格雷格·金尼尔 饰）为了成功必须放弃他的"万无一失"的人生哲学，但是在接受他目前的（不确定的）的生活命运的过程中，他终于认识到他是多么的幸运。在影片《蝙蝠侠：黑暗骑士》（*The Dark Knight*），在失去了他唯一曾经爱过的女人之后，蝙蝠侠为了从歹徒手中拯救哥谭市，扛下了歹徒的罪行，这让他成为了最纯粹的英雄。

**标志性主角可以看成是天性产生的力量，所以你会低估他们。**

在科恩兄弟的影片《冰血暴》（*Fargo*）中，玛吉·冈德森（弗兰西斯·麦克多蒙德 饰）是一个乐观善良的怀孕妻子——也是不好对付的警察，有着顽强的警犬般的侦查技能。在科恩兄弟的《大保龄离奇绑架》（*The Big Lebowski*）中，"督爷"（杰夫·布里奇斯 饰）是一个懦弱的保龄球迷，他想要解开一个复杂的绑架阴谋并且打败德国民粹主义者。在《阿甘正传》（*Forrest Gump*）中，阿甘（汤姆·汉克斯 饰）是我们的智障英雄，在重大历史事件中起到了重要作用。在《教父》（*The Godfather*）中，迈克尔·柯里昂（阿尔·帕西诺 饰）是正义的战斗英雄，但是成为一个无情的黑手党老大。在《黑天鹅》（*Black Swan*）中，妮娜·塞耶斯（娜塔莉·波特曼 饰）是一个残忍坚决的首席芭蕾舞演员，她的完美主义和妄想把她变成一个杀手。在影片《充气娃娃之恋》（*Lars and the Real Girl*）中，拉尔斯·林德斯特罗姆（瑞恩·高斯林 饰）对他的充气娃娃/女朋友比安卡的强烈迷恋逐渐升级。在《毕业生》（*The Graduate*）中，本杰明·布拉道克（达斯汀·霍夫曼 饰）毫不羞愧地决心要获得他梦想的女孩，伊莱恩·罗宾逊（凯瑟琳·罗斯 饰）使他成为一名战士。而且，考虑到《百万宝贝》（*Million Dollar Baby*）中有坚毅决心的玛吉·菲茨杰拉德（希拉里·斯旺克 饰），和科恩兄弟翻拍的《大地惊雷》（*True Grit*）中的玛蒂·罗斯（海莉·斯坦菲尔德 饰）。每一个标志性的主角都经受了持久的考验，不论是好是坏，我们记住了他们的刚毅和坚韧。

### 标志性主角有独特的风范

当谈及演员扮演的人物的外在姿态和装束时，有些演员的表演是"由内向外"（心理活动支配外部表现），另一些演员是从"由外而内"（外部描述帮助揭示内在心理）。作为编剧，当我们要多方面丰满我们的角色时，我们需要考虑一个类似的方法。例如，当我们想象詹姆斯·邦德，我们马上描画出一套整洁的黑色燕尾服。

在影片《亡命驾驶》（*Drive*）中，司机（瑞恩·高斯林 饰）是个谨慎沉默的歹徒，他神秘低调并且保持匿名（影片甚至一直没告诉我们他的名字），但他的行事方式是矛盾的。在影片中，他穿着一件很招摇的印有蝎子的银色夹克。也许这是他的幸运夹克或者他的护身符？也许他只是觉得这件衣服很酷？或者，他藐视任何惹他的人。这是他的悖论。他做事神秘简捷，有不可否认的魅力。

在影片《卢旺达饭店》（*Hotel Rwanda*），保罗·卢斯赛伯吉纳（唐·钱德尔 饰）是酷酷的、始终掌控局面的优雅酒店经理，不换上他那无可挑剔的西装和和领带就不会去上班。但随着内战在他周围全面爆发，并且他的家庭和生计受到被摧毁的威胁，保罗开始打开了自己的情感。影片的最难忘的场面之一是，保罗把自己锁在酒店的男厕，想在一片混乱中让自己恢复冷静，但他已经完全不知所措了。他看着镜子中的自己，尽力想打好领带，以便在酒店员工和客人面前保持形象。但他的手抖得太厉害，已经不可能完成打领带这个简单动作。我们眼睁睁的看着保罗扯掉领带跌坐到地板上啜泣。如果说人靠衣装的话，那么这个男人的精神被已经无可挽回地破坏了。

另请参看：影片《安妮·霍尔》（*Annie Hall*）中穿着男士领带和宽松衣服的安妮·霍尔（黛安·基顿 饰）；《夺宝奇兵》中印第安纳·琼斯标志性的棕色软呢帽和鞭子；《闪舞》（*Flashdance*）中亚历克斯·欧文斯（詹妮弗·比尔斯 饰）的露肩截短的灰色运动衫；《星球大战》中莱娅公主（嘉莉·费雪 饰）的白色长袍和双瓣发髻；《龙纹身的女孩》（鲁尼·玛拉 饰）身上的多个打孔和纹身；《加勒比海盗》中大摇大摆的杰克船长（约翰尼·德普 饰），他的黑色眼线、摇滚发辫、金牙、双髻山羊胡、麻雀纹身、丝绸花呢套衫和无处不在的红手帕，暴露出他内心的基思·理查兹 ⑯。

---

⑯ 此处比喻杰克船长内心深处的摇滚情结。基思·理查兹（Keith Richards），滚石乐队吉他手，在《加勒比海盗》中扮演海盗Captain Teague。译注。

**标志性主角有独特的腔调和态度。**

如果你盖住剧本上角色的名字，你的读者应该还能够辨别出谁在说话，因为在剧本中没有别的人是同样的说话方式。下面是《少女孕记》（*Juno*）中朱诺·麦高芙（艾伦·佩姬 饰）对她生母的总结：

> _ 朱诺
> 哦，每个情人节她都莫名其妙地寄给我一棵仙人掌。而我想说的是：太感谢了。被这种仙人掌扎伤甚至比被你抛弃更糟糕。

下面是影片《社交网络》中马克·扎克伯格对律师提问的回答，律师问他是否获得了马克的全部注意力，以要求马克认真听他说话：

> _ 马克
> 你得到了我的部分注意力。你获得的是我最小量的注意力。我其余的注意力放在Facebook的办公室。在那里我和我的同事正在做的事情，这个房间里没有人在智力或创意上能够做到，尤其是你的客户。我是否已经充分回答你的傲慢的问题？

另请参看：影片《阳光小美女》中，理查德·胡佛（格雷格·金尼尔 饰）和他的九步"拒绝失去法"以及他的自愿不说话的儿子，德韦恩（保罗·丹诺 饰）；《男孩不坏》（*Superbad*）中，乔纳·希尔扮演的废话连篇又没什么本事的西斯；还有《全职浪子》（*Swingers*）中的"有钱"的洛杉矶时髦人士（文斯·沃恩和乔恩·法夫罗 饰）。

**标志性主角几乎总是他们自己的最危险的对手和最严厉的批评者。**

他们坚持着自己神经质——弗洛伊德定义为"自我分离"，他们也往往是自我毁灭的失败者，生活在昔日荣耀的阴影下：《摔角王》（*The Wrestler*）中绰号"大锤"的兰迪·罗宾逊（米基·洛克 饰）；或者《伴娘也疯狂》（*Bridesmaids*）中嫉妒、迷茫的单身女子安妮·沃克（克里斯汀·威格 饰），牺牲了自己最后的尊严，想在一个可怜而有趣的游戏中胜人一筹。又或者在《气象人生》（*The Weather Man*）中，一事无成的离异气象预报员大卫·斯普茨（尼古拉斯·凯奇 饰），为了能振奋他十几岁的精神消沉的女儿，和瞧不起他的前妻复合以及获得他那苛刻的获得过普利策奖的父亲（迈克尔·凯恩 饰）的认可，他愿意做任何事情。

**他们的特征和个性走向极端。**

他们渴望什么？他们最害怕什么？这些正负能量会产生火花，给他们的戏剧之旅充电。影片《爱在心头口难开》（*As Good as It Gets*）中，写爱情小说的梅尔文·尤德尔（杰克·尼科尔森 饰）是个男性至上主义者、恐同者和厌世者。《钢铁侠》中，托尼·斯塔克（小罗伯特·唐尼 饰）是个喜欢招摇的花花公子型科学书呆子；《127小时》（*127 Hours*）中，阿伦·罗尔斯顿（詹姆斯·弗兰科 饰）是一个极端寻求刺激的人，他独自外出没有告诉任何人他在哪里或者什么时候会回来，然后必须经受他生命中最长的127个小时。你在尝试创作自己的标志性主角时，一个有用的问题是：是谁做的？

**他们超越了我们的预期，他们按自己节奏"跳舞"。**

我喜欢的一些标志性主角是真的喜爱舞蹈：《舞动人生》（*Billy Elliot*）中的比利·艾略特（杰米·贝尔 饰）；约翰·特拉沃尔塔在《周末夜狂热》（*Saturday Night Fever*）中扮演的托尼·马利龙以及在《低俗小说》（*Pulp Fiction*）中扮演的文森特·维加；《闻香识女人》（*Scent of a Woman*）中的中校弗兰克·斯雷德（艾尔·帕西诺 饰）；《大人物拿破仑》（*Napoleon Dynamite*）中坚持不懈的拿破仑（乔恩·赫德 饰）。如果他们不能跳舞或有两只左脚，那就会给我们另一个独特的性格特征。你给你的角色分出层次时，要留意音乐和音响。定义他们的配乐是什么？他们的iPod在放什么音乐？他们驾车并且随节拍摇头时，车内收音机在播放什么类型的音乐？他们洗碗时给自己哼唱吗？他们觉得小鸟的叫声让人放松，还是他们想用气枪把鸟一个个干掉？他们玩什么乐器？他们洗澡时唱歌吗？他们像我一样讨厌卡拉OK吗？

**行动最先并且最好地定义了角色。**

编剧新手往往只专注于他们的角色如何说话。但电影是一种视觉媒介，所以当你引入你的主要角色时，不要想当然地认为角色的对话会深层次地定义他们。对话通常服务于角色的外在形象。但他们的行动和对话的潜台词往往才真正揭示了他们是谁。

在《富贵浮云》（*Broadcast News*）中，初出茅庐的帅气小伙汤姆（威廉·赫特 饰）是一个业务平平的主持人，他来到电视台新闻制作人简·克雷格（霍利·亨特 饰）的酒店房间寻求一些明智的建议。简是个有些暴脾气的人，她被汤姆吸引了——不是因为他的大脑，而是他性感的外表。他雄心勃勃，提升自己的职业生涯的手段不过是使用他的个人魅力，但他也没有兴趣和简上床。她调情，他回避。他们的目的不同。他对她的头脑的兴趣比对她的身体的兴趣更高。之后在新闻编辑室的一场戏中，汤姆看到简在工作，被她出色的新闻制作才干所折服。他请她把她知道的教给他，但简没兴趣给这个新手上新闻报道补习课。汤姆可以不说一个字转身离去，但他决定面对她的变化无常。汤姆直截了当地问她，她不愿意在专业水平上帮助她，是不是报复他回绝了酒店房间里她的挑逗。简看着他，说：

> 简
> 哦，怎么会呢。
> （然后，几乎是温柔地）
> 你会明白的。这和个人无关。
> 她走出去。

简的意思是汤姆完全错了，她绝不会那么孩子气和小心眼。但汤姆和观众可以立刻看穿她和她的话是完全相反的意思：她感到被拒绝和被羞辱，所以现在她需要治一治他。

**标志性角色的关键（通常）是一个神秘的背景故事。**

在影片《谍影重重》中，杰森·伯恩（马特·达蒙 饰）必须战胜他身为杀手的过去——即使他患上了失忆症。现在，他是一个"无辜"的被人追杀的英雄。而他的过去，他是追杀别人的人。他怎么能否认并克服一个他甚至不记得的经历？而他的危险过去又有多黑暗？

花了三部电影，我们才知道印第安纳·琼斯[17]博士的一切。也是三部电影之后，我们才知道卢克·天行者和黑武士的底细和关系。印第安纳不想谈论，而卢克甚至不知道。[18]

在《飞行家》（*The Aviator*）中，我们看到霍华德·休斯（莱昂纳多·迪卡普里奥 饰）的妈妈在他是孩子时给他洗澡，我们不知道这是否与他传说中的强迫症（干净=安全和被培养的），或者与可能导致了他被丰满的简·罗素吸引的某种弗洛伊德的恋母情结有关？

---

[17] 印第安纳·琼斯（Indiana Jones），同名系列电影（中文名《夺宝奇兵》）中的主角。译注。

[18] 卢克·天行者和黑武士均为系列电影《星球大战》中的人物。译注。

在《猫鼠游戏》（*Catch Me If You Can*）中，我们碰到了年轻的小弗兰克·阿巴内尔先生，亲眼目睹了他的母亲如何与他的生意失败的父亲（克里斯托弗·沃肯 饰）离婚，而这又如何给弗兰克的生活带来不断的空虚感。我们不是到影片的后三分之一才明白他母亲的抛弃行为导致了弗兰克几乎所有的诈骗游戏。弗兰克所有伪装行骗的背后，真正想要的是他的家人回到一起，沐浴在另一棵圣诞树的光芒下。

在《沉默的羔羊》（*The Silence of the Lambs*）中，克丽丝·史达琳（朱迪·福斯特 饰）有一个痛苦的童年秘密，那就是她没能把哭泣的羔羊从她叔叔农场的屠宰房救下来。汉尼拔·莱克特威胁克丽丝向他透露这一私人耻辱，作为他进一步深入了解目前野牛比尔连环杀手案的"交换条件"。克丽丝的背景故事和影片的高潮及解决有着千丝万缕的联系。当她终于能够找到野牛比尔，她必须独自进入他的藏身处，并且克服她的过去给她的内心带来的恐惧和折磨。有一个吓坏了的尖叫女人被关在这个疯子的房子的地下室，而这一次克丽丝是不会跑开不救这只"羔羊"。在电影的高潮，克丽丝在漆黑的地下室无助地挥舞着双手，而野牛比尔（戴着夜视护目镜）移动着步履准备动手杀人。这是克丽丝的勇敢和直觉赢了。由于我们的标志性的女主角杀死了野兽，从她的枪里射出的子弹射穿了野牛比尔身后的墙，光明名副其实地战胜了黑暗。

---

编剧的目标是创造一个标志性的主角，然后看他/她在压力下如何表现。设定他们特有的优势和劣势；迫使他们离开自己的舒适区域；发现他们的核心、原始的恐惧和终极欲望；找出他们的盲点并挑战他们的局限——把他们推向边缘。

---

## 专访：编剧/导演

### 史蒂文·康拉德（Steven Conrad）

*史蒂文·康拉德电影作品年表*

代表作：

《身份窃贼》（*Identity Theft*）（2013）

《白日梦想家》（*The Secret Life of Walter Mitty*）（2013）

《我要升职》（*The Promotion*）（兼导演）（2008）

《当幸福来敲门》（*The Pursuit of Happyness*）（2006）

《气象人生》（*The Weather Man*）（2005）

《相知相惜总是情》（*Wrestling Ernest Hemingway*）（1993）

作者：我们来谈谈为了塑造一个标志性的、令人难忘的主角，如何真正把这个人物推到边缘，比加让他走过熊熊燃烧的煤块或者碎玻璃去实现他的目标。你的一些角色甚至被人把奶昔或快餐扔在身上。我感到惊奇的是，你是怎么创作了那些有美好的意图、但是在大多数情况下非常不走运的人。他们是真正强大的幸存者，他们通常以和平主义者开始，但最后以战士/斗士结束。我的第一个问题是，这些角色的什么地方吸引了你，因为在你的作品中它是一个经常重复出现的主题。

史蒂文：我总是希望表现这样的一个故事，它在这个或那个方面是我所熟悉的。如果它似乎不能以这个或那个方式出现在我的生活中，那么我是没法坐下来写剧本的。电影市场上有太多异想天开的影片——即使是以浪漫爱情的名义出售，仍然是异想天开的。它们是一系列根本不会发生在任何人身上的事件。那些电影肯定有存在的理由，但不应该作为对每一个编剧的要求。就我而言，我不能这样做，除非这个故事在某些方面让我想起了我曾经的奋斗和挣扎。虽然，它不需要是实际的事件。事实上，我写过的事情没有一个是我特别经历过的，但事情背后的愿望或者希望或者期待，是我可能需要能够从我自己的生活中记起的东西。

我写的故事，以这种或那种方式，但全部都是关于三件事：愿望，希望和期望。角色和那些事情的关系对我来说是基础。但我把它们看作是非常不同的现象。如果一个角色的愿望总是不在他的掌握之中，那么他可以很快地保持平静——每个人的日常生活都会发生这种事。但是想象一下，某个角色必须面对原来有希望的事情可能黄了这个事实，那就开始变得有点接近关键了。这就更难掌握了。而如果你创作一个角色，这个角色必须抗争的事实是，即使他的基本期望也可能落空，那么现在你开始得到一些东西可以用来"烧"、"煮"和"加热"了。这里存在着发生冲突的前提，因为这可能让一个人做出反应。它会让一个人站起来。就我而言，我想把故事放到一个情况甚至更为紧迫的地方，在那里角色要抗争的事实是，他甚至可能不会得到他应得的东西。这种类型的电影带出的人物元素，可能让他们更引人注目，因为他们的斗争不是最常见的电影叙事中所能代表的。有一些明显很了不起的例子是这种类型，从《告别昨日》（*Breaking Away*）到《落难见真情》（*Planes, Trains and Automobiles*）都是如此。事实上，从电影诞生以来我们的电影可能更接近那个数量，但它们再没有一起被制作出来了。

我想我的意思是，在故事中其中一个人觉得自己配得上得到公平、体面和真诚的对待。为了有一个共同的目标和那些让人沮丧的事情。你不必写一个超级真实的电影来获得那种能量。在影片《抚养亚利桑纳》（*Raising*

*Arizona*）中有那种能量，而且它也让《威龙二世》（*Junior*）这部影片难以忘怀。他想要什么？他想要一个家庭。所以，我想这对我来说……这是我说的那种地方，在那里角色意识到他可能得不到他应得的东西。

作者：这是某种个人的公平感。我想到了电影《克莱默夫妇》（*Kramer vs. Kramer*），因为你知道，其中有一场非常精彩的戏，克莱默必须在平安夜找到一份工作，否则他可能失去儿子的抚养权。某种程度上人们是如此不同，因为他走进来准备他的面试，然后他们像是在说，"嘿，我们将有一个圣诞节聚会，假期后再过来吧。"

史蒂文：是的，而且我们知道他是如此地绝望。这是主角和观众之间的一个秘密。观众知道许多故事中的人物不知道的基本元素，故事可以从这种设计中受益。我的作品中的一个类似的例子，我认为是《当幸福来敲门》。克里斯的同事都不知道他的个人生活处于令人绝望的境地，并有一个他们可能发现他真实情况的挥之不去的威胁。这有点像恐怖片的类型，即观众知道的一些主角不知道的东西，这种东西潜伏在四周。那些构思并不是完全不同。

作者：在《当幸福来敲门》中，当克里斯（威尔·史密斯 饰）带着儿子去潜在客户的房子然后他被邀请一起去看球赛。首先，他不希望这个家伙知道他甚至没有一辆车。

朱：是的，沿着这些线路下来是肯定有效果的。

作者：然后，心碎时刻来了，那个男人只是随口一说："不，不……你能跟我们联系很好，但我没有兴趣给你我的生意。"

史蒂文：那部电影，对我来说，我不是很知道如何处理它，直到我看了《风烛泪》（*Umberto D*）[导演是维托里奥·德·西卡（1952）]。这部影片说的是那个家伙绝望地想付房租，但他付不了，也没有人知道。它发生在一段非常固定的时间，和《当幸福来敲门》一样，但它的时间更短。不知怎的，看着那部电影让我产生了一些我以前没有想象过的可能性。《偷自行车的人》也明显是那种模式。但是，我不知道是因为哪些原因，《风烛泪》深深打动了我的心。

作者：在你的作品《气象人生》、《当幸福来敲门》和你同时执导的《我要升职》中，故事贯穿了许多父子问题。它们表现了男人试图弄清楚成功的父亲意味着什么。他们会走多远。在《当幸福来敲门》中，克里斯努力想让他儿子克里斯托弗（贾登·史密斯 饰）认为住在火车站是一个神奇的体验，所以它不是那么糟的。这让我想起了《美丽人生》（*Life is Beautiful*）中的集中营，或者《气象人生》中的男主角只是想帮助他的女儿，陪她去纽约上射箭课。对于父子故事、问题婚姻和离婚故事，从获得和保持一个家庭的完整以及成为一个好家长这些方面来说，你会说你是一个愤世嫉俗的人或者一个理想主义者，还是介于两者之间？

史蒂文：你的人生真的需要为之奋斗——去把那件工作做好，感觉应该是那样的。这是非常重要的承诺，设法让你爱的人得到你的良好照顾。可能没有比这更重要的了，那么为什么我们不应该写这些呢？分享我们这么做、把它做好的时候的忧虑与不安？我认为关键是要让它有趣。可能有一件重要的事情要记住，那就是写剧本更像是在篝火旁讲故事而不是读小说。你对别人说，"喂，坐下来，别动，我要讲两个小时。"这时你必须讲得有趣，让人坐得住，让观众看得入神。这是一种本事。这得让别人说这是个人才，但这种本事是不可否认的事实。在你长大的过程中，你记住了可以让你听故事入神的孩子。如果你有这种本事，那么你就有一个美好的开始。但是，即使你开始使用关于写作技能的更高级的概念——比如说主题开发或者探究或者诸如此类，我认为值得你一直记住的是，你要用一个故事让别人坐下来——首要的是，它和讲篝火故事一样简单、一样困难、一样充满挑战。

作者：篝火故事和电影之间存在相似性，因为你都是坐在黑暗中，你看着闪烁的光而且你真的想要一个好的故事，你想一直被吸引。能保持火光燃烧的是真正的编剧人才。谈到编剧技巧，我看着你的作品，中心似乎总是落在孩子、做一个好父亲以及为了你的孩子这样做上面，因为最终它和获得一份工作或得到那笔钱并没有太多关系，它是关于那么做代表了什么。另外有一件事，你似乎加入到你的作品用来加剧影片利害关系，那就是角色之间的强烈对比。例如在《气象人生》中，你写了大卫（尼古拉斯·凯奇 饰），没有人尊重他，人们向他扔东西。而他的父亲（迈克尔·凯恩 饰）是一名获得过普利策奖的作家，如果这还不够糟糕，他患上了绝症。它使大卫在每一个人生转折都感觉更糟糕。当他把他的父亲送进医院，他甚至不能正确地给他买一杯咖啡。我在想，大卫试图成为一个足够好的父亲的想法和那个恋童癖的心理咨询师形成了对比。我想知道，当你详细描画一个故事时，你有意识地想表现你的角色之间的这些强烈的反差吗？这种意愿有多强烈？

史蒂文：我觉得这是伴随着写作过程发生的——我在开始写作之前完全没有去考虑。除了找出让角色躁动不安的是什么，我在早期一般想得很少。有人在几个月前向我指出，我写的所有故事中的主角都没有朋友。其实，这对我来说是个新鲜事。它反映出来的事实是确实存在的。这是我一直在做的事，完全没有意识到对我来说成了规则，但我想是的。无论出于何种原因，我选择了写无人倾诉任何事情的角色。是真的，在我的新片《白日梦想家》中也是这样。我不知道这是为什么。也许是因为如果没有人扔"救生衣"的话，我会写得更好吧。

　　　　对我来说，如果把找出他的问题的解决方案全部留给角色自己
完成，故事可以写得更好。

　　我放在主角周围的人物，像是为了把我认为能够拯救主角的任何特性、
品质和优点从主角那里拿走而出现在那里。电影中出现的任何其他的人是为
了让这个角色更清楚自己。这帮助我牢记，在影片的结尾，角色性格并不总
是暗示着变化。你变得习惯于思考角色的性格弧线❶，因为性格弧线是合作
完成电影制作的词汇之一。它是你从制片厂得到的一个常规提示——性格弧
保证你将要观看角色的一个转变。但是我从现实生活中完全没有那么多的感
受。通常我对立即改变的人是持怀疑态度的。我觉得我们都是如此。有人说
他找到了上帝。有人过度承诺。星期二，他是一个可怕的爸爸；但是星期三
早上，冰箱上有张温暖的纸条，上面写着，"一切都将变得更好"。我就是
怀疑这一点。我从生活更多地认识到的是那些不会改变的人。我不认为那是
一件坏事。我不知为什么变得依赖于那些不得不保持不变同时不得不改变他
们周围环境的角色。这不是我的创意，在所有这种类型的影片中这么做都很
有效果。《拜见岳父大人》（*Meet the Parents*）是这种类型的影片，影片中格
雷格·福卡没有经过变化，一点没变。他要做的所有就是忍受，直到他周围
的人改变。《当幸福来敲门》也是这样的，因为不管剧本第一页的那个家伙
是什么样的人，在电影的结尾他还是那样，但他不得不争取机会来证明它。
　　作者：在我看来，他们似乎还是有一点点变化。《拜见岳父大人》中
格雷格·福卡的例子以及在《当幸福来敲门》中，他们开始时有一点点为他
们的现状感到羞愧，因为他们是骄傲的人，他们勤奋工作，觉得自己值得有
更好的生活。我觉得，人们可以对他们的弱点下手是因为他们确实有这种不
安和疑问。我可能是错的，但似乎在最后，他们都不再愿意让自己成为自己
最大的敌人了。他们周围的人拿那些折磨他们，接着他们站起来说，"看好
了，我不是你们想的狗屎不如的人。这是实话，这就是我，如果你不喜欢，
那就去你的。"而且，在开始的时候，他们似乎比此刻更想获得认可。
　　史蒂文：是的，但这是不是意思是说电影中的事件是为了引出人物最好
的自我？
　　作者：绝对的。是的。

----

　　❶ 性格弧线（Character arc），指影视作品中人物从一种内心状态到另一种内心状态的
转变过程。译注。

史蒂文：我那样用的比较多。我期望角色要经历的东西会让那些事情发生。除非我觉得故事和角色已经融为一体，否则我不会开始那个故事。大多数时候我将其视为他们正在发出没人能听见的声音。他们周围的状况必须改变，必须让他们突然意识到这一点。这个人有潜力和时间走出去让事件发生，以便引出他对自己的承诺。我希望指出的一点是，如果你忍住不用一些似乎和电影剧作有关的假设——例如性格弧线是必要的，或者说类型线必须一直得到尊重，那么可能更有助于你的故事。考虑有关故事类型方面的事情——它是一出喜剧？还是一部剧情片？这么想是一种拖累，因为如果思考下我们早期的电影，像卓别林的电影，它们非常美丽和悲伤，同时非常搞笑。但那时并没有电影类型的说法。所以，导演拍电影时没有想过影片类型，但他拍出来的电影就是那样。这是一种本能。当卓别林可以自由地做任何事的，他的目标是做很多事情。我想这才是一种健康的本能，而现在你会被推到以更窄的方式思考电影的境地。

作者：市场机器决定了太大的一部分。

史蒂文：嗯，对抗市场机器在电影制作中的作用的一个方法是，让某个演员能够关注理解你的作品。我的片子永远只能被拍出来，那是因为有演员时不时要去拍它。我还没有主动拍过一个，并且我看不出在以后我会去拍，制片厂说，我们就是得拍这部电影。它们永远只是被拍出来，因为当一个演员读剧本后说"这可能值得去演"的时候，我得到了机会。这帮助我记住，我不是在写一本书；它不是一件已经完成的成品。剧本只是一个蓝图，是让其他专业人士——导演、演员——加入做事的蓝图，然后成为呈现给观众的图画——那是导演、演员和制作总监选择去做的事情，不是我做的事情。把一切都充满感情地写出来的脚本没有给演员留下施展的空间，并且可能削弱他们表现的机会。

作者：回到刚才的话题，你的角色没有任何朋友。在我看来，也许无论是自觉或不自觉地，这么做有助于提高故事的利害冲突，利害冲突是你常常从制片厂听到的另一个注意事项。

但是，举例来说，如果他们真的没有任何的朋友，那你的处理方式是，配偶曾经是他们最好的朋友。而且，事情不顺心的时候，通常是由于钱的问题，结果主角不仅失去他们的婚姻，同时也在失去他们最好的朋友，而这提高了影片的利害冲突。他们要离开自己的孩子，这已经成为父母一生中最重要的关系，但是在这个时间点上让它变得更可怕。你在构思一个故事时，你是否有意识地思考一下："那么，利害冲突还不够强大吗？"或者它只是一个来自于本能的过程？

史蒂文：我没有想过这件事，但也可能是因为我在写一个故事的时候，对故事中的利害关系是什么的意识不强，所以才没有特意去想。我没有意识到为什么我会抛弃它——我敢肯定，那是我决定故事取舍的一个常规特点——不够平衡。我认为好的编剧对此有相当自然的直觉，即故事中某些重要的东西是平衡的。好的故事让你在之前恰好没有看到的地方找到了利害关系，让你投入到不同寻常的角色，并且从你并不十分期待之处制造冲突。

作者：回到那些独来独往的角色，这种角色最终要靠自己，因为已经没有人会扔给他一件救生衣，这是你在你的剧本使用画外音的原因吗？目的是让角色不和任何别的人交谈吗？

史蒂文：是的，创作一个发现自己身处搏斗之中却没有退路、旁边也没有救护员❷的角色，对我来说似乎更好一些。画外音可以把这一点说出来。但是，最初我决定应该可以使用画外音的理由，是大多数时候你听到的忠告是要求你不要这样做。画外音被看作是一种廉价的手法，因为它本质上是不真实的虚假的。当然，这种说法没错，但同样，电影的每一个单独的方面都是虚假的。电影是假装出来的东西，所以那种认为应该限制电影虚假程度的想法，在我看来似乎很傻。所以我想，如果没人使用画外音，只是因为从你在学校的时候开始就已经听说你不应该这样做，那么它很可能其实是一件可以去做的好事。我认为，如果你听到的内容会让正在思考它的人感到吃惊的话，那么画外音是有效果的。不是只有影片中的角色在给你讲故事，画外音也会在那个时候降临在正在思考的人身上。我完全没有刻意去做，画外音直接来到我脑中，但我也确实喜欢它。不过画外音只是一种方式，不是唯一的方式。我喜欢看人们意识到世界降临在角色身上。它是那么没有善意，那么不在乎你，同时却那么地精彩。卓别林精美地做到了这一点——即使没有配音——但在某些时候这也可以是方法之一。

作者：在《当幸福来敲门》中，画外音阐述了一个强大的主题，即"幸福"（happiness）这个单词中间应该是一个"i"（我）。用特别的画外音和引入的关于托马斯·杰斐逊的内容讲故事，这个想法从何而来，当你开始写剧本的时候，你有意识地思考主题吗？还是它自己浮现出来？

史蒂文：不，我从来没有想过这一层。我真的试图用一个基本的困境，并且试图为接下来可能发生的事情给观众创造一个问题。我埋葬了我所有的主题感觉能力。我想有关杰弗逊的东西急着进入我的脑海，是因为克里斯面临的挑战也像是美国给我的。

---

❷ 原文为cutman，是指拳击比赛回合的间歇，在现场处理拳手伤口的工作人员。译注。

作者：你有没有在什么地方的墙上看到"幸福"（happiness）拼写错了？

史蒂文：不，我只是想引出克里斯认识到，他的孩子在每天的大多数时间里不会被认真照看，他完全意识到了这一点却必须忍受。这像是在清晰地传达一种感觉，即我们中的大多数人不得不超越我们的状况。我写的东西里只有非常小的部分是来源于发生过的事情。我前面说过，电影特性中我最爱的部分就是它是假的。我想大多数做电影的人，包括我自己在内，在现实世界中都不是那么走运。可能我们投入电影完全因为它们是编造的，它们让我们生活在一个事情不以它们通行法则运行的世界里。这可能是为什么我们没有在军队里的一个原因吧。事实上，我希望能很快帮助制作一部故事和背景真实感更少的电影，目标是爱丽丝漫游仙境的级别。我想看那样我能走到多远，但电影仍然和人类有关。

作者：你开始写之前会做多少前期规划？你写大纲吗？

史蒂文：不，我从来没有那么做。那会给我带来许多问题，因为如果你打算那个体系中工作的话，你就不得不去做它。人们期待它，但它是对我来说是场战斗，因为我不擅长。一个好编剧在动笔之前就会想出一些有趣的东西，这应该是一个挑战。而在你坐下来投入全部心血和数百小时的时间做好之前，就能把大纲充分想象出来吗？这应该是不可能做到的。也许吧，我希望我能做到，但我不能。我看得到它的价值。但它只是对我没用。我一般只是坐下来，开始等待我认为很有趣的事情发生。

作者：在《当幸福来敲门》中，你有一个非常明确的结构，因为影片来自一个真实故事并且你知道你是从一个努力奋斗去克服困难的家伙开始。

史蒂文：制片厂的提议是讲述克里斯·加德纳[21]的人生故事，那可能意味着从出生讲到现在的克里斯·加德纳。没有人早早就确定了以两个月的时间作为我们的故事叙事周期。但幸运的是，没有人要求我按那样写哪怕一个镜头。我以前和制片人托德·布莱克做过电影，我们是朋友。我认为，威尔·史密斯还不错，能让我走开一点点，只是看看我想出了什么。所以我被允许花时间写了好多页最后成为垃圾的剧本，直到我能够从其中一个故事看到它存在的可能性。如果我必须给剧本定很多调子，我不知道我是否还能找到那个故事。好电影不可能定调。如果你列出十部你喜欢的电影，我不知道你是否能想象有人能在房间里用二十分钟时间给它们定调。《大保龄离奇绑架》？有些好东西会被忽视。所以，在创作《当幸福来敲门》时我真的很幸

---

[21] 克里斯·加德纳（Chris Gardner），美国金融家，《当幸福来敲门》根据其自传改编。译注。

运。我想,只有在这种情况下才能这样——你和投资人有些私人关系并且赢了一些信任,例如你交出来的一些东西不是那么好,制作人知道说"好吧,再给他一个星期,他会解决的"。他们知道为了实现它,你会努力工作的。

作者:你是从松散的基点开始吗?你以线性的方式写作吗?或者你只是以一个特定的角色开始,"我去看看他会把我带到哪里?"也许每个项目是不同的。

史蒂文:不,我想我跳过了所有的地方,然后试着找到足够的场景把它们放在一起。接着,我开始看到某个地方有一点点路径,它们在那里以某种方式排成一行。此刻我返回去重新工作,让场景能更清晰地标识那条道路。

作者:你觉得你的作品从纸上变成银幕上,你从中学到最多的是什么?是与戈尔·维宾斯基㉒或是加布里埃莱·穆奇诺㉓还是你自己执导的《我要升职》——这些经历如何影响你的写作流程?

史蒂文:我想,当故事呈现在银幕上,如果你坐在观众中间他们,你有机会看到他们的肢体语言——当他们转动身体或者全神贯注时,你可以清晰地看到让他们感到乏味或者兴奋的是什么。在他们转动身体时,你对自己说:"好吧,有个很好的部分大概四分钟后就来了",然后你开始希望那个好的部分快点出现。所以我想你要学会想办法把更多好的部分加进去。因为在好的部分,你可以达到一个高度,在这个高度得分、表现和想法将全部凝聚在一起,而且你会有这样的感觉:"我很高兴此刻坐在剧院的这个地方"。

作者:这是很神奇的感觉。

## 作业

你如何确定谁是你的主要角色?一般情况下,他/她会是这样的人物:(一)拥有最积极主动的目标;(二)可以失去的东西最多;(三)在故事过程中改变最大。现在,是时候来剥去外衣和表层(面具、防御、伪装),更深入地挖掘真正使他们与众不同的地方。

以你的主角的第一人称视角回答以下问卷:

角色游戏

你叫什么名字?

你多大了?

---

㉒ 戈尔·维宾斯基(Gore Verbinski),《气象人生》的导演。译注。
㉓ 加布里埃莱·穆奇诺(Gabriele Muccino),《当幸福来敲门》的导演。译注。

你从哪里来？

你现在住在哪里？

你最喜欢的衣服或个人装饰物品是什么？

你的房子最受青睐的房间是哪间？为什么呢？

你走进一间酒吧，你点什么喝？

你认为你的身体的最佳和最差的方面是什么？

你最糟糕的坏习惯是什么？

在影片的开始，你最看重的是什么？

谁是家里最亲近你的人（指配偶或血亲）？

你在紧急情况下打电话给谁？

谁是你的家庭/朋友/同事圈里最可能背叛你的人？为什么呢？

你曾经犯过罪吗？你做了什么？你有没有被抓到？

你发现一个钱包，里面有500美元现金和驾照，你会怎么做？

你有任何在别人看来可能不是烦恼的烦恼吗？

你认为你最大的弱点（阿喀琉斯之踵）是什么？

你认为是你最大的优势是什么？？

你的生活信条/哲学是什么？

迄今为止你最大的成就是什么？

关键的遗憾是什么？

对你最大的误解是什么？

你最生动的童年记忆是什么？

你曾经爱过吗？什么时候？和谁？

你相信上帝吗，如果不信，你信仰什么？

如果你可以拥有任何东西或者做任何事情的话，你的终极生活愿望是什么？

你最讨厌自己的是什么？

你内心深处的恐惧之源是什么？为什么它让你害怕？

你有秘密吗？一些你从没有告诉过任何人或者只有告诉过有选择的几个人的事情？

# 第4章
## 视点是什么？

### 通过视点、潜台词和对话给人物增色

一旦你选定了你的电影的类型、风格、故事前提，可能还有中心关系和冲突，接下来你需要决定影片的视点（point of view, POV）。这是一个单主角、按时间线性叙述的故事吗？一个双主角的故事？一个多主角的故事？万花筒？大合唱？其中一些问题可能的答案，可以在讨论结构的第8章中找到。但是视点常常不只牵涉结构，它也事关角色的独特声音和观点。你是从好人还是坏人的视点讲故事，或者两者兼而有之？是主角对他的生活的回顾与反思，还是我们和这个角色一起踏上旅程直接见证他的发现？

**有两种基本的视点：主观视点和客观视点。**

**客观视点**是一种普遍的、广泛的，或多或少"中性"的视点。它向我们展示所有的事件，并且不仅仅局限于场景中主角的出现或者他/她的视点。例如以下这些影片：《猩球崛起》（*Rise of the Planet of the Apes*）、《世纪战疫》（*Contagion*）、《全面反击》（*Michael Clayton*）、《谍影重重》（*The Bourne Identity*）、《黑暗骑士》（*The Dark Knight*）、《人生交叉剧》（*Magnolia*）和《爱在心头口难开》（*As Good as It Gets*）。如果使用画外音，声音将来自一个外部的、无所不知的叙述者而不是影片中的某个角色（那将使配音主观化）。

**主观视点**是一个受限制的视点，其中我们看到的一切——或者几乎一切——来自一个或多个角色的观点。单个或多个主观视点的电影往往会加入特定角色的画外音以及/或者闪回，所以我们可以看到背景故事和回忆的效果，而这告知了主观的真实性。

在电影《铁娘子》（*The Iron Lady*）中，我们见到老年的玛格丽特·撒切尔（梅丽尔·斯特里普 饰）和她的丈夫丹尼斯（吉姆·布罗德本特 饰）吃早餐。他们聊起牛奶的价格，我们感受到他们之间的亲密关系……直到撒切尔夫人的秘书进来，我们才知道丹尼斯是撒切尔夫人的想象中虚构的人物，因

为她的丈夫最近去世，但她不能接受这个事实。同时，她也处在阿尔茨海默氏症的早期阶段。该片随后根据玛格丽特的回忆来回切换，而丹尼斯一直作为她的无所不在的知己，直到影片结束。

主观视点的其他例子：《少女孕记》（*Juno*）、《双面玛莎》（*Martha Marcy May Marlene*）、《搏击俱乐部》（*Fight Club*）、《记忆碎片》（*Memento*）、《第六感》（*The Sixth Sense*）、《天使爱美丽》（*Amélie*）、《禁闭岛》（*Shutter Island*）、《心灵钥匙》（*Extremely Loud & Incredibly Close*）、《她和他和她之间》（*The Opposite of Sex*）、《大保龄离奇绑架》（The Big Lebowski）和《在云端》（*Up in the Air*）。

主观视点也可以用来作为一种强化故事叙述的手段——此时摄影机本身在情节中发挥积极作用。《超自然活动》（*Paranormal Activity*）、《科洛弗档案》（*Cloverfield*）、《战栗汪洋》（*Open water*）和《女巫布莱尔》（*The Blair Witch Project*），这些影片利用"被发现的素材"（在前面或者结尾展示）把我们着实吓得不轻。电影《活埋》（*Buried*）中美国卡车司机保罗·康罗伊（瑞安·雷诺兹 饰）在伊拉克被活埋在一口棺材里，随身携带的只有一个打火机和一部手机，影片把他的幽闭恐惧以主观视点呈现给了我们。

根据真实故事改编的剧情片《潜水钟与蝴蝶》的主观视点是Elle杂志主编吉恩·多米尼克·鲍比（马修·阿马立克 饰）非常受限的视角。吉恩经历了一场严重的中风，全身完全瘫痪——除了左眼球能够运动。这个故事主要从吉恩的那只功能尚存的眼睛的视点来讲述，所以当他眨眼，屏幕立刻暂时变黑。我们可以由此代入体验他所承受的严酷限制，以及他那无限的决心和勇气。而且，这是一种怎样的勇气？吉恩只能按照约定的字母和数字的序列，通过眨左眼进行沟通，而他仍然想方设法完成了他的写作！

**有些电影既有客观视点，也有主观视点。**

影片《饥饿游戏》（*The Hunger Games*）主要是凯妮丝（詹妮弗·劳伦斯 饰）的视点，但是联合编剧/导演加里·罗斯也加入了高科技的监控室（原著小说中没有）的视点，用来强化幕后操控者塞涅卡·克兰（韦斯·本特利 饰）的权利和统治。监控室提供了一个无所不知的角度来监视和操纵比赛。肯·克西（Ken Kesey）那部具有里程碑意义的小说《飞越疯人院》是以印第安人"酋长布罗德曼"（也称为酋长布鲁姆）的第一人称讲述，他从医院逃脱后讲述了故事。尽管酋长布鲁姆患有偏执型妄想症，但小说仍以他的主观视点讲述故事。酋长布鲁姆既聋又哑，这为他提供了某种全面接触保密信息的通道。电影版的《飞越疯人院》中没有画外音或者第一人称视点，故事以客观的方式展开。我们和反英雄的主角兰德尔·麦克默菲（杰克·尼科尔森饰）产生共鸣，但影片讲的是关于他的故事，而不是他讲故事，并在电影的结尾，他被做了脑叶切除手术，他的个人观点也随之被摘除了。

**写一个主观视点时，要确定观众比主角知道的更多——还是更少。**

在影片《沉默的羔羊》中，克丽丝追踪案件主谋来到一所房子。我们知道开门的男人其实就是她一直在追查的那个连环杀手，臭名昭著的野牛比尔。不幸的是，她并没有意识到这一点，直到身陷比尔的秘密巢穴处于危险境地之后，她才知道。

在影片《龙纹身的女孩》中，布洛姆奎斯特（丹尼尔·克雷格 饰）重新进入马丁（斯特兰·斯卡斯加德 饰）的房子，却没有意识到马丁已经盯上他了。但是在马丁注意到那把丢失的屠刀并且诱使布洛姆奎斯特进到他的刑讯室的时候，因为我们已经知道，所以加剧了这场戏的紧绷悬念。

在影片《蜘蛛侠》中，我们早在彼得/蜘蛛侠（托比·马奎尔 饰）知道以前就已经知道诺曼·奥斯本（威廉·达福 饰）实际上就是绿魔。在影片《全面反击》中，我们早在迈克尔（乔治·克鲁尼 饰）希望能预见并且保护他之前，目睹了谋杀亚瑟·艾登思（汤姆·威尔金森 饰）的情节。

**反过来，我们再看另一些电影，在这些例子中，观众比主角知道的更少：**

昆汀·塔伦蒂诺的影片《无耻混蛋》（*Inglorious Basterds*），开篇是在1941年法国的一家奶牛场，这是大师级的视点和悬念。现场从多个角度展开，并且使用了三种不同的语言：法语、德语和英语。党卫军上校汉斯·兰达（克里斯托弗·华尔兹 饰）与他的纳粹士兵追捕犹太人，来到在法国农民佩里耶·拉帕迪特（丹尼斯·蒙诺切特 饰）的家中，此时影片并没有表现拉帕迪特先生有什么要隐瞒的，但是随着这场戏慢慢推进，我们发现德雷福斯一家正躲在地板下面。由于兰达上校喜欢他那杯新鲜牛奶，他优雅地胁迫拉帕迪特和盘托出。兰达首先用英语说，因为他知道德雷福斯家人听不懂，然后他转回用法语说（全部加上英文字幕）。之后，他轻松地向拉帕迪特告别，发信号给他的士兵。他们进入农舍，用子弹把地板打得全是窟窿，杀掉了所有的人，除了德雷福斯家的女儿设法逃脱了。在这个例子中，拉帕迪特一直知道德雷福斯家藏在他家，但观众几乎到这场戏的最后才发现他的秘密。

另请参看：《蕾切尔的婚礼》（*Rachel Getting Married*）、《情归新泽西》（*Garden State*）和《凡夫俗子》（*Ordinary People*），在影片中，我们

经历悲惨事件的后果——它的连锁反应，但我们通常直到故事的最后三分之一才会发现全部真相。

**在切换中讲故事。**

银幕上大量的故事叙述是在场景之间的转换中完成的。事实上，很多电影人相信，对故事的进展来说，从什么地方切走以及从什么地方切入甚至比场景本身的内容更重要。今天的观众都相当擅长用他们的想象填补这些"空白"。在《窈窕淑男》（*Tootsie*）中，迈克尔·多尔西（达斯汀·霍夫曼 饰）的经纪人告诉他，美国没有人会雇用他，然后迈克尔反驳说："哦，真的吗？"我们马上切到迈克尔打扮成桃乐丝·迈克尔走在街上。他首先出现在都市人群中，但随后我们认出他并且完成了逻辑上的跳跃。我们已经从影片序幕知道迈克尔精通舞台化妆，善于改变自己的外貌来适应不同的男性角色。我们不需要看到他化妆成女性的过程。迈克尔在他的经纪人的办公室，处在职业生涯的僵局中，动态切换是从静态拍摄的迈克尔直接转到他的另一个自我——桃乐丝，穿着高跟鞋走在麦迪逊大道，很协调但是平衡度欠佳。这是所有伟大的喜剧玩的把戏之一。

**使用一个不可靠的或有保留的叙述者，那么观众知道的没有主角知道的多。**

在《非常嫌疑犯》（*The Usual Suspects*）、《搏击俱乐部》（*Fight Club*）和《赎罪》（*Atonement*）中，每个叙述者都有计划地对我们保留了全部的真相，直到影片的高潮。

在影片《美国丽人》（*American Beauty*）和《日落大道》（*Sunset Boulevard*）中，叙述者没有告诉我们关于他们死于非命的重要信息。我们从开始就知道他们不会有好的结果，但我们不知道何时、如何或者为什么。

有时候，一个不可靠的叙述者仅仅是健忘。《大保龄离奇绑架》是通过那个陌生人（山姆·艾略特）讲述了勒保斯基的故事，但是后来找不到他的思路。告诉你实话，很多年来我相信这部电影是由塔姆波立维得讲述的，但他实际上是勒保斯基刚好在保龄球馆碰到的一个牛仔，勒保斯基向他讲述了他的故事。

**在偏执型或心理型惊悚片中，我们的视点通常和主角的视点（主观的）一样。**

通过这种方式，我们可以体验到他/她有限的视角——加大了悬念。如果你走这种路数，要尽量一直保持这个固定视角。

　　在《末日惊防》（*Take Shelter*）中，我们看到一个有家室的男人柯蒂斯（迈克尔·香农 饰）变得越来越偏执地相信，世界是个有致命危险的地方并频临末日。在他面对即将到来的厄运，为了保护他的家人加固掩体的时候，他的妻子萨曼莎（杰西卡·查斯顿 饰）和观众可以看到他变得越来越妄想。这部电影让我们看到了两个视点：他的和她的视点。观看这种强大的角色刻画让人痛苦，但又必然让人感到刺激和惊讶。

　　另请参看：《黑天鹅》（*Black Swan*）、《禁闭岛》（*Shutter Island*）、《罗斯玛丽的婴儿》（*Rosemary's Baby*）和《怪房客》（*The Tenant*）。

**双主角视点为我们提供了平行叙事，让我们期待两个世界会相交——这可能发生也可能不会。**

　　在影片《龙纹身的女孩》中，我们首先见到记者米克尔·布隆克维斯特（丹尼尔·克雷格 饰），他的杂志陷入了毁坏性的丑闻之中，他正在想办法控制这种伤害，然后影片在利斯贝思·萨兰德（鲁尼·玛拉 饰）的一次少有的直接与她的老板和他们的客户见面时，将她单独介绍给了我们。随着他们为了一个共同的目标走到一起，影片把两个因为必要性而发生碰撞的独立的生命展示给我们。

　　在影片《无间行者》（*The Departed*）、《忠奸人》（*Donnie Brasco*）和《双面特工》（*Breach*）中，影片把目标交叉的英雄和反派介绍给我们，两者都是在欺骗和两面三刀的阴影下进行。

　　在平行叙述的影片《朱莉与朱莉娅》（*Julie & Julia*）中，故事在两个完全独立的主角之间交叉切换，一个是作家/博客写手/想成为厨师的人——朱莉·鲍威尔（艾米·亚当斯 饰），另一个是烹饪大师、传奇人物朱莉娅·查尔德（梅丽尔·斯特里普 饰）；她们各自独特的世界和时代。这把个叙述黏在一起的是大量黄油和每个女人对法国烹饪的激情。两个女人从未碰面，但是在最后的场景中她们确实以某种方式走到了一起，朱莉在史密森博物馆参观了复建的朱莉娅的厨房然后走了出去，显示出来的厨房奇迹般地把我们送回到那一天——朱莉娅收到她那本著名的烹调书《法国烹饪的艺术》首次出版的样本。

**罗生门式视点（得名于黑泽明的杰作）给我们提供同一事件的几个不同的角度，让我们的得出我们自己的结论。**

　　这种视点的变化包括抢劫惊悚片《在魔鬼知道你死了之前》（*Before the*

*Devil Knows You're Dead*）。在这部影片中，我们从多个视点看到对一家珠宝店的暴力武装抢劫。另请参看：《非常嫌疑犯》、《生死豪情》和动画片《小红帽》（*Hoodwink'd*）。

在影片《爱情是狗娘》（*Amores Perros*）中，我们从三个不同角色的视点看到了一起可怕的车祸，每一个都由他们对狗的爱连接在一个。《21克》（*21 Grams*）展示了一起致命车祸对三个不同主角的影响。在《巴别塔》（*Babel*）中，一把古董步枪最终连接了在三大洲的四个不同的家庭。最近的这三部电影每一个都采用一个被切碎的叙事时间线来增强紧迫性、神秘感和悬念。*参见第20章我对编剧吉列尔莫·阿里亚加的专访。*

### 当我们谈论对白时我们在谈论什么……

除非你碰巧是已故的伟大编剧帕迪·查耶夫斯基（*Paddy Chayefsky*）的转世，否则当谈到编写有效的对白时，请记住：少就是多。还有其他一些当代杰出的对话大师依然健在并且创作旺盛——本书采访了其中的多位——再加上伍迪·艾伦，贾德·阿帕图（*Judd Apatow*），迪亚波罗·科蒂（*Diablo Cody*），亚伦·苏尔钦（*Aaron Sorkin*），昆汀·塔伦蒂诺，以及其他优秀的语言大师。

除了删掉那些没有告知角色以及/或者推进剧情的多余的话，这里有一些打磨你的对话技巧的窍门：

### 对白不是真正的说话。

较之我们的日常对话，电影对白需要有所提高，能够从剧本上"砰"地炸响。它也需要更为简洁，个性鲜明，并且专注于推动情节向前发展。对于这条简洁规则，也有许多例外，尤其是当它涉及喜剧的时候。如果对白让人爆笑，那么无论它是否在点上：不要剪掉！

### 每个角色都需要一个与众不同的声音和态度。

没有任何两个角色会以相同的方式看待相同的状况。它不仅是一种说话的方式，它是被角色驱动的。即使你的角色在同一屋檐下成长并上的是同一所学校，每个人都需要有唯一的说话方式。要找到只有某个角色才会使用的词句，以便把他的声音和别人的区别开来。有些角色少言寡语，另一些则是喋喋不休；有些角色把他们的机智当成武器，例如影片《社交网络》中的马克·扎克伯格（杰西·艾森伯格 饰）。有些角色说话惜字如金，用来保持他们的难以捉摸并因此显得强势，例如影片《亡命驾驶》（*Drive*）中的司机

（瑞恩·高斯林 饰）。

在写一个场景之前，你要知道角色刚从哪里来接着要往哪里去，这一点很重要。他们可能刚从前一个场景来，或者我们在剧本中的很多页里还没有看到他们；重要的是作者知道他们去过哪里。你的角色刚刚和她的丈夫大干了一场，现在她想故作轻松地出席一个商务会议吗？另一个角色刚被解雇而现在他正在比赛日去接他的儿子吗？

**在人物的表象和真实内在之间是有区别的。**

在影片《时尚女魔头》（*The Devil Wears Prada*）中，米兰达·普雷斯丽（梅丽尔·斯特里普 饰）在工作场所说话是超级挑剔和讥讽的声音，但在巴黎，当安迪（安妮·海瑟薇 饰）在她的酒店套房拜访她时，我们看到一个非常不同的米兰达——没有化妆，为她面临的离婚筋疲力尽——以致无法伪装出她平时的趾高气昂；她是真实的、脆弱的，并且是我们第一次听到她真实的声音：

> _ 米兰达
> 又是一桩报纸第六版上大肆渲染的离婚案。想象一下他们打算怎么写我吧，"悍妇，工作狂，赶跑了又一个普雷斯利先生的冰雪女王。" ……我不在乎别人怎么写我。但我的女儿（双胞胎）……只是对她们太不公平了。这是另一个失望的事情，另一个。另一个父亲般的角色。

但是在为了让自己舒服点而表现了太多的情绪之后，米兰达重新戴上了她的"面具"，并且和安迪保持了职业上的适当距离。安迪带着发自内心的同情问道："我有什么可以做的吗？"米兰达冷冷地回应道："你的工作。"

**精彩的对白全部和潜台词有关。**

有研究证明，沟通是大约93%的肢体语言和只有7%的声音语言。

这一统计数字表明了潜台词的巨大重要性。亚里士多德明智地信奉角色是由他们的行为来定义的。不用说（有意地说出口），角色通常是由他们做的而不是他们说的来定义。在你的生活中，有多少次你曾经问别人，他/她是否被你气疯了，而你得到口头答复是"没有"，对方的肢体语言讲述了一个不同的故事：双臂交叉、背部僵硬，或者没有眼神接触？我们都知道人们说的常常和他们的意思正好相反。诀窍是把它写出来。

在影片《安妮·霍尔》中，阿尔威（伍迪·艾伦 饰）先来到安妮（黛安·基顿）的公寓，他们喝了一杯酒，在露台上得以了解对方。检查一下潜台词是如何表达出来的。

纵观以下的交流，我们看看在银幕上照外国电影的样式给出的字幕。字幕显示的是角色正在想的而不是他们正在说的。

> _ 阿尔威
> （指着墙壁上的一系列照片）
> 是你拍的吗？太棒了。

> _ 安妮
> 是啊，我——我—— 我偶尔涉足。
> 字幕：我涉足？听我说，你真是个笨蛋。

> _ 阿尔威
> 它们非常有趣。它们有——啊——啊——品
> 质……
> 字幕：你是一个很漂亮的女孩。

> _ 安妮
> 我想去上摄影课。
> 字幕：他可能觉得我像个溜溜球似的笨
> 家伙。

> _ 阿尔威
> 摄影是一门有趣的艺术形式，因为属于它的
> 真正的美学标准还没有出现呢。
> 字幕：她的腿真美，屁股也好棒啊。

> _ 安妮
> 美学标准——你的意思是——
> 这是一张很好的照片还是不是？
> 字幕：我对他来说不够聪明。再坚持一下。

> _ 阿尔威
> 摄影的介质或材料变成了条件并且会影响总
> 体效果。

字幕：感谢上帝，我读了苏珊·桑塔格[24]的那篇文章。

_ 安妮
对我来说，这一切都是本能。我只是感觉它。我尝试并且感知它，没有想这么多……
字幕：上帝，我希望他不会变成一个和其他人一样的笨蛋。

_ 阿尔威
当然了，但是一个压倒一切的理论意义把它放在社会视角的范畴——
字幕：我的天呐，我听起来像调频收音机。放松。

在影片《城中大盗》（*The Town*）中，道格（本·阿弗莱克 饰）跟踪银行经理克莱尔（丽贝·卡豪尔 饰）来到洗衣店，以确定她是否一直在和联邦调查局说抢劫银行的持枪劫匪枪手的身份。她不知道他是把她劫持为人质的蒙面强盗。当她发现她在银行劫案中身穿的白色上衣溅上了血污，她崩溃了，开始哭泣。她相信道格只是一个无辜的旁观者，一个陌生人。她感到难为情，并且为她满脸的泪水道歉，"我刚刚经历了糟糕的一星期。"道格回应："我理解。"她不知道他有多理解。道格向她提出约会，她接受了。当他在她的公寓楼外接她，她想要变得开心和无忧无虑，但是抢劫案仍然重重地压在她的心上。她向道格倾诉这段磨难。观众知道真相，但克莱尔完全身在黑暗之中。她告诉他，她被蒙着眼睛，那个枪手（道格）告诉她一直走，直到她觉得脚上有水。检查他们对话的的双重含义——另一种形式的潜台词：

_ 克莱尔
我生命中走过的最长的路。我一直觉得我好像就要掉下悬崖。

_ 道格
我感到很抱歉。

---

[24] 苏珊·桑塔格（Susan Sontag，1933 - 2004），美国著名艺术评论家，著有《论摄影》等书。译注。

_ 克莱尔
这不是你的错。

他确定她从来没有见过劫匪的脸，但她肯定如果她再次听到他们说话，她能认出他们的声音。道格的答复是："这会比你想得更难。"场景中的真正含义是没有说出来的东西。这就是潜台词。

**有效的对话和权力的动态变化有关。**

在影片《社交网络》的开幕场景中，马克（杰西·艾森伯格 饰）越是显摆他完美的分数和进入坡斯廉精英俱乐部的雄心——表面上是为了打动埃里卡（鲁尼·马拉 饰），他就越是在成功地疏远她。他过于卖力，但他似乎无法审视他自己——他的智慧胜过他的魅力。对社交网络的未来创始人来说，这个家伙的社交技巧是零分。他一直试图把自己从他自己所构筑的语言废墟底下拯救出来，但他没法做到。马克想在这一幕中感受到自己的重要和强大，因为在那个拥挤的房间里他是轻易就能成为最聪明的人。但埃里卡因为她的漂亮而处在更有权力的地位，马克认为，比起和他来一场舌战，她对肌肉发达的运动员更感兴趣。

我强烈建议你去看看基斯·约翰斯通写的《即兴》（*Impro*）这本书，其中有一章关于地位，写得很精彩。还有埃里克·伯尔尼写的关于交互分析疗法的《人们玩的游戏》（*Games People Play*）。

**精彩、精悍的对话往往会重叠。**

有活力的人物经常含沙射影地说对方，而不是和对方说话。紧迫性是戏剧性热度的命脉，所以角色未必有时间或耐心用完整的句子说话。除非你写一个合适的、上流社会的、过分礼貌的角色，否则不要害怕让他们打断彼此的对话。从人们的句子中间切走也可以是一种权力斗争的形式：**听我说。****不，你听我说**。谁可以说话，什么时候说以及说多久，这是编剧需要做的决定，不要回避冲突。

看看这个摘自影片《广播新闻》（*Broadcast News*）的对话，对话发生在高度压力下的新闻编辑室：

_ 简
（查看笔记）
回到316，博比。出租车里的声音——开始了，"我不知道我会有什么感觉……"

> _ 博比
> 我们可以……

> _ 简
> （打断）
> 拜托，博比，我们正在快进。

在博比熟练倒磁带时，汤姆（威廉·赫特）的脸出现在玻璃门上，然后他进入本已拥挤的房间里，简（霍利·亨特 饰）简单地看了他一眼。她这个动作明显不是要欢迎他。他停顿了一下，但坚持没走并想办法给自己找了个靠墙的地方。

> _ 汤姆
> 他们说我应该遵守……

简被噪声干扰。汤姆侧身对着她。

> _ 汤姆
> 他们说，这应该可以了，如果……

> _ 简
> （表示怀疑）
> 我们正在这里工作呢！你可以站到那个呃，呃，呃……

她一时想不"角落"这个词。然后转回到博比：

> _ 简
> 回放最后一句……

> _ 博比
> 他说了一些关于……

> _ 简
> （严厉地）
> 让我听清楚！

博比服从了这个严厉的命令，但是被压抑的不满在升高。助理导演布莱尔·丽顿（琼·库萨克 饰）进入编辑室。她大约26岁，从她得到助理导演这份工作以来，每个晚上她都是第一个在压力下崩溃的人。

_ 布莱尔
十分钟后我们需要它。我们把它直接插入……

在布莱尔拿起正在响的电话时，简用手指警告她，同时对博比说话。

_ 简
（对电话）
克雷格，稍微等等
（对博比）
让我听清楚!

**人物的困扰揭示了难忘的对话。**

你的人物想说什么和情节需要他们说什么之间，什么对他们最重要？什么是他们的最高优先级？人物高度特异的神经质为他们提供了他们的声音。

在影片《奇迹男孩》（*Wonder Boys*）中，詹姆斯·里尔（托比·马奎尔 饰）不仅可以毫不费力地快速背诵自杀的电影明星的名字、准确的日期和具体方法，而且他还可以按字母顺序这么做。

在影片《杯酒人生》中，迈尔斯（保罗·吉亚玛提 饰）有一瓶珍贵的葡萄酒——一瓶1961年产的白马酒庄——他为了某个可能永远也不会来的特别场合一直存着这瓶酒。而他不会在任何情况下喝梅洛。

**理想情况下，阐述和背景故事将在潜意识的层面传达。**

"展示，不要告诉"，这是编剧的第一条规则。但它到底是什么意思？角色不需要解释他们正在做的一切，因为我们希望能看到他们在积极地做一些事情。但是，当剧情涉及过去，除非你使用倒叙，否则你如何跨越人物之间的历史，去发现象征过去的视觉线索？最常见的画面是一张胜过千言万语的照片。但是照片作为这个目的往往被过度使用，所以尽量去寻找到其他更广阔的可能性。利用人物的生活空间来刻画人物。是井井有条还是马虎凌乱？他们收集什么吗？他们书架上有什么书？他们的冰箱里有什么食物？

在影片《七宗罪》（*Se7en*）中，萨默塞特侦探每天晚上上床睡觉之前会设置一个节拍器——这是他可以在喧嚣的都市丛林中控制的一个声音。

在影片《爱在心头口难开》（*As Good as It Gets*）中，我们不需要有人直接告诉我们梅尔文有强迫症。我们可以看到他是如何按照相同的顺序一遍又一遍地锁他的插销锁，同时我们也目睹了他如何只用新的露得清肥皂洗手，然后把这块新肥皂扔进垃圾桶。当他出现在他常去的餐厅坐在他常坐的饭桌边——像往常一样冒犯女服务员和其他食客，我们也理解。但是我们不需要有谁来给我们解释这些背景故事。它通过冲突展开。最好的对白往往是什么也没说。

---

编剧写下大量对话的时候，常常会感到最有成效。但是永远不要低估剧本里沉默的力量。伟大的演员可以用他们的面部表情、停顿和和身体语言发出声音。当然，他们需要编剧有信心把非言语的场景编织到脚本里。有时，最好的场景可以让主角深刻得说不出话来。

---

### 专访：编剧 斯科特·Z·伯恩斯
### （Scott Z. Burns）

*斯科特·Z·伯恩斯电影年表*

代表作：

《秘密特工》（*The Man from U.N.C.L.E.*）（即将上映）

《药命关系》（*The Bitter Pill*）（2013）

《世纪战疫》（*Contagion*）（2011）

《告密者》（*The Informant!*）（2009）

《谍影重重3》《*The Bourne Ultimatum*》（2007）

《致命核料》（*Pu-239*）（2006）

作者：我们从角色的立足点和你进入故事的方式，来谈谈《世纪战疫》这部影片的起源。你在《世纪战疫》和《致命核料》这两部电影中都用到了许多角度，你从三天前开始，然后追上来。这些都是真正错综复杂的剧本。《致命核料》是根据一部短篇小说改编的，但《世纪战疫》是你原创的，对不对？

斯科特：《世纪战疫》其实是来自《告密者》的一个场景。马特·达蒙扮演的角色马克·惠特克，正在手机上看着他的联邦调查局训练师被斯科特·巴库拉要弄。斯科特的咳嗽声进入电话，然后惠特克在这一刻喊着这些离开："哦，天哪，我要生病了，我的孩子要生病缺课了，我要丢掉工作了，谁来应付这一切？"我认为在一定程度上的潜意识里，我被马尔萨斯的世界人口预测理论迷住了，某种病毒会拥有大量降低人口的作用。所以，当我们完成了影片《告密者》之后，（史蒂芬）索德伯格和我以为我们会做一部关于雷妮·里芬斯塔尔（Leni Riefenstahl）的电影，所以我开始着手进行研究，然后史蒂芬打电话给我说："我觉得我现在不想拍关于里芬斯塔尔的电影，你有别的什么想法吗？"我说："我一直想做一部像《毒品网络》（*Traffic*）那样流行的电影，从不同的角度去探索流行病以及它如何影响人们。"然后他说："太好了，我加入。"后来我就开始研究，而对我来说，研究是这个职业带来的美妙特权，当我决定写一部关于大流行病的电影，我可以去接触到那些想告诉我他们的生活的令人惊叹的科学家。你不仅得到信息，同时你也开始得到关于角色的想法，因为电影中的人物会有同样的职业。同样的事情也发生在《致命核料》这部电影中，我花了些时间与一些洛斯阿拉莫斯国家实验室（Los Alamos）或者其他地方的科学家在一起。研究是剧本写作过程中我喜欢的部分。于是，我开始学习有关流行疾病的知识。我看到的第一件事情，是由拉里·布莱恩特（*Larry Brilliant*）在TED的一个演讲，他是一名流行病学家，我去见了拉里，他表示他会提供支持。他在整个过程中充当我的老师，把我和相关领域的许多杰出人士联系在一起，包括流行病学家和疾病控制中心的人、病毒学家以及其他一些在公共卫生和流行病处理事业上奉献了他们的一生的人。

作者：一旦你获得了科学根据"这是貌似合理的"——让影片那么可怕的是，如何看到那么小的东西可以如此具有毁灭性，就像零号病人[25]和艾滋病的流行——然后，你决定是否要把这事告诉全世界。有时候这很难，因为很多创意是很神秘的，只有你想得出来。最初出现在中国的香港，接着你看到外遇，然后转到她的丈夫要把她带回来——为什么你决定在故事里采用那种特殊的方式，有什么原因吗？

斯科特：随着我和科学家见面并且听他们讲述发生类似事情时他们的处理流程，我开始了解到存在这样一群人，他们的工作是按时间追溯，去找出病毒是从哪里来的。他们是调查员，其中存在一个程序因素。所以，某些人为了某件事按时间追溯，而这件事情又在向前推进，我喜欢这样的创意。但是，这里同时也有一个公共健康的视角，所以劳伦斯·菲舍博纳的角色变成了疾病控制中心的官员，随时跟进疾病的发展。而同时玛莉安·歌迪雅和凯特·温丝莱特扮演的角色则倒回去追查这件事从哪里来以及它是什么。我喜欢这些角色之间的以及时间方面的张力，因为我知道要把它们区分开是容易的。它们之间的对比吸引了我，因为身为一个讲故事的人，你马上知道这将会是两个非常不同的视角。它们构成了这部电影的支柱，但是与此同时，

---

[25] 零号病人，指是第一个患传染病并开始散播病毒的病人。译注。

我感觉我需要不在科学范畴的角色，他们本质上是观众的代理人，那就是马特（达蒙）和格温妮丝（帕特洛）扮演的角色的家庭。他们对我来说非常重要，因为你看到科学家的一个决定或失误是如何导致在他们身上发生的后果。然后，我需要一个角色担任桥梁，所以我创作了艾伦·克伦韦德，裘德·洛扮演的角色，因为他是一名记者和博客写手，他能和两边的人打交道，并且对牵涉进去的两个群体都有兴趣。真的需要这样一个角色，因为我在做研究的时候发现，我不能让一个科学家用那种方式对另一个科学家说话，因为他们有共同的知识体系。我需要想出一个角色，他能够用一种有煽动性的口吻叙述那些事情，这样有些时候我们同意艾伦·克伦韦德，而在另一些时候我们认为他是一个阴险地说恭维话的人。

作者：他要么是一个想得到真相的阴谋论者，要么可能只是想从中攫取利益。

斯科特：这四个视点成为围绕那个病毒建起来的盒子。你永远看不见盒子里的它。你只能看到它导致了什么。

作者：在古典戏剧术语中，那个病毒是故事的反面人物。但是，那些歇斯底里的人和在自己那部分世界里有自己的计划的人——“这是我的责任，我做这些……你做那些……”——两者之间也存在着对立的关系。

斯科特：当你开始和人们谈论公共健康的时候，你很快就会知道，病毒虽然是一个问题，但是人类的恐慌、行为、对外国人的恐惧、妄想症、愚昧和所有别的怪癖在此刻的压力之下都会被激发出来。在所有疾病爆发的时候，某个因素会起相当大的作用，这是我的一个大发现，不管它是恐艾症对同性恋者的中伤，又或者是西班牙流感之所被称为西班牙流感的事实仅仅是因为西班牙在第一次世界大战中是中立国，而他们需要想出一个不会惹恼任何别的国家的名字——即使有许多线索表明西班牙流感来自跑遍了全世界的美国军队。

作者：似乎在任何状况下，要激起人们的歇斯底里，只需要某些重要的官员说：“保持冷静，你们不需要有任何担心。”但是从技术上说，我们的电脑也有病毒，我认为展现出信息的电子化扩散和我们如何也能被那些病毒感染真的非常精彩。

斯科特：我在做研究时了解到，有一个网站，你能把你的钞票的序列号输入在上面，然后它会告诉你这张钞票去过的所有地方以及它可能要去哪里。它和流行病学家用来模拟病毒扩散的模型有很多一致的地方。

作者：当你坐下来工作时，你有一个计划流程吗？你会写提纲吗？你会制作场景卡片吗？

伯恩斯：我真的没有提纲。我所做的是列一张表，把每一个我认为可能会有意思的场景都列在上面。然后，那些在做研究时或者思考这个项目时想到的东西聚集在一起，它们会逐渐开始以某个顺序组织起来。对我来说，我花了许多时间思考影片中的转换。部分原因是，那是因为我知道斯蒂文这方面思考最多。我想用来讲故事的那种切换方式，来自我读的沃尔特·默奇（*Walter Murch*）的那本让人赞叹的书——《眨眼之间》（*In the Blink of an Eye*）。他作了这样一个类比：如果你取下蜂巢，把它移到离开蜜蜂很远的距离，它们实际上是能够再次找到它的。但是，如果你实际上只是移动一段小距离，它们就被弄糊涂了。我想在切换和编辑中也是一样的。在小的移动中尤其如此……如果你从侧面切换到正面镜头，效果是好的，但是如果摄像机并没有移动那么多，那么这种切换就变成让人不舒服的跳切。我认为在写剧本的时候也是如此。如果你只有很小的变化，它有时候会让人困惑，但是如果你走来走去，那么它会迫使观众开始去填补。你在讲故事的过程中激活了他们的大脑。例如，在《致命核料》中，当我开始写它的时候，有一个的希夫的场景和提莫夫的场景❷❻——以及因为那些故事之间来回跳跃而增长的紧张感，形成了那部电影的语言。在《世纪战疫》中也是如此。《告密者》则不同，因为每一个场景中都有惠特克。但是，当你拥有这些不同的视点移动，你实际上推进了故事并且把观众吸引进来成为你的合作者，因为他们需要填补那些空间。我是影片《巴别塔》这类多线型故事的忠实粉丝。但是，我不想《世纪战疫》是那种电影。我希望它里面的每一个场景都把故事推到下一个场景，所以它实际上是一个故事。但是，这个故事是用过视点转移推进的。

作者：同时也形成了和观众的一种信任。在《致命核料》中，最开始我们知道两个人碰面了，并且他在卖某种东西，然后你产生了疑问："这个钚是什么？"接下来，我们开始回溯。即使你没有看到第一个场景，我们凭直觉也能知道，如果我们在一个人身上花了许多时间然后只是把他放在一边，那么他最终会在某个特定的点回来和故事连接。

伯恩斯：剧本最初的写法是，你花了许多时间在提莫夫身上，然后你碰到了希夫。但是，我想这种写法观众比较难理解，所以这就是为什么我剪辑影片的时候，我想我们需要回溯……

作者：你需要做的是开始时用一种神秘的方式把"这些人将会产生联系"放在影片开头，以便后来你可以对他们如何以及为什么产生联系感到疑惑。

---

❷❻ 希夫和提莫夫均为《致命核料》中的人物。译注

伯恩斯：我从来没有上过编剧课。我从来没有读过任何别人读的书，并且我怀疑那些是否真的有用。让故事告诉我如何讲述这个故事，我对这个更感兴趣。从第三幕的开头开始一部电影，我喜欢这个想法。因为，让观众在头脑中知道那些，你就能够用真正好的方式把他们要弄一番，因为他们可能以为自己知道你会怎样到达那一刻。

作者：索德伯格喜欢那种结构。《战略高手》（*Out of Sight*）中的结构非常棒。走出银行，扯掉领结，然后往后循环回来。

伯恩斯：然后，你的责任是用一种合乎逻辑但是意料之外的方式回到那里。

作者：当你有多个在世界各地的角色时，你会给那些角色分别制定单独的情节线吗？

伯恩斯：那你不得不制作四部电影。你开始理解为什么（汤姆）斯托帕德写的《君臣人子小命呜呼》（*Rosencrantz and Guildenstern are Dead*），因为你意识到你的角色有很多时间没有出现在屏幕上，那段时间他们发生了什么？即使如此，你可能还不能开始拍摄，你真正需要的是用一些符合逻辑的方式解释。斯蒂文和我就此谈了不少。一旦我描画出所有四种我最终写在记事卡片上的事情，我觉得我作为编剧的工作是去说："这是这个故事中的一个有趣的点"，尤其是如果它发生在另一个故事的高潮部分，那么这两件事并列在一起就会推动事情向前发展。但是，我唯一知道如何做到这一点的是，把全部四种可能排列出来，然后找出来每个人的故事中对整部影片有贡献的地方。

作者：在你所有写的故事中，时间线真的非常紧，这对悬念有帮助，因为从一开始就存在紧迫性：由于放射性中毒和病痛的蔓延，提莫夫的身体正在衰败，很快就要死了。你必须要知道，这是第一天，这是第二天，这是第几小时吗？《世纪战疫》的结构上有一件事我很喜欢，那就是影片从第二天开始。我之前没有见过这种。你差不多忘了这件事直到它给了你一个精彩的结尾。这是你从开始就知道的事情吗？这个想法来自哪里？

伯恩斯：在电影最初的版本中，我一直想通过揭示蝙蝠和猪❷是如何偶然碰到的来结束——因为我觉得这是观众会想知道的一个谜团。通过修改，影片后来从第二天开始，作为一种戏弄观众的手法并且强调电影必须是一个侦探故事的部分——而那是科学最擅长的地方。看了那部影片的人觉得它非常科学，我感到很开心。

---

❷ 在影片《世纪战疫》中，病毒由蝙蝠传给猪再传给人。译注。

作者：大卫·邓比在《纽约客》的评论中，他指出故事中一点都没有宗教信仰和上帝的部分。并且，在关键时刻人们只有彻底的歇斯底里，角色们全部相信科学。我怀疑这是不是你的一个非常有意识的决定，把人们去教堂并且祈祷遗漏了吗？

伯恩斯：在创作很早期曾经有一个场景是人们聚集在一起朝圣，但是这些场景被去掉的原因，是因为科学家告诉我，如果某个人生病了并与二十五万人在一个紧密的空间内，那么他们就会对别人咳嗽，人们回去后病毒会传到全世界。这一直是让人关切的事情，对于任何类似的宗教或其他原因的朝圣之后的疾病爆发，科学家对此已经做了一些研究。史蒂文和我想要对此做一些表现，不是要责备宗教，而只是想展示人类的聚集如何成为一种问题。另外还有一个场景，我们想放在一场全美橄榄球联盟比赛，那是另一种形式的人类聚集，也可以说是这个国家的一种宗教仪式，但是美国国家橄榄球联盟不同意。尽管如此，我在写这个场景的时候写道，在记分牌上有一个符号或者记分牌上显示："请注意社交距离，注意洗手"。但是，橄榄球联盟的感觉像是："别，我们甚至都不要去那里"。对我来说，科学是解决其中一些问题的最好赌注，也是更好地理解自然世界的方法，这个自然世界对我而言是非常精神层面的事情。《世纪战疫》对我来说有一个环境方面的信息，部分是我如何思考这个世界的，这也是为什么我参与了《难以忽视的真相》（*An Inconvenient Truth*）㉓。有一次阿尔·戈尔做幻灯演示时，他谈到了疾病携带者是如何随着气候变化而增加。疟疾带围着这个星球的赤道，并且随着气候变暖，疟疾带在变宽，而随着它变宽，它开始笼罩原来在这个疟疾带之外发展出的人口中心。随着气候变化，将会有更多生病的人，因为人口中心是以远离特定疾病为前提开发的。人口扩张是让我们在特定疾病面前脆弱的部分原因。因为扩张，我们开始在一些我们以前从没去过的地方和动物接触。

作者：我想问你几个和主题有关的问题，主题是这本书里最分化的一个问题。我专访的编剧中有一半的人说："不要思考主题，只需讲故事，让观众发现它关于什么。"或者说："你要避免说教、自负和主题先行。"同时，另一半人说："主题是一切。"也说："你绝对必须从主题开始，你可以围绕它建立一切。"

---

㉓ 《难以忽视的真相》（An Inconvenient Truth），美国前副总统阿尔·戈尔参与制作的一部环保纪录片。译注。

伯恩斯：弗兰纳里·奥康纳❷说：“如果作家没有惊奇，那么读者也不会有惊奇。”所以，我想也许你可以作为带着一种道德立场或者主题期望的作家，但是对我来说，我希望写作的过程能迫使我去仔细地审视。我被那些有许多灰色地带的材料吸引。山姆·夏普德❸说：“矛盾的中间是你能找到最多活力的地方。”我认为对人们来说，理解创造材料和它们自己的关系是一件重要的事情。所以，那是我支持的地方。我喜欢具有道德复杂性的角色。马克·惠特克（来自《告密者》）确实偷了不少钱，但他病了并且完全被政府操控。当人们走出电影院，他们不确定对马克·惠特克的感觉到底如何，我喜欢这样。我知道在好莱坞，对此有一种倾向：“好吧，这样不能让人满意。”但是我对电影的体验是，那非常让人满意。我看电影《炎热的下午》（*Dog Day Afternoon*）的时候，我爱上了艾尔·帕西诺扮演的那个角色，他基本上是《致命核料》中希夫的角色。他是一个因为一些可爱的理由做了不少坏事的家伙。我认为不少人都干过这种事。所以，对于我来说这就是主题——去探寻生活迫使我们陷入的那种矛盾。我想写的一直是那种角色。

　　当你开始一个项目时，是不可能在一些事情上没有立场的，但是如果你打算创作出好的角色，那么你面临的挑战是对抗那些立场，然后尝试去寻找让人物做出他们的选择的真正原因。

作者：你对写出精彩对白有什么建议吗？以《世纪战疫》为例，影片里有那么多人物，你是如何让每个人都独一无二的？你会以你在研究期间碰到的一些人为基础吗？

伯恩斯：有一些建议。第一，我倾向于在写作时轻声念出我的脚本，然后努力去听那些语言。我一直很惊奇的是有的人不这么做，因为你不是在写散文，你是在写一些要说出来的东西。我想给出的第二个建议，或者至少是我采用的方法之一，是真的努力去为那些角色找到真实世界中的人物，并且有时候如果你走运的话，你碰到人就是一个科学家，或者有的时候如果你的父亲是科学家的话，你可以想象他。我认为劳伦斯·菲什伯恩的角色在腔调气质上有一点像我的爸爸，因为我需要他的角色是在镜头前面有权威感的那种人，所以我们最终选择劳伦斯扮演那个角色时，我很激动。有时候它是真实世界中人们的声音，或者是从你阅读的文献中来的角色。我确实认为你必

---

❷ 弗兰纳里·奥康纳（Mary Flannery O'Connor，1925—1964），美国当代女小说家。译注。
❸ 山姆·夏普德（Sam Shepard，1943— ），美国编剧、演员，《得克萨斯州的巴黎》等片的编剧。译注。

须选择一个现实中真实的人，然后在你写作时尝试导入那种声音。否则，每个人的声音听起来都是一样的。或者说，装模作样很长的时间。让某些人说东西的时候像是在说，"你知道"，我可能做过许多。那可能是我在做的第三件事。

## 作业

偷听一次现实生活的交谈然后把对话写下来后，把对话"扒"出来，接着给场景排序。这个场景需要从开始部分开头吗？你能不能从中间开始并且相信我们能够根据视觉和语言线索理解语境？我们能够察觉他们的背景故事吗？如果现实生活中的人物听起来太相似，虚构对话，让每个人都有独特的个性。分析这个场景中的权力动态，看看是谁有最终的发言权。

# 第5章
## 危在旦夕的是什么?

### 让你的主角有输有赢

一部电影的利害关系可以定义为主角不作为的后果。也就是说,如果主角不积极主动地面对他生活中迫在眉睫的危机的发生,他会失去某种有巨大价值的东西吗?每年我都读大量的剧本,有学生写的也有专业作者改写的。部分剧本中普遍的弱点是缺少戏剧张力,常见的现象有:(a)没有利害关系;(b)利害关系不强;或者(c)没有说清楚利害关系是什么。不要让这些现象发生在你身上!理想情况下,你的主角在第一幕的结尾会面临一个大挑战,这就给他/她树立了一个积极的目标。这个目标(或者A计划)是建立在必要性基础上的,如果主角没有实现它,就会有利益损失。

**电影中最可能的利害关系是生与死。**

在惊悚、恐怖、动作冒险和科幻类型的电影中建立利害关系容易些,因为英雄常常和歹毒的反派作斗争,利害关系对他/她来说是保住自己的性命以及/或者拯救其他人的性命——而且总是有一个十分紧急的最后期限。参看*第13章"滴答作响的时钟"*。

在经典动作惊悚片《虎胆龙威》(*Die Hard*)中,警官约翰·麦克莱恩(布鲁斯·威利 饰)以牙还牙对付那些在洛杉矶高楼劫持了人质的小偷(伪装成恐怖分子)。由于和他分居的妻子也困在大楼里,影片的利害关系升级了,并且由于麦克莱恩是大楼里唯一能够解决危机的人,利害关系甚至变得更高了。同时他还是一名在洛杉矶的纽约警察,人生地不熟,而要面对策划整个行动的极其狡猾、极其高智商的犯罪头目汉斯·格鲁伯(阿兰·雷克曼 饰)。

在《世纪战疫》中,全球医学界努力与疾病赛跑,要在一种致命疾病大流行、杀死全球大量人口之前找到治疗方法。

在《活个痛快》(*50/50*)中,亚当(约瑟夫·高登-莱维特 饰)诊断出得了癌症,他要与疾病搏斗活下来,影片中生与死的利害冲突更加强烈和个人化。

在《冬天的骨头》（*Winter's Bone*）中，在一个极其贫穷偏僻的小镇上，17岁的瑞·多莉（詹妮弗·劳伦斯 饰）拼命要保持她的家人在一起。然后，警官通知她，除非她那堕落、游手好闲的父亲参加对他的审判，否则瑞和她的弟妹将无家可归并且一贫如洗，因为她的父亲用他们的房子当了保释担保。她父亲在当地毒品生意中的所有危险关系都在阻止她。瑞没有被吓倒，为了生存，为了她的家庭，她把她自己的生命置于危险之中。

在《危情时速》（*Unstoppable*）中，资深铁路工程师（丹泽尔·华盛顿 饰）和他的没有经验并且无礼的年轻领航员（克里斯·佩恩 饰）必须一起工作截停一列失控的火车，使火车不会脱轨冲进储油罐存放场从而导致一场巨大的环境灾难。

在《S8惊世档案》（*Super 8*）中，小镇上一群躁动不安的学生电影制作者，目睹了一场灾难性的火车事故，然后必须和一个入侵的外星人进行斗争。

**没有实际的生与死的利害冲突时，需要让人感觉它们对你的主角事关生死。**

在《全职浪子》（*Swingers*）中，倒霉的迈克（乔恩·费儒 饰）被他女朋友甩了之后在感情上仍然非常稚嫩，他在整部电影中都想要填满这个空白。其中有一场特别让人不舒服但又十分搞笑的场景，迈克刚刚在一次聚会上新认识一位漂亮的姑娘（尼姬），他给她的电话答录机留下了越来越绝望的留言。我们都很想帮他。迈克希望尼姬会帮他走出孤独与寂寞，但是当尼姬最终拿起了电话时，她只是告诉他不要再打电话给她了。

在《阳光小美女》（*Little Miss Sunshine*）中，理查德（格雷戈·金尼尔 饰）每次打电话给他那位油滑的经纪人斯坦格·罗斯曼，电话听起来就像是理查德提供给他的窘迫家庭的救命稻草。

在《当幸福来敲门》中有一组精彩的、高强度的利害关系，这个利害关系是单亲爸爸克里斯·加纳（威尔·史密斯 饰）为了让他年幼的儿子有吃有住，需要卖掉他的最后的几台骨密度扫描仪。一个流浪汉拿走了克里斯的一台扫描仪，克里斯穿过旧金山的街道和地铁去追他，好像他的生命就靠那台扫描仪了。后来，克里斯和他的儿子发现他们的情况甚至更加窘迫，他们被迫睡在火车站里男厕所肮脏的地板上。克里斯想尽办法激发他儿子的生动想象，把这段磨难变成美妙的经历。这是克里斯真正的人生低谷，它提高了他从迪恩·韦特那里获得实习生身份这件事的利害关系。

这组戏让人联想到罗伯托·贝尼尼的杰作《美丽人生》（*Life Is Beautiful*），在这部电影中，滑稽的父亲圭多（贝尼尼 饰）为了使他年幼的儿子免遭纳粹集中营的恐惧，让他的儿子相信，他们在一个快乐的假期，正在玩一场精心设计的游戏。两部影片都展示了视角的转换如何能改变最灰暗的境况并且锤炼影片的利害关系。

**把第二幕视为一个困境。**

剧本的第二幕是战场，而你的主角已经被征召入伍。他不能逃跑或者撤退。不管他想不想，他既有义务又被迫去为一个重要的原因战斗，去对抗反对的力量。为什么？因为如果面对挑战他转身离开，代价或者说，利害关系实在太大。他要遭受的损失超出了他的想象。换句话说，他要赢的东西的价值比不上他要输的。

**把主角的后路断掉，回到相对安全的"普通世界"不是一个选项。**

没有利害关系，想要用足够的戏剧张力或悬念启动第二幕是非常困难的，那会让你的剧本的中间部分松松垮垮。在《碟中谍4：幽灵协议》（*Mission Impossible 4: Ghost Protocol*）中，伊桑·亨特（汤姆·克鲁斯 饰）和他的IMF队友被派去执行一项任务——渗透到秘密的克里姆林宫档案室，去获取能识别代号为"库波特"的神秘恐怖分子的文件。但是，任务出现了悲惨的偏差，一枚炸弹摧毁了克林姆林宫，俄罗斯政府认为这场袭击是未宣战的战争。美国总统从莫斯科把亨特弄出来并且激活了"幽灵协议"，这是黑色的应急行动计划，完全不承认IMF。亨特和他的团队成为了袭击事件的替罪羊，但是被允许逃脱美国政府的扣押。一旦获得自由，他们能够结束追查并且摧毁"库波特"——现在知道是库特·亨德里克斯（迈克尔·恩奎斯特 饰），一个瑞典出生的俄罗斯核战略家，不顾一切要发动一场核战争的狂人。唯一的问题是：亨特和他的团队不会获得美国政府的支持。这个世界只能靠亨特和他的几名同胞自己的力量——没有其他的选择——去拯救。

**在电影的开头要知道对你的主角最有价值的是什么，然后把它放在危险之中。**

这样可以在你的剧本中建立积极的目标（＋）和消极的利害冲突（－）。注意+和-在下面每个例子中的推拉作用：

在《无间行者》（*The Departed*）中，小威廉·"比利"·科斯蒂（莱昂纳多·迪卡普里奥 饰）竭力向州警察局证实他的潜质和忠诚，但是如果被黑社会头子弗朗西斯·"弗兰克"·卡斯特罗（杰克·尼科尔森 饰）当成卧底抓住，比利知道他就死定了。同时，警察科林·沙利文（马特·达蒙 饰）获得提升担任警司，但是如果他是同一个黑社会头子打入警方的卧底的身份被揭露，科林将会坐一辈子牢。两个爱尔兰人站在法律的两边。讽刺的是，表面上的"好"警察（科林）其实是个卑鄙的家伙，而叛徒告密者（比利）才是正直的人。科林最看重的是他与他的导师兼父亲的角色弗兰克·卡斯特罗的关系，以及他积累的在两边玩花招的权力。

在《城中大盗》（*The Town*）中，道格（本·阿弗莱特）注定既要失去他与盗窃团伙（他事实上的家）的纽带关系，又要失去他的新欢，前银行经理克莱尔（丽贝卡·豪尔 饰），如果她发现了他在银行抢劫案中的真实角色的话。

在《猩球崛起》（*Rise of the Planet of the Apes*）中，大猩猩（凯撒）注定既要失去他的自由，又要失去他曾经拥有的父亲的角色，威尔（詹姆斯·弗兰克 饰）。

**利害关系方面，浪漫关系是情感上在走钢丝，而且没有安全网。**

不管是什么年纪，大多数主人公在他们生活的某一方面是不成熟的，而在电影中的经历会迫使他们成长。从某种意义上说，所有的电影都是关于成熟的故事。对于亲密关系、承诺和被抛弃的常见恐惧不断纠缠着许多角色，直到他们成年。布里奇特·琼斯（蕾妮·齐薇格）渴望赢得意中人的心，否则她会不得不继续面对她的孤独感。安迪（史蒂夫·卡瑞 饰），又叫作《四十岁的老处男》（*The 40-Year-Old Virgin*），只是想去掉处男身份，否则他会一直有性方面的苦恼和失落。

在《在云端》（*Up in the Air*）中，顽固的单身汉瑞恩·宾汉姆（乔治·克鲁尼 饰）冲动之下跳上一架飞机（一反常态），要去向亚历克斯（维拉·法梅加 饰）示爱。影片在这个时候，对瑞恩来说处在紧要关头的是他刚刚找到的对家庭的渴望。不幸的是，当亚历克斯来到门前时，瑞恩发现她已经结婚并且有了孩子——他的心碎了。

青少年为我们提供了另一种更天真的视角——在这个年龄几乎什么都可以是生死攸关的。在《暮光之城》中，贝拉（克里斯汀·斯图尔特 饰）对帅气的吸血鬼爱德华（罗伯特·帕丁森 饰）有着永恒的忠诚。她少年期的焦虑表明离开他生活她还不如死了。年轻人的爱会为了在一起做任何事情，不管要做的是什么。鲜血比汹涌的荷尔蒙更浓。*参见第十九章中对《暮光之城》编剧梅利莎·罗森堡的专访。*

在瑞典恐怖片《生人勿进》（*Let the Right One In*）［美国重拍版名为《让我进去》（*Let Me In*）］中，受害的12岁男孩奥斯卡（凯尔·赫德布

朗特 饰），梦想报复欺负他的恶棍。然后，他遇到爱莉（莉娜·莱纳德尔森 饰），一个神秘的、受排斥的女孩，她似乎对阳光和食物过敏，并且只能进入受到邀请的房间。爱莉带给奥斯卡反击欺负他的恶棍所需要的坚强。但是，当他意识到爱莉是需要新鲜血液维生的吸血鬼时，奥斯卡面临道德困境：即使她不会伤害他，而且她已经让他拥有不可战胜的力量，但他怎么可以爱上一个连环杀手呢？

想了解十几岁孩子最焦虑的事，不妨看看电影《情到深处》（*Say Anything*）中一个标志性的场景，其中差生劳埃德·道博乐（约翰·库萨克 饰）站在美丽的毕业班代表黛安的卧室窗外，把他的手提录音机举在头上，大声放着彼得·加布里埃尔的那首歌"在你眼中"。失去他爱的女孩比全世界的任何人或任何事都重要得多。

在《杯酒人生》（*Sideways*）中，杰克（托马斯·海登·彻奇 饰）被他的一夜情约会对象的彪形大汉男友追逐，后者威胁要杀了他。他光着身子一路飞奔，然后回到了汽车旅馆……却发现他把他的钱包和结婚戒指（！）落在了幽会的地方。现在，杰克和他的伴郎，迈尔斯（保罗·吉亚玛提 饰），必须返回到敌人的领地，否则杰克的未婚妻会杀了他。杰克终于意识到他是一个粗心的下流坏，他发誓要理清自己的路。这是他的关键时刻——利害关系是他还是非常爱他的未婚妻，并会做任何事情不让他们的婚礼计划发生意外。

在《窈窕淑男》（*Tootsie*）中，它明确规定，主角迈克尔·多尔西（达斯汀·霍夫曼 饰）男扮女装的原因是为了他的演艺职业，但随着剧情的推进，他伪装的桃乐丝·迈克尔获得的成功超越了他的最大期望，他爱上了与他合作的迷人的女演员朱莉（杰西卡·兰格 饰）。现在的利害关系比以往任何时候都高：爱情。不幸的是，他不能在隐瞒真相的情况下获得名声和爱情。最终，他因为装成女人而成为一个更好的男人。但他不能从中赚取回报，直到他成长、坦白，然后承受后果。

**利害关系出现时，现在总是要取代过去。**

无论过去的事件如何重要，过去已经过去，现在是此时此地。

平行叙事的电影《罪孽》（*The Debt*）发生在过去（1965—1966年）和现在。现在，我们碰到了退休的摩萨德特工瑞秋·辛格（海伦·米伦 饰），然后了解到她在过去的50年中一直生活在一个让她痛苦纠结的秘密中。回到1965年，瑞秋（由杰西卡·查斯顿扮演过去的瑞秋）和她的同事曾负责抓捕一名臭名昭著的纳粹战犯，被称为"比克瑙集中营屠夫"的迪特·沃格尔（加斯帕·克里斯滕森 饰），然后将他送回以色列接受审判。然而，当他们的任务陷入危险时，年轻的瑞秋被迫开枪射杀沃格尔。他们认为沃格尔已经死了，而瑞秋和她的同伴同意谎称沃格尔曾试图逃跑，以此作为谋杀他的理由。这个不为人知的秘密在现在被揭开了，瑞秋发现沃格尔依然活着，是乌克兰一家医院里的病人。过去的利害关系对现在有潜在的破坏性影响——除了一个上了年纪、外表衰老的战犯逃脱了对他过去暴行的惩罚，瑞秋的声誉现在也是危在旦夕。

瑞秋女儿莎拉（罗米·阿布拉菲亚 饰）写的书让情况更加严重。萨拉在书中写了她母亲的英雄任务，由于这本书萨拉在一次文学庆祝活动上获得了称赞。瑞秋害怕真相可能对女儿的声誉进而对她们之间的关系造成不可弥补的伤害。在最后，瑞秋找到了沃格尔，并在自我辩护时杀死了他。在终于了结了这笔旧账之后，瑞秋可以选择走开，隐藏她的秘密。但是相反，她留下一张纸条，向一名调查此事的记者解释真相。既然她终于完成了她的任务，她已经准备好接受后果。过去是可怕的，但现在，过去已经结束了，瑞秋仍有机会克服它给现在带来的耻辱感。

---

> 你的剧本的热能在哪里？找出你的角色的积极/消极目标和相应的结果。每块电池都有正负极。这是能量——以及最好的戏剧——如何工作的。

---

### 专访：奥斯卡奖提名

#### 编剧 谢尔顿·特纳（Sheldon Turner）

#### *谢尔顿·特纳电影年表*

**代表作：**

《善行倾覆》（*By Virtue Fall*）（兼导演）（2013）

《X战警：第一战》（*X-Men: First Class*）（故事）（2011）

《在云端》（*Up in the Air*）（2009）

     奥斯卡奖提名

     美国编剧工会奖提名

《德州电锯杀人狂：从头开始》（*The Texas Chainsaw Massacre: The Beginning*）（2006）

《最长的一码》（*The Longest Yard*）（2005）

**作者：**《最长的一码》全部是关于把人物推到边缘，面对恐惧，并提高利害关系的。保罗·克鲁（亚当·桑德勒 饰）是一个开始时非常自恋、贪图享受的角色，但他被投入监狱后很快变得低声下气。你可以说说从原作电影改编的过程吗？你给那个角色带来了什么新东西，以及是怎么走进他的？

谢尔顿：这是一件十分有趣的事情，因为如果你和许多电影制片人交谈，他们会引用20世纪70年代和80年代的电影作为真正有影响的影片，我自己也包括在内。所以你看一部像《最长的一码》那样的电影，那是一个真正的那个时代的产品，我的意思是伯特·雷诺兹是一个混蛋，绝对是。它为你提供了一个明显的性格弧形可循。我想，保留它的70年代的精神是很重要的，当我开始这个项目时，亚当（桑德勒）正在和他的合伙人杰克·吉尔拉普托一起制作，但它永远不会是亚当。所以，主角最初被设计成某种程度的布拉德·皮特，或者文斯·沃恩，或者欧文·威尔逊，我们开发了这个人物使它有一种特别的招摇。

你不喜欢他，但你不能不看他。然后我们把他放在一种极端的情况，而没有比监狱更极端的情况了，如果我是一名愤青，我会说，如果14岁的时候没有枪指着你的头，这种变化就不会发生了。我觉得与这种情况相当的就是监狱。所以我一直在推波助澜，把他推到他确实错的地方。他不这样做，因为他要救他母亲的家，他不这样做，因为他要帮助一个老太太过马路；他这样做，是因为他是一个混蛋——在体育世界里容易转换进入21世纪，你会有体育特权的感觉，甚至比它原来所拥有的特权还多，因为现在的运动员从10岁起就被美化，基本上被特许成为惯坏了的坏小子。而这一直是21世纪版本的保罗·克鲁要成为的人。一个绝对从来没有听人对他说过"不"字的人。然后把他放到一个地方，在那里每个人都打算告诉他该怎么做，这就是让我着迷的地方，也是重拍的可能性所在。

我很喜欢这部电影，所以我必须确保在热爱原作的前提下，不会有负于它。我不觉得这是一个巨大的负担。有一种批评说它太相似了，但我认为这是你选错了地方，而对我们来说那个地方正是角色所在，这种感觉对我来说不只是升个级，"呵呵，现在他得到了一个iPad"，而是让这个人有一种出生在某种文化中的感觉，而不只是冠以伯特·雷诺兹[31]的曾经在的那种文化。现在对我来说，我们很幸运，我们得到了亚当来演这个角色，因为他是个天生可爱的家伙。同样，如果《在云端》不是乔治·克鲁尼主演，我觉得他的旅行会改变。我认为让亚当如此成功的是，他有一种脱离电影的敏锐感觉和对他的人物的敏锐感觉，而且他接受了这种感觉。但他也知道，这可以

---

[31] 伯特·雷诺兹（Burt Reynolds，1936—），1974年版《最长的一码》中男主角的扮演者。译注。

使他把人物更推进一些。我已经给其他演员推荐那种性格弧线并且在早期显示人物缺陷，他们反对，因为他们害怕会因此失去观众。因此，我认为在把它和一个演员结合之前，它是静态的角色组合，然后一旦一个演员试图尝试，他就会努力以一种让我们必须知道这个人有多么讨人喜欢的方式使之有效，并且在那个框架内有效果。

作者：监狱系统真的帮了你，因为我觉得每当有同学问我："我如何创作一个性格比较可爱或者更平易近人的角色？"我说："你必须去寻找他们的弱点。"通过早早把他扔在监狱里，你马上制造了那些看守之间的冲突。

谢尔顿：这是其中一个巨大的部分。我觉得你可以有机地增长，因为回到人的感觉，即测试观众的感觉，我觉得如果有些事情不够真实，他们会知道。所以对于保罗克鲁，我想其中有许多必须是有机的整体。不能仅仅是，"现在我待在牢里了，我打算变成伟大的人道主义者。"他不得不失去一些东西，他不得不失去一个朋友，他不得不看到真正的利害关系，即存在那种可能性——成为坐了40年牢的75岁男人，以及对它的恐怖，然后是角色最终的选择，"我不会故意输掉这场比赛。而且我不在乎这么做的代价是什么。"

对我来说，一直都是个人的事情。因为虽然它可能不是去拯救地球，它仍然是有关我们认同的关系。我们都知道没有父亲的爱会是什么样子的，会觉得你要赚更多的那种爱。从好的方面来说，我觉得看电影是一个很自私的行为。它是自私的，例如，人物传记永远畅销，不一定是因为我们关心温斯顿·丘吉尔，而是因为我们关心温斯顿·丘吉尔如何能帮到我们。我认为电影与此并没有什么不同，如果你能让人们觉得：如果我像保罗·克鲁那样关在监狱里，我会怎么做？如果我们能利用观众的这种自私，这种好的自私，我认为是一件很棒的事情。史蒂芬斯·皮尔伯格电影讲的是入侵地球，但它所揭示的却是《克莱默夫妇》。因为所有的内容让人们觉得这是一个他们认同的世界。坦白地说，《最长的一码》中有一个始终让人纠结的地方，因为总是有亚当的爆笑喜剧。那就是"你在哪儿笑？"，但当你在前一分钟打下伏笔他要去监狱了，这应该是一个沉重的场景，你就不会那么做了，因为影片不都是搞笑和比赛。这个挑战和《在云端》（*Up in the Air*）相似，在这部影片早期的草稿中，在12%失业率[32]之前，我徒劳地在被解雇的人身上花了比较多的功夫。笑话更多一些，更搞笑一点；我们知道我们有那种宽容度。但是当经济开始转向，它改变了一切。你必须更高尚——因为没有更好的术

---

[32] 应指美国2008年经济危机期间的失业率。此处内容是指，由于美国经济危机的出现，出现了大量失业的人，因此影片《在云端》里面对于被解雇的人的描写发生了改变。译注。

语——更多的义务和责任去描绘那些内容。

作者：就像采访真正的人。

谢尔顿：是的。

作者：在《最长的一码》中，另一个大挑战是，这些角色不是英雄人物。然而，我们为一场重大比赛中的犯罪分子喝彩，并且我们完全想看到监狱长詹姆斯·克伦威尔丢脸。这是一个巨大的挑战，我一直都这么怀疑，是否你考虑过让他反英雄式的形象少一点——比如《亡命天涯》（*The Fugitive*）这部电影，片中主角是无辜的……

谢尔顿：这是美好道路上的一朵大乌云。《最长的一码》是我的第一部电影，我会告诉你这部影片走运的是什么，那就是我们有杰克·吉尔拉普托担任制片人。这是一个精彩的过程，因为大家非常协作。此后我再没有一位制片人在那个过程中那么投入。我记得一个高管接电话然后说："嗯，需要考虑这考虑那，"因为杰克是一个800磅重的"大猩猩"，他会说："不，你完全错了，你是个白痴。我把它送给雪莉（蓝辛）。"大多数制片人不会那么做，即使他们有那个能力，他们也不会那么做。所以和一个重量级制片人合作的好处是，他们知道他们什么时候可以拉一把，而当他们对剧本有信心时，事情就很美好。作为一名编剧，我全部想要的是感觉受到保护。我只是想知道，我在工作中是否有人从中作梗，他们是否相信这个项目。我认为这就是制片人没有意识到的东西。我们，作为编剧，是那种脚上有刺的狮子，一直在等待有人把刺从我们的爪子里拔出来，而如果有谁真的那么做了，我想我们会永远感激的。说的有些远了，但是任何时候我跟编剧交谈一个必然要说问题是，"最喜欢的制片厂是哪家？谁是你最喜欢的制作人？"我们所有的人都说，"真的没有一个。"因为，总的来说，他们没有忠诚意识；他们没有努力去赚取忠诚，我认为这是对好莱坞的伤害。我真的认为这是一个问题。

作者：这就像被同质化了，因为有压力要去玩"四象限"❸——整个国家的每个人每个年龄段都能看——但现在是全球性的。

谢尔顿：有一次，我们随意说了一个想法，"那么，女人在哪里？我们要请一个刑罚学家加入然后视察监狱吗？"你知道杰克和亚当，他们说："绝不可能。这是一部关于男人和监狱的电影。"票房并没有受到伤害，我们赚了2亿美元。

---

❸ 四象限电影（four-quadrant movie），是指吸引全部四个主要的人口统计学"象限"的电影观众的影片。四个象限的划分是男性和女性，25岁以上和25岁以下。译注。

作者：因为你有和射手克里斯·洛克的兄弟情。这是一个真正暖心的关系。你知道保罗是直男，因为在影片开头他和考特尼·考克斯在一起，但两个狱友之间同样也是"爱"的故事。

谢尔顿：没错，因为所有的时间我谈到我喜爱的想法，别人会问，"为什么女人要去看这部电影？"我认为女人去看是因为他们想看一个好故事。她们并不是一定要看到一个女人在屏幕上，只想看一个引人入胜的故事。这同样适用于我。我看了《伴娘我最大》（*Bridesmaids*）而且我也很喜欢。但是，我必须告诉你，除了搞笑，这是一部好电影。它走心；它真的做得很好。而且再一次，有那些家伙保护我，他们说："不，我们不会把一个女的加进来，我们不会让保罗更可爱，因为我们知道保罗要经历什么。"这真的是让人难以相信，因为我曾有过相反的经历，你写了一个你喜爱的角色，你想推动他，然后我们去制片厂，然后他们丢下一句，"他不可爱。"这太让人丧气了。我没法告诉你这种事情多久就会发生一次。

这种事情总是有的，而我信任（导演）皮特·西格尔，因为我担心会把亚当拍得高大上，那种类型他真的演得很好，但问题是监狱里不存在那种类型。有时候，你有那种包袱和那类事情，但是他们从来没有拍进片子里去。这就是我对这部电影最感骄傲的地方——它没有破坏影片的风格，因为风格是一切。我思考了这个问题，我们谈到20世纪70年代的电影是那么有影响力，但我们真的不用去学习它们。因为70年代电影说的事情是把人物推到边缘。

作者：是的，《炎热的下午》（*Dog Day Afternoon*）和《电视台风云》（*Network*）都是把角色推到绝境。这是我一直喜欢的两部电影。

谢尔顿：那是绝对的，我是一个西德尼·吕美特的铁杆影迷。而他的那部《城市王子》（*Prince of the City*），可能是我想拍的最有影响力的电影了，他处理特里特·威廉斯扮演的角色是将其推到边缘。我前些天看《线人》（*The Friends of Eddie Coyle*），它有同一种神秘感。在影片的前20分钟或者前50分钟，你不知道接下来会发生什么，我一直认为这是一部伟大的典范。我觉得如果激起了观众的好奇心，他们会留下来。《虎胆龙威》的开场是飞机上有个家伙想伸直他的脚，而一旦你了解人物和他要经历的处境，爆炸甚至比它本来的威力更大，因为你在乎他们中间的那个人。

作者：你会说现在的电影变得更短了吗？过去用的是120页，现在是110页，有的人甚至喜欢用100页。

谢尔顿：我想这对我们为什么看电影很好地做出了回应。甚至《美国人》（*The American*），一个节奏缓慢的影片，也从20世纪70年代获益很多。

我看了《大审判》（*The Verdict*），吕美特的另一部电影。太精彩了。

作者：那台弹球机。

谢尔顿：这真棒。还有一些类似的片段，比如他去会见另外的目击证人，他的西装上别了一朵白色的康乃馨，然后他只是把它扔了出去。他们从来不会说出来。现在如果我们拍那一幕，你会觉得我们不得不说，"哦，你戴着白色的康乃馨"——我们必须指出那一点。我觉得这就回到了中心的想法，我们不再相信观众了。意思是说，他们是愚蠢的，而我们要屈尊迁就他们。我从中学到的最好的教训，来自我的第一个剧本找的代理人。剧本中有一些地方我认为写得特别聪明，作为一名年轻犯傻的编剧，我觉得有必要在剧本里加下划线强调它们，因为我是如此害怕别人会错过它们。我的代理人打电话给我，说："问题在这里，蠢笨的人不会理解，而聪明的人会被冒犯，因为你不认为他们足够聪明到可以理解它。"他绝对是正确的。

作者：这是很好的建议。

谢尔顿：这是你必须信任的东西。问题的根源来自大好莱坞的立场，因为有这么多的材料，同时还有一种内在的缺少尊重。人们的假设是，"看看所有这些剧本，要下多少功夫才能做到呢？"你和我都知道，写一个烂剧本很容易，而要写一个好剧本真的很难。

作者：我的脚本已经写了20稿了，而我仍然在做小的修改。

谢尔顿：这是成为编剧所需的性格和气质——要知道修改过程是艰苦的，而就在你认为你完成了的时候，必须再回去做一些返工。做到这一点需要特定的心态，这就是为什么我说在这个行当里，性格比天才更重要，或者是一样重要。

作者：作为一名编剧，在准备《最长的一码》时，你做了多少研究工作？你去过监狱吗？

谢尔顿：我都做了，但我觉得雇请我的原因是因为我打过大学橄榄球。我认为这对杰克来说非常重要。所以我从心里就知道怎么打橄榄球比赛，可以用来写那些场景。值得庆幸的是我从来没有坐过牢，但对于我来说，需要知道它现在是如何运作的，和20世纪70年代有什么不同。你不能弄一帮带镣铐的囚犯在那部电影里，但你可以有现在的对应的东西。所以，有许多东西来自于探访监狱和旅游，但是也来自于仅仅和专业运动员交谈。然后把"我这一辈子没有人告诉过我这是错误的。所以，我可以偷一辆车，然后来一个追逐场面，然后等上一小会儿，你现在要逮捕我吗？"这种心态整合起来。就是那种愤怒感，"你知道你在和谁打交道吗？"

作者：除了做研究，你怎么写提纲？你开始改编或写一个原创剧本之前，你花多少时间？

谢尔顿：我必须在信笺上开始写。我还是喜欢笔在纸面上滑动的有机感。而我的原则是，甚至在我开始动笔写提纲之前，我要在信笺上涂满随机的想法、主题、对场景的创意，对角色和对话的沉思。一旦我做完了这些，我就开始真正进入了大纲的形式。我讨厌这样写提纲。太可怕了，但是太必要了。我把大纲交给制片厂的时候，我一直有一个不承担责任的声明，一个小警告，我说："不要太相信它，因为在纸上可以进行不同的处理。"我认为你在写作时会越来越意识到，到底是什么在提纲上有作用，而转化为剧本时又是什么会变得困难。我觉得有些人写了令人惊叹的大纲，但写的剧本实在太烂。我认为要在中间找到平衡。你所做的事情中最棒的部分就是迫使人们去谈论它。当你说："跟我说说你的电影"的时候，它总是能改变一切。

作者：对于电影主题呢？

谢尔顿：我很重视主题。甚至像《德州电锯杀人狂》（*The Texas Chainsaw Massacre*）这样的电影，我也有一个主题。这是引导我的力量，通过那部电影的每一个场景，引导我的叙述。而且这同样适用于《在云端》，以及我写的所有电影，它们都有一个隐含的主题，即使它是塞进去或者周期性附加的。

作者：在《在云端》中，我们真的不是很知道，为什么瑞恩·宾汉姆是那种行事方式。是在小说或更早版本的草稿中吗？

谢尔顿：在小说中，他们谈论的是电影中姐姐的角色，并希望她会温暖与每个人保持距离的他，包括他的家人。我认为最终的怀疑来自于自我怀疑。这种对信任的缺乏，我认为是做这项工作的必要性。对我来说，有些时候做这样的工作已经成为你的一部分，而不是你成为它的一部分。为了做到这一点，你做决定，主要是潜意识里做决定，我怎样能做得更好，就像在战争中的士兵一样。

作者：在你开始写作之前你对角色要知道多少？

谢尔顿：所有的一切，对我来说。

作者：你如何决定哪些东西要渗入到故事里，以及哪些东西你打算留着，但允许人物的行为受它的影响？例如，克鲁尼喜欢作为一个白金卡会员，他喜欢作为一个VIP贵宾的感觉。

谢尔顿：这肯定是角色的一个性格特征。我觉得对我来说，我写了大量的人物和角色的档案材料。他们去哪里上的高中，谁是他们的第一个女朋友，这些事情永远不会进入电影，但对我来说这些事情使他们变得真实。然后时不时这些事情潺潺流过，而你不必要知道它从何而来。我认为它有助于对话，有助于真正确定这些人怎么以独特的方式说话。我敢肯定，你读到过大家都以同样方式说话的剧本，我认为那是没有理解角色的标志。所以对我来说，我要知道一切。而实际上，不写在纸面上的内容越多，我想知道的内容越多。因为它确实告诉他会做什么，而不是以一种学究式条分缕析的方式来说，"我从我的档案材料里知道在三年级他……所以我们现在做了这些。"只是用一种直觉的方式，而这也正是我们所面临的挑战——不感到被你的大纲束缚。我认为有两种作家：机械式的作家，写剧本按部就班，因为第22场戏将要在第48场戏了结；直觉式的作家，我认为自己是后者。

你确实花了很多时间在没有回报的内容上，无论是在不会到来的项目，还是在永远也不打算写到你的剧本里的场景。但是，你必须做那些内容，而且我必须说服我自己那些东西确实服务于一个目的。所以你我要删掉的场景，永远不会以任何形式出现在剧本的任何地方，但是那一幕的灵魂仍会在留在剧本中。

作者：而对于瑞恩·宾汉姆，它是在掌控之中。只要他在掌控，当然他不会感到脆弱无助。接下来，爱情把他甩出了他的游戏，他不得不放弃一些控制，而这成为他的阿喀琉斯之踵。在你的创作过程中，是否有一些特别事情是你需要知道的？例如，"我需要知道他的弱点是……"

谢尔顿：所有那些事情我都要知道，而且我还需要了解更多有特质的东西。我认为每个人在他们生活中会有一个对日后有重大影响的时刻。它不必是"我遇到了车祸"，它可以是温和的东西，但是那种东西影响了他们的世界观。我想知道那是什么。更多的时候，它不会变成电影中的一大段独白，但有的时候它会。我必须知道他们与父亲的关系怎样，他们最喜欢的音乐类型是什么，他们在听什么，他们回家会做什么。他们打开电视吗？他们去冰箱开一瓶啤酒吗？他们一个人的时候角色会怎么样？激励他们的事情是什么？

作者：所以，我们已经看到了如何通过使用角色的渴望和恐惧来提供影片的利害关系，你是如何把谜团也加入角色的？在《最长的一码》中，故事里有个谜团，因为他不想谈论过去发生的事情。因此，主题对我来说，这是一个伟大的主题，因为具有讽刺意味的是，真相会让你自由。当他终于坦白了过去，尽管它让他自由，讽刺的是，他最终可能会被监禁。你是否有意识地给你的角色一个秘密或者什么事情去掩盖？

谢尔顿：当然。对我来说，从来没有一个真正的秘密，它更多的是关于拥有某个人的整个简历，然后找到我要埋葬的东西。如果是在创建角色之后，我常常会去翻看它然后说："那是我能分发出去的东西，"你把它圈出来然后说："这是主要的事情，这就是为什么这个家伙是这样的。"这是他要严密守护的秘密。而那是你也有责任的地方。我认为我们都看过我们不相信其中一些人的电影。我也觉得，如果从一部电影中得到信息的唯一办法是通过酒精的话，那么那部电影是不好的。我们看过多少部电影，里面的计划是，"好吧，我们来让他们一起喝醉，然后他们将会分享这一时刻？"我认为这是一种欺骗。我不认为那样会有效果，而且我会感觉不真实。所以你怎么把某个人放在这种情况呢？回到《最长的一码》，我们很奢侈地把他放在监狱里，但如果你有一个像《爱在心头口难开》里的强迫症性格（杰克·尼科尔森扮演的梅尔文·尤德尔）的角色，那就是一个真正的挑战，他大约50年紧紧抓着某些东西。

你如何让一个角色处于某种境况，在这种境况下他将有一个自然演进的理由去揭露他们长久以来紧紧裹在里面的事情？

作者：制片和导演工作如何影响你的写作？

谢尔顿：我总认为我是一个编剧，因为我喜欢它；但如果在我觉得我能够或我觉得我能做到的时候有机会去导演，也很好。那种觉得我能做到的感觉每天都在拯救我。部分原因是我认为那将使我成为一个更好的编剧。部分原因是我认为，以编剧的身份去导演时，我们必须以视觉的方式进行思考，即使剧本是我们写的。你必须在写之前在头脑中看到那部电影，这就是为什么这么多编剧成为了相当不错的导演的原因。我和托尼·吉尔罗伊[34]在飞机上坐了5个小时，我跟他谈的就是我喜爱的《全面反击》这部电影。托尼干得漂亮。托尼做了一部20世纪70年代的电影，这部电影真的让人感觉有70年代的味道。我得说，他是过去10年里为数不多的真正干得漂亮的人。要成为一个编剧的办法是看电影和理解电影。有些事情影响你，而你不知道为什么。在被操纵和感到舒服之间仅有一线之隔，而不是感觉你被欺骗了。

## 作业

写一页纸的主角独白（用第一人称），解释在你的生活中你最看重的是什么，以及你是如何以某些方式拼命去保护它。

---

[34] 托尼·吉尔罗伊（Tony Gilroy）是影片《全面反击》的编剧兼导演。译注。

# 第6章
## 氪星石是什么？

### 确定主角最显著的弱点（阿喀琉斯之踵）

　　氪星石是一种虚构的放射性矿石，来自电影超人的家园星球氪星。在《超人：钢铁之躯》（*Man of Steel*）中，它成为了在其他方面无敌的超人的终极弱点。这也是他的致命缺陷，他的敌人一有机会就会利用它。

　　性格上的缺陷是应对机制，有时是过时或者只是被打破的东西，而剧情碰巧去掉了角色的铠甲。在影片《爱你在心口难开》中，梅尔文·尤德尔的（杰克·尼科尔森 饰）生理上的缺点是强迫症（OCD）。每次进出房间，他必须用相同的重复动作锁上前门的门闩。所以，除了反复洗手，他不能踩到人行道上的裂缝，出去吃饭时需要带上自己的消毒塑料餐具。梅尔文的混乱让他感到无比脆弱，结果是，他是一个令人讨厌、纠缠不休、同性恋、反犹太种族主义者。他意气相投的同性恋邻居西蒙（格雷戈·金尼尔 饰）称他为"绝对恐怖的人类。"梅尔文是一个厌恶女人的人，却恰好是拥有众多女性粉丝的畅销爱情小说作家。

　　其中有一场特别难忘的戏，一名女子问他如何能够那么好地把握他笔下的女性角色，他的回应是：

> 梅尔文
> 我想的是一个男人，然后删除原因和责任。

　　但是角色是由他们的行为而不是语言定义的。我们后来发现，梅尔文只是吠叫但不咬人。他是一个受到惊吓的怪物困在世界上。故事迫使梅尔文脱掉了他的盔甲然后显露出真实的自我——否则就会失去他爱上的服务员/单亲妈妈卡罗尔（海伦·亨特 饰）。但是，这并不容易。防御到位是有原因的，而亲密关系可能是可怕的。

主角的致命弱点——生理上的/或情感上的——可以采取许多不同的形式：疾病、疯狂、吸毒、恐惧、债务、违抗、报复、罪恶、自卑、恶习、盲目效忠、相互依赖、自恋、恶意、狂妄自大等。

影片《尼克松》（*Nixon*）里的理查德·M·尼克松（安东尼·霍普金斯 饰），《胡佛》（*J. Edgar*）中的J·埃德加·胡佛（莱昂纳多·迪卡普里奥 饰）和影片《血色将至》（*There Will Be Blood*）中虚构的丹尼尔·普莱恩维尔（丹尼尔·戴·刘易斯 饰），都被让人衰弱的偏执和妄想折磨。

杰森·伯恩（马特·达蒙 饰）患有失忆症；印第安纳·琼斯（哈里森·福特 饰）有恐蛇症；影片《大白鲨》中的警长马丁·布罗迪（罗伊·谢德 饰）怕水；而看似不可战胜的小霸王（罗伯特·雷德福 饰）不会游泳。

《猜火车》（*Trainspotting*）中的马克·伦顿（伊万·麦格雷戈 饰），《羞耻》（*Shame*）中的布兰登·沙利文（迈克尔·法斯宾德 饰）以及《蕾切尔的婚礼》（*Rachel Getting Married*）中新娘的妹妹凯姆（安妮·哈撒韦 饰），都是对某事上瘾的人。上士威廉·詹姆斯（杰瑞米·雷纳 饰）在《拆弹部队》（*The Hurt Locker*）中是一个酷爱寻求刺激的人。里奥·迪卡普里奥在《猫鼠游戏》中扮演的骗子弗兰克先生，对诈骗的快感上瘾。

玛莎（伊丽莎白·奥尔森 饰）在《双面玛莎》（*Martha Marcy May Marlene*）中患有斯德哥尔摩综合征。威廉·莎士比亚（约瑟夫·费因斯 饰）在《恋爱中的莎士比亚》（*Shakespeare in Love*）陷入创作低谷，会做任何事情来取悦他的新缪斯，薇拉（格温妮丝·帕特洛 饰）。

在《小岛惊魂》（*The Others*）中，格雷斯·斯图尔特（妮可·基德曼 饰）的孩子对阳光过敏。在《安然无恙》（*Safe*）中，卡罗尔·怀特（朱丽安·摩尔 饰）对20世纪过敏。《泡泡男孩》（*Bubble Boy*）（杰克·吉伦哈尔）对什么都过敏。

**一个英雄的弱点可以表现为一种为他人（或动物）的"软弱"，导致主角打破规则。**

角色为了保护或帮助心爱的人会走多远？

在影片《炎热的下午》中，桑尼·沃特兹克（艾尔·帕西诺 饰）为了帮助他的情人做变性手术抢劫银行。

在影片《猩球崛起》中，威尔（詹姆斯·弗兰科 饰）冒着职业生涯的风险保护他从出生就抚养的大猩猩（凯撒）。

在影片《天伦劫》（*Before and After*）中，母亲和父亲（梅丽尔·斯特里普和利亚姆·尼森 饰）走到极端，去帮助他们的儿子掩饰他女朋友的死——他涉嫌杀害了她。

在影片《百万美元宝贝》中，经验丰富的拳击教练弗兰克·邓恩（克林特·伊斯特伍德 饰）打破自己的规则（即女性不属于拳击台环），因为顽强的女拳击手玛吉·菲茨杰拉德（希拉里·斯旺克 饰）说服他执教她。她帮助他填补了和他感情疏远的女儿（凯特）留下的空白。我们通过几个镜头——弗兰克从凯特那里收到的"退回发件人"的信件——知道了这一点。显然，这已经持续了多年。重要的是，玛吉的父亲（她崇拜的人）在她很年轻的时候去世了。弗兰克为玛吉变得软弱，他尽其所能训练她。玛吉成为冠军拳击手，赢得了金钱和荣誉。而原本低估了她的弗兰克现在相信，她已经准备好了到下一个水平——具有悲剧性的结果。

*参见第七章反派如何利用主角的漏洞。*

**虽然大多数性格缺陷是有害的，但特定的性格缺陷是有益的，它会使主角更强大。**

无视传统智慧或拒绝屈服于同伴的压力或多数规则会是一条孤独的路。在《相助》（*The Help*）中，在密西西比州的民权运动期间，斯基特·费伦（艾玛·斯通 饰）在她的社区可以轻易地放弃那些受压迫和受虐待的黑人女佣，但她觉得有必要为大多不识字的女佣发出声音。虽然影片截取了小说的内容并把主题过度简单化，不可否认的是斯基特和她最好朋友的管家——艾比里恩·克拉克（维奥拉·戴维斯 饰）之间的强大关联。艾比里恩冒着工作和生活的风险发声；这个勇敢女人的致命弱点是，她可以一再忍受她的真相被压制。斯基特为她提供了船，但是是艾比里恩和敏妮·杰克逊（奥克塔维亚·斯宾塞 饰）超越了她们的恐惧和限制，获得了超常发挥。

《米尔克》（*Milk*）的开头是美国第一位公开同性恋身份的民选官员，哈维·米尔克（西恩·潘 饰）在口述他的"仅可在我被暗杀后读的信。"哈维告诉我们，同性恋成为靶子是因为他们是如此显眼，而面对备受争议的解放运动，米尔克脆弱的主要地方，是他相信隔离是不平等的。哈维·米尔克无视被归类为"悲剧英雄"，因为尽管他的英年早逝（死于48岁）的确是一个悲剧，但他死于他热情和激烈地相信的东西。通过他留下的遗产，他的精神永存。

**大多数性格缺陷植根于耻辱。**

羞耻感可以是有意识或者下意识的，无所不在或零星散乱。耻辱是基于相信，如果人们知道真正的我们，他们会嘲笑、评判、拒绝或者抛弃我们。这是断掉心灵连接的恐惧。人们往往想对别人和自己隐藏自己的弱点。角色的发展是挖掘这些黑暗或隐蔽的地方，并把它们公开，使它们可以被人带着同情去审视。有些角色会完全战胜自己的恐惧和耻辱；而其他一些人会发现一个更健康、更少自我毁灭的方式来去适应它们。

在《朗读者》（*The Reader*）中，汉娜·施密茨（凯特·温斯莱特 饰）害怕她不配得到生活和爱，已成功地向这个世界隐藏了她的个人耻辱（文盲）。但是，当她遇到一个没有经验的十几岁的男孩，迈克尔·伯格（大卫·克罗斯 饰），她发现有人比她更脆弱，而且一开始，她把欲望作为征服他的力量。这是他们的默契：她会教他如何成为一个男人，他会给她朗读文学作品。她本质上是一个捕食者——他是一个未成年人，年纪小到够当她的儿子——但他们分享一种深刻的亲密关系。但在他们激情燃烧的夏天之后，她抛弃了他。直到故事的很久以后，迈克尔和观众才发现汉娜的耻辱，而她做了她一生中的绝望选择去隐藏它，包括决定加入纳粹党卫军，以避免因为职务晋升暴露了她的秘密。

在影片《断背山》（*Brokeback Mountain*）中，杰克·特维斯特（杰克·吉伦哈尔 饰）由于埃尼斯·德尔马（希斯·莱杰 饰）内心的同性恋恐惧，承受着对后者得不到回应的爱，表现为杰克那句经常被引用的台词"我希望我知道如何戒掉你"。

在《国王的演讲》（*The King's Speech*）中，乔治（科林·弗斯 饰）的生理弱点是他的不能忍受的口吃。他的心理弱点是他的不安全感和耻辱。但通过他的语言治疗师（杰弗里·拉什 饰）的努力，和他妻子（海伦娜·伯翰·卡特 饰）的鼓励，以及他自己坚定的投入，他终于克服了口吃，并且在结尾发表了一个激动人心一气呵成的全国讲话。

**剧情中的危机使得没有表现出来的情绪不可避免地暴露出来。**

压抑是一种常见的性格缺陷。你在创作你的角色时，要记住他们将同时拥有自觉和不自觉的目标。他们可以相信他们能够控制自己的环境、选择他们的朋友和同伴，但有一件事是人类无法控制的，那就是他们的情绪。幸运的是，表达没有表达的东西的能力对你的主角来说极其艰难，而这对于编剧来说是一件非常好的事情——编剧的主要目的是通过戏剧冲突外化人物的心理。

在影片《在云端》中，瑞恩·宾汉姆（乔治·克鲁尼）有意识地想独自一人在友好的天空飞，他累积常飞行旅客的里程和打造完全肤浅的人际关系。但是，他潜意识的目标是安顿下来并有一个家。他似乎陶醉于单身汉的生活，并在讨论会上发表了关于没有"空背包"拖累的快乐的讲话。但是当公司政策的改变使他的职业生涯表面上的舒适受到破解的威胁，并且他被迫与一个具有挑战性的见习生娜塔莉（安娜·肯德里克 饰）出差时，他被迫重新评估他的个人生活的空白。当他最终回到了友好的天空时，它们已经失去了吸引力。他是一个改变了的人，他已经意识到他需要建立亲密、持久的关系。他需要家庭。他需要爱。

**压抑的角色可以成为一枚定时炸弹，肯定会在某个时刻爆炸。**

生活中，每个人都有一个临界点。被压抑的嫉妒可能表现为挑衅。未表达的抱负可能在某人心中盘旋成为抑郁。被压制的伤害可能会变成愤怒。表面忠诚但私下里心怀不满的员工可能会对客户粗鲁并且贪污公款。感觉受到冷遇可能会让一个人变得高傲。一个争强好胜的孩子可能会反抗父母的期望，成为一个刺儿头。在独立制作的惊悚片《双面玛莎》中，玛莎（伊丽莎白·奥尔森 饰）在有蛊惑力的反社会邪教领袖帕特里克（约翰·霍克斯 饰）的主持下加入了邪教。玛莎设法逃脱之后，她和她的新婚的A型性格姐姐露西（莎拉·保尔森）及其建筑师丈夫泰德（休·丹西 饰）住在他们康涅狄格州湖边的房子里。很明显，对露西来说，玛莎身上有些东西"不在了"——她两年前消失了。玛莎前一分钟还狂躁粗暴，接下来又是孤僻和充满敌意。

观众通过交叉切换和闪回体会到了玛莎被邪教控制后不断升级的恐惧，但是露西和泰德直到电影很后的部分，才知道让玛莎情绪上受到伤害的是什么。由于没有别的地方可去，玛莎尽量以最大的努力融入露西和泰德的私人生活，并且试图掩盖强奸的肮脏细节和谋杀的秘密。但不可避免的是，在一次鸡尾酒会上，玛莎看到一个酒保，这个酒保要么是本人，要么让她想起了某个飞扬跋扈的邪教头目，她对过去的恐惧被触发了。结果是：玛莎的心理和情绪崩溃了，她惊声尖叫着大打出手，淹没在羞耻和悲哀之中。玛莎不知道现在的她是谁，并且面临着一个可怕的、不确定的未来。

### 反英雄[35]想成就他们的消极目标——通常是非法的、厌世的。

在伍迪艾伦的影片《爱情决胜点》（*Match Point*）中，生活艰难但进取的前网球职业运动员、爱尔兰小子克里斯·威尔顿（乔纳森·莱斯·梅耶斯饰）得到了一份工作，在伦敦一家豪华的网球俱乐部当教练。克里斯和他的学生汤姆·休伊特（马修·古迪 饰）走得很近，后者把克里斯介绍给他的英国上流阶层家庭，汤姆的妹妹克洛伊（艾米莉·莫蒂默 饰）和他迅速坠入爱河。虽然克里斯知道克洛伊是他成为贵族的船票，但是他无法抗拒对汤姆的未婚妻的渴求，她是性感、有抱负的女演员诺拉·赖斯（斯嘉丽·约翰逊 饰）。克里斯和诺拉有一段短暂的恋情，但后来他断绝这段关系和克洛伊结婚，因为克洛伊能够给克里斯提供以名望和在休伊特家族企业成为高层的职业生涯。克里斯站在了世界之巅……直到他偶然遇到诺拉，并且再次为她着迷。诺拉，他的氪石，成为了他的情妇。当诺拉怀上了他的孩子后，她逼迫克里斯和克洛伊离婚并承担责任，克里斯无法想象放弃自己的优越生活。他的缺点是他无法控制的欲望——对诺拉与和克洛伊生活的欲望——而他不能兼得。克里斯变成了越来越绝望和无情的人。伍迪·艾伦早期的电影《罪与错》（*Crimes and Misdemeanors*）讲述了一个非常类似的故事，而且最终的结果是相同的，这两个反英雄的角色都逃脱了谋杀罪的惩罚。

### 悲剧英雄被他们的弱点诅咒，并以孤独和被疏离结束。

在1983年翻拍的《疤面煞星》（*Scarface*）的高潮对决中，孤独、偏执、嗜枪如命、权力欲极强的毒枭托尼·蒙大拿（阿尔·帕西诺 饰）被他的敌人彻底打败。蒙大拿是被他自己的骄傲自大击溃的。

在《黑天鹅》（*Black Swan*）中，妮娜（娜塔莉·波特曼 饰）被她的无限完美主义带来的妄想弄得不堪重负……最终它摧毁了她。

影片《梦之安魂曲》（*Requiem for a Dream*）围绕着母亲莎拉·戈德法布（艾伦·伯斯汀 饰）和她那贩毒的瘾君子儿子哈里（贾里德·莱托 饰）展开。白天，萨拉坐在她在布鲁克林的公寓大楼前的一把折叠椅上，和爱管闲事的邻居闲言碎语；她醒着的其余时间都花在了电视机前。她沉迷于自我激励大师泰皮·提伯斯（克里斯托弗·麦克唐纳 饰）主持的一档特别的电视购物节目。当萨拉接到一个神秘的（可能是妄想）的电话，邀请她去参加一个电视娱乐节目时，她为这个机会欣喜若狂。这是她的人生新的篇章，这使她有机会让她的邻居羡慕和炫耀她帅气的儿子。

---

[35] 反英雄，电影中的主要角色，但是道德上不是传统意义的好人形象。译注。

为了能穿进哈里高中毕业时她穿过的那件红色礼服，萨拉开始节食。不幸的是，她对体重下降的缓慢变得不耐烦，然后她得到一个处方减肥药。在接下来的几个月里，萨拉危险地沉迷于安非他明。同时，哈里陷入了海洛因成瘾和暴力升级的无望循环之中。最终，这对母子都没能把自己从悲惨的生理和和精神摧残中拯救出来。

在《无间行者》（*The Departed*）中，州警察局特别调查员科林·沙利文（马特·戴蒙 饰）是一个悲剧性的反英雄角色，他既傲慢又口是心非，他效忠于暴徒头目弗兰克·科斯特洛（杰克·尼科尔森 饰），他筋疲力尽。同时，我们的英雄比利·科斯蒂（莱昂纳多·迪卡普里奥 饰），一名正直的卧底警察，当他被错误地指控背叛了科林时，也不能逃避自己的悲惨命运。尽管比利知道，自己对弗兰克·科斯特洛的效忠是一个诡计（他是警察卧底），但他被出卖了并且发现他的绝密警察记录（他的卧底任务的唯一证据）已经被清除，他将永远无法向警局内务处证明自己的清白。这实际上宣告比利成为一个合法警探的未来已经无望。这尤其是一个悲剧，因为当比利接受了他的卧底任务时，他所希望的全部就是通过这次任务解决他的家庭与波士顿下层社会的联系为他带来的耻辱。讽刺的是，当比利被一名（不正当的）州警官杀掉后他最终获得了一个体面的属于警察的葬礼。

同时虽然科林遭到排斥，却自大地以为他已经逃脱针对他的背叛的惩罚……直到上士肖恩·迪格纳穆（马克·沃尔伯格 饰）出现在他的公寓并刺杀了他——没有留下犯罪痕迹。比利和科林分别被他们对一种腐败制度的盲目效忠暴露身份并且击败。

**真正的英雄培养了勇气去面对自己的恐惧并克服自己的局限性。**

在《拳击兄弟》（*The Fighter*）中，职业拳击手米奇·沃德（马克·沃尔伯格 饰）必须站起来对抗他的自我毁灭的同母异父兄弟迪克·埃克伦（克里斯蒂安·贝尔 饰）和反抗他那令人窒息的经纪人/母亲爱丽丝·沃德（梅丽莎·里奥 饰）和他的姐妹们。米奇的新女友（艾米·亚当斯 饰）帮助米奇获得信心参加拳击比赛。但是在拳击比赛的高潮，米奇被打得落花流水，迪克作为他的同母异父兄弟的支持者，给他说了一段鼓励的话，促使他打得比以往任何时候都好。然后米奇找到了内在的力量去反击。当米奇通过技术击倒（TKO）获胜时，大家都惊呆了。

在真实的故事《127小时》中，登山与冒险家阿隆·罗尔斯顿（詹姆斯·弗兰科 饰）的手臂卡在一块巨大的石头下面，使他困在偏僻峡谷中的一个隐蔽的石头缝隙里，阿隆必须想清楚如何解救自己。阿隆忘了将自己的瑞士军刀打包，食物和水定量供应，阿隆用他的摄像机记录了他的玩命127小时。随着饥饿、脱水、幻觉的降临，阿隆回忆起他的生活中最重要的人和有影响的事件，并最终召唤了内在的力量，用一把小刀切断了自己的胳膊。

截断手臂后，他必须先翻过一堵65英尺高的墙，再走8英里才可以获救。在重伤的迷幻状态下，阿隆看见了一个神秘的小男孩。在苦乐参半的结局中，一幅字幕告诉我们阿隆的预感应验了。他遇到了他的妻子杰西卡，三年后，他们有了一个儿子。阿隆近乎致命的缺陷是他自认为不可战胜的。

> 性格上的缺陷可以通过拥抱或者超越它们来克服。在电影的结尾，你的主角可能以哪种方式克服这个缺陷？

### 专访：奥斯卡奖提名者

#### 编剧 苏珊娜·格兰特（Susannah Grant）

#### *苏珊娜·格兰特电影年表大全*

代表作：

《心灵独奏》（*The Soloist*）（2009）

《捉与放》（*Catch and Release*）（兼导演）（2006）

《偷穿高跟鞋》（*In Her Shoes*）（2005）

《永不妥协》（*Erin Brockovich*）（2000）

       奥斯卡奖提名

       美国编剧工会奖提名

《惊变28天》（*28 Days*）（2000年）

《灰姑娘：很久很久以前》（*Ever After: A Cinderella Story*）（1998）

《风中奇缘》（*Pocahontas*）（1995）

作者：在《永不妥协》和《心灵独奏》这两部电影中，你的主角都是真实的人物，所以我不知道你做了多少研究工作，你认为建构这样基于真实人物的角色要在多大程度忠实于艾琳·布罗克维奇[36]这个真正的人？又有多少戏剧性的可能性？

苏珊娜：我觉得有义务做到真正的忠实事实。因为它已经是一桩法律案件，有些事情我必须在事实上是准确的。谈到角色，我曾经听过一个讲座，

---

[36] 影片《永不妥协》系根据单亲母亲艾琳·布罗克维奇（Erin Brockovich）与大公司打官司的真实故事改编。译注。

我在那里的第一年是诺拉·艾芙隆（Nora Ephron）[37]讲的课。她说的是《丝克伍事件》[38]（Silkwood），她说："事实总是很有趣。"我一直记得她说的话，当然艾琳的真实——好吧，任何人的真实——是很有趣的。于是，我带着答案在真相中的想法开始步入真相。我所有问题的答案会在真相中找到。真实故事的技巧是结束的时候在事实和真相之间的差异。事实往往是相当沉闷的。例如，有一对像乔治和艾琳那样的夫妇，和好然后分手然后和好然后分手，但是没有人愿意看他们一遍又一遍地这么做，因为变得乏味了。相反，你可以相当忠实地再现他们之间的人性冲突，但无需展示冲突的每一个事实，从而得到他们冲突的真相。这是我第一次写真实生活的故事，所以经历了包含了大量试验和错误的曲折学习曲线。我确定我写过一个事实非常准确的草稿，但它在功能上是徒劳无用的。最后，我知道了围绕真相本质的方法。这一切听起来好像我知道这一点，虽然确实我在理智上也知道这一点，但我觉得把理智上知道的转化为我有创意地去做的东西，这个过程总是不堪和泥泞的。

作者：我知道这种感觉。

苏珊娜：做了15～17年这些事情后，我觉得我不应该每个剧仍然去学习这一点，但也许这就是过程。我写的几乎每一个角色，可爱度的问题总是比我完成剧本更重要。这种情况现在发生较少，因为我有一点积累了。

作者：主角受欢迎程度的因素将是我的下一个问题。

苏珊娜：可爱度是一个相当有趣的词。在我已经写了一些东西之后，它再也不会来了，这是件好事。

> 对我来说，如果你能理解角色行为背后的动机，你就不会把它判断为"可爱的"或"不可爱的。"所以作为一个编剧，你必须带着同情心处理角色。

你必须明白为什么她对每个碰到的人大发议论。如果你在开始写之前弄明白了这是为什么，她有什么样的需要满足了这种行为，又有什么恐惧被这种行为平息或安抚，那么它将不会表现为不可爱，而会表现为人性。

---

[37] 诺拉·艾芙隆（Nora Ephron，1941—2012），美国著名编剧、导演，代表作有《当哈利遇见莎莉》、《西雅图夜未眠》、《电子情书》和《朱莉与茱莉亚》等。译注。

[38] 《丝克伍事件》（Silkwood），本片根据真人真事改编而成，描述的是美国20世纪60年代末期一名在核电厂工作的女工有感于不合理的工作制度和环境，开始参加工会活动，并搜集核电厂危害公众安全的证据，最后就在她决定要将材料交给记者的时候，却离奇地死了。译注。

很久以前，我有一点点表演的背景，我觉得这为我的写作带来了一些不同，因为你总是从一个演员出发：理解角色想要什么，角色需要什么，他们的困难是什么，他们是如何克服这些困难的。我是从这些角度来思考事情的，它对我的工作有帮助。

作者：当可爱度问题来了，我告诉我的学生的一件事是，我几乎从来没有提出这个问题，要确定他们是脆弱的。我使用梅尔文·尤德尔作为例子，他是杰克·尼科尔森在《爱你在心口难开》中扮演的角色。他是这样一个可憎的人，但是因为他有强迫症，我们知道他有弱点。而《永不妥协》中的艾琳·布罗克维奇，她的大发议论中有一种自我毁灭的成分，因为它的效果常常帮倒忙。而且，你会说，"不，不要那样做。"虽然那确实让她变得好笑，因为当她口不择言大发议论时，她的冒犯是尖刻和巨大的。她是一个失败者，一个带着三个孩子勉强度日的单亲妈妈，所以我们希望她成功。而不是想："哦，你是个可怕的人，"我们对她的火气爆发的反应宽容得多，"不要，不要，你难道没看见这是一份工作吗？你可以达到效果的，如果你只是……"埃德后来这样对她说，"忘了法学院，谈谈魅力学院如何？"在你开始这个剧本之前就定了是朱莉娅·罗伯茨来演吗？

苏珊娜：不，没有，但在那个时候，如果你正在写一个女主角，你知道她会第一个看到它。我从来没有在头脑中带入一个演员来写，因为我觉得我只得到三四个月的时间，在这段时间里电影仅仅我的，我可以假装我是剧组中的任何一个人。我在编剧、表演、导演，并且拍摄。这是一个可爱的小小幻想世界。现在，我也爱后面的一切了。我爱合作，但是我觉得如果我没有完全自我放纵的第一稿，头脑中没有任何别的人，我可能不会那么慷慨。

作者：关于角色的演变，你对结构的处理是怎样的？比如《永不妥协》中的艾琳·布罗克维奇，她开始时是一个极其绝望的人，可选择的路非常少，但最后，她变得坚强而且有很多的选择。这几乎是180度的转弯。你按照大纲写作吗？你使用场景卡写作吗？

苏珊娜：我确实按大纲写作。我有一个"准系统"，那是我在电影学院学来的。我已经完全修改了它，它甚至不是一个真的系统。出于某种原因，它是一个我的可靠的虚拟小样，但我甚至没法告诉别人那是什么东西。我当然不讨厌系统化；我只是觉得每个人找到一个对自己有意义的系统是非常重要的。我所坚持的是，我确实认为对三幕剧结构的神化是荒谬的。三幕剧结构当然有效，但这样写的人太多了。你确实在事情被认为应当是什么的时候，听到人们在剧本那几页烦恼不安。我认为人物应该松散地联系在一起。如果事情有效果，而你又有一个引人入胜的结构推动故事前进，你不断想知道接下来发生了什么，不管它是否匹配任何被认为应当匹配的情节点，你都有可能已经得到了一个很好的结构。我觉得困在三幕剧结构里，对于那些刚开始尝试编剧的人来说是不幸的。

作者：它变得非常公式化，而不是从角色中有机地生长出来的。

苏珊娜：我听一对编剧夫妇说过，其中一个声音里带着几分惊慌，"我听说汤姆·斯托帕德说，三幕结构是胡说八道，你不需要它。"而对方则说："嗯，当然，他不需要它，他是个天才。"

作者：确实如此。

苏珊娜：我并不是说把自己归为那一类编剧，但确实有很多的方法写一个真正强大的电影，而且当你看到一部引人入胜的电影并没有遵循任何基准，是非常让人激动的。

作者：你说得对。基本上，我唯一向我的学生反复确认的是，一个结构良好的剧本的目标是，结构是看不见的。

苏珊娜：对。直到它看起来并没有花费你任何东西，你才算完成你的工作。

作者：我听一些女演员说过，"一小时的化装工作，你可以说我浓妆艳抹，但两个小时的化装工作，看上去我却像是没有化装。"

苏珊娜：没错。

作者：你对主题怎么看？在你开始写剧本时，主题对你重要吗？

苏珊娜：你知道，当我开始写剧本时它总是对我很重要。但接下来，通常主题比别的东西的变化都更多。我尽量不去多想为什么我被某个特别的材料吸引。为什么我要写它？我试着不要过多使用前脑部分去思考，因为我更相信下意识，而不是有意识做出的选择。如果我被某些东西吸引，那我就是被它吸引，而且会去做。我觉得我必须投入其中，告诉自己我真的是在说些什么。否则，意义在哪里并且你如何做出你的决定？但是，随着我深入下去，那比有关的一切都重要。我发现实际上人物之间有更多有趣的事情发生。主题通常是最后让我感到舒服的事情之一。

作者：我觉得在《心灵独奏》中主题更公开——我不是说，电影用的是一种明显的方式表达主题，而是说它们对我更清晰。在试图拯救别人和仅仅为了它存在之间的想法，就是浮现出来的主题。

苏珊娜：对。

作者：我也觉得主题是观众会从作品中提炼的东西，而且人们会提炼不同的主题。一个主题是有一个家——家的感觉——与之相对的是无家可归。现在有两个场景，特别之处是，它们涉及尿液和这个主题。

苏珊娜：是的。我们发现，撒尿是很可笑的。

作者：这很有趣，但它也是人们标记自己领地的方式，土狼和浣熊确实如此，还有一个场景是他往杯子里撒尿。

苏珊娜：我喜欢那些场景的原因是，你如何处理你的排泄物是有家的人和没有家的人之间的一个很大的区分。它可以给你尊严的错觉。这是一个谈论起来很有趣的电影，因为一旦乔·怀特（导演）加入，我们在美国编剧公会罢工之前只有很少的时间一起工作。

本来我希望我们可以一起在三个月时间内多聊聊，时间却被压缩到了六个星期。那部电影里我喜欢的地方太多了，我真的很喜欢那部电影，但我真的不知道如果我们有更多的时间进行挖掘的话，那部电影会是什么样子。有一件我们谈了许多但是终于没有再谈的事情是关于孤立这个概念，它成为了连接两位主角的东西。

作者：从片名开始吧。史蒂夫·洛佩兹的书的名字是《心灵独奏》。

苏珊娜：不，不是的。史蒂夫为他的书取的标题是《追逐贝多芬》（*Chasing Beethoven*）。我在写剧本的时候他在写这本书，这么做并不少见。最终，《心灵独奏》也成了书的名字。但是，是的，当时的想法是标题对两个主角都适合。

作者：他们以自己的方式和世界疏离。史蒂夫·洛佩兹有个前妻，他曾与之工作，他们有一个儿子，但他们分开了。你同时有种感觉，她还爱着他，因为在兄弟情和她之间的这种感情三角中有那样一种张力。这其中的一些场景是编造出来的吗？

苏珊娜：你知道的，所有这些都是编的。其实，那是乔和我意见相左的一件事，但我们很友好且相互尊重。在最初的剧本中，史蒂夫已经结婚了，但乔不停地说，"为什么他的妻子在这部电影？"，而我会说，"因为他有一个妻子。"而他又会说，"她不属于这部电影"然后，我要说，"我们必须让她属于这部电影。我们就这么干吧。"但是，他不停地说，要从电影里把她移走。我们真的没有时间了。这不是一个你想象的那种画面，"好吧，如果我不这样做，他们会请别人做的"，因为写在纸上的是他们真的打算拍的东西。最后，我对他说："除非他的妻子不在里面，否则你会一直不开心，是吗？"他说，"是的。"所以我说："好吧，我会写一个没有他妻子的草稿。"我花了一天半的时间把妻子拿掉。作为一个剧本它实际读起来更好，但我对此还是感到不舒服。

我也跟他的妻子说过这件事。我说："你看，把你放在电影里的唯一办法是把婚姻整出事来，因为如果只是不紧张、很支持丈夫的妻子，就没有意义了。你将费力去争得屏幕时间而后得到一个不做任何事情的场景。替代办法是一是表现深入你的真实婚姻，或者推动你的婚姻的一个方面然后让它在电影里不朽。"我想考虑到这两个选择，她更高兴从电影里去掉这个选项。史蒂夫在卖掉了他的书的电影版权时，已经明显地选择以这种方式在展示他自己，但他的妻子并没有做出这样的选择。"我们不要夸大她这个角色的任何方面，这个除外，因为它会帮助我们。" 我对这种说法在道德和个人层面感到不舒服。感觉我们最后曲解了她。但是，它仍然让我不舒服，因为我仍然相信诺拉·艾芙隆关于真相的那段话。

作者：我们来谈谈在角色缺点的语境下，用来说明角色过去的画外音和闪回的使用。在《心灵独奏》中，也用闪回来回答那个中心谜团，即纳撒尼尔是否一直如此。你想知道，一个人是怎样变成这样的。另外，还有给内心精神分裂的声音配的画外音。在这些有创意的选择背后的理念是是什么？

苏珊娜：从街上匆匆走过、生活在这个城市的任何人，都正在经受一些精神疾病的折磨，所以我想，如果我们打算拍这部电影，那么让我们展现每个人都知道的——这是某个人的儿子而且他不是天生这样的。他是一个一直努力与突然落在他身上的事情抗争的人。大家从理智上都理解，但是我希望看这部电影会更有启发或更感动。

作者：那部电影做到了。

苏珊娜：我真的不觉得那些声音是画外音。我把它们视为看不见的角色，那是纳撒尼尔体验它们的方式。不过，我以前已经使用过画外音了。最初，我在《偷穿高跟鞋》这部电影中用了许多画外音。我们的导演柯蒂斯·汉森早就告诉我，"你知道，我们拍这些场景的时候，我们是不会有画外音的。让我们把这些场景在没有画外音的情况下奏效，然后我们就可以在我们需要的时候把它加上去。"后来他告诉我，只是他的一种礼貌的表达方式，因为他和我还没有熟悉到直接把画外音去掉。没有画外音，所有的效果确实更好。在影片开头和结尾，女主角在读一首诗，我们听到一点点。有些时候这么做很精彩，像在《关于一个男孩》（*About a Boy*）或者《赌城风云》（*Casino*）中那样。

作者：《美国丽人》（*American Beauty*）里有一个非常有效的画外音，当然，《肖申克的救赎》（*Shawshank Redemption*）也是。

苏珊娜：每当我想要写一个画外音的时候，我会试着挑战自己去想出另一种方式来表达相同的信息。你通常会想出更好的办法。

作者：我倾向于同意你说的。我听到比利·怀尔德说过一次，他说："如果画外音没有告诉你和你看到的不一样的东西，砍掉它。"

苏珊娜：闪回也同样棘手。我在执导《捉与放》（*Catch and Release*）的时候，我问摄影指导约翰·林德利，他在拍一部电影时，他是否能感觉出来哪些场景最终不会剪到影片里去。他说，"当我们在拍摄闪回的时候我总是有这样的疑虑。"自从那次谈话之后，我给我的剧本的所有闪回都加上了非常高的负担，要确保那个场景值得保留。

作者：《永不妥协》这部影片精彩的地方是，你是怎样做到让观众非常强烈的感知艾琳的过去而没有使用闪回的。我最喜欢的场景之一是她戴上头饰，而她正在谈论赢得威奇托小姐选美比赛的事情，然后乔治戴上头饰。如果你已经用了闪回，他就不能够参与到这个记忆中，而这让一切更生动，它给了你感人的一幕。

苏珊娜：我从来没有把《心灵独奏》的场景看成闪回，因为我们真的在说两个相关的故事。我在想是否我曾经有效地使用过闪回。事实上，我甚至不确定我已经用了闪回。

作者：有时它是一根讲故事的拐杖，有时写它们很精彩，因为它迫使你真正去了解背景故事。我和我的学生做的一个练习是要求他们写下他们主角的最生动的童年记忆。它可以是好的，也可以是坏的，有时候那些记忆出现在剧本里，但几乎从来没有，有时候它只是后来告诉他们。你在描写反派的时候有你自己的方法吗？因为你的剧作我喜欢的全部都是灰色地带。在《永不妥协》中，同时有几个人充当了反派的角色。

苏珊娜：我觉得我是讨厌反派的，因为我写的对手角色总是朦胧不清和主观内敛的。我的意思是，除了《风中奇缘》（*Pocahontas*）和《灰姑娘：很久很久以前》（*Ever After*），这可能是唯一两部有清晰反派的电影。其他的影片，你永远看不出是谁做的决定。在《永不妥协》中，本打算用PG&E公司作为反派，但它只是了一幢由不同的人代表的建筑。尽管这些人被它雇用，他们在某些方面仍然是那家公司的受害者。在《偷穿高跟鞋》中，反派是她们彼此。在《心灵独奏》中，没有人类反派——反派是精神分裂症。有时候我觉得我应该让我的生活更加轻松，只有一个坏蛋。在那样的日子中的一天，我打算写一个轮廓分明、卷胡子的坏蛋。

作者：别，别那样做。这种方式对你很有效。霍华德·苏伯，他一直在加州大学洛杉矶分校教书，他说："所有的坏蛋都是反派，但不是所有的反派都是坏蛋。"你的作品有很多这种反派。在《永不妥协》中，甚至在她与公司（PG&E）对抗之前，她就已经碰到各种各样的人，然后在电影的后半部分一定程度上具体化为PG&E公司。但是，在某个特定的点，乔治也是她的对手。在《心灵独奏》中，我觉得它建立的特别场景是，纳撒尼尔威胁要像杀鱼一样把他的肠子掏出来杀了他。只要张力在那里，它就像一个强大的恶棍那样有效。我很高兴你说这些事情，因为这是另一种公式的问题，其中有人说，你必须有一个主要的反派，你得把他放在第一幕并且在接下来的时间必须跟进他。我认为并非总是如此。

苏珊娜：打破那些规则绝对更难，所以我总是勉强告诉人们："哦，你不用担心，你不需要一个反派，"因为它大大提高了你自己的作品及其在市场上生存的难度。但是，如果你准备好在这两个方面迎接挑战，我觉得可以有更多的乐趣。我也很喜欢去思考——也许这就是为什么我从来不认为自己有一个反派——一句格言：每一个坏人是他自己故事的英雄。没有人会不停地想，"我是邪恶的。"每个人都可以在他的信仰体系下证明自己的行为是高尚的。偶尔，有些人会做些顽皮的事，而且他们知道这一点，但一般来说，人们把各种行为辩解为合理的。

托德·索伦兹的电影《爱我就让我快乐》（*Happiness*）是怜悯地刻画人类行为的一个极好的例子，片子里没有评判或宽恕角色的行为。其中一个角色是恋童癖，在把这个人戏剧化的过程中，托德·索伦兹从来没有说他做的事情是好的，或者没关系。他只是告诉你这如何会发生——这个人是谁。显然，这个人物的行为完全应该受到谴责和令人反感，但如果有人从这个角度来写——从评判的角度——最终的结果不会像迪伦·贝克在那部电影中的表演那样精彩、人性、真实和可怕。赞同行为和理解行为之间有真正的区别。

## 作业

给你的主角列出至少10个积极和消极的性格特征（相对的优势和弱点），包括有意识和（可能）下意识的。根据这张列表，定义你的主要角色的首要弱点，以及他如何通过特定的行为进行弥补。这个角色的缺点在故事中是如何帮助或阻碍你的主角的？

# 第7章
## 谁是坏人？

### 注入强大的对抗力量

我11岁和13岁的儿子是我在看大制作影片时的非正式的目标人群。我带他们去电影院，我不仅看那部电影，我也看他们的体验。当他们焦躁不安的时候，我悄悄地问他们："你们为什么感到无聊？"他们的回答总是这样的："里面没有坏人。"接下来又会问："我们现在可以走吗？"

- 反面角色可以表现为多种形式，并且不总是人格化：
- 在《本杰明·巴顿奇事》（*The Curious Case of Benjamin Button*）中，反面角色是时间。
- 在《世纪战疫》（*Contagion*）中，反派是流行病。
- 在《大白鲨》（*Jaws*）中，反派当然是鲨鱼。
- 在《完美风暴》（*The Perfect Storm*）中，反派是飓风。
- 在《少女孕记》中，主要的反派是腹中的宝宝。
- 在《2001年：太空漫游》（*2001: A Space Odyssey*）中，反派是电脑HAL。
- 在《梦之安魂曲》（*Requiem for a Dream*）中，主要反派是吸毒成瘾。

**所有的坏人是反派，但不是所有的反派是坏人。**

在《永不妥协》中，艾琳（茱莉亚·罗伯茨 饰）在整个故事中被几个次要的反派质疑，包括她的有些夸张的老板埃德·马斯利（阿尔伯特·芬尼 饰）、她的隔壁邻居和情人乔治（阿龙·艾克哈特 饰）、她的叛逆的儿子，还有律师事务所紧张的工作人员。但是主要的反派——庞大的公用事业公司，PG&E——仅仅通过代理它的油滑的律师团来表现。

在《当幸福来敲门》中，克里斯·加德纳（威尔·史密斯 饰）需要面对几个较小的对手：厌倦他的妻子琳达（桑迪·牛顿 饰）、偷了他的骨密度扫描仪的无家可归者、把克里斯和他儿子（贾登·史密斯 饰）赶出去的汽车旅馆经理、无家可归者收容所的看门人。但是压倒性的反派是贫穷。

在《相助》中，主要的反派是多种形式的种族主义，既有外部的，也有内部的。然后它被人格化为邻居中众所周知的社交女王希利·霍尔布鲁克（布莱斯·达拉斯·霍华德 饰）和女士们的小圈子，希利在这个圈子里拥有影响力。

在许多浪漫喜剧中，情人是彼此的反派。

在经典影片《当哈利遇见莎莉》（*When Harry Met Sally*）中，莎莉是哈利（比利·克里斯托 饰）的对手。因为他最大的担忧是亲密关系和承诺，而莎莉（梅格·瑞恩 饰）爱上了他。

在《和莎莫的500天》（*500 Days of Summer*）中，反派是难以捉摸的、态度暧昧的莎莫（佐伊·丹斯切尔 饰），她是汤姆（约瑟夫·高登-莱维特 饰）欢乐和心碎的根源。在《窈窕淑男》中，迈克尔（达斯汀·霍夫曼 饰）的欲望对象朱莉（杰西卡·兰格 饰）也是他的克星，因为如果朱莉发现迈克尔的真实身份（一个易装的男人），那么他的男扮女装就完蛋了，而且他会再次面临成为一名失业演员的前景。

《阿甘正传》（*Forrest Gum*）中的阿甘不具有传统意义上的对手。我采访了影片获得奥斯卡奖的编剧埃里克·罗斯，他是这么说的：

> 我觉得生活的复杂性是阿甘的对手。我不认为它是单独的某件事。他会与各种各样的事情发生冲突，但他总能适应，并且在这些事情中做他自己……我认为这多半是真的，如果你打算遵循别人的人生旅程就有可能不只一个人在遵循你的，在这方面没有好坏之分。

**以下是反派角色的一些基本规则。要记住，不是每一个剧本都会遵守全部这些规则：反派是最重要的人物（通常是消极的），或是被迫最积极挑战或威胁主角的人或力量，从而直接阻碍你的主角实现他的主要目标。**

在《猫鼠游戏》中，小弗兰克·阿巴内尔先生（莱昂纳多·迪卡普里奥 饰）是一个成功的骗子，而联邦调查局探员卡尔·汉拉提（汤姆·汉克斯 饰）想要抓住他。汉拉提是对立的力量。

在《哈利·波特与死亡圣器》中，反派伏地魔（拉尔夫·费因斯 饰）搜寻长老魔杖，那是自其被制造出就最为强大的魔杖。他需要长老摩杖来克制哈利（丹尼尔·雷德克里夫 饰）的魔杖，使他真正立于不败之地。

**反派常常想要主角（意识到或没察觉）拥有的某些东西。**

在《国家公敌》（*Enemy of the State*）中，罗伯特·克莱顿迪恩（威尔·史密斯 饰）是一名律师，他成为一名腐败政府官员托马斯·布赖恩·雷诺兹（乔恩·沃伊特 饰）和国家安全局的共同目标，因为罗伯特身怀一起政府官员谋杀案的线索，但他不知道自己拥有它。

在《房不胜防》（*Panic Room*）中，梅格·奥特曼（朱迪·福斯特 饰）和她的女儿莎拉（克里斯汀·斯图尔特 饰）在武装劫匪闯入她的家里时，成为被关在自己家里的囚徒。不幸的是，梅格没有意识到她的藏身之处，让人恐慌的房间里，隐藏着一个装有数百万美元的保险箱。

在《马拉松人》（*Marathon Man*）中，流亡纳粹塞尔（劳伦斯·奥利弗 饰）不断折磨历史系研究生贝贝（达斯汀·霍夫曼 饰），塞尔不停地问"它安全吗？"而贝贝不知道塞尔在说什么。

**反派倾向于寄生，伺机从其他人那里得到力量——通过任何卑劣的手段：欺骗、偷盗、凶杀、操纵。这与主角不同，主角倾向于发现内在的力量。**

在《肖申克的救赎》中，残暴的监狱长诺顿（鲍勃·高顿 饰）一直在利用安迪（蒂姆·罗宾斯 饰）的税收专业知识。当一个新来的犯人汤米·威廉姆斯（吉尔·贝洛斯 饰）听说了安迪案子的详情时，汤米透露了他所知道的另一所监狱的狱友的情况，这个人声称他犯下了几乎相同的一桩谋杀案——这意味着安迪的清白。安迪把这个信息提供给了监狱长诺顿，但诺顿担心如果安迪被释放，就会揭露他的腐败。监狱长为了保护自己的利益杀了汤米，宣称汤米是在企图逃跑时被杀的。

在《华尔街》（*Wall Stree*）中，戈登·盖柯（迈克尔·道格拉斯 饰）是一名企业蓄意收购者，他迷人、富有、信奉"贪婪是好的"，同时他也是无情的，会为了自己的利益利用自己的员工巴德·福克斯（查理·辛 饰）的内部消息来对抗后者。

**反派想要颠覆真相。**

在《无间行者》中，科林·沙利文（马特·达蒙 饰）是一名年轻的罪犯，他渗入了州警察局，作为黑帮老大弗兰克·科斯特洛（杰克·尼科尔森 饰）的线人。科林必须为弗兰克效力，同时隐藏自己的真实身份。

在《亡命天涯》（*The Fugitive*）中，理查德·金布尔医生（哈里森·福特 饰）被指控杀害了他的妻子。尽管一个独臂男人实施了实际的谋杀，金布尔发现这是一个精心策划的阴谋，幕后黑手是医生查尔斯·尼科尔斯（吉荣·克拉贝 饰），金布尔曾认为尼科尔斯是他最好的朋友。

在《义海雄风》（*A Few Good Men*）中，上校内森·R·杰赛普（杰克·尼科尔森 饰）是一名严厉的海军军官，他本应该以他的指挥保护海军陆战队但相反，杰赛普下令对一名海军陆战队员实施"红色法规"，导致了一起谋杀。杰赛普试图向军事律师丹尼尔中校（汤姆·克鲁斯 饰）掩盖谋杀的原因，而后者要求知道真相。杰赛普用了一句现在已经出名的台词反驳，"你不能操纵事实！"

### 大多数坏人不会改变。

虽然他们的具体目标可能会改变，但反派在故事的结尾常常和在开头一样。他们不会从失败中进化或从中学习。想想哈利波特的长篇故事中的伏地魔，他的行动并没有使他更聪明。到最后，他仍然是一个邪恶的灵魂。"小丑" [39] 也同样是在情感上静止的角色，和汉尼拔·莱克特 [40] 一样。如果坏人会改变、成长，那么他就不再是一个坏人。

### 反派常常和主角有相同的目标——但是采用负面或者邪恶的手段。

《蝙蝠侠：黑暗骑士》中的小丑（希斯·莱杰 饰）想让哥谭从贪婪和腐败中摆脱出来，蝙蝠侠也是如此。显著区别在于，蝙蝠侠清理哥谭是为了拯救它。而小丑相信哥谭应该被摧毁。

在《七宗罪》（*Se7en*）中，侦探萨默塞特和米尔斯（摩根·弗里曼和布拉德·皮特 饰）为了抓住罪犯不懈地努力。坏人、连环杀手约翰·多伊（凯文·斯派西 饰）把他发现的那些从主观上和道德上让他反感的人列为目标。好人和坏人都想整顿街道，但他们的动机和方法是完全不同的。

### 如果你的剧情缺乏戏剧张力或冲突，你需要让你的反派更强大。

理想情况下，在第一幕和第二幕，你的反派会表现得比你的主角更有力量，在第三幕你的主角为了克服这种威胁的力量，需要变得更加强大和勇敢。

在《珍爱》（*Precious*）中，和影片同名的珍爱（嘉伯蕾·西蒂 饰）体重超标、目不识丁、穷困潦倒，而且怀了孕。她与她暴虐的母亲玛丽（莫妮克 饰）住在一起。玛丽是这样一个可怕的母亲，她像小孩一样嫉妒珍爱得

---

[39] 小丑（The Joker），《蝙蝠侠》系列电影中反派的绰号。译注。

[40] 汉尼拔·莱克特（Hannibal Lecter），影片《沉默的羔羊》中的反派。译注。

到的关注，让自己当时的男友虐待她。直到最后，珍爱才从软弱顺从当中进化，最终放弃了她的母亲。

在《蜘蛛侠》中，彼得·帕克（托比·马奎尔 饰）去反对诺曼·奥斯本的另一个自我"绿魔"（威廉·达福 饰）。彼得/蜘蛛侠是个新手，还在想要弄清楚自己的技能时，绿魔就已经达到了全部的能力。最后，彼得击败了绿魔并且迫使诺曼暴露他的真实身份。

**在许多情况下，真正的反派被掩盖，直到影片的高潮才被当成敌人揭露。**

在《沉默的羔羊》中，汉尼拔·莱克特（安东尼·霍普金斯 饰）充当了故事前面三分之二部分的反派角色。他够可怕的了：一个吃人的连环杀手。但是看看高潮部分，汉尼拔成为克拉丽斯的导师与盟友，在最后他没有打算伤害她。真正的反派是水牛比尔（泰德·列文 饰），一个想用受害者的皮肤做套衣服的杀手。

在《美国丽人》中，尽管我们从影片开头莱斯特·伯纳姆（凯文·斯派西 饰）的画外音中知道他死了，但我们不知道他是怎么死的。只有到了最后，我们才知道他的隔壁邻居上校弗兰克·菲茨（克里斯·库珀 饰）是凶手，弗兰克是一名没有出柜的同性恋，他的杀气因为伯纳姆拒绝他的挑逗而被点燃了。

在《非常嫌疑犯》（*The Usual Suspects*）中，直到意识到整个叙事实际上都是虚弱的吓坏了的罗杰·金特（凯文·斯派西 饰）即时编造出来讲给探员戴夫的故事时，我们才认识到，他一直就是那个坏人——凯泽·索泽。

**最具标志性的反派具有正反两方面的性格，并且奇特地既令人愉快又令人憎恶。**

在《沉默的羔羊》中，汉尼拔·莱克特（安东尼·霍普金斯 饰）是一个美食家和葡萄酒鉴赏家、出色的心理医生，也是一个吃人的连环杀手。

在《伴娘》（*Bridesmaids*）中，海伦（罗斯·伯恩 饰）既漂亮又极其慷慨，是准新娘莉莲（玛雅·鲁道夫 饰）的完美伴娘，但是由于她也是一个极争强好胜和控制欲很强的人，每一步她都在和伴娘安妮（克里斯汀·威格 饰）作对。

在《时尚女魔头》中，米兰达·普莱斯利（梅丽尔·斯特里普 饰）是《Runway》杂志的主编。她时尚聪明，充满智慧，但她也是个挑剔、盛气凌人的人，利用新手安迪（安妮·海瑟薇 饰）的弱点来对付她，用高层次的文学合约引诱安迪，看安迪能否在《Runway》杂志证明自己。不顾一切地想要闯一番事业（时尚界之外的）的安迪极力去取悦她那小气老板，而米兰达却威胁安迪要毁了她的个人生活和自尊。讽刺的是，安迪的精明能干终于打动了看似无情的米兰达。但是，米兰达有更脆弱的另一面（真实而脆弱）被安迪看到了，安迪看到她独自一人在她的酒店套房，就在米兰达发现她的丈夫要离婚之后。

**一些精彩的反派只是纯粹的邪恶。**

影片《老无所依》（*No Country for Old Men*）中的安东·齐格（哈维尔·巴登 饰），是近期电影的一个极好的例子。安东不知疲倦、冷酷无情，有一双鲨鱼一样毫无生气的眼睛，没有道德指南——他以抛硬币的结果杀人取乐。甚至他杀人的工具也是独一无二和可怕的：一把可以把牛放倒的高压枪。

《辛德勒的名单》中的阿蒙·高斯（拉尔夫·费因斯）。他犯种族灭绝的罪行并且没有悔意，他代表着纳粹党的邪恶。当他发现女佣按照他的喜好打扫他的浴室之后，他闪过一丝人性考虑让她走，但随后还是决定无论如何要杀了她。

《虎胆龙威》中的汉斯·格鲁伯（艾伦·里克曼 饰）。看起来是为了政治动机劫持人质，但实际上，是为了渗入银行金库寻找无记名债券的娴熟计划。人质的命运纯粹是被他最终的贪婪目标绑架的。

在《蝙蝠侠：黑暗骑士》中，小丑（希斯·莱杰 饰）讲述他的伤疤的由来，但他是一个不可靠的叙述者：故事一直在改变。我们有一刻认为小丑有脆弱的一面，但最终他只是在与蝙蝠侠玩心理游戏。

**每个坏人都是他自己故事的英雄。**

大多数反派不相信他们是"坏的"。事实上，他们通常感觉自己有理由、有资格，并且是完全公正的。

在《危情十日》（*Misery*）中，安妮·威尔克斯（凯西·贝茨 饰）救下了她最喜欢的作家保罗·谢尔顿（詹姆斯·凯恩），此前，他在一场暴风雪中翻车，事故地点在她的偏僻的小屋附近。作为他的"头号粉丝"，安妮把他困在世界之外，以便她说服保罗，他应该在小说中复活她最喜欢的角色"苦难"的查斯顿。作为一名护士，她的意图是帮助他变得更好，以便他能看出他让查斯顿在小说里死了是多么错误。她通过保护保罗不去毁掉他最好的创作，把自己看成救世主而不是刽子手。

在《失踪人口》（*Gone Baby Gone*）中，警长多伊尔（摩根·弗里曼 饰）最终暴露是他绑架了那个女孩，目的是让她远离她的瘾君子母亲。多伊尔的意图是好的——给女孩一个更好的生活——但他仍然是法律意义上的绑匪。肯则（卡西·阿弗莱克 饰）发现了真相，他面临这道德冲突——是否把女孩从他那里带走。

在《搏击俱乐部》（*Fight Club*）中，泰勒·德登（布拉德·皮特 饰）认为自己在把籍籍无名的主人公（爱德华·诺顿 饰）从可怕、悲惨和懦弱的现状中挽救出来。但他走得太远，基本上变成了国内的一名恐怖分子。在一个意外的转折，泰勒被证明是主角压抑的阴暗一面——只存在于他自己的头脑中。

**传统上，反派和主角在直接冲突中彼此面对或者在高潮期间搏斗。在约瑟夫·坎贝尔的《千面英雄》（*The Hero with a Thousand Faces*）中，善良永远战胜邪恶。**

想一想《正午》（*High Noon*）或者任何经典的西部片，影片中英雄骑马进入尘土飞扬的小镇，去面对坏蛋和该死的后果。最近的一个例子是《阿凡达》，电影中杰克·苏利（萨姆·沃辛顿 饰）摆开架势对付上校迈尔斯·夸里奇（史蒂芬·朗 饰）。夸里奇在领导对潘多拉星球的攻击，但苏利挡住了他的路；在这部现代科幻经典中，人与机器傀儡对抗。*另请参阅讨论影片高潮的第14章。*

> 从存在主义的层面看，每一个主角也将是他自己的对手。

## 专访：编剧/导演斯图尔特·比蒂
### （Stuart Beattie）
#### *斯图尔特·比蒂电影年表*

代表作：

《光晕》（*Halo*）（尚未上映）

《科学怪人》（*I, Frankenstein*）（兼导演）（2013）

《加勒比海盗：惊涛怪浪》（*Stuart Beattie*）（角色）（2011）

《明日，战争爆发时》（*Tomorrow, When the War Began*）（兼导演）（2010）

《特种部队：眼镜蛇的崛起》（*G.I. Joe: The Rise of Cobra*）（2009）

《澳大利亚》（*Australia*）（2008年）

《加勒比海盗：世界的尽头》（*Pirates of the Caribbean: At World's End*）（角色）（2007）

《决战犹马镇》（*3:10 to Yuma*）（未署名）（2007）

《加勒比海盗：亡灵宝藏》（*Pirates of the Caribbean: Dead Man's Chest*）（角色）（2006）

《出轨》（*Derailed*）（2005年）

《借刀杀人》（*Collateral*）（2004）

《加勒比海盗：黑珍珠的诅咒》（*Pirates of the Caribbean: The Curse of the Black Pearl*）（银幕故事）（2003年）

作者：我总是说，在每部电影中，你的主角也是他自己的对手，因为他有心魔要去克服。我的看法常常还需要一个外部的对手。你是怎么看的？

比蒂：我认为反派不一定非得是某个特定的角色。我认为它可以是外部的影响，但它们必须出现在这个角色的故事中。而且，对于主角是他自己的对手这个观点，我觉得是能成立的，只要你表现为什么他就是他自己最坏的敌人，我想这包括外部势力：他生活的世界，强加在他身上的规则，不管这些外部因素是什么，它们必须是非常、非常清楚的。这取决于你写的是哪一种电影。如果你正在写一个大制作的、好玩的商业电影，你可能想有一个角色或一个非常明确的对抗力量：社会规则、压力、社会习俗、军队或外星人——你知道的，这种较大的反派势力并不一定需要一张脸或一个名字，只要它在故事里有一个独特的存在即可。

作者：或者类似于电影《异形》里的东西，我们有这些生物，但最终变成了女主角和最邪恶生物的一对一的对决。你觉得在影片进入高潮的时候反派需要具体化吗？

比蒂：不一定。《异形》的效果非常好是因为它其实是一个关于母亲的故事。所以，是艾伦·雷普利作为纽特的母亲与外星人的母亲搏斗。在结尾去打一个大外星人，我认为这是一个不错的选择。我刚刚完成制作的影片《明日，当战争爆发》没有一个为首的反派。这是简单的军队入侵。它明确地聚焦在卷入冲突的8个年轻的孩子们，而且从来没有真正离开他们的视点。我认为，如果你的故事有一个强烈的视点，像《明日，当战争爆发》这种情况，因为我们实际上只看到了这些角色所看到的，那么就没有必要将视点切换到那个大坏蛋身上，因为你需要跟随你的那些角色通过他们的眼睛去看而且只看到他们所看到的。他们可能永远看不到那个大坏蛋。这完全由你的故事本身决定。只要有危险和利害关系，而且你在乎你的角色要经历的东西，那么我认为这是最重要的事情。不过，回到刚才的话题，我觉得英雄仅仅和他的对手一样好。所以，你能让反派或对抗势力越强，我认为故事就越好，因为在故事的进程中有更多的东西需要你的角色去克服。如果它是一个容易打败的反派或对抗势力，这段旅程就没有那么多的内容了，而你作为观众就不会那么投入。

作者：冲突就一定更低。

比蒂：是的，反派越强，冲突越大。冲突越大，戏剧性越强。戏剧性越强，故事越强。

作者：你如何处理你反派的灰色地带？因为我常常觉得最有趣和最难忘的反派兼具了正反两种性格特征。以《借刀杀人》为例，首先从这部电影的演员阵容来说，汤姆·克鲁斯——特别是在那个时候，他是好莱坞最让人觉得可靠和最讨人喜欢的演员，由他来扮演一个无情的坏蛋。你想过没有，我知道这取决于影片类型和基调，但是你是否认为，给你的反派灌入让人同情的特质，以及我们理解他们的观点及他们为什么做他们正在做的事情，对你是很重要的？

比蒂：是的，我认为这是绝对必要的。我觉得进入对抗力量的灰色地带是非常困难的。但是，如果你想进入灰色地带，我确实认为你需要一个具体的反派角色，然后，是的，我认为绝对有必要了解这个角色从哪里来，以及他为什么这样做。更有趣的反派往往深思熟虑、非常理性化，或许不让人同情，但他的观点能够让人理解。一个更好的反派想要的东西实际上和英雄想要的一样，只是他们为了得到它的方式更具破坏性。当你听说英雄和恶棍是同一枚硬币的两面，我认为你就抓住了精髓。在《袭击者》（*Raiders*）里有一个场景说的正是这个，用的是"我是你的朦胧倒影"——我觉得那是真正精彩的内容。

> 如果你能以某种方式让你的反派成为阴暗版本的主角，那么我觉得你得了一些好东西，而且我觉得将有一个值得一说的好故事。

然后，你就可以理解相同情况下的两个方面，我认为那真的很有趣。

比蒂：另一个伟大的例子是《辛德勒的名单》。高斯……阿蒙·高斯。

作者：拉尔夫·费因斯的角色？

比蒂：是的，你看到那个家伙是纯粹的邪恶，但你看他在那里把一切都扭曲了，他们对他这么做是让他成为这个样子。我认为人们为什么那么做比他们做的事情有意思得多。而且，当你开始了解某个家伙为什么杀人时，我认为那是绝对引人入胜的。《借刀杀人》的整个创意有这样一个坏人（汤姆·克鲁斯 饰），他杀人的原因很简单，他只是不在乎他不知道他们是谁，他们对他来说是陌生人;他们只不过是名单上的名字而已。整个想法是为了让我们都认为每一天都有人死,而我们不知道他们是谁并且我们完全不会去想这件事,因为坦白来说已经有太多人去关心每一个死了的人。而且,这就是他的观点。这是我从那个故事得到的看法。我们的英雄,出租车司机马科斯(杰米·福克斯 饰),不知道自己其实是一个不关心其他人的人。直到他发现他认识的某个人受到威胁,他才意识到他不得不做些什么。当他发现在影片前半部分他与之调情的女检察官在暗杀名单上时,然后他决定,"我必须做一些事情。"当你生活在大城市,人们死去,我们不在乎吗,我们应该在乎吗,为什么我们不在乎?所以,我基本上使用硬币的两面来探讨了这种说法,如果说得通的话。

作者:《出轨》(*Derailed*)这部电影的缘起是什么?

比蒂:《出轨》是一本我非常喜欢的书,制片厂把它送给我。他们把它寄给了一大群编剧,我们全都参加了试读。这是一个充满想象力的书。我记得我花了一晚上把它全部读完,然后我想到了一个点,我认为这个点出现在书中四分之三的位置,在这里整个故事急速转向,完全是"神兵天降"❹一般,其中的每件事你都不会像故事中那样做,我记得在我读的时候就一直大声说"不!"

作者:那是一个精彩的设置。

比蒂:我听说所有其他的编剧都在试图解决如何从中脱身,但它是那种没法解决的事情。所以,我说:"看吧,你已经有一部电影了,只拍前面四分之三,然后忘掉后面的四分之一吧。"而且,我认为这就是他们最后选择我来改编的原因。我认为这是从米拉麦克斯来的最后一部电影,正当其时。

作者:它总是让你去猜,而你不知道发生了什么事情,直到你知道了,然后你会问,"哦,我的上帝,现在他要怎样从这里脱身呢?"这一切都因为这家伙是很想有场外遇。

比蒂:在书里,他实际上得到了那场艳遇,但在电影中,我甚至没有给他。他甚至没能和那个辣妹上床,然后就被打断了。其实,这个决定是一个反派的决定,因为我不相信那个反派会让这家伙和他的女朋友有性行为。这感觉其实更残酷的。是的,对我来说,他只是一个非常酷的令人毛骨悚然的坏人。一个你不能逃脱的家伙,一个总是领先一步的家伙。当克莱夫·欧文(查尔斯·沙因 饰)试图获得帮助,你知道文森特·卡塞尔(拉罗什 饰)

---

❹ 神兵天降(deus ex machina),古希腊戏剧中,当主角陷入难以解决的困境的,拥有强大力量的神兵突然出现将问题解决。扮演神灵的演员通过舞台顶的机关下降列到舞台中。译注。

是领先一步的，然后甚至在他开始之前就痛打那家伙了。这对我来说是真正的好内容。坏人在跟踪他的敌人的活动，他在他的房子里，侵入了他的私人空间，威胁了他的家庭。对我来说，你把它一推再推，直到你没有其他的选择。在结尾，你发现他准备进监狱去杀死这个家伙，因为他知道这家伙甚至在监狱里也不打算停止。对我来说，这真的是一个非常酷的恶棍。一个你不得不付出异乎寻常的代价去阻止的人。这是一个很好的故事：一个普通人打算用异乎寻常的代价去制止不可能停止的反派。你知道，在某种程度上最伟大的反派是《终结者》（*The Terminator*），因为它不会停止。它是输入了程序的。它不会平息。他们把你的英雄置于一种不可能的境地。而你，如果能想出更聪明的方法来摆脱它，那么你已经有了一个好的故事。

作者：这带来了另一个有趣的问题，就是定位主角和反派两者的致命弱点，为了战胜反派，通常主角必须找到反派的弱点，如果那是一个真人的话。当你构思一个反派，我现在敢肯定，许多是非常直观的而且来自于本能，但你会有意识地想，"好吧，我需要这个真的非常坏的坏蛋，令人难以置信聪明、狡猾和残忍的反派，特别是在惊悚片里，而他需要一个弱点吗？"或者，更进一步，对主角来说，一旦他已经克服了那个弱点，然后就能战胜反派吗？

比蒂：是的，我认为更多的是后者，而这是更有趣的故事。我觉得在反派的铠甲上放一道裂缝并不能让他成为精彩的反派。我觉得关键是给你的主角一个缺点，而他在故事中克服了它，而这使他能够打败不可能打败的反派。《借刀杀人》就是这样。有一个人，在开始的时候他从来没有打过架，他害怕卡在死胡同里的情景，而且也不会实现他的梦想。在电影中把那个人扔到这种冲突中去，然后在结尾他长了一倍，基本上是这样。而且，他对站起来充满感激。这个想法是，主角在结尾做了他们在影片开始时从来没有做到的事情，由于他们在影片中间经历的一切，这样是说得通的。我认为主角们是这样战胜自己的对手的。如果你看《大白鲨》，你让警察局长怕水，惊恐地走出去，你把他丢进这个故事里，所以他带着一把枪出现在水里。这就是他或那条鲨鱼。这成就了一个精彩的故事。我会说这是关于主角的弱点，以及他是如何克服那些弱点去征服对手的。这样能得到一个好故事。

作者：主角是经历了一些进化。

比蒂：一定是的。

作者：反派就不一定，而且通常，常常没有改变……

比蒂：是啊，他们是谁就是谁，是设置好的。他们对他们是谁几乎毫无歉意。我重写过第1页《决战犹马镇》（*3:10 to Yuma*），那是个有趣的版本，因为现在我们有一个亡命徒真的想要一个平静的生活，而拥有平静生活的那个人真的想成为一个亡命徒。在那个故事里战胜本·韦德（罗素·克洛 饰）的办法是做正确的事。要做到这一点，要到自我牺牲的地步。而且，那是使他改变的事情。所以，我认为这是表现主角/反派的一种不同方式。在这个意义上，本·韦德是那个改变了的人，而丹·埃文斯（克里斯蒂安·贝尔 饰）是那个保持不变的家伙，"我得做正确的事情，一路到底，不管是什么。"而且，是坚持、勇气和心灵，使本·韦德变化并且扫除了他的整个团伙并避免了坐牢。在这种情况下，你可以说，本·韦德是主角，如果你从成长和变化的方面来说的话，也许他的团伙是阻止他改变的反派力量。那个剧本围绕这些想法玩了一下。你丢在主角面前的障碍越多越好。

作者：你认为……我要问你一些问题，尽管我自己不喜欢这些问题，但这些都是各种各样的人想知道的问题。你能多早或多晚引入你的反派？我常说，如果一个编剧直到剧本中间或第二幕结束时才让他们的反派出来，就太晚了。

比蒂：嗯，上半场发生了什么？只要你能看到反派的作用……

作者：所以也许不会进入画面……

比蒂：只要你看到他们正在做的事情的结果，你就可以延迟反派的进入。你可能需要其他小的对抗力量，我认为这会有助于延迟。但是，我认为重要的是，只要你看到，像在《大白鲨》中，你再次看到尸体，你看到孩子们被咬掉了一半。你没有看到鲨鱼的身体……

作者：这使得它更可怕。我觉得在《大白鲨》里最可怕的时刻是，他们只是坐在船上，而周围是安静的。

比蒂：或者，他们在那个码头上。

作者：那是真的吓人。您能否谈谈，《科学怪人》（I, Frankenstein）和《光晕》（Halo）？

比蒂：《光晕》是一个疯狂流行的视频游戏，我爱死它了。几个视频游戏，几本书，几本漫画。就我而言，这是新的托尔金㊷。一切都是从那里来的。现在有了一个反派力量：外星种族结盟，出于宗教原因决心要消灭人类，而你在想他们为什么有那些宗教原因。极端分子。而且，他们认为人类对他们自己的宗教是种侮辱。而且，你知道，有三个家伙控制盟约，他们实际上知道人类不是对他们信仰的侮辱，但已经宣布人类是这样，因为人类妨碍了他们想要的。

《科学怪人》其实采用的创意是，弗兰肯斯坦在实验室制造的怪物从玛

---

㊷ 托尔金（Tolkien），应指英国作家约翰·罗纳德·鲁埃尔·托尔金（1892—1973），因创作《霍比特人历险记》、《魔戒》与《精灵宝钻》而闻名于世。译注。

丽·雪莱❹的书的结尾描写的冰上搏斗中幸存，然后背着弗兰肯斯坦博士的尸体离开了冰面并且埋葬了他，而这也正是这个故事的第二部分真正开始的地方。它涉及怪兽对恶魔的整个世界。你在教堂看到怪兽和其他情景。我们的想法是，他们已经和恶魔进行了几个世纪的战争，而恶魔想要弗兰肯斯坦制造的怪物。实际上，他们回收没有灵魂的尸体，但通常你要等别人死了。因此，想法是，"好吧，既然当一个人死去灵魂离开了身体，那么如果我们能够赋予尸体生机，我们可以利用这些现成的容器创建一支军队接管世界。但是，我们需要弗兰肯斯坦的技术，弗兰肯斯坦留下的日记及所有有关的东西。"恶魔由纳贝流士（比尔·奈伊 饰）领导，基督教神话中一个真正的恶魔，他以他的军队对抗怪兽。其中有一个特别的恶魔叫乌列，它一直在追捕那个怪物，已经追了200年。由于故事设定在现在，所以要让那个怪物一直活着。没有人知道为什么，也许因为它是在实验室里制造出来的？它去的每一个地方都有恶魔，而所有恶魔都知道，如果它们看到这个家伙，它们得抓住他。我们的怪物只是想生存。在它的生命里有许多对手，而所有它想要的只是一个女朋友。我认为它想要一个伴侣。

作者：每个人都有关联。

比蒂：基本上，已经活了200年。它是世界上最孤独的生物。

作者：这个想法的来源是什么？

比蒂：是凯文·纪留克斯想出这个创意的，让弗兰肯斯坦的怪物活着，而且活在我们今天的世界。我一直喜欢弗兰肯斯坦怪物。这是关于你是谁，是什么让你活着的故事。如果你出生在实验室中，你有一个父亲或母亲吗？所以，我采用了那个普遍概念并开始创造整个怪兽和恶魔的世界，这是以前从来没有完成的。我们已经看到了吸血鬼，看到了狼人。尝试摆脱那些，然后做一些我们还没有看到过的东西。怪兽，每个人都知道什么是怪兽，每个人都知道什么是恶魔。因此，这一领域似乎是一个开发丰富神话的好地方，因为大家都知道切入点。我们都知道那些事情是什么。怪兽为捍卫教会反对恶魔。其中含有伟大的宗教意象。

## 作业

写一页纸的第一人称的独白，用你的反派的语言表达为什么你的观点是正当的，并且值得同情。

---

❹ 玛丽·雪莱（Mary Shelley）1818年创作了小说《科学怪人》，后来被多次改编成电影。译注。

# 第8章
## 结构蓝图是什么？

### 草拟建筑基础

现在，我们全都用Twitter、YouTube、Facebook和Xbox，这把我们的注意力弄得支离破碎，而过去，电影往往以三幕的形式展开：开头，中间，结尾，采用笔直的线性叙事方式，没有什么太精巧或复杂的结构。如今，观众似乎能够跨越多个平台消化碎片化的信息（即剧情）。故事的主题具有普遍性仍然不变，但讲故事的方式在与时俱进。我们的目标总是相同的：从第1页起抓住观众的注意力，直到结束不要让它走掉。保持悬念，让人吃惊，扣人心弦。这就是所谓的"叙事驱动力。"

当你从地面向上搭建剧本时，你需要一个坚实的基础和结构支撑，否则你的卡片房子可能会向内塌陷。两种最常用的结构范式是：

#### 线性叙事

故事在尽可能紧密的时间框架内，按时间顺序讲述。基本结构是：第一幕，设置；第二幕，困境；第三幕，高潮/解决。没有闪回或前闪。

#### 闪回叙事

故事从结尾开始，然后闪回到起点并且告诉观众故事是如何到达那里的。我们花在（相对的）"今天"的时间就是电影开头和结尾的时候，这种结构是一种书档式[44]结构。很多使用闪回的电影通常改编自小说。这种电影往往没有丰富的背景故事，小说里原来的很多精神可能会——而且常常会——丢失。这可能就是为什么短篇小说几乎总是比长篇巨著更好改编成电影的缘故。

#### 剧本结构基础

大多数电影学院和和电影编剧教科书教的是下列结构范式的一些变体，见图8.1。

---

[44] bookend structure

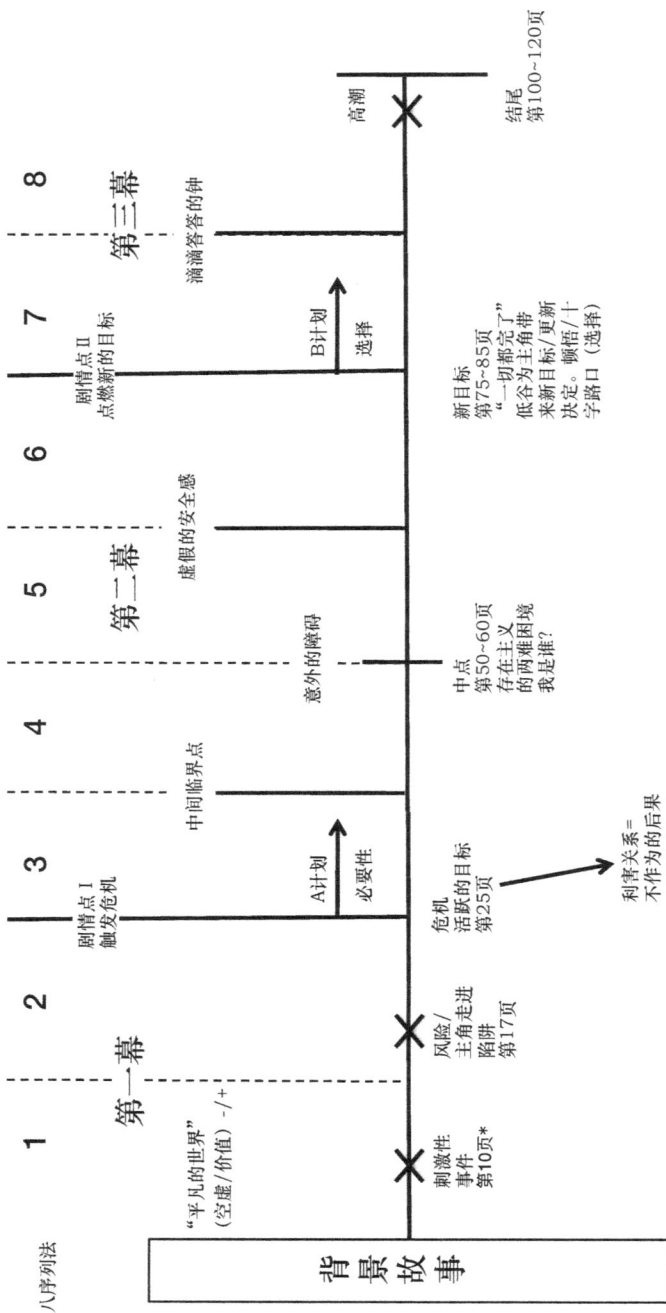

八序列法

第一幕　　　　　　第二幕　　　　　　第三幕

1　　2　　3　　4　　5　　6　　7　　8

背景故事

"平凡的世界"
（空虚/价值）-/+

刺激性事件
第10页*

风险/
主角走进陷阱
第17页

剧情点 I
触发危机

危机
活跃的目标
第25页

A计划
必要性

利害关系＝
不作为的后果

中间临界点

意外的瞬码

中点
第50~60页
存在主义的两难困境
我是谁？

虚假的安全感

剧情点 II
点燃新的目标

新目标
第75~85页
"一切都完了"
低谷为主角带
来新目标 更新
决定。顿悟/十
字路口（选择）

B计划
选择

滴滴答答的钟

高潮

结尾
第100~120页

设置　　　　　　困境　　　　　　解决

*所有页码数字
是约数

图8.1

不是每部电影都必须有图中的每一个元素。然而，在研究数百部影片后，很明显，我认为绝大多数成功的影片，即那些能够吸引大量观众且票房很好的影片，趋向于具有这些基本法则中的大部分：

### 第一幕要素（按出场顺序）

**背景故事：** 发生在剧本第一页之前的所有事件。

**设置"平凡的世界"：** 这个术语源于约瑟夫坎贝尔的《千面英雄》（*Hero with a Thousand Faces*），在剧本的开头建立主角通常的"普通"生活；背后的想法是树立角色生活的"典型"的一天，然后在第一幕的结尾用危机打乱他的世界的秩序。在《绿野仙踪》（*The Wizard of Oz*）里，在龙卷风把多萝西卷到芒奇金城之前，多萝西的"平凡的世界"是那个在堪萨斯州的农场。

**刺激性事件：** 最初的火花（第10页左右）启动了剧情；通常要进来的是，要么一个出错的机会，要么主角从他平常的路线（又名"平凡的世界"）走出了第一步。刺激性事件往往是字面或隐喻的"陷阱"。陷阱往往用以下三步打破：

第10页：反派或一个貌似正面的机会设置了一个陷阱。

第17页：主人公走进了陷阱。

第25页：陷阱突然裂开——超出主人公控制的状况。

**剧情点 I：** 在第一幕结尾（第25页左右）迫使你的主角陷入危机的具体事件。这是一个危机点，因为它迫使你的主角去解决一个大问题，如果他失败了，就会出现后果（利害关系）。剧情点 I 会点燃A计划，它会（理想情况下）在第二幕挑战主角。

**第一幕危机：** 在第一幕结束时，迫使主角采取行动的事件，否则他会遭受可怕的后果（利害关系）。这场危机将引发一个主动或积极的目标，面对危机或障碍，主角为了这个目标必须采取强有力的行动（我称之为A计划）。理想情况下，危机会对主角有情绪上的影响，因为必须改变——而人的本性是抗拒改变，以避免未知的情况。因此有"不情愿的英雄"。主角在电影里最好有正反两方面的目标。这种+/-二分法会产生热量。+/-的变化既是能量也是戏剧推进的方式！而所有目标必须充满活力。

**正面目标：** 主角正面、活跃的目标是什么？我们认为，是会带来激励和有益的（积极）的结果，并且是建立在主角的愿望或正义感之上的目标。

**负面目标：** 主角消极的活跃目标，通常涉及一些有欺骗性或不道德的东西。

在《教父》中，迈克尔·柯里昂的（艾尔·帕西诺 饰）的正面目标是与凯（黛安·基顿 饰）结婚并且呆在家族犯罪活动之外。但是在有人针对他的父亲唐·维托（马龙·白兰度 饰）的第二次暗杀之后，迈克尔认为不得不捍卫家族名声和保卫正在变老的家长。因此，迈克尔的负面目的是为了报复对手黑手党家族，这让他卷入了不断升级的暴力、谋杀和对凯的谎言。

**利害关系：** 主角生活中的某些珍贵之物面临失去的可能。利害关系越高越好——只要风险是可信的并且与影片类型和风格一致。利害关系对剧情是必不可少的，必须随着剧情的推进逐步升级。

在《教父》中，对迈克尔利害攸关的是他正在失去凯和过守法生活的机会。但同样岌岌可危的是家庭的生存和遗产。

**通过线：** 主要角色的目标。有剧情通过线：外在的、活跃的、有形的目标；以及情感通过线：被称为电影的支柱。

### 第二幕要素

**危机管理：** 在第二幕的上半部分，主角的主要动机是遏制危机和抗拒改变。他正在处理出现的或多或少预料到的困难。

**中点：** 在影片中间或靠近中间的时候发生的一个意外的困难或障碍。故事叙述在这里打了一个弧线球，让你的主角突然陷入"存在主义的两难境地"中，他们怀疑自己的优先考虑的事、价值、道德和身份。在中点，主角问自己的一个问题是："我是谁？"

在《猩球崛起》（*Rise of the Planet of the Apes*）中，当威尔（詹姆斯·弗兰科 饰）来到动物收容所把那只大猩猩带回家的时候，凯撒的生存困境出现了。凯撒看到了威尔手上拿着的拴动物的皮带，意识到他再也回不去了；它不能成为一个宠物。它需要平等。影片的这个中点时刻让凯撒质疑它是人还是动物。

**虚假的安全感：** 这通常——但并非总是——发生在影片中点和第二幕结尾之间。意料之外的中点困境把你的主角抛入一个循环——在此期间，他质疑完成A计划的可行性。但经过这个时期的重新调整，可能还有些自我反省之后，主角恢复了，找回了自己，并且相信可以完成A计划从而解决大的中心问题。这是虚假的安全感，因为这个信念通常是短暂的，而在第二幕的结尾：A计划被放弃了。在第二幕结束时，主角必须正视一个事实，A计划不是答案。

在《城中大盗》（*The Town*）中，道格（本·阿弗莱克 饰）认为，他可以避免联邦调查局和他的新欢克莱尔（丽贝卡·霍尔 饰）的怀疑。在第二幕的四分之三处，道格要克莱尔和他一起私奔，她接受了。他们计划在不久后一起离开。

但是之后，在第二幕结束时，克莱尔发现了道格的真实身份，原来他是绑架了她的劫匪之一，道格的新目标（B计划）变成：帮助黑帮老大（即花店老板）再完成一次抢劫，否则克莱尔会被杀死。

**剧情点Ⅱ：**在第二幕结束时（第85页左右）发生的具体的事件，导致主角放弃A计划（这根据必要性），取而代之的是新的B计划（理想情况下，这是基于选择做出的）。这也被称为"一切都完了"或主角的"低点"。

A计划通常因为以下的两个原因之一被放弃：它被认为站不住脚；或者它实现了，但让一切变得更糟了。

在《时尚女魔头》的第二幕结束时，安迪（安妮·海瑟薇 饰）已成功实现了她的A计划——当她获得巴黎时装周的邀请函时，她赢得了她的老板米兰达·普莱斯利（梅丽尔·斯特里普 饰）的认可。但是，代价是米兰达的前第一助理艾米莉（艾米丽·布伦特 饰），已经成为安迪的知己和她甜美的男朋友内特（阿德里安·格雷尼尔 饰）。当安迪变得比以往任何时候更惨的时候，她的B计划成为寻找一种让她的生活恢复的方法和在对《Runway》杂志的恶意收购中保护米兰达。影片结尾辞职的时候，她既赢得了米兰达的尊重，又获得了去新闻界寻找更适合自己的工作的令人艳羡的推荐信。

《七宗罪》第二幕的结尾发生在探员萨默塞特郡和米尔斯不断的失败之后，他们一直没能找到那个臭名昭著的连环杀手——约翰·多伊（凯文·史派西 饰）——因为那时，他走进了警察局自首。侦探的A计划——找到并逮捕约翰·多伊——被放弃了，因为它已经实现了。侦探的新目标是按照约翰·多伊的指引，以便制止最后两个致命的罪过发生，防止更多的流血事件。

在《猩球崛起》第二幕的结尾，凯撒拒绝了它的人性特征，成为反叛大猩猩的领袖。

在一些非传统的结构中，如《老无所依》（No Country for Old Men）和《欲盖弥彰》（Shattered Glass），第二幕结束时主角的身份转移到了另一个角色。在《老无所依》中，主角/反英雄的李维林·摩斯（乔什·布洛林 饰），带着他在犯罪现场发现的200万美元潜逃，但随后被为了领赏而追捕逃犯的凶恶的安东·齐格（贾维尔·巴登 饰）找到，并最终死在第二幕的结尾。然后，这个故事的叙述者，言简意赅的警长埃德·汤姆·贝尔（汤米·李·琼斯 饰），才显露出实际上是真正的主角。这是他的人生故事。齐格设法逃脱被抓，一瘸一拐地走进夕阳，没有找回那两百万美元。警长贝尔最后准备退休——这是他在这个道德沦丧的世界唯一的选择。

在《欲盖弥彰》中，史蒂芬·格拉斯（海登·克里斯滕森 饰）在影片的前半部分保持着主角的身份，但编剧兼导演比利·雷在影片重点部分熟练地切换这些角色，使格拉斯变成反派，而他的编辑，查里（彼得·萨斯加德 饰），成为最后真正的主角。这两个例子打破了所谓的"规则"吗？绝对打破了。它们起作用了吗？当然起作用了。为什么呢？因为它是意外但不可避免。

**第三幕要素**

**顿悟**：这个词来自于詹姆斯·乔伊斯，定义为对某个人的生活真正重要的是什么的"突然的认识"。理想情况下，主角的顿悟在第二幕的结尾，为推动高潮提供了戏剧性的热度和强度。顿悟总是把主角放在一个象征性的十字路口，在那里他必须马上做出选择。顿悟必须通过整个第二幕戏剧性地"赚"到！虽然它可能是一个"突然"的认识，但它实际上是第二幕事件的产物和总和。顿悟可以是积极的也可以是消极的——或者两者兼而有之。重要的是，它让主角带着比以往任何时候都更大的决心，启动了主角的新目标。就像是凤凰涅槃。

**滴答作响的时钟**：一个象征性的或者有时候字面上的最后期限，主角必须在第三幕出击，为高潮增添更多的戏剧性热量和强度。

**高潮**：故事冲突的最高水平。这个时刻会发生在非常接近剧本结尾的地方。这通常是主角和反派最后摊牌的时候，将把主角和观众引向最终的宣泄。但更重要的是：高潮=真相，不仅在外部的（剧情）的水平，而且在这个时间点主角终于能够面对他自己的心魔，"真实的自我"也能够出现了。

而为了让观众接受集体宣泄，主角必须面对自己（最严重）的恐惧。

有些电影将有一个由两部分组成的高潮：*情感的高潮和情节的高潮*。

在大多数电影中，这两个高潮交叉在同一场景中，但在另一些电影（参见"崩溃八步法"下面的例子），情感和剧情的高潮可能会发生在不同的场景。

**结果**：第二幕、主要是第三幕中的事件，是对第一幕设置的事件的戏剧性解决。所有结果必须是从剧本中更早设置的事件中发展而来的。似乎"凭空出现"的结果往往让人感到不自然，不能让人满意。如果你在写作过程中想出了很精彩的结果，那么用一切手段回头调整之前你的剧本的设置。

**共鸣式结尾**：剧本让人满意的结尾，应是不可避免、充满情感、不可预测、主题易于理解和诚实的。

**导航图**

这种三幕方法从平凡世界里的有缺陷的主角开始。他们的生活丢失或缺少了一些东西，或者有问题需要解决。他们可能没有意识到这些问题的存在，直到有人或有事出现了，然后"刺激"他们采取行动。他们通常首先进行抗拒，但周围的情况迫使他们采取行动。他们想出了一个计划（有意或往往无意），想要得到他们想要的，但不用冒险或者改变太多。有那么一小会儿，事情可能走得挺顺，然后他们遇到一些意料之外的障碍。他们陷入了困境，虽然他们抗争，坚持做他们自己并坚持他们所拥有的，但他们可能宁愿干脆放弃，但由于外部或心理因素他们不能放弃。

所以，他们已经到达了一个决策点：冒一个大风险然后全力以赴实施新的计划，通常有一个不确定的结果和巨大的危险；或者放弃并试着回到他们过去拥有的或者过去的自己。不可避免的是，他们冒了所有的风险去争取。事情变得坎坷而结果并不确定，但是经过艰苦的奋斗，他们在一定程度上获得好转，并且有一个最终的、令人满意的结局。也许他们得到了一直想要的东西，也许他们没有得到。在这两种情况下，在他们的旅途中，他们都以立刻或变革性的方式成长。

### 八序列方法

有些编剧被50～60张场景卡的景象或三幕结构模式的刻板性吓到了——那些可能不适合他们故事的类型、风格或形式。另一种方法则非常简单，即把主角（们）总的旅程分解为8个章节标题——像一部小说——而且给每个章节添加副标题（《无耻混蛋》和《汉娜和她的姐妹们》在银幕上使用章节标题作为一种风格、一种电影元素）。8个章节是建议的目标数量，对于两小时、120页的剧本，对应的三幕范式的结构形式是这样的：第一幕包含两个序列，第二幕包含四个序列，而第三幕包含两个序列。）

"八序列方法"的例子，请看下面对《阳光小美女》、《拆弹部队》和《在云端》的分解。我同时推荐保罗·约瑟夫·古力诺的书——《编剧：序列法》（Continuum出版社，2004年）。

阳光小美女（2006）

乔纳森·戴顿和瓦莱丽·法里斯（导演）
迈克尔·阿恩特（编剧）

### 第一幕

#### 序列1

雪儿（托妮·科莱特 饰）从医院接她的哥哥弗兰克（史蒂夫·卡莱尔 饰），他企图自杀但失败了。她把他带回了在阿尔伯克基的家，与她的儿子德韦恩（保罗·达诺 饰）吃晚餐，德韦恩已经停止说话了；她7岁的女儿，奥利弗（阿比盖尔·布莱斯林 饰），想成为选美皇后；她的丈夫理查德（格雷戈·金尼尔 饰），一个励志讲师，尽力想卖掉他的书和演讲，但观众寥寥；而她的公公，埃德温（艾伦·阿金 饰），刚刚从养老院被赶了出来。

**刺激性事件：** （10:04）吃着一桶炸鸡，弗兰克承认他试图自杀，因为情敌教授夺走了他的情人。奥利弗把话题转到她和爷爷正在研究的选美比赛程序。

### 序列2

（17:30）答录机上有一条留言，说有个女孩不得不放弃比赛，所以奥利弗获得了在加利福尼亚州雷东多海滩举行的"阳光小美女"比赛的资格。这个家庭陷入了危机，因为比赛是在星期天，而雪儿的姐姐帮不上忙。由于弗兰克的状况，他们不能把弗兰克留下，而我行我素的爷爷又必须去指导奥利弗。雪儿说，如果顽固的德韦恩同意和他们一起去，她将允许想当飞行员的德韦恩去上航空学校。

（21:40）理查德认真询问奥利弗，是否认为自己可以赢得"阳光小美女"比赛。她看着这个家，然后说是的。理查德说："我们去加州！"

### 第二幕

### 序列3

**正面目标：** 理查德计划通过获得出书合同成为赢家。奥利弗计划赢得"阳光小美女"比赛。

**负面目标：** 撒谎、欺骗、偷盗：不择手段去成功。

**利害关系：** 理查德需要用他的九步成功学获得他的出书合同来拯救家庭，他的家庭正处在恶劣的财政状况之中。在（30:00）理查德打电话给他的经纪人斯坦·格罗斯曼，试图了解情况，可是没有打通。然后，在（39:30）理查德在加油站和他的经纪人联系上了，并说他可以转到斯科茨代尔去见他。

**陷阱：** 理查德的经纪人曾经告诉他，那本书是肯定的事。理查德对此太有信心，指望靠它来支持他的家庭。每个家庭成员都在自己的陷阱中：爷爷被踢出了养老院，没有别的地方可去；德韦恩拼命想成为一名飞行员，但是参加飞行课程需要父母的同意和金钱，而且我们后面会发现，他色盲，不够飞行员的资格；弗兰克有一个破碎的心，他太抑郁以至于无法照顾好自己；奥利弗被阿尔伯克基接纳，但是渴望有全国性的名声和一顶选美王冠。

**中心谜题:** 奥利弗不断练习她的比赛方式,她的家人和观众都不知道她在做什么。虽然也有微妙的暗示,她的表现直到结束仍然让人感到意外。

**中心问题:** 奥利弗会赢吗?而且,推而广之,这个胡佛家庭最后会感觉是"赢家"吗?

### 序列4

**中点:** (45:00)在汽车旅馆,德韦恩听见父母在隔壁房间里争吵,他的母亲尖叫,"我再也不想听到九步成功学了!"他听完笑翻在他的床上。

(45:47)奥利弗问爷爷她是否漂亮。

(46:15)奥利弗哭了。她并不想成为一个失败者。爷爷说,失败的人是没有去尝试的人。理查德离开旅馆去"解决这个问题。"他骑车走了25英里去斯科茨代尔。

### 序列5

(51:15)斯坦告诉理查德,不会有那本书。"你不会赢得这一个。"

**中点:** (53:38)医生告诉理查德,他的父亲去世了。

(55:00)理查德给出处理他父亲去世的方式。问题就出来了,因为他们不能穿过州界。理查德说,他们必须去参加阳光小美女比赛。

(57:58)理查德说:"我们已经走了700英里,如果我不能去那场比赛我会完蛋的,雪儿。"他们偷了尸体。

### 序列6

**虚假的安全感:** (1:15:15)迟到4分钟,不被允许注册参加比赛。然后在(1:15:50),理查德双膝跪下乞求。他们被加入了比赛系统,奥利弗将能够参与竞争。

### 第三幕

### 序列7

理查德不再关心奥利弗的输赢。他只想奥利弗能够展示自己,并且支持她。

**情感高潮:** (1:29:55)由于家人担心奥利弗将会让自己出丑,雪儿告诉奥利弗,她不是一定要继续参加比赛。奥利弗起身去做她的表演。

### 序列8

（1:31）奥利弗说把表演献给她的爷爷，然后开始跳舞。

中心谜题是这样解开的……

（1:32:00）奥利弗开始跳低俗的舞蹈。观众们中有人对奥利弗喝倒彩。

（1:32:42），理查德起立，以显示他对奥利弗的支持。雪儿和德韦恩也这么做。

（1:37:15）一名比赛官员问理查德，"你的女儿在干什么？"理查德回答说："她在踢屁股。"

**剧情高潮：**（1:33:45）理查德走上舞台，阻止试图把奥利弗赶下舞台的主持人。在（1:34:30）被告知把奥利弗弄下舞台时，理查德加入她的舞蹈。然后弗兰克、德维恩和雪儿也加入了。

（1:36:00）家庭获得释放，只要他们永远不会让他们的女儿参加加州的另一个选美比赛，他们就不会受到到处罚。

（1:36:35）家庭打开了面包车的后备箱。爷爷的尸体已经不在了。他们告诉奥利弗，他会一直引以为傲的。

（1:37:15）家庭坐在黄色面包车出发返回阿尔伯克基。

拆弹部队（2008年）

凯瑟琳·毕格罗（导演/制片人）

马克·鲍尔：（编剧/制片人）

### 第一幕

### 序列1

介绍军士汤普森，团队领导，（盖·皮尔斯 饰），军士桑伯恩 （安东尼·麦凯 饰），以及专业军士埃尔德里奇（布莱恩·杰拉蒂 饰），一个精英拆弹小组，2004年在巴格达执行任务。

**刺激性事件：**（9:30）巴格达的一枚街头炸弹爆炸，炸死了桑伯恩军士的领队汤普森。他们团队的技术员死了。

（11:30）桑伯恩碰到新领队，三级军士长威廉·詹姆斯（杰瑞米·雷纳）。

### 序列2

（24:36）詹姆斯和新团队干活的第一天。詹姆斯认为他拆掉了一枚街头炸弹，但是……

（25:20）詹姆斯找到另一根电线。他把电线拉出来，随着灰尘散去，团队认识到还有6枚炸弹没有拆除。一个唤醒电话告诉了整个团队他们将要去对抗的是什么。

### 第二幕

### 序列3

**正面目标：** 对于刺激上瘾的主角威廉·詹姆斯：拆除简易爆炸装置。

**负面目标：** 对于詹姆斯：违抗上级命令，把自己和战友置于更大的危险之中。

**利害关系：** 死亡。

**陷阱：**（27:00）对于詹姆斯，尽管用蛮干的方式取得成功，他需要的是完美无瑕，否则会名声不佳地退伍。

（42:35）在把他的耳机扔到地上去拆除汽车后备箱的炸弹后，詹姆斯说他们做到了。

### 序列4

**中点：**（44:30）里德上校（大卫摩斯 饰）来到团队，对詹姆斯留下深刻印象。他称詹姆斯是"野人"，并询问詹姆斯处理了多少炸弹。詹姆斯回答说873枚。桑伯恩和团队认为他们会被领导杀掉。

（54:45）帮助一名承包商（拉尔夫·费因斯 饰）处理爆胎，两支队伍被伏击。

（55:45）承包商运送的两名恐怖分子逃跑了。

**中点：**（57:40）承包商拉尔夫·费因斯被杀。在行动中三人被打死，包括桑伯恩和詹姆斯的团队成员，克里斯。

（1:01）团队成员埃尔德里奇专业军士吓坏了。詹姆斯让他集中精力清理弹药上的血迹，从而帮助他克服恐惧。

### 序列5

**虚假的安全感：**（1:10:00）詹姆斯告诉桑伯恩他有一个妻子和年幼的儿子在家里。也许他仍然可以回归到这个家庭？

（1:11:30）桑伯恩告诉詹姆斯，他的女友老想要孩子，但他还没有准备好。桑伯恩只想活着出去。

（1:14:30）嬉戏打闹中，桑伯恩拿着一把刀顶住了詹姆斯的喉咙，事情就变得紧张了。

（1:15:40）桑伯恩问詹姆斯，他是否拥有什么需要穿上军装的事情。詹姆斯说："我不知道。"

（1:21:15）团队发现一个做成人体炸弹的孩子。詹姆斯认为这孩子是贝克汉姆，他早前结识，并从他那里买过DVD。詹姆斯解除了炸弹，把孩子的尸体救了下来埋葬。

（1:27:50）离开办公室的一次巡查中，坎布里奇上校从装甲车上下来然后被炸飞。埃尔德里奇崩溃了。

### 序列6

（1:29:30）詹姆斯打电话给家里的妻子和孩子，但并没有说什么。

（1:35）詹姆斯搜索小贝的家，但没有发现答案。他徘徊通过巴格达夜晚的街道。

（1:37:00）团队上了装甲车去调查一起油罐车爆炸。

（1:40:30）油罐车炸出了一个巨大的洞。

（1:42:20）詹姆斯认为放炸弹的人躲在附近，要去抓他们。桑伯恩和团队认为这不是他们的工作，但詹姆斯领着他们去了。

（1:45:55）两名男子在小巷的夜色中拖走了埃尔德里奇。

### 第三幕

### 序列7

（1:46:50）詹姆斯和桑伯恩杀死了拖走埃尔德里奇的那两个人，但埃尔德里奇中枪了。

（1:48:15）筋疲力尽，詹姆斯穿着衣服淋浴。

（1:48:40）詹姆斯看到贝克汉姆。这孩子还活着，但詹姆斯不能再和他有情感关系了，并且甩他而去。

（1:49:15）詹姆斯和桑伯恩与埃尔德里奇说再见，埃尔德里奇的屁股被击中，要恢复6个月。詹姆斯道歉，但埃尔德里奇叫他滚开，不肯原谅他不必要的鲁莽冲动。

（1:50:15）大街上有一个人，一个定时炸弹锁定在他的胸口上。桑伯恩告诉詹姆斯，他们不能及时排除炸弹。他知道他们之间已经有了不同意见，但这是自杀。詹姆斯尝试了各种办法，意识到桑伯恩是对的，他跑开了，而没有拆掉炸弹。

剧情高潮：（1:56:30）那枚炸弹爆炸了，但詹姆斯和桑伯恩还活着。

（1:57:45）桑伯恩说，他"不喜欢这个地方，"而且他还没有准备好去死。

（1:58:40）"如果我死了，谁会在乎？我甚至还没有儿子。我完了。"桑伯恩告诉詹姆斯，他想要个儿子。桑伯恩问詹姆斯，他是怎么做的。詹姆斯回答说他不知道。他没有思考这件事。他不知道为什么他要这么做。

### 序列8

（2:01）回到家里，詹姆斯站在杂货店荧光照明的麦片货架通道。他看着各种不同的麦片盒子，不能在自己的镇上为自己找一个地方。他不适应，并且不开心。

情感高潮：（2:02:30）詹姆斯清理水槽，然后告诉他疏远已久的妻子说，他在新闻里听到因为炸弹没有及时排除，59人死了。"他们需要更多的拆弹人员。"詹姆斯和他儿子玩，然后说："你越长大，你真正爱的事情就越少。"

中心谜题的解析：詹姆斯是不怕死的；他害怕生活。

（2:04:40）詹姆斯和ID连回到中东。

（2:05:30）最后的影像是詹姆斯又穿上了军服，他前面是在D连的365天行程。

### 在云端（2009年）

贾森·雷特曼（导演/编剧/制片人）
谢尔顿·特纳（编剧）
沃尔特·基恩（小说）

### 第一幕

### 序列1

通过"你的背包里有什么？"为题的演讲，介绍瑞恩·宾汉姆（乔治·克鲁尼 饰）的世界。快要实现他的积累1000万英里常旅客里程这个人生目标。他喜欢总是在路中。

（10:20）瑞恩得知，他已被安排在拉斯维加斯即将举行的"目标探寻"研讨会上发言。

刺激性事件：（10:50）瑞恩接到他的老板克雷格（杰森·贝特曼 饰）的一个电话。他被要求为了一个"规则改变者"在周末回到位于奥马哈的办公室。

（11:25）瑞恩在达拉斯宾馆的酒吧遇到亚历克斯（维拉·法梅加 饰）。

（15:15）瑞恩和亚历克斯上床。"我们必须再这样做一次。"

### 序列2

（20:30）克雷格把娜塔莉（安娜·肯德里克 饰）介绍给公司，然后宣讲她的远程解聘"全球本土化"的想法，这将改变公司的商业模式（以及瑞恩的生活）。

（26:00）克雷格说，他想要瑞恩向娜塔莉展示工作的门道。如果瑞恩想保住自己的工作的话，他没有别的选择只能照办。

### 第二幕

### 序列3

**正面目标：** 按他自己的想法继续他的惯常的生活/职业发展轨迹。

**负面目标：** 破坏和阻止娜塔莉的计划。

（23:30）瑞恩告诉克雷格，通过一台计算机去解聘人是行不通的，但克雷格说瑞恩说的情况不成立，它正在发生。

**利害关系：** 如果全球本土化实施并取得成功，瑞恩就会失去他热爱的那种在路上的生活。那种没有拖累、移动的生活，积分、里程、机场和酒店把他和纷乱的情感联系屏蔽开来。

**陷阱：** 两个女人：娜塔莉和公司的新政策；还有亚历克斯——她似乎是和他一样的人。瑞恩和亚历克斯对于不紧密关系有共识。即使瑞恩有更好的判断，他还是爱上了亚历克斯。

**中心谜题：** 为什么瑞恩是这样的？他的背景故事发生了什么事，比如：他的父母？

（34:10）瑞恩在圣路易斯的时候，亚历克斯打电话给他，问他为什么不打电话。他说他不确定怎么样是恰当的。她回应："我是那种你不必担心的女人。"瑞恩回应说，"听上去像个陷阱。"

（44:05）在塔尔萨，瑞恩与亚历克斯进入房间。这场艳遇仍在继续。紧接着……

（45:15）瑞恩降落在迈阿密，发表了关于在你生活的"背包"里放进尽可能少的人的演讲，他要他的听众感受到那些人的重量，他说他不喜欢这种负担。

（49:00）娜塔丽说，她的男朋友用短信和她分手了。娜塔莉碰到亚历克斯，三个人喝了一杯。

### 序列4

**中点：**（56:30）瑞恩把他的公寓的钥匙给了亚历克斯。

（58:00）瑞恩告诉亚历克斯，为了知道要装回去的是什么，他必须清空自己的背包。然后亲吻她。

（59:40）瑞恩告诉亚历克斯，"嘿，我真的很喜欢你，"然后她离开酒店去赶飞机。

（1:02）娜塔莉和瑞恩吵架，试图让他认识到亚历克斯是多么特别，并且说他只有"12岁大。"

（1:03:40）娜塔莉必须通过一台计算机裁掉底特律的不好对付的人。

### 序列5

（1:10）瑞恩请亚历克斯一起去参加他妹妹的婚礼。他想要身边多一个人，并希望那个人是她。

（1:21:20）瑞恩和他妹妹的未婚夫吉姆交谈，关于吉姆婚礼前的临阵退缩。吉姆明确地说了他的忧虑，击中了瑞恩心中最大的恐惧。瑞恩缓过来并告诉吉姆说："有伴侣生活会更好。你需要一个副驾驶。"

**虚假的安全感：**（1:26:00）朱莉的婚礼。瑞恩坐在亚历克斯身边，两人都很快乐。

### 序列6

（1:31:35）在拉斯维加斯的"目标探寻"研讨会上，瑞恩开始了他的演讲，但是从讲台走开了。他不能再讲下去了。他不能再相信自己的废话了，然后他赶飞机去芝加哥找亚历克斯。

### 第三幕

### 序列7

（1:33）瑞恩敲亚历克斯在芝加哥的房门。她有丈夫和孩子。她不让他进去。她有一个家庭，而他是彻底孤身一人。

**序列8**

**情感高潮：** （1:34:45）瑞恩坐在停车场，亚历克斯打电话过来。她很生气。"你已经严重地搞砸我的事情。那是我的家庭。那是我的真实生活。"她认为他们的关系是清楚的。他是她的真实生活的一次休息……一个括号。他是用来解闷的。瑞恩受到伤害。

（1:36）在飞行途中，瑞恩被授予千万英里俱乐部会员。他是第7号会员，是加入这个俱乐部的最年轻会员。但完全不像他想象中的那样。

（1:38）瑞恩打电话，要把100万英里里程转让给朱莉和吉姆度蜜月。

**剧情高潮：** （1:39:30）瑞恩得知，在一个被娜塔莉裁掉的女人自杀后，娜塔莉辞职了。

（1:40）克雷格要瑞恩回到空中。视频会议裁员被搁置。瑞恩回到他的老工作，像他想要的那样。

（1:41:20）因为瑞恩为她写的推荐信，娜塔莉获得了她本来在旧金山想要的那份工作。

（1:42）一些被裁人员的蒙太奇切换，讲述他们如何在家人的支持下更积极地去应对。

（1:43）一个自由的人，瑞恩看着机场的抵港/离港告示板。像娜塔莉说过的她会做的那样，他打算随便挑个地方去然后登机。但是，他站在告示板前面，他无处可去。他已经去过所有地方，但从来不接触任何东西或任何人。他是一个幽灵。而且在这个国家没有一个地方对他来说是真正有个人意味的地方。他的脸上有一种非常空洞、迷失的神情，他的手从手提箱的把手拿开，眼睛从告示板上移下来，好像梦游一样的眼神直直地看着摄像机。当然，这令人费解，但我觉得他又回到了他过去的生活，不过现在它成为了一个诅咒，而不是祝福。

现在，我们已经研究了剧情点和按照时间码进行的8序列分解。让我们更进一步，看看这些结构性的要素在喜剧大片《伴娘》（Bridesmaids）中是如何把A故事和B故事（主要情节和主要的次要情节）关联在一起的。

### 案例研究：伴娘

*（Bridesmaids）*

**（克里斯汀·威格和安妮·玛莫罗编剧，保罗·费格导演）**

**结构类型：线性**

### 结构概述—— A、B故事

影片《伴娘》采用了经典好莱坞设置：一个处于主导地位的主角和线

性时间线。它有两个主要的故事，这两个故事都按时间顺序展开并且交叉切换，直到它们在最后一幕走到一起。

设置：第一幕是一种结构简单的设置，传统的线性故事。我们看到安妮（克里斯汀·威格 饰）与泰德这个角色（乔恩·哈姆 饰）有一种顽皮的，有时是痛苦又决然的柏拉图式关系，他是最坏的一种家伙，他完全不稀罕她。在完事后的早上他做的第一件事是让她出去。她做了"耻辱散步"，试图翻过他家豪宅的大门，并且在门打开让管家进来的时候卡在门上了。关于这个角色，这个开头告诉我们许多——她自尊心低，而且处在一个非常糟糕的准男女关系之中。

影片继续用经典好莱坞方式设置她的平凡世界，并且留下需要修复的东西。安妮和她最好的朋友莉莲（玛雅·鲁道夫 饰）去一个室外健身班蹭课，不想付学费，但结果把自己弄得很尴尬，被愤怒的健身教练赶跑了。然后，我们很快了解到，安妮的蛋糕生意失败，而且她现在有一个没有前途的销售工作，这个工作还是她的母亲从戒酒协会认识的一个人那里为她找来的——尽管她不是一个酒鬼。安妮的妈妈希望安妮搬过去和她住，但安妮的骄傲让她不会搬过去；目前，她在原地踏步，与她的两个室友一起疯狂。所以，她的自我形象糟糕，她的爱情生活糟糕，而且她的工作和住房状况都很糟糕。

然后故事被*刺激性事件*驱动。就在剧本第10页左右。

莉莲要结婚了，希望安妮成为她的主伴娘。从这个点以后，通过剧本的设置，我们基本上遵循两个平行的故事，因为它们按时间顺序展开。

A故事包括安妮企图成为最好的主伴娘，不断表现出笨拙和搞笑。她讨厌优雅、富有和显然超级成功的海伦（罗斯·拜恩 饰），海伦正在争夺机会替代安妮成为莉莲的新的最好的朋友，并且想担任主伴娘。我们跟着安妮走上这趟旅程，看着她用越发荒唐的方式去尝试和失败，直到她很可能会失去她最好的朋友——她在影片的开头唯一一块坚固的地方。

而B故事接着讲述安妮和好看帅气但没有灵魂的泰德，以及平凡善良的警官罗兹（克里斯·奥多德 饰） "那种她真的应该和他在一起的男人" 的浪漫冒险。B故事大约在剧情点 I 或第30页左右启动，当时她第一次见到罗兹，让我们经历了最后演变成她的情人的痛苦。这是经典的三幕剧结构。警官罗兹很喜欢安妮，但要求她成长，对她的生活负责，并且好好对他。

大约在第67~70页，在飞往拉斯维加斯途中，安妮让把所有的伴娘都赶下了飞机，莉莲告诉安妮，她想要海伦来当主伴娘。这看起来像安妮在一个主要的生存窘境中彻底搞砸了，这是典型的*中点*。

在第85页，莉莲告诉安妮不要来参加婚礼了，同时安妮也失去了她的公寓，她的工作，以及和警官罗兹的任何关系。这是她的最低点，从这里开始，她制定了一个新的规划并开始采取行动。

这两个故事最终交织在第三幕，在这里我们见证了安妮的成长，她试图掌控自己的人生。她甩掉了泰德，修好了她的车，并试图弥补与警官罗德的关系。在几乎毁掉每一件事之后，她成为挽救莉莲婚礼（滴答作响的时钟是迅速临近的典礼）的英雄。到结尾的时候，她仍然有同样的糟糕的生活状况，她失去了工作，没有钱而且和妈妈住在一起。但是在大胆凶悍的梅根（梅利莎·麦卡锡 饰）给了她一场火爆的励志交谈之后，安妮决定振作起来，并重新找到自尊和朋友，以及可能的那个人。我们不知为什么觉得她一定会好起来。

### 其他的结构

除上文所详述的线性叙事，实际上有许多办法来结构和序列一部电影。其中一个例子是书档式结构：我们从结尾开始，然后跳回去并且告诉观众故事是怎样发展到这个结尾［《大象的眼泪》（*Water for Elephants*）、《拯救大兵瑞恩》和《美国丽人》］。我们也可以从故事中间开始，然后折回去，然后再向前［《战略高手》（*Out of Sight*）］；或者像"跳房子"游戏一样跳来跳去（《莎莫的500天》和《低俗小说》）。

也有的有一个统一主题的合奏式结构，如《毒品网络》（*Traffic*）、《撞车》（*Crash*）和《真爱至上》（*Love, Actually*）（见第18章《主题》）。

保持你的故事的张力和悬念的最佳结构是由你来决定的。然而，要认识到如果从基本线性结构偏离太多，你可能会失去你的观众。因此重要的是，要更加细心和勤奋地规划、勾勒、准备和结构你的剧本。在本章的末尾有更多其他结构的例子。

### 从哪里开始

无论是什么结构类型，我经常告诉我的学生，在某些让主角（们）失衡，紧张或危险的点开始故事。引入一个绝望的主角，我们会上来就被吸引住。找到从第1页就让我们卷入主角的问题的结构。不要让观众等。

### *案例研究：龙纹身的女孩*

（*The Girl with the Dragon Tattoo*）

（**史蒂芬·泽利安编剧，大卫·芬奇导演**）

### 结构类型：双主角

设置：我们首先见到米克尔·布洛姆奎斯特（丹尼尔·克雷格 饰），

《千禧年》杂志的合伙人，处在一场专业危机中——刚刚在一起对汉斯-埃里克·温拿斯特姆，一个腐败商人的高层次诽谤案中败诉。布洛姆奎斯特的声誉和生计岌岌可危，他决定从杂志社辞职。山穷水尽的情况下，布洛姆奎斯特接受了一个不寻常的工作机会：为退休的工业大亨，亨里克·范耶尔（克里斯托弗·普拉默 饰），写一本官方传记；但非官方地调查亨里克侄女哈里特的未解之谜——她40年前失踪了，尸体再也没有找到。

对布洛姆奎斯特而言，*利害关系*是：如果布洛姆奎斯特成功地解决这个案子，亨里克将给他提供证明温拿斯特姆有罪的线索，这将恢复布洛姆奎斯特的专业声誉。但是，这件案子是个烫手的丑闻，如果哈里特·范耶尔的确是被谋杀（亨里克相信她是），布洛姆奎斯特可能成为另一个目标并最终死亡。

*中心谜题*（与过去有关）：哈里特发生了什么事？她被绑架了？被杀了？她逃走了吗？这是家庭中的某个人干的"内部"工作吗？有一个仍然在持续的阴谋吗？

给布洛姆奎斯特的*中心问题*是（与未来有关）：哈里特还活着吗？然后由此推论：亨里克告诉了布洛姆奎斯特全部真相，还是欺骗和摆弄他？亨里克其实是凶手吗？是一个连环杀手干的吗，他今天仍然活着吗？对布洛姆奎斯特的问题是，他会挽救他的职业声誉吗？用什么代价？他和利斯贝思·萨兰德（鲁尼·马拉 饰）会相爱并留在一起，还是与和他的年龄更合适的、在《千禧年》杂志的商业伙伴埃里卡（罗宾·怀特 饰）保持关系呢？

*同样重要的双主角*：利斯贝思·萨兰德。亨里克为了信任布洛姆奎斯特进行调查——调查需要在范耶尔家族庄园待上很长时间，范耶尔家族庄园在与世隔绝的海德比岛上——亨里克要他的律师对布洛姆奎斯特进行秘密的背景调查。利斯贝思入场，她是一位身上到处打孔、纹身的女孩，也是安全事务方面最好的研究员和电脑黑客。尽管她已经23岁，利斯贝思还是被国家认为有精神问题、不守法、处在监护中的人，电影暗示这是她阴暗的过去造成的。利斯贝思是一个愤世嫉俗的社会底层，在童年受到虐待，有滥交行为。

对利斯贝思而言，*利害关系*是：我们将在后面了解到，她谋杀了对她性骚扰的父亲，而她被遗弃，留下来等死。利斯贝思对她的工作很认真，总是挖掘真相。布洛姆奎斯特发现她侵入了他的电子邮件，就此和她对质，他的兴趣其实是招募她为他的调查任务服务。而对于利斯贝思而言，这个可能被性骚扰和谋杀的年轻女孩哈里特·范耶尔的案子，利害关系就不能更个人化了。

利斯贝思的*中心谜题*（和过去有关）：利斯贝思如何用锋利的爪子终结这只"受伤的小鸟"？

利斯贝思的*中心问题*（和未来有关）：她会战胜掠夺成性的律师吗？后者对她滥用身为她新的法律监护人的权利。以及她会和布洛姆奎斯特破解这个案子吗？她能学着去信任布洛姆奎斯特吗，并且她对他的浪漫感觉会得到回报吗？

十字路口：在影片中点，布洛姆奎斯特和利斯贝思的线条相交成一种亲密关系。我们知道她是双性恋者，而他和埃里卡又有牵扯；利斯贝思很年轻，足够当他的女儿，所以他们的浪漫关系中充满了问题，但他们也共享一种强烈的情感联系。他想照顾她，而她需要信任这个世界上的某个人。尽管他们两人有奇怪的不同，但他们是一支出色的团队，有着互补的长处和短处。他有条不紊，举止得体，善于分析；她的性格冲动，脾气暴躁，有残暴的报复心。

结果：在影片的最后三分之一，是利斯贝思完成了布洛姆奎斯特的拯救——否定了过时的"落难少女"套路。她也以专业和金融的手段摧毁了汉斯-埃里克·温拿斯特姆——证明了布洛姆奎斯特的清白，并且在此过程中让自己富有。

分岔路（回归）：利斯贝思给布洛姆奎斯特买了一件昂贵的摩托车皮夹克，希望他们能一起骑车共度瑞典日落。她已经爱上并学会了信任一个好男人。但是当她意识到布洛姆奎斯特想与埃里卡重修旧好时，她的精神被击溃了。利斯贝思把皮夹克扔进垃圾箱，重新把自己武装成一个流氓，独自开着她的摩托车而去。

### 案例研究：贫民窟的百万富翁

（*Slumdog Millionaire*）

（西蒙·博福伊编剧，丹尼·博伊尔和洛芙琳·坦丹导演）

#### 结构类型：中点-闪回-追回来

#### 展开这种替代结构模式的策略：

**步骤1用线性形式陈述主故事。**

《贫民窟的百万富翁》首先是一个爱情故事。主角是贾马尔（戴夫·帕特尔 饰演成年贾马尔）。他是来自印度贫民窟的贫贱两兄弟之一。他的内心单纯。他的兄弟萨利姆（马哈尔·麦特尔饰演成年萨利姆）则心怀恨意，并更加受金钱和生存的驱使。贾马尔看上了一个叫做拉媞卡的女孩（弗里达·平托饰演成年拉媞卡）。萨利姆只把她视为享乐的玩物，或者可以买卖的某种东西的一个障碍。贾马尔从来没有失去对和她在一起的渴望，但他的生活艰难。这个任务最终让他出现在全国直播的电视节目——《谁想成为百万富翁？》。这个节目的主持人普瑞姆（阿尼尔·卡普尔 饰），也是来自贫民窟，但现在他已经变成了富人和名人，他嫉妒贾马尔。他试图让他作弊，失败后他就指控他，警方把贾马尔带去进行审讯。当贾马尔答到最后一个问题时，他使用"求助热线"打给他的兄弟，萨利姆。不幸的是，萨利姆开枪打伤了自己，而已经从这个根本上逼她卖淫的男人身边逃走的拉媞卡，接了那个电话，贾马尔赢得了100万美元和拉媞卡。 贾马尔，这个始终如一、全心追求真爱的弟弟，同时赢得了爱情和金钱；但萨利姆，追逐金钱的哥哥，刚刚被贾韦德的心腹杀死，死在了浴缸里。

**步骤2把主要的故事解开到故事线里。**

*贾马尔和拉媞卡的爱情故事。* 十多年来，贾马尔不懈地寻找拉媞卡，并且想和她在一起。他们的路线不断在不同的城市和时间相交，而经常又是萨利姆把他们分开。拉提卡被强迫卖淫。她的脸被划了一刀。她多次要求他忘记她，但他不会。想把她赢回来——他的这种追求让他参加了那档电视节目，忍受拷打，所做的一切只为了有机会赢得足够的钱让她自由。他做了他能做的一切，为了留在节目里，希望她能在节目中看到他找到他。这个故事在漫长的时间流逝中分集上演。到最后，他不知道最后一个问题的答案。他拨打他的"求助热线"， 这是萨利姆的手机号码，他知道的唯一一个号码。只是萨利姆已经开枪打伤了自己，是拉提卡接听了电话。谁是第三个火枪手？ 她不知道。于是，他转而求助于信仰然后猜测：答案A，阿拉米斯。"只是因为，"然后他赢了钱，然后他们赢得了对方。

*游戏节目。* 贾马尔在这档游戏节目中节节升级用了数天还是数周，并不完全清楚。这条故事线用十个游戏节目中的问题给我们提供了结构支柱，我们听到贾马尔成功回答了节目中提出的十个问题。节目中的每个问题都是用来启动一段过去的情节（故事线1）的，告诉我们关于贾马尔的生活以及为萨利姆和拉提卡的付出。

节目主持人普瑞姆开始以调侃贾马尔为乐趣。随着这个18岁的"像男孩的男人"回答正确的问题越来越多，观众对贾马尔的喜爱在增长而普瑞姆对他的厌恶也在增长。他不希望风头被贾马尔抢了。他试图提供给他一个错误的答案。在回答最后一个问题的前夕，普瑞姆使贾马尔被逮捕，并指控他作弊。警方审问并拷打贾马尔，但他最终赢得了金钱和女孩。而普瑞姆失去了他的工作和地位。

*审讯*。这个故事持续了大约一个晚上（约12小时）。警方对贾马尔的审查也是它自己的故事线。这个故事发生在贾马尔赢得50万卢比并且要回去在节目中赢20万卢比中间的那个夜晚。他们试图通过审问戳穿他，并且搞清楚他是如何做到的。警察认为，他一定是作弊了，而且必定已经干了。没有人相信，一个贫民窟的贱民怎么可能知道所有的答案。这暴露了印度种姓制所固有的"有罪除非证明无辜"的标准。它也在贾马尔胜利后的"命中注定"和命运主题中出现。

*两兄弟的故事*。这个故事持续了9～10年，从第一次见到两兄弟，当时贾马尔9岁，到他18岁参加节目。这个故事没有线性地展现出来，它的结构是围绕节目中出的问题被激发出来。萨利姆和贾马尔有几乎相同的背景。两个人都经历了同样的恐怖事件。但是，萨利姆把他的灵魂出卖给了金钱、苦难和物质主义，而贾马尔保持了浪漫、忠诚和纯净。贾马尔是唯一让萨利姆保持人性的事情。萨利姆拒绝了歹徒让他发财的提议——把贾马尔变成瞎乞丐。他不断地伤害拉提卡和贾马尔，但他仍然爱他的兄弟。萨利姆最终死了，死在贾韦德保镖的枪下……就在贾马尔赢得2000万卢比之前。

**步骤3关注开场和定调。**

电影的开场是引入三个主要的故事。我们看到的第一个影像是黑帮贾韦德（马赫什·马甲里卡 饰）藏身的房子。萨利姆坐在装满卢比的浴缸里。画面切到贾马尔和普瑞姆，他刚刚开始参加游戏节目。普瑞姆和观众取笑他，不尊重他。回到贾韦德的藏身处，一支枪上膛然后对着一个脑袋开枪。我们还不知道是谁。我们切回到掌声和贾马尔，他开始回答《谁想成为百万富翁》的问题。然后，再按时间向前硬切到故事线3，在回答最后一个问题之前的那个晚上，贾马尔被吊在天花板上，被警察刑讯拷打。这种模式持续进行，让观众习惯于电影的切换类型和结构节奏。

**在写之前规划：大纲/白板**

我总是在开始写之前勾勒出剧本的大纲。我喜欢用好的、老式的索引卡，我可以全部铺在餐厅桌子上，让我看到从开始到结束的整个剧情。你也可以使用一种文字处理或剧本写作的软件。如果你有一间办公室，你可以搭一个巨大的白板。不管你选择哪种方式，你要能够擦除、移动它们，并且给巨量的试验和错误留下空间。

**记住,它完全是进行中的作品,而不是博物馆的藏品。**

最初想法的产生和筛选过程可能需要数天,数周甚至数月来完成。一旦我有了大约60张卡片,我会按顺序把它们堆起来,然后把大纲打出来。在写大纲的过程中,我会继续补充起连接作用的内容,并开始对哪些需要保留、哪些需要删掉形成想法。我把重复性的东西删掉,不管它们在哪里出现。如果你可以把一个场景拿掉而这部电影仍然成立,砍掉它。观众比你想象的聪明得多。

**总的来说,每一个场景都需要有自己的冲突,为剧情或人物贡献新的重要信息,并且有娱乐性。**

无论你事先如何努力制定出剧本的结构蓝图,强有力的、往往是预想之外的发现是在写作过程中找到的。事实上,如果你抛弃,重新排序或重新编写整个故事中的大块内容,几乎肯定意味着你正在做是正确的事情。*创造一个世界需要时间——所以请放松并从中获得乐趣。*

**理想情况下,现在的最终目标是使结构不可见。**

你要让你的观众专注于你的故事,而不是去剖析结构。然而,正如最好的篮球运动员或音乐家花数千小时打造基本功,从大量的头脑风暴及一个完善的结构模板开始,将为你提供始终如一且写出引人入胜内容的最佳机会。

### 初始结构流程

1.草写几个不同的精彩创意,你对它们充满激情和热爱,足够你花一年甚至更多的时间在上面。

2.从中选择一个。

3.草写简单、简短的线性故事线,使用平淡的文字风格,以便能强烈感觉到你可能会遵循的叙事路线图。不管你之后会如何破坏它,从这里开始。

a.有人想要某些东西。他们设法去得到它。障碍和困难出现了。他们得到它,或者没有得到。

b.保持这些早期的故事梗概,用简单线性的叙述语言启动。

4.头脑风暴,想出场景和创意。开始在索引卡片、餐巾、iPad或记事本上草草记下笔记。不要编辑。只管记下来。

5.寻找可以组合到序列里的关联和潜在的较大块的内容。

6.决定要包含多少故事,以及它们在第一稿大纲中的相对重要性。看着交叉点，想想这些故事是如何关联的，以及它们在哪里如何相交。

7．回答这本书里提供的"21个问题"。

8．查找和分析类似的电影、图书、戏剧、故事和其他参考模型。

9．给每个故事编个字母。主要故事是你的A故事。次要故事是你的B故事。分别给每个故事写大纲。它们可以有不同的结构。然后把这些选中的故事交织成最初的一个完整的大纲。对一部电影来说，通常是40～80个场景或卡片不等。从这一点来说，每张卡片应该包括题注行、地点名称及一些基本信息，如有谁出场，发生什么事情，关键冲突或故事点是什么。我也喜欢标注它们的故事——A故事，B故事，等等。

10．在一段时间内，坐下来检查、收紧、强化底层故事、场景和整个大纲。

11．开始写剧本。写入当前的版本或草稿。

12．请参阅第21章关于重写。

快乐的真相是，整个过程是反复迭代和凌乱的，没有两个人真正做到相同。有人花几个月写大纲，然后写出来装甲一样结实的模型。而另一些人做一个粗略的大纲，一头扎进去写，回头写大纲，然后再跳回去继续写。要找到适合你的方式。

### 如何选择：最后几个需要考虑的因素

如果你不确定，或者对其他的结构类型感觉不强烈——那么回到经典的三幕剧结构。它的作用已经在电影中发挥了几十年，在戏剧发挥了几个世纪。如果你确实感觉要做些不一样的事情，或者规模、范围和材料的性质迫使你这么做，要问以下问题。

1．故事涵盖了多长的时间？其中故事发生的时间段越长，你就越有必要获得有创意的结构。

2．存在来自非常不同的时间段的多组信息吗？理想情况下，为了让故事顺利发展，这些信息是希望观众知道的。举例来说，这个故事发生时主角是60岁，但我们需要知道的事情发生在他们9岁、11岁、18岁和35岁的时候。这些结构类型很适合平行故事或闪回。

3．需要通过用有帮助的方式改变观众的期望，打乱顺序呈现故事元素会加剧紧张局势、喜剧效果、剧情或悬念吗？

4．故事是给好莱坞还是独立电影的观众？没有硬性的规定，但作为一般原则，好莱坞大制作的电影往往更倾向于线性、内聚的时间线，以及较少的故事线。独立电影更可能考虑或要求断裂的叙事、非线性的时间、时间反转、更复杂的时间和故事结构。

5．故事是否比这种电影类型的范式启动得更慢，如果观众提前知道一个关键的事实，是否可以显著增加紧张或意义的层次？例如电影《泰坦尼克号》，它明显改变了电影的观看经验，因为在罗斯讲述这个爱情故事的时候，观众知道罗斯已经从"不会沉没的船"的悲惨沉没中生还。

6．所选的结构是否涉及讲这个故事内在经验的最佳方式？在这里，《醉后大丈夫》是一个很好的例子，因为叙述结构中的缺口似乎都与吸食毒品、昏迷和大段失忆相关。

7．你对尝试新的方式真的有热情吗？这是一个开拓进取的好兆头。

**其他网络资源**

在这本书的网站上，你可以找到其他类型电影结构的更多例子，以及对一些你喜欢的电影的剖析。

> 确定保持故事张力和悬念的最佳结构。总是尽可能迟地开始故事。引入一个绝望的主角，我们会立即被吸引。找到从第一页就把我们卷入主角的问题的结构。为什么观众应该等待好东西进来？

### 专访：奥斯卡奖提名
#### 编剧/导演 理查德·拉格拉文斯
*理查德·拉格拉文斯电影年表*

代表作：

《美丽生灵》（*Beautiful Creatures*）（兼导演）（2013）

《烛台背后》（*Behind the Candelabra*）（2013）

《大象的眼泪》（*Water for Elephants*）（2011）

《P.S. 我爱你》（*P.S. I Love You*）（兼导演）（2007）

《自由作家》（*Freedom Writers*）（兼导演）（2007）

《巴黎，我爱你之皮加勒区》（*Paris, je t'aime—segment Pigalle*）（兼导演）（2006）

《勇敢说爱》（*Living Out Loud*）（兼导演）（1998）

《马语者》（*The Horse Whisperer*）（1998）

《廊桥遗梦》（*The Bridges of Madison County*）（1995）

《小公主》（*A Little Princess*）（1995）

《通天大盗》（*The Ref*）（1994）

《天涯沦落两心知》（*The Fisher King*）（1991）

    奥斯卡奖提名

    美国编剧工会奖提名

    作者：当你处理改编剧本的时候，你讲故事有多少自由度？尤其是像《大象的眼泪》这样人们怀有期待的畅销书？

    理查德：首先是内容决定风格。始终如此。你不能叠加一些随意的风格到任何东西、任何故事上。你必须尊重内容是什么，故事讲的是什么，它的主题是关于什么的，而这些将规定你如何搭建结构以及如何设置风格。我觉得我改编过的每一个作品，对于会怎么改编抱有强烈的观点，这是绝对重要的。因为你不能写你不认同的东西，这一点应该是大家同意的。你不是在申请一份你不想做的工作。如果他们对你说，请读这本书，我们很乐意把它改编成电影。我做的第一件事就是读它然后问自己：我喜欢它呢？我喜欢这个故事吗？第二件事，我从中看到了一部电影吗？第三件事，我从中看到一部我觉得必须去写的电影了吗？因为我读过许多好书，我是一个大读者，其中有些书其实我非常喜欢，但是我不想作为电影接触它们，因为它们是我的文学体验。所以当我读那本书时，我开始看到一部电影出现在我的脑海，就像这种有屏幕的小投影。我在创作时，我把自己当成观众，因为我就是这样开始爱上电影的。我没有上过电影学院，所以我所做的一切一定程度上是根据我潜移默化，通过我童年时期看过的电影学来的东西。一旦我看到场景出现，那么我对如何构建它就有了一个初步观点。在这种业务里，在他们已经把书交给你，然后你说你有兴趣之后，你必须回去告诉他们你会怎么做。例如《廊桥遗梦》，他们已经有了两个编剧写的两个草案，但由于某些原因，仍然不能拍成电影。然后我参与进来，我不喜欢这本书，但我问了我的姐姐她觉得这本书怎么样，她当然喜爱这部小说。我意识到，尽管我在文学性上有那么一点瞧不上它，但是它里面存在一些吸引人、感动人的东西，尤其是对大量的女性观众而言。所以我去了安布林娱乐公司，对史蒂芬·斯皮尔伯格和凯瑟琳·肯尼迪说："我会这样改编：我只会从她的（梅丽尔·斯特里普）的视点来做。我会切掉在他和她之间来回的场景——只留她的观点，我列了大概四件事情。其中一个我记得说的是，必须有一场争吵。书中的每个人都太容易自我满足了。我来自意大利裔的美国家庭，意大利裔的美国妇女不会云雨四天之后，突然说：'是的，我知道你必须离开，因为你只是精神上的伴侣'。"他们同意了，然后我就改编了。

    作者：你是怎样处理《大象的眼泪》的？

理查德：《大象的眼泪》，我读过之后认为小说的开头是一个非常聪明的文学技巧，小说以一场动物的奔逃踩踏开始，而你应该不知道主角是谁杀的，因为小说只使用了一个代词。你被引向怀疑可能是女主人公干下的谋杀，但我不相信，而且我也不认为它会在电影上有效果。它这只是让人感觉做作。对我来说，你可以做一整部电影来讲一个在养老院的男人，我记得我思考过《油炸绿番茄》（*Fried Green Tomatoes*）。我记得我喜欢凯西·贝茨（伊夫林·寇驰 饰）和杰西卡·坦迪（妮妮·特里高德 饰）——你没法得到两个更好的女演员了——并且感谢上帝，他们的故事被另外的故事打断了，但我是如此投入另一个故事的，以至于我一直觉得有点打岔，当我在故事中来来回回的时候。我在《廊桥遗梦》有同样的感觉，因为我应该删掉更多。每一次你打断梅丽尔·斯特里普和克林特·伊斯特伍德转到孩子们那里去，给我的感觉就像是打岔。因为你竟然从梅丽尔·斯特里普和克林特·伊斯特伍德切走了。把我从这两个惊人的、标志性的演员身边带走的必须是一些真正吸引人的东西。

我确实仔细思考过把养老院放在草稿的开头，但我永远不准备来切换。我马上就决定了。在书的最后，他从养老院逃出来碰到马戏团经理，然后跟经理讲了他的故事，尽管你已经读了整个故事。所以我决定把它拿出来放在开头。最初的草稿都非常尊重原著，而那真的只是把它从一种媒介转到另一种媒介。得到它的剧本格式，所有我喜爱的场景，不担心它有多长和多胖，知道这一切都将浓缩和改造。我必须把所有我喜欢的材料从书里拿出来，然后开始戏剧化地构建它。所以当我第二次读它时，我在书的空白处写下笔记，标注事情发生在哪里，然后在每一章的开头，我创建了一个菜单或者说索引，让我可以随时回去找他们第一次接吻的那一个场景，或者奥古斯特第一次失控发狂的场景。这就像一本百科全书，书的空白处有我想要的一切场景。我转移到剧本的形式，然后我收起书开始创作剧本并彻底改造，因为我找到了一部电影。角色开始对我说得更多了一点，有些东西作为戏剧性引擎在书的页面上有效果，但是在电影里不会有效。当你拥有一个说真正台词的真正人物时，你必须让一个观众相信，那是真实的，而不是用他们的想象代替。然后，您可以开始看看哪些角色需要更积极和主动一些。

作者：我喜欢你处理奥古斯特（克里斯托夫·华尔兹 饰）的方式，因为他本来是非常平面的。这与我们在现在的经济时代非常相关，因为他对为什么去做他做的那些事情真的有非常强烈的观点。

理查德：《大象的眼泪》是一个特例，因为弗朗西斯（劳伦斯）参与了导演。他是带着书首先来找我的。所以，我们一起创作剧本。我写剧本，然后他会审看。他对故事中的"肿块"有出色的本能，我说的"肿块"的意思是读的时候，它让人感动，能量是对的，但是突然之间感觉有什么地方不自然。这只是一种本能的感觉，而这来自与知道怎么讲一个故事。我们都得出结论，我们希望观众觉得奥古斯特是有观点的，他不仅仅是一个精神病患者。这本书里的三角关系让我们想起了《苏菲的选择》，我们希望他成为一个更全面更立体的角色，即使他的行为暴虐粗鲁，但有时候你会想，"是啊，但我理解这一点。他那么做有他的道理——他确实爱她"。他有人性，这让他也是悲惨的，而不是单方面的。除了几个早期的草稿我们有两个角色（马戏团的老板和奥古斯特）外，其他草稿中奥古斯特在第三幕一直不会出现。在我看来，要像他在书里那样。他发狂，使玛莉娜和他分开，接着雅各布让玛莉娜回到马戏团，因为身为马戏团老板的阿尔大叔需要她回来。突然之间利害关系与前进的动力停滞了，奥古斯特弱化了一点点，但加强了整部电影的动力，使这两个角色更加融合。

作者：所以结构上的改编，你是把那本书作为一个模板，你的改编真正了不起的地方在于它们的效果是那么好。你总是听到人们说："你知道这是一本好书，但它会是一部差的电影，因为尤其是文学小说，有太多内容不得不拿走，结果就淡化了电影。"人们都说，短篇小说能改编出最好的电影——从《断背山》到《肖申克的救赎》。服务于电影版本，你如何决定哪些留，哪些去，哪些需要改变？

理查德：你很享受地读一本书的时候，你并不用分析的眼光看它。当你开始把它打破分解，你开始看到里面有重复，有一个溜溜球效应，而在电影中，你必须让火车保持向前开，因为你只有2个小时。你必须在书的基础上进行原创。

作者：组合这两个角色（书中的奥古斯特和马戏团老板）——这是切实加强材料的一个精彩例子。

理查德：在写他们的故事和重新塑造他们角色形象的过程中，有时候你必须这样做，你要保留原著和人物的精神。在这本书里，玛莉娜嫁给了一个犹太男人，她的家人和她断绝了关系。而在我们的版本中，特别是瑞丝㊺加入以后，我们想让她在相应的事件中也受到谴责，让每个人都有自己的担当。在这一切中，没有人是完全无辜的。作为一个被遗弃和受虐待的养女，她的成长是非常艰难的，但她发现世界上有一个地方，在那里她是安全的而能够生存，而这对她来说比爱情更重要。这样一来，年轻的情人对她却是个

---

㊺ 瑞思（Reese Witherspoon），在电影《大象的眼泪》中扮演玛丽娜。译注。

威胁,因为她的世界现在是牢固的。她知道她有一个暴虐的丈夫,但她可以对付他。爱情或新体验实际上对她更加危险。

**作者:**你写《天涯沦落两心知》(*The Fisher King*)或者《通天大盗》(*The Ref*)这样的待售剧本**⑮**时,你写大纲吗?当你没有原材料的时候,你怎么处理?

**理查德:**我希望我写了大纲。我是那些没写的人当中的一个。我开始写然后就浑身发痒了。我必须投入到剧本中去发现,但是有时候我会来回反复,因为我会撞到墙上,然后我会回来,也许会写一点梗概,只是为了清理我的头脑来想出创意。我更喜欢跳进我不知道是怎么得到的原创中去,但是我有我的结局。我知道哪里是我想去的地方,所以我决定电影的主题是什么,然后我从那里着手。

**作者:**这在艺术硕士的编剧课程里是一个很有争议的话题。

**理查德:**我知道。我在爱默生(大学)教硕士的编剧课程,我是让他们写大纲的。然后,在14个星期的课程结束后,我向他们承认,我不这样做,但我认为如果你这样做会更好。好玩的是我写电视剧的时候,由于电视的工作方式,你必须有大纲。我通常有一个合作伙伴来做这件事,而且跳进去写电视剧本会有很多很棒的事情发生,当你知道已经给你规划了每一个场景的时候。这可能只是因为我没有上过电影学院。我没有那样训练过。我确实支持那样做。如果你擅长的话,我认为这是一个伟大的想法。我有一个写大纲写了3个月的朋友,然后他用了三个星期写剧本,因为全部内容都已经想出来了。我仍然处于发展阶段,并且仍然在学习。

我现在写的剧本,我一直在思考,每当有想法浮现在我的脑海里时,我在我的台式或平板电脑上记下要点和想法。写《天涯沦落两心知》的时候,我花了一年半的时间做了三四个不同草稿,中间还有五六个月的时间什么都没写,因为我还没法以编剧为生。我当时与人合伙在做别的事情,我是自己在写剧本。所有我拥有的只不过是我当时的一个一句话的想法,那就是我想展示一个自恋的人表现出无私的行为,这是几乎是我的全部所有。然后文字的东西开始像神话一样来到我这里,但在他是主持人之前在三个不同的草稿中是完全不同的故事。一个真正自命不凡的人,而且意外地和《雨人》(*Rain Man*)非常相像,这事发生在同一时间,而我一点也不知道,因为我住在纽约,而那部影片产生在洛杉矶。另一个像情景喜剧,但每一个我都找

---

**⑮** 待售剧本(spec script),编剧未获合同自行撰写,主动提供给制片机构期待被购买的剧本。译注。

到了一个不同的方面。我在这个草稿中找到一个角色，在另一个中找到一点结构，然后有一天，将所有的凑到了一起。

作者：所以原本帕里（罗宾·威廉姆斯）像一个自闭症天才？

理查德：前段时间，我去电影院看完电影后，看到两个人走过第三大道。其中一人是个非常英俊的年轻男子，另一名男子和他年龄相仿，但他们看上去像是电影《人鼠之间》（*Of Mice and Men*）里的乔治和蓝尼，我真的很吃惊。因此在第一稿里，杰克（杰夫·布里吉斯）是一个痛苦的出租车司机，一个哲学家出租车司机，而帕里是一个不可信的街头混混，在电影中的某个时刻他带他去拉斯维加斯。我写了完整的第一稿，然后有一天，我正在读《纽约时报》，看到这部电影出来了，说的是一个天才和他的兄弟去拉斯维加斯。❹我简直不敢相信。我没在这个行当里，我没有经纪人，所以我一点都不知道这事。我把它扔了，并使用不同的风格，那个风格对我来说太轻、太情景喜剧了，但是在这个剧本中，我找到一个想法，把他和一个女人配在一起。然后我把这一稿也扔了。我开始意识到，我需要原创想法来把它们细火慢烹成真正最接近原著的声音，否则它们就太过于模仿原著，而非忠于原著了。

作者：你的作品中好像总有关于悲伤和失落的主题反复出现。人们无论是从死亡还是从创伤性的事件中恢复以及经历丧亲之痛。另一个经常出现的有争议的议题是如何处理主题。有些人会像大卫·凯普那样说："想都不要想主题。那很做作，会把你完全拉离轨道。让观众决定主题是什么，只专注于目标和欲望。"此外，另一些人会像加里·罗斯说的："主题就是一切，你必须从主题开始。你的角色实际上只是在为主题服务，有一部电影的唯一的原因是去支持主题，那就是一切。"在这个议题上，你站在哪一边？

理查德：他们说得都对。就我个人来说，我需要知道我为什么写它，或者它是关于什么的。不是故事是什么，而故事是关于什么的，这对我来说就意味着主题。但大卫说得对，如果你在主题上花的工夫太多，你拿出的东西可能是自命不凡和拙劣的。有一个主题在你作为一个艺术家的内心，然后寻找一种方法来讲述一个故事、吸引并接纳观众参与其中。在这两者之间有一个平衡。

作者：对，因为那是让主题具有普遍性的东西。

理查德：没错。所以，是的，我同意。我启动时需要一个主题，但我不需要那种人人都可以得到的主题。完美的东西是有一个主题，但允许进

---

❹ 电影《雨人》中，有查理（汤姆·克鲁斯 饰）带着他的自闭症的哥哥（达斯汀·霍夫曼 饰）去拉斯维加斯赌钱的情节。译注。

行解读。（弗朗索瓦）特吕弗说过，它不是关于你说了什么，而是你省略了什么。并且主题在观众可以参与和解释的事情之中。当我还是一个少年时，最卖座的电影是《出租车司机》（*Taxi Driver*）、《电视台风云》（*Network*）、《总统班底》（*All The President's Men*）和《炎热的下午》（*Dog Day Afternoon*），今天它们成为了艺术电影，所以现在人们想要的是更多一点刺激。我认为，如果你在主题上用力太多，观众就不会感到吃惊并会超过你。

> 当你讲一个故事的时候，千万不要让观众超过你。如果他们知道你要去哪里，或者他们以为你要教给他们什么东西，我常看到的画面是他们的背向后靠在椅子上而不是向前倾斜地专注于你的故事。

但是，如果你持续给他们刺激，你知道会发生什么，你选择性地告诉他们，那么他们可以确定主题或为自己理出头绪来。最棒的感觉是，他们会实际上体会到你的意思。批评者往往体会不到，因为他们对你的意思做了很多的假设。有时候你不能相信他们说的。我不再看影评了，但在过去我曾经对自己说："他们看的是哪部电影？因为那不是我的。"他们加上去了很多根本没有的东西。

作者：有些我最崇拜的编剧自然而然地转变成了导演。导演工作是如何改变你的编剧工作的？你认为你从导演自己的作品中所学到的最有价值的东西是什么？

理查德：我写的太多了。我是从戏剧背景的角度为表演来写的。我爱台词，我爱伟大的表演，我倾向于写得太多。我的风格其实更适合戏剧。导演工作教给我——我仍然在学习的——是电影的语言，影像的语言。它非常没有束缚，对我来说是一个持续的挑战。因为我喜欢台词，我喜欢演员说精彩的台词。一些我最喜欢的电影是从戏剧改编的。但我喜欢的另一些电影是纯粹的电影，那是在我人生和工作的这个阶段的重要事情，我期待重塑自己并挑战自己尝试更多，去用电影的语言、影像的语言写作。

作者：在已经导演了很多次以后，你现在走进编辑室，你是否发现后期制作的创意是最终的改写？

理查德：剪辑是最好的，因为它是编剧工作的另一面。它是我喜欢的过程，因为你要重写剧本。然后呢，碰巧的是你知道第一次要剪掉哪些东西，不管它们是什么；而且你越诚实，你的再创作就越开放，你得到的影片，在本质上也最接近你开始时的想法。我已经看到这种情况多次发生，这是一个精彩的过程。我是这样的编剧之一，当我在剧组的时候，拿《大象的眼泪》

做例子吧，我完全支持更少一些。我得在剧组重写，有一个场景，大概有2页长，我把缩成了5行。我为此感到兴奋。内容决定风格。如果你看看像《电视台风云》这样的电影，它配得上称为文学——充满了不可思议的话语，因为当时那些角色的这个世界就是这样。太精彩了，它是一部神奇的电影。

作者：能告诉我有关《烛台背后》（*Behind the Candelabra*）又名利伯雷斯电影[48]吗？

理查德：2008年，史蒂芬（索德伯格）给我发电子邮件说，"我有这个利伯雷斯的传记。你要改编它吗？我不是在开玩笑。"就是这样的。我笑了因为我去了，"真的，利伯雷斯？"然后我读了这本书，我就是喜欢它。它有点像《日落大道》（*Sunset Boulevard*）的讲述方式，从那个男人（斯科特·托森）的视点讲述谁是1977年到1982年间他的情人。是托森的赡养费官司把利伯雷斯公之于众，因为利伯雷斯一直否认他是同性恋。

我认为索德伯格是伟大的电影人之一，所以和他工作总是很好的机会。所以，我在2008年写了一份草稿，然后在去年9月，我快速重写了一个。迈克尔·道格拉斯和马特·达蒙分别扮演利伯雷斯和斯科特·托森。我对这部片子非常兴奋。史蒂芬决定为HBO拍这部电影，在那里我们将有更多的自由讲故事。我只是根据赡养费官司的书面证词做了一些小的重写。奇妙的内容。史蒂芬和我回到法庭记录和找到的精彩材料，对《永不妥协》做了一个类似的重写。

作者：所以它是基于一本传记。你改编小说的时候是采用同样的方式处理吗？

理查德：是的。但事实是，这是一个人，这是他们的观点，所以我也只好在字里行间给它添加我认为是的东西。有一行引文提到的一些东西激起了我的兴趣，并且我对一个场景有了想法，这场戏说了大量关于角色和人物关系，所以我采用了书的结构。我又增加了层次，我觉得从主题上我能够应付它。但一切要发生的，发生了。这条参考引文提到利（利伯雷斯的昵称）带斯科特去德国路德维希二世的城堡。利伯雷斯认为他是这个国王的转世。所以，我查找了国王路德维希二世的资料，他竟是一个压抑的同性恋国王，他建造城堡并且一遍又一遍地装饰，这正是利伯雷斯干的事情。我觉得这将是一个真正有趣的场景，让托森带他去那里然后让利伯雷斯来一段我称之为我

---

[48] 《烛台背后》（Behind the Candelabra），是讲述美国音乐家利伯雷斯生平的传记片。译注。

的"巴顿将军"式的独白，就像乔治·C·斯科特[49]谈论亚历山大大帝，他告诉我们他现在的感受，通过路德维希国王，他能够成为他自己而且不会为此受到惩罚。这是利伯雷斯在他的头脑中对他滥交行为的合理化。讽刺的是，他经历了这样的性解放和自由，导致他丢掉了他的命。因此在结构上，这些东西是你加上去的，是根据自己的经验和我现在对历史、对把一个发生在30年前的故事带到现在的立场。

## 作业

给你的剧本找出三种不同的结构方式。你可能会发现，从"其间"构思其实是一种更有力和更吸引人的开头方式。

---

[49] 乔治·C·斯科特（George C. Scott），美国著名演员，在电影《巴顿将军》中扮演巴顿将军。译注。

## 故事结构的多种变体

| | 类型 | 示例 | 注释 |
|---|---|---|---|
| 1 | 线性/闪回 | 《廊桥遗梦》《米尔克》《泰坦尼克号》 | 主要生活在现在，用闪回揭示过去发生的关键事件。 |
| 2 | 线性/前闪 | 《现代灰姑娘》《你可以信赖我》《猩球崛起》《禁闭岛》 | 从过去开始以展现关键事件，然后向前跳到未来并保持在那里。 |
| 3 | 闪切 | 《美国丽人》《解后大丈夫》《日落大道》 | 使用无对白，非常简要的闪切揭示关键信息。 |
| 4 | 书档式 | 《双面情人》《罗拉快跑》《改编剧本》《奇幻人生》 | 从现在开始，影片大部分是过去，回到现在结束。 |
| 5 | 平行故事——时间相同 | 《社交网络》《午夜巴黎》《老爸斯的故事》《美丽心灵的永恒阳光》 | 两个故事在相同的时间展开，两者都位于相同的"世界"和时间。 |
| 6 | 平行故事——时间不同 | 《撞车》《毒品网络》《真爱至上》《战马》《山水又相逢》 | 两个故事在相同时间发生，但是在不同的时间段里。 |
| 7 | 合奏式故事——通过主题统一 | 《十一罗汉》《偷天换日》《无耻混蛋》《X战警》《挽救大兵瑞恩》 | 在一个大议题上把多个视点。 |
| 8 | 合奏式——通过团队统一 | | 一个任务把多个视点抓在一起。 |
| 9 | 合奏式——通过家庭统一 | 《温馨家族》 | "家庭"纽带把多个视点抓在一起。 |
| 10 | 合奏式——通过特殊环境统一 | 《科将潘档案》《死亡诗社》《圆门之地》《早餐俱乐部》 | 特殊环境"把多个视点抓在一起。 |
| 11 | 道路旅行 | 《雨人》《落难见真情》《关于施密特》 | 旅程就是故事。 |
| 12 | 中点—闪回—追往 | 《落水狗》《贫民窟的百万富翁》《职业特工队》 | 从中间的一个危机点开始，经过过去的事件赶上来，结束故事。 |
| 13 | 时间顺序反向 | 《记忆碎片》《不可挽回》 | 时间反向运行。 |
| 14 | 之字形/跳房子 | 《利落处的500天》《口足心非》 | 时间向前和向后移动，接近"随机"。 |
| 15 | 酶化式 | 《时间刻刻》《爱情是狗娘》《21克》 | 讲述三个交织在一起的故事。 |
| 16 | 平行宇宙 | 哈利波特系列、纳尼亚传奇系列、《盗梦空间》 | 平行涵盖里的双故事引擎。 |
| 17 | 超时空 | 《土拨鼠之日》《源代码》 | 让角色在穿过相同时间的不同时刻时，自到他们"修复了某些东西"。 |
| 18 | 画外音——可靠的叙述者 | 《肖申克的救赎》《甜心先生》 | 叙述者朴实、诚实和可靠。 |
| 19 | 画外音——不可靠的叙述者 | 《撞击俱乐部》《非常嫌疑犯》《日闻笔记》《他和他和她之间》 | 叙述者玩弄我们的期望、误导我们等。 |
| 20 | 例外 | 《生命之树》《低俗小说》 | |

图8.2

# 第9章
## 火花是什么?

### 用一个"刺激性事件"勾住你的观众

    大多数经纪人、制片人和制片厂主管在决定是否发出"通行证"之前,只读你的剧本的前10页——所以强烈建议尽可能快地启动剧情。第10页是常见的基准。《肖申克的救赎》,第10页是安迪到达肖申克监狱的时候。这个事件被称为刺激性事件。

    这种事件可以稍后一些发生吗?当然可以。在《127个小时》中,直到第24页,巨石才困住阿隆·罗尔斯顿(詹姆斯·弗兰科 饰)的手臂。它可以更早发生吗?当然。可以认为,《继承人生》(*The Descendants*)的刺激性事件发生第1页,当时马特(乔治·克鲁尼 饰)的妻子伊丽莎白碰到了几乎致命的划船事故——而这个刺激性事件的效果漂亮极了。但大多数剧本需要大约10页来设置并使我们沉入你的主角(们)的"平凡的世界"。约瑟夫·坎贝尔将它标记为平凡的世界,因为它建立了某种形式的常规惯例或你的主角的生活中或多或少的"典型"一天——这样你就可以用所谓的刺激性事件打乱常规。

    我不会太介意是否精确地打中第10页这个目标,而且我强烈建议你不要盲目地投入到任何一个僵硬的范例。如果有绝对的公式,每一个剧本将是辉煌的——但我们都知道事实并非如此。如果它有效果,那它就有效果。如果剧本没效果(根据你自己和你信任的建议者取得的共识),那么页码基准可以是一个非常有用的诊断工作。底线是在第10页的底部问你自己这样的问题:我的读者将不得不翻下一页继续阅读吗?

    **在一些电影中,刺激性事件是正好直接或间接发生在主角身上的东西,然后他被迫做出反应。**

    例如,《永不妥协》中的埃琳·布罗克维奇(朱莉娅·罗伯茨 饰)在十字路口遭遇一场交通意外,她为她的受伤寻求法律援助。这个初始的不幸把她引向最后的幸福。

在《暴力史》（*A History of Violence*）中，间接的刺激性事件集中在两个无情的马仔——比利（格雷格·布莱克 饰）和利兰（史蒂芬·麦克哈蒂 饰）身上，他们出去大开杀戒，然后潜逃。后来，比利和利兰进入沉睡中的田园诗般的小镇。比利冷笑道，他已经厌倦了无名小镇。他们需要钱。这使得这两个下层人士和我们的英雄——汤姆·施塔尔（维果·莫特森 饰），一个现在是平和守法有妻有子的公民的退隐杀手——发生了冲突，不过，他一直用化名生活，而他将被迫在第一幕的结尾（第24页左右）"暴露"出他危险的一面。

在《美国丽人》中，刺激性事件发生在第10页左右：一个新邻居搬进博哈姆家的隔壁，而让人不安的邻居小孩里基（韦斯·本特利 饰）拍莱斯特的录像。但是直到第16页，莱斯特第一次看到安吉拉·海斯（米娜·苏华利 饰）在体育馆跳舞——这一刻像岩石击中了他的世界，把它砸开了一道巨大的裂缝。

《孩子们都很好》（*The Kids Are All Right*）中的刺激性事件是，冷冻精子库打电话给保罗（马克·鲁弗洛 饰），以确认他是那名精子捐献者，而保罗告诉他们，按精子接受者的要求提供他的联系方式给精子接受者是没有问题的。在第13页，保罗的生物学意义上的亲生女儿和儿子，乔尼和莱塞，同意去见保罗。需要注意的是孩子的妈妈（安妮特·贝宁和朱丽安·摩尔 饰）直到第25页才发现这一切。

**刺激性事件（通常）会导致危机在第一幕的结尾（第25页左右）全面爆发。**

在《当幸福来敲门》中，"刺激性事件"是，克里斯·加德纳（威尔·史密斯 饰）看到一名成功的商人从一台法拉利车上下来——然后克里斯问这个人是干什么的。他是一名股票经纪人。这个看似平常的偶然相遇在财务困窘的克里斯心中种下了希望的种子，到后来去追求一个在丁威特公司的无薪实习职位，以便有机会成为股票经纪人。在培训期间，克里斯身为一名新晋单身父亲将要拼搏，他必须为他年幼的儿子找到力量保持乐观，并且必须每天为他没薪水的工作穿西装、打领带——而事实上他们无家可归。最终，他的冒险有了回报，他得到有薪水的股票经纪人的工作。

在《社交网络》中，刺激性事件（在第10页）是，被女友甩掉的醉醺醺的马克·扎克伯格（杰西·艾森伯格 饰）做了一个网站，让用户对大学女生进行比较和排名。直到第24页，双胞胎兄弟卡梅伦和泰勒·文克莱沃斯（全部由艾米·汉莫饰演）向马克作自我介绍并且说他们有个想法想和他谈谈。在第10页和第24页，我们前闪到法院取证室，预示了一场巨大的法律战是不可避免的。和我们已经看到的那个不安但是天才的大学生不一样，取证室里的这个马克要谨慎和好斗得多。取证的场景为过去的每一个场景提供了对位点，以及嘲讽和潜台词。

《失踪人口》（*Gone Baby Gone*）的刺激性事件是，私人侦探安吉和帕特里克（米歇尔·莫纳汉和凯西·阿弗莱克 饰）勉强同意接下失踪小女孩的案子。在《城中大盗》中，当银行劫匪道格（本·阿弗莱克 饰）在洗衣店监视克莱尔（丽贝卡·霍尔）的时候，刺激性事件发生了。

《阳光小美女》的前16页，构建了住在阿尔布开克，陷入困境的胡佛一家人的平凡的世界，雪儿（托妮·科莱特 饰）为他们带来了一桶炸鸡。刺激性事件在第17页出现了，表现形式是雪儿姐姐的答录机留言，她带来一个消息称，一个女孩放弃比赛而亚军奥利弗（阿比盖尔·布莱斯林 饰）现在可以去参加在加利福尼亚雷东多海滩举行的"阳光小美女"大赛。每一位家庭成员的反应不同：从狂喜到"见鬼，不。"第一幕的危机点出现在第27页，理查德（格雷戈·金尼尔 饰）意识到奥利弗的比赛可能是这失败者家庭唯一的成功机会。理查德也认为这是一个机会，可以路试他的"赢家"策略，所以当奥利弗让她的父亲相信她能够也将赢得选美比赛时，理查德宣布："我们要去加利福尼亚！"这是一场危机，因为他们没人相处融洽，他们全部都没钱，他们的大众车也超级靠不住。这是一场不可能但是必须的旅程。答录机留言让他们有机会摆脱他们的平淡常规。第一幕的结尾是，他们实际上打开了一条铺满喜剧和不幸的道路。

我经常引述已故作家斯坦利·埃尔金的一句精彩的话，是这样说的："我永远不想写一个不是走投无路的人。"所以，不要仅仅使用前十页来"铺垫"，写拙劣的阐述。从一个已经在某些方面绝望的角色开始。作为编剧，如果我们的目标是故事中的戏剧性热量，那么就从第1页起就注入尽可能多的可信的冲突把——不论是什么电影类型。

---

在一些电影中，刺激性事件由角色所做的一个活跃的选择（或风险）带来，角色从他的平凡的世界迈出一步，让他的生活发生了变化。让我们关注他的困境。让我们担心你的主角的每一次转折，因为如果没有我们的感情投入，就没有任何悬念。故事中没有一个动态的贯穿线将极有可能只是平直线。

---

## 专访：编剧/导演 埃德·所罗门

### （Ed Solomon）

### *埃德·所罗门电影年表*

**代表作：**

《惊天魔盗团》（*Now You See Me*）（2013年）

《幻想之地》（*Imagine That*）（2009年）

《特务亲家》（*The In-Laws*）（2003）

《乞赎的灵魂》（*Levity*）（兼导演）（2003）

《霹雳娇娃》（*Charlie's Angels*）（2000）

《黑衣人》（*Men in Black*）（1997）

《伴你闯天涯》（*Leaving Normal*）（1992）

《比尔和泰德畅游鬼门关》（*Bill & Ted's Bogus Journey*）（1991）

《比尔和泰德历险记》（*Bill & Ted's Excellent Adventure*）（1989）

**作者：**我想和你谈谈所谓的刺激性事件，很多编剧大师说它应该发生在第10页。当你启动一个剧本时，这对你有多重要？

**埃德：**我们必须发自肺腑地知道我们的角色是谁，然后有些事情一定要发生，使这个故事有看头。我可以诚实地说，在我的整个生活中，我从来没有想过刺激性事件，我也没用过这个术语，除了把它用在这个问题里，"等等，刺激性事件是什么？"我从来没有真正考虑过它。我希望人们对故事感兴趣。我不想让他们等太久才对故事产生兴趣，但我的经验是，只要这个故事写得足够好，那么人们就会很感兴趣的。在故事起步的时候，观众让它休息一下，但观众凭直觉知道他们是否会很快入戏。这是种感觉，让你坐下来，把电影需要的信任拿走。除非导演或编剧打破了这种契约，观众就会产生怀疑。

几乎每一次我认为需要写25页的时候，最终其实只需要7页。筛选再筛选，然后你意识到人们可以抓住很多，速度比你想象得快了很多。不是因为现代观众习惯于更多更快，而是因为人的大脑能够更多更快。

因为人的大脑能够投射你的故事的各种意思，你意识到你需要设置的东西远远少于你的最初所想的设置。

我参加过一个叫做卡西·科尔曼的女人开的写作班，小说写作班，我们常常在开始上课的时候做这种练习。你写一个句子，然后你把它折起来然后把纸交给你旁边的人，然后他们会写一个句子。这个课吸引人的地方是，你认为完全没意义的话，就在下一位写完之后，产生了意义，因为你的大脑实现了全部的飞跃，如"这个人一定是这样的。"你制造了所有这些假设并且你把所有的经验融入到它的意义，或者如果你在看什么东西，融入到你看到的景象。我在这个练习中认识到的是意义仅有一半。所以，当你认为你需要一个场景来为某个人设置某些东西的时候，你真正需要的只是一句台词或看一眼。我觉得应该发生在第20页的，不过通常需要发生得更早些，所以逐渐地我的剧本开始看起来像是在第10页左右有一个刺激性事件。但是，这不是因为我在说，"我需要一个刺激性事件"，而是因为，我开始感觉几分钟后有些事情需要开始发生了。

作者：对你来说，更多是靠直觉。有两件事：一，我和斯科特·伯恩斯交谈过，《世纪战疫》是他写的，他说，（史蒂芬）索德伯格谈了那么多关于过渡的重要性，以及如何在切换中讲故事，就是创造故事的叙事驱动的东西。这听起来有些像你在科尔曼做的那种练习。每次纸被折起来，而每个人都写了别的东西，它就像一个新的"切换到："如果你到了这个新的地方，那观众会说，"好吧，那我可以把让我们可能到这个点的那些事情填充起来，不过如果跨越过大那么我们就丢失了它们。"只要这是合乎逻辑的，即使一开始有点神秘，我们一定程度上会跟它一段时间，因为我们也在路上。

埃德：我绝对相信是那样的。那一定程度上，当我们编写剧本时，所有一切都需要被包含在那个场景中，而你意识到的实际上是一个序列或序列的序列。在你经过这些序列的时候建立了意义。它和接下来的事情结合在一起，这些事情让人对意义有更深刻的感知，从而创造你的作品中真正存在的东西。如果你这样想，"嗯，现在，他需要说这个，然后她需要做出这样的回应，因为观众真的要来倾听我的人物在这里说的话"，那么你会在场景中迷失，事实是，人物说的话只是他们拾取的整件事情中的很小一部分。对我来说，发生什么事情要重要得多，在某种程度上要优先考虑。我倾向于沉浸在情绪、影调或声音的声响中——微小的细节。我理解斯科特（伯恩斯）话的意义。

作者：特别是《世纪战疫》甚至《毒品网络》这样的电影，影片里你在许多角色和许多地点之间来回切换，而观众能够把剧情接起来，即使你跳转到几天或几周或几个月之后的下一个序列也是如此。只要观众投入到角色上，观众就可以填补许多内容。这里与过多解释他们究竟是如何走到这个地方的关系很少，而更多的是关于他们的目标是什么，他们正在试图完成什么及为什么。你是否有意识地思考利害关系？例如，在《黑衣人》中，爱德华兹（威尔·史密斯 饰）决定成为一名黑衣人的时候，他基本上是对他的生活说再见。这是一张单程车票。当然，编剧的一个困境是激发动机。在《黑衣人》中主角似乎被两件事情激发：一是他看到了发生在停车楼屋顶上的那个家伙身上的超自然的事情；另一件是那家伙说，世界要终结了。我猜他觉得要靠他来协助制止这种事情发生。那是你的想法吗？目标和利害关系这两者你应该思考多少？他们应该没有实现目标吗？

　　埃德：人们总是认为，世界的命运将会提高电影中角色的利害关系，对观众也是如此，但它从来不会。它是完全理性的事情。因此，我的角色要更加努力吗？它不会这样的。首先，人们在电影里真正关心的更多的只是个人的事情。但是，特别是说到《黑衣人》，关于詹姆斯（爱德华兹——威尔·史密斯 饰）这个角色必须放弃的东西，有许多是早在我对这部电影的最初的创意中就想好了的，而我真的花了很多时间在他过去的生活上。最初，它是一个小镇，他放弃它了，然后他不得不回到这个再没有人知道他的小镇——这是原来故事的一部分。然后，我们改变了它，把它移到纽约。然后，有了那些关于他为什么放弃一切的交谈。最终他放弃了，因为它很酷，而且从来没有人问："在这之前他是什么？""他放弃了什么？"你说得对，他放弃了一切。但是，没有人在意。所以，对我来说，你提到的这两件事，它们只是关于建立情感的拉动力，"等等，我们想看看另一面是什么。"因为我们对他的过去一无所知，我们没有碰到从他的过去来的任何一个人，而你碰到的唯一一个人是那个混蛋警察，但你一点都不在意他。从我们所知道的范围来说，他是一名纽约警察，你不关心他的离开，你只是想他接下来会带你去这个世界的哪个地方。在那个疆域里真实和世俗是并列的。

　　作者：这是基调的一个功能，因为你建立一个真正好玩的基调，即喜剧和科幻。对我来说，这是影片成功的一个重要组成部分。幽默的效果那么好，使我们得到那么多的欢乐。这完全不是一个坚毅的现实故事，所以你跟着剧情走。人们感到它几乎就像一本漫画书，或者更细致入微的漫画样式的故事——像一则寓言。

　　埃德：基调是被讨论过很多次的事情。我一直觉得对于《黑衣人》这部片子，我对它的基调应该是怎样的有一种与生俱来的感觉。它是开心好玩和大方的，意味着电影的态度是，"嘿，大家都来看一看瞧一瞧。我们都进来在这个地方一起玩吧。"所以，这是第一个地方——一个需要建立一种好玩的心情的地方。然后，你愿意接受信仰的一些飞跃。关于有多少是喜剧、又有多少是科幻的讨论早期一直不顺利。我记得汤米·李·琼斯铁青着脸跟我说："你一定要确定这是科幻片还是喜剧片。它必须是其中的一个。"而且，我记得他说过："它不是一部好到能成为一出戏的科幻小说。"你需要一些喜剧提供的信心。你需要感觉到这是一部喜剧，所以你愿意相信我们在这里设想的这种荒谬。对我来说，整个事情是一个喜剧前提，但它是一个好玩的喜剧前提，从另一个层面来说，前提的背后可能潜藏着另外的人，而这些一本正经的家伙完全能够接近。视点——成为早期的一个大问题。它是J的视点，威尔·史密斯扮演的角色，或者是汤米·李·琼斯的视点？在这部电影中有两个演员，汤米·李·琼斯刚刚因为《亡命天涯》拿了奥斯卡奖，他是扮演特工K的第一人选，所以我奉命从K的视点改写这部电影。我强烈怀疑的是，这样做实际上会破坏喜剧效果，而这是我觉得需要的。这部电影必须从这个视点把观众带入这个前提。

作者：对，然后你就可以有那些精彩的片段，他在实验室造成问题，因为他不知道怎样做更好。

埃德：我在想，他像观众一样相信，这个世界是我们知道的唯一的世界，但是突然发生了什么事情，他说："不，这个世界和你所想的有那么一点不同。"当他开始获得他的平衡能力时，他看到了他的整个世界如何变得不同——那个世界里的东西开始改变。他必须开始应对它并获得他在行进时的抗晕能力。不过，汤米·李·琼斯的角色性格在那部电影里没有改变。威尔·史密斯的性格经历了完整的弧线。汤米·李·琼斯也有一点小弧线。

作者：汤米·李·琼斯有那种能力，他可以打破早前设置的规则，他能与妻子沟通，他最后要退休并回去。

埃德：是的，这是正确的。

作者：在你开始写剧本之前，你写大纲或者使用任何类型的规划文件吗？

埃德：大多数时候，我写大纲。我发现，每一个脚本有不同数量和风格的大纲是必需的。有时在脚本的每一个阶段，需要不同的处理。我现在工作的一部分，是去理解什么东西适合这个脚本的某个阶段。有时候，我的大纲详细得让人不敢相信。有时候，我用粗线条写大纲。有时候，我得到一个模糊的大纲，然后我会把大纲放到我的前头，就像我前进时排好的一个跟踪器。我发现，一般而言，知道得多比知道得少要更好。我通常会发现反正有这么多东西要找到。我会很乐意给你提供大纲或我的记事版的例子。我办公室的每一面墙上都是金属的可以干擦的白板，这样我既可以用磁铁往上粘东西，也可以在上面写。（我的新）赛车电影，我在这些板子上写了非常详细的大纲，然后再也没有看这些板子上的大纲。它在我的墙上有一年的时间，像是我不会注意的墙纸。然后，我做了一系列的打字大纲。我会很快地打字，通过手指写作的过程可以帮助我思考，并添加新的东西。我在自己的写作中找到一种感觉，每一种不同类型的表达，似乎来源于大脑的不同部位，而每一种表达似乎用不同的方式告知我正在工作的东西。所以，有时对面坐个人和我谈论我想写的东西真的有帮助作用，然后有时候仅仅是通过打字和手写——而我经常发现，和仅仅用第1页、第1场等这种形式相比，写给某个人会让我更容易写大纲。有时候我写给制片人或导演或我的朋友："亲爱的尼尔——我想要完成的是去设置一个有趣的开场，这个开场让我知道……"在我这么做的时候成型的影像会来找我——一些如何描述这或那的方法钻入脑中……然后我就开始写东西，而内容实际上已经明确了。有时候，我觉得最好写在白板上，然后把它作为一个概述来看。我发现，所有这些不同的事情，如果使用得当真的会帮助我。所以，去某个地点似乎在一个特定的阶段有帮助。虽然我可能需要在不同的地方，因为我需要不同的视觉线索。我不知道它是什么，但是要保持新鲜地看着它，我不能全部从同一个地点来做。如果我只是坐在同一张桌子后面，看着同样的墙，那它几乎就像虽然我记住了一道车辙，却不知道我到了哪里。

作者：无论何时，当你从不同的角度来看某些东西时，它会为你打开另一个完全不同的天地，我认为这真的很有用。有一个中心问题或中心谜题有多重要？我在课堂上经常使用的比喻是，当编剧你就拥有了所有的力量，因为只有你知道你有什么牌。你会想保留一些东西直到第三幕才揭晓吗？

埃德：那要看你说的故事以及你想怎么去做。每个故事都是不同的，但绝对可以说，不管是技巧、艺术或者随便别的什么，我们做的只是试图找出最有意义最有趣的方式来讲述自己的故事，而其中很多是你隐瞒的和你提供前进的。有时候，大概在剧本一半的时候，角色到了一个我个人不舒服的地方。我觉得我会反对真的推动角色到那个我感到不舒服的地方去。所以，有时候这是一个问题，有时候我有点过于排斥而我想把一切都早一点说清楚。所以，我意识到，"不，不，不——只是隐藏起来后面再揭示。"这是一个舞蹈，你不断在做的事情。

作者：我想另一种说法是，让观众产生想知道更多的欲望，因为这就是你想要他们做的。你希望他们充满了期待，你想要他们想知道更多。这是让人想一口气看完的原因。

埃德：这些事情能以线性方式发生，它们也有可能发生在几个事情同时发生的时候。有各种各样的方式去创造找出接下来发生什么的需要。一种是，你有一个角色，他着迷去看要去哪里；另一种是，一个角色恰好知道一些其他角色不知道的事情。所以，你要搞清楚保留了什么。他们要去找出来吗？

作者：所以，给信息建立某种紧迫性。在《黑衣人》里面，他面对的可能是他一生中最重要的决定，无论他参加还是不参加。我们感兴趣是因为所有人都在想，"如果这事发生在我身上我会怎么做？"你会在一个故事里投入多少？你会想，"我会怎么办？"还是会思考观众把自己放在这种情况下吗？或者，你更关心故事而不是观众吗？

埃德：我尝试把故事、观众和我自己全部看成一场共享盛会的其中一员。所以，写一个我不理解或者不能看到我自己在里面的角色，对我来说非常难。我有个故事，是关于三个在一个小赛车联盟的少年，主角是一个女孩。我不是一个从印第安纳波利斯来的17岁女孩，所以写她我真的很挣扎，直到我突然明白了自己在她里面—— 这并不意味着这个角色完全和我一样，因为在纸面上，她和我如此的不同：她的节奏，她的腔调，她的一切。但是，一旦我能够吸引她的那一部分也吸引了我的一部分，我就能够深层次地理解她。现在我知道她在每一个转折点会做的一切，我也接受了她那让我吃惊的性格在某种程度上她的性格是真实的，并且不觉得做作。一个角色从这里开始有了生命。这是从内涵的角度理解角色，角色突然从我这里获得了自由。

作者：在《黑衣人》的角色里有多少是你？你有没有试过去想象，如果有人走到你身边然后问你是否会愿意把你的生活抛在脑后？

埃德：对于《黑衣人》，我真的没有想过。这更多的像是，如果我置身于我自己的生活，我想在一定程度上投射一个真正酷版的我自己的生活。我会怎么做？好玩的是什么？这让我笑了，我想这会真的很酷。最初，威尔·史密斯的角色是在特勤局。如果你在特勤局，你处在你的职业生涯的顶峰，因为你要保护世界上最重要的人，美国总统。然后你发现，没有什么和将要发生的相比的了。而且，如果那些事情发生了会发生什么，但你没有接近它，但有人做了，而且那个人邀请你加入？这是让我着迷的。那不是我，威尔·史密斯版甚至一点都不像我。现在，也许在一定程度上，最初的角色有点像我，但不是真的。而且，特工K，汤米·李·琼斯扮演的角色——那些家伙和我非常不同——他们彼此很不相同。

作者：你是如何创造他们的？他们从哪儿来的呢？他们是根据你认识的人创造的吗？做研究吗？

埃德：他们只是编造出来的。这很有趣，《黑衣人》大概是我所做过的最成功的事情，但也可能是最不带个人色彩的方式。但是，我为它工作了好多好多年。因此，它不是我匆匆写就的。这很难。有很多非常好的人也在为它出力。其他有才华的合作者，如导演、制片人和各种关键的制作人员。有大量真正有才华的人在他们的领域从事顶级的工作，所以我真的很幸运能得到这样的帮助。

作者：最后一个问题：你的新的赛车项目是根据什么写的呢？有没有素材？是原创的吗？

埃德：梦工厂买了一部好看、精彩的纪录片，是关于在卡丁车世界里的12岁的孩子，片子叫做《赛车梦》（*Racing Dreams*），是马歇尔卡莉（编剧/导演）做的。但是，这部电影不是那个故事，因为有不同的角色。我如何讲三个人在一个赛季里的故事？是什么把他们绑在一起？有趣的事情是什么？后来我意识到，他们都希望取胜。所以，我做了一点研究，我发现可以在那个赛季结束时给积分冠军提供一种奖品，以这种方式，你可以从理论上构建一部电影，在那里一切都归结到最后一场比赛而那场比赛的获胜者将可以成为一名专业车手。找视点和角度花了我一些时间，但是一旦你得到了，一切才有意义。直到那一刻之前，你都觉得是混乱的，是迷失方向的，你甚至怀疑你是否知道怎么写。我知道故事来自这个女孩的视点，但是它也有三个角色。我需要切换到每个角色吗？我需要给他们各自进行设置吗？我需要给所有三个人各自进行设置吗？结束这个工作的是通过她的观点，介绍第一个男孩，然后介绍第二个男孩。

作者：它实际上让所有编剧感到非常欣慰，尤其是对新手，因为我觉得每个人都认为这只是他们的挣扎和对抗，并且尝试找到故事。这只是一些大家都要经历的事情。经验给予你的是，可能你不会那么恐慌，因为你之前已经经历过了。

埃德：或许你只是在此时认出恐慌是恐慌，其实你一直在体验它。不过，我觉得每一个阶段恐惧都是存在的，并且感觉很真实。而令人害怕的是："噢，我的上帝，我会像个编剧一样来完成它吗？我将一直维持我作为编剧的职业生涯，或者我能作为一个编剧来做它吗？或者说我作为编剧已经失去它了吗？"这种害怕在每一个阶段感觉很真实。我认为管理它是一个大问题。我认为我作为一个现在的编剧和我作为一个20年前的编剧的主要区别是，我知道怎么去读我自己的剧本，并且知道修改它们大概要花多少时间。我知道在我真正认为好了之前我要写多少份草稿。我也知道什么时候该停止把颜料涂到画布上。而且，我知道我完成时的那种感觉，那是一种得意，是不被相信的感觉。这不是要用一个实际的指标来衡量它有多好。当我有一些时间空闲而且重新读了它，或者我把它给四五个人并且已经得到了一些反馈，我知道这样更容易相信它。

作者：**我要在这里打断你了**。2011年10月17日的《纽约客》对皮克斯公司的安德鲁·斯坦顿有一个精彩的专访，他说："要尽快出错或尽早失败。每一部电影就像一个孩子，而没有孩子能避开青春期。一头扎进去吧——把应该用3个月得到的大纲在1个月完成，那么你就把肯定不好的东西拿出来了，然后有更多的时间加上好的东西。"每个人都看到了皮克斯完成的作品，它们看起来是那么辉煌和完美，但是它们也经历过这么多试验和错误。他们把那么多东西丢掉，在恰到好处之前不让电影上映。听到人们说他们经历了试错期总是让人欣慰，这也是你要说的话了。

## 作业

检查你主角的背景故事，在第1页对他的十大优先考虑的事情做一个分层列表。他的生活惯例是什么？他是否每天早上从同一家星巴克买一杯咖啡，然后总是搭同一班火车，"刺激性事件"可能是那天他的钱包被盗，导致对事件的一连串反应最终螺旋下降成为第一幕结尾的全面危机。画出你的主角意图或预期的旅程，然后扔进一些干扰——用一个意外的机会。这种机会往往一开始觉得像一些积极的东西，但进入后的情况超出了他的控制。看看你能不能用一个三管齐下的"陷阱"表现这种情况。

# 第10章
## 陷阱是什么？

### 在第一幕的结尾把你的主角推入危机

　　这个危急点将有效地诱使你的主角进入一个字面或比喻意义的"陷阱"，这个"陷阱"迫使他做出行动——往往非常勉强的行动。这个活跃的目标是"A计划"—— 必须是迫切的，具有挑战性的任务。并且，完成这个挑战越困难越好。理想情况下，A计划将支撑电影整个第二幕。

　　**理想情况下，A计划激发了你的主角，使之根据需要与欲望，产生重新获得他的命运的控制权的需要。**

　　当你处在危机之中，你必须做些事情——否则后果不堪设想。利害关系是你的主角不采取行动的后果。如果A计划完成，他会有所得或胜利。如果A计划失败，那么他会失去一些有价值的东西。这个+/-是戏剧性热量的来源。

　　在《好孕临门》（*Knocked Up*）中，23岁游手好闲的瘾君子本·斯通（塞斯·罗根 饰）得到一个幸运的夜晚，在俱乐部泡上了漂亮的A型职业女子艾莉森·斯科特（凯瑟琳·海格尔 饰）。他们聊天、玩闹、跳舞，并且第22页发生关系。第二天早上，即使还处在宿醉后的晕乎之中，他们也立刻意识到，他们没有任何共同之处。她和他不是一类人，而且她认为他让人恶心。没问题——她只是有自己的方式。无害，无臭。他失望了；她解脱了……直到第28页，我们切到"八周以后"，她惊恐地发现她怀了本的孩子。这是艾莉森的危机点，但本仍然快乐地一无所知……直到第37页，他接到她打来的一个电话。他们去吃饭，他为再次见到她而欲火中烧……直到她扔出一枚炸弹，她怀孕了而他是孩子的爸爸。本惊呆了，指责她不负责任。他们争吵。她为是否要保住宝宝痛苦不堪；不知道怎么做才对她的职业、她的生活方式和宝宝最好。当她向本说出她决定留下宝宝时，他非常激动和高兴。对他来说，让这位华丽的、成功的陌生人意外怀孕了，可能发生在他身上的最好的事情。这里需要重点指出的是，本的危机点分阶段在进化——非常符合伊丽莎白·库伯勒-罗斯㊿的悲痛五阶段：否认，愤怒，讨价还价，沮丧和接受。最后一个阶段是本真正的危机点，因为一旦他理智上接受他会成为一个父亲，他需要忍受他的不成熟。为了不失去艾莉森，本必须长大——而他只有7个月来做到这一点。

在《在云端》，当瑞恩·宾汉姆的（乔治·克鲁尼 饰）介绍给年轻、张扬的娜塔莉（安娜·肯德里克 饰）和她的时髦词语"全球本地化"，他的危机点来了。娜塔莉是瑞恩老板带来的一名效率专家，目的是简化操作并让公司的裁员专家待在本地——这样他们就可以通过互联网进行远程裁员，而不是全国各地到处飞。由于瑞恩的生活目标是他的游牧式的、无牵无挂的生活方式，而他希望积累飞行里程和酒店的会员积分——所以娜塔莉是他最可怕的噩梦。瑞恩感觉被公司政策困住了，瑞恩花了第二幕的大部分时间决定保护自己的领地。他必须破坏娜塔莉的新协议，以便回到自己的舒适区域——在空中。在新方案的路试过程中，瑞恩成功废除了娜塔莉并把她送走了，但当他遇到了美丽的旅行主管亚历克斯（维拉·法梅加 饰）的时候，他也起锚了。亚历克斯和他每个方面都匹配。她聪明、性感、有趣、迷人、冲动——并且结婚了。最终，瑞恩让他的公司生活回到原来的轨道，但在他的个人生活中的空白已经到来，而他接下来要去的是一个未知的目的地。

**第一幕的设置常常是字面或隐喻的"陷阱"。**

陷阱往往是一个三步骤的过程，分解如下：

第10页：陷阱通过反派或一个（貌似正面的）机会设置。

第17页：主人公步入陷阱。

第25页：陷阱裂开——通过超出主人公能够控制的情况。

在《末路狂花》（*Thelma and Louise*），第一，两个朋友（吉娜·戴维斯和苏珊·萨兰登 饰）出发去钓鱼（陷阱被设置）；第二，她们停在路边的小店喝些饮料解解闷（她们踏上陷阱）；第三，陌生男子调戏黛玛，试图在停车场强奸她，而路易斯最后开枪打死了强奸犯（陷阱裂开）。现在，由于路易丝的复杂背景，她们必须逃跑避免被逮捕。

在《蝙蝠侠：黑暗骑士》中，刺激性事件是蝙蝠侠在银行金库拜访高登警长（加里·奥德曼 饰），发现臭名昭著的小丑（希斯莱杰 饰）回来了，

---

㊿ 伊丽莎白·库伯勒-罗斯（Elisabeth Kübler-Ross，1926—2004），美国精神病学家，濒死研究的先驱，1969年出版了开创性的著作《论死亡和濒临死亡》，书中讨论了她的"悲痛五阶段"理论。译注。

目的是偷走犯罪团伙的钱（小丑设置的陷阱）。这迫使蝙蝠侠优先考虑把他的超级英雄行为马上全部转移到黑帮银行。高登问小丑怎么办？蝙蝠侠说："一个人还是整个黑帮？他（小丑）可以等。"并且等到他愿意。但是我们知道小丑把蝙蝠侠引进了一个陷阱。目的是测试蝙蝠侠不可战胜的能力有没有局限。黑帮暴徒可以利用，因为他们贪婪并渴望权力；但小丑一点儿也不在乎钱，他唯一的目标就是摧毁高谭市——小丑认为这超越了救赎。蝙蝠侠的危机点是小丑的愤怒。小丑考虑的全部是消灭蝙蝠侠。但蝙蝠侠要去做的不仅仅是征服小丑，也是为了保护高谭市的好市民。小丑利用蝙蝠侠的"不利条件"：他的英雄主义。而陷阱裂开了。

**失败不是一个选项。**

一个强大的危机点迫使主角积极主动。他们必须制订一个计划。没有退路；他们要么已经自己断了自己的退路，要么其他人已经把他们的退路毁了。

在《饥饿游戏》（*The Hunger Games*）中，很明显，凯特尼斯（詹妮弗·劳伦斯 饰）除了赢得比赛别无选择。她主动参与有生命危险的比赛，以保护她的小妹妹，并且赢得比赛也将有助于挽救她的家庭和她的整个社区。她的危机点是游戏的开始。

在《猩球崛起》中，主角凯撒从他的人类"爸爸"威尔（詹姆斯·弗兰科 饰）身边被夺走并被送到一个动物庇护所生活，危机点出现了。现在受到悉心照料的凯撒必须照顾它自己——首先，对抗庇护所里的其他大猩猩，然后对抗负责庇护所的暴虐的人类。

在纪录片风格的科幻惊悚片《第9区》中，威库斯·范·德·马维（沙尔托·科普利 饰），是名"多国联合"的军火公司的业务经理。威库斯性格和蔼，他的任务是把迅速增长的外星人人口（称为"大虾"）驱逐出他们在约翰内斯堡外的难民营。这个营地已成为贫民窟，当地的人类社区要求把他们安置到一个新的拘留营。但外星人反抗，不愿离开自己的家园，并抗议把他们作为三等公民的这种公然歧视。这部电影是南非种族隔离时代的一个寓言。威库斯尽可能不带同情地执行他的驱逐任务，试图把外星人更少地视同人类。同时，我们跟着我们的双主角，外星人克里斯托弗·约翰逊（贾森·科普 饰）的视点，碰到了他的外星人儿子和最好的外星人朋友，体验他们的人性和情感需要。他们的困境是要么继续留在第九区，要么利用一种被隐藏的外星科技——一种化学液体，他们一直把它藏在一个罐子里——回到他们自己的星球。随后，威库斯袭击了克里斯托弗朋友的窝棚，夺得了罐子。但在混战中，威库斯的脸上喷到了那种神秘的液体。外星人克里斯托弗的危机点是他的朋友被杀并且那个装着他唯一救赎希望的罐子被拿走的时候。

很快威库斯的危机点也到来了，被液体感染后，他重病缠身……并开始蜕变成外星人。威库斯不仅面临着人类身份的丧失，而且他也被转变成被他的政府视为可任意处置的物种。威库斯已成为实验的主要样本，所以现在猎人已经成为猎物，威库斯为了活命必须逃跑并且战斗。他唯一的盟友是外星人克里斯托弗，他们因为反对暴政这个共同的原因团结在一起。利害关系对两个人来说都不能更高了。威库斯急于找到解药，回到他的妻子和家人身边；克里斯托弗也同样不顾一切地寻找失踪的母船，以便与他的儿子回到他的母星球。

**第一幕结尾的危机点通常是你的主角损失了一些主导权，而第二幕全部是关于他奋力恢复控制或者恢复一些常态的。**

在《少女孕记》中，刺激性事件是，16岁的朱诺·麦高夫（艾伦·佩吉饰）发现她怀孕了，但她还在读高中，完全毫无准备成为母亲。超然于整个情况的严肃性，朱诺打电话给妇科诊所（用她的汉堡包形状的手机），并咨询"紧急流产"。很简单，很容易，没问题。朱诺坐在堕胎诊所的候诊室，她崩溃了，不能承受。她逃了出去，必须找到另一种替代方案——而且要快。这是她的危机点：她并不想成为母亲，但她也不想堕胎。所以，影片的整个第二幕是关于她努力寻找合适的养父母，一旦她生下来就收养她的宝宝。

**你的主角的秘密（和谎言）给危机火上浇油。**

在《暴力史》（*A History of Violence*）中，平易近人的居家男人汤姆·斯托尔（维果·莫特森 饰）在印第安纳州的小镇米尔布鲁克过着平静的生活。汤姆的危机点出现在第25页，两个凶残的歹徒闯进他的小餐馆找麻烦。汤姆本能地还击——但是有着杀手般的灵活性和实力。这是一个令人惊讶的，充满视觉效果的场景，在一瞬间改变了我们对汤姆的看法。受害的食客对汤姆杀人的英雄行为感到震惊和敬畏。而且，我们马上怀疑汤姆有一个秘密的过去——影片的中心谜题。

汤姆的A计划是保持他的秘密并保护自己的家人和田园诗般的生活方式。但他现在成了一个不情愿的媒体英雄，又被他以前的敌人追踪。汤姆的最大恐惧是暴露他的过去，现在他别无选择，只能去应付。性情温和的丈夫和父亲会渐渐重新连接到他过去的黑帮杀手的身份。释放他被压制的阴暗面带来的副作用，会改变他的家庭生活的每一个方面：从增加的性侵犯到给他的婚姻增加危险，到激励他受欺负的儿子站起来反击。

在《毕业生》中，本杰明·布拉多克（达斯汀·霍夫曼 饰）最初的危机点在第一幕的结尾，他无法抗拒罗宾逊夫人的诱惑，罗宾逊夫人是性感、挑衅、嗜酒的中年妇女——他需要她，因为她是他生命中让他觉得活着的一件事（在这一点上）。这推出了他的秘密，这也将成为他的氪星石❺。他的主动目标是为了满足自己的性欲，为他跟鲁滨逊夫人的艳事保守秘密；如果他疏远罗宾逊夫人，他会失去他的性伴侣。如果他的秘密暴露，他会遭受嘲笑，并且失去他深爱的父母对他财务和情感上的支持。他被困在一个危险的情况下，这无关生命和死亡，但完全被本杰明的不辜负任何人的愿望所推动。他是一个自卑的取悦者。如果本杰明有足够的资金来说话并告诉大家真相，就没有这部电影了。这是一个关于一个迷失的男孩通过拥有了自己的真理找到他的男子气概的故事。

人的本性是选择阻力最小的路径。如果你的主角能够走一条更容易的逃跑路线而他不采用，观众会抱怨："为什么他就是不……呢？"因为容易从困难中脱身或者问题容易被克服，那就不是一个切实可行的危机。

### 专访：编剧　卡尔·埃尔斯沃思
### （Carl Ellsworth）
#### 卡尔·埃尔斯沃思电影年表

代表作：

《赤色黎明》（*Red Dawn*）（2012）

《魔屋》（*The Last House on the Left*）（2009）

《后窗惊魂》（*Disturbia*）（2007）

《红眼航班》（*Red Eye*）（2005）

作者：读了大量的剧本，尤其是学生写的剧本之后，我发现最常见的缺点之一就是利害关系不够高，以及主角的目标没有明确定义。你的作品打动我的是，你把你的主角扔进了把他们困住的状况之中。

卡尔：听你这么一说，我回顾我做的那些电影，一个字眼刚刚闪入我的脑海，那就是它们都是生存电影，而这是一个非常清晰的目标。对我影响最大的电影之一是最早的那部《虎胆龙威》（*Die Hard*）。它是这样经典，而且剧本结构这么完美，因为第一幕的结尾是清晰的。恐怖分子接管大楼并且约翰·麦克莱恩（布鲁斯·威利斯 饰）逃脱，但他有了一个很大的问题。

❺ 参见第6章。译注。

作者：而且，他是唯一能够解决这个问题的人。

卡尔：是的，对付这些难以想象的困难，而且我们与他一起经历了电影全部余下的部分，大多是从他的视点。对我来说，把一个角色扔进危机，是瞬间产生的。我喜欢这些，我称之为"情景惊悚片"，在那里你逼你的角色对造访他们的危机做出行为——对此他们真的不能说不，那就是一个他们必须想办法逃脱的状况。当我回过头去看，发现是这些类型的电影真正开启了我。我想这是因为它是最清晰的切入方式——瞬间发动了脚本的其余部分。我仔细思考后意识到，《红眼航班》、《后窗惊魂》和《魔屋》，现在是《赤色黎明》——它们本质上都是《虎胆龙威》电影。你有一个中心主角，通常是一个处在特殊状况下的普通男人或普通女人，他或她为了自己的生存战斗，试图找出一条生路。

作者：是有这种感觉，麦克莱恩是一个普通人，但他显然是一个训练有素的警察。

卡尔：他是的，但我也可以说他是个蓝领普通人。虽然他是一个受过训练的警察，我们看到他也给出了普通人的问题。他正在经历离婚，他一直和他的妻子关系疏远，而他也有那么一点幽默感——他是一个聪明的家伙。如果你只看前面8分钟，这部影片在这一点如此高效地做到的是：飞机到达机场，他的手抓住扶手，所以你知道飞行让他不舒服，而坐在他旁边的小伙子提示并给他如何放松的建议。很显然，我已经研究了这部电影，它的每一个单独的镜头都在我的脑海里，因为它的这种做法是那么高效，而最重要的是，绝对是剧本前3个或4个重要的事情之一，是你必须在意这个人。你必须与他们相处，你必须非常有效率地了解他们是谁，否则为什么我要在电影院坐2个小时？

作者：我可以肯定地看到在《红眼航班》中，她的父亲和那通电话的关系的影响，但是你在电影的后半部分你也使用亲人作为利害关系。《红眼航班》的整个前10页和她的脆弱极其相关。

卡尔：这都是故意的。而我最近越是看电影，一些让我吃惊的事情是，你在最初几分钟了解到你的主角的事情之一是，他们正在处理一些损失。很多时候，这是一个死亡。丽莎·雷塞特（瑞秋·麦克亚当斯 饰）是在处理她祖母的去世。而且，这是一种有效的手段。有些编剧可能会说这是最简单的。我们后来得知，她一直在应对她的父母经过多年的婚姻之后的离婚。

作者：提到时间框架，在《红眼航班》里，损失是非常直接的，她飞回去参加她祖母的葬礼。这也相当于你的时间，基本上是飞行的持续时间。在《后窗惊魂》中，他被装上了脚踝监控环，所以在一个特定的时间段里他被困住被禁闭。我常告诉我的学生，尽可能地把时间压缩到他们能够讲故事的范围内。你在结构剧本的时候，如何意识到故事的时间？你一分钟一分钟，一小时一小时，还是一天一天地来结构？你对它的思考有多少？

卡尔：我们在以某种方式谈论"滴答作响的时钟"吗？在写《红眼航班》的过程中，我发现我喜欢让坏蛋有他自己的滴答作响的时钟。如果坏蛋也受到压力，会让坏蛋更有趣。我爱那些元素：它只是让人物更加精彩，更加有潜在的危险。

所以，在《红眼航班》中，我们是在杰克逊·雷普那（希里安·墨菲饰）的时间。正巧这种情况下，他已经在这个特定的时间干完他的活。我有意识地向后挪了一下：所以，这家伙出现在早上5点30分，在酒店里。丽莎是经理，是他成功的关键，而她恰恰是在这里，在得克萨斯州，在他需要她的时间。显然对于这个电影，我知道我想要它全部发生在红眼航班上，但我不得不去思考，她是从哪里起飞的。有一次，是从加利福尼亚。那么，飞行持续了三四个小时，但德州到佛罗里达的时间更短。因此，这里做了调整，但状况决定了时间量。在《后窗惊魂》，我要说的是，我们最终在第三幕得到了一个滴答作响的时钟，但它给的更模糊，因为他肯定是被困在他的房子，但我们玩弄时间而且有蒙太奇。日子在流逝。我们想传达的是，这个可怜的孩子发狂了，因为他不能离开房子，他开始玩电子游戏，不是兴趣逐渐在减弱，然后那个女孩进来了。

作者：这个女孩就是一切。

卡尔：而女孩抓住了他的兴趣。但对我来说，我不认为有必要马上思考时间，我们要去寻找什么样的时间我通常依靠那种状况给我某种想法。

作者：既然《红眼航班》是一个待售剧本，那么在酒店的那个家伙最初的威胁一直存在，而你只是不想表现出来吗？

卡尔：是的，一直存在，希里安·墨菲扮演的角色总是需要瑞秋·麦克亚当斯扮演的角色帮他完成谋杀。在原来的待售剧本中，我认为他是谁并不重要。我从来没有给他名字。这是她非常熟悉的一个人，我甚至暗示她可能在某些方面已经迷上了这个家伙，因为在原来的待售剧本中，我不想有任何别的人知道飞机后部发生的状况。在飞机上有劫持人质的事在发生，可是没有人知道这件事，我被这个想法迷住了。

但最终让我们打破这部电影的是梦工厂和史蒂芬·斯皮尔伯格，他们在讲故事方面非常在行。在原来的待售剧本中，我基本上是让她在飞机还在飞行时去刺杰克逊，但我为此纠结了一段时间。我知道，她必须采取主动，并做一些极端的事情来求生。我记得我思考了电影《荒岛余生》（*Cast Away*），为什么那部电影有效果。那是因为汤姆·汉克斯要救自己。这就是我从那部电影做的类比，所以记得我在想，"是的，瑞秋·麦克亚当斯的角色必须救她自己。"在待售剧本中，她还在飞机上的时候刺中他，然后继续，在现实世界中，商业客机发生这样的事件之后会发生什么？联邦调查局进来了。质疑进来了。众所周知的审讯。

作者：但是事情扩大了并且脱离了她的手，让她不再控制自己的命运。

卡尔：然后，斯皮尔伯格说，必须是丽莎救了她的父亲。这下事情大了——这是以前不存在的元素。我们只是不得不等到飞机到了门口，而她不得不刺他。为了保持这两个角色，这是唯一可能发生的方式并且仍然让她保持对局势的控制。有时候人们会说，"她为什么不把他丢给警察呢？"嗯，她不能这么做。你能想象她马上要面对的繁文缛节吗？而且她将不能够反败为胜。所以，这就是为什么我们在第三幕跳过了那所房子。

作者：甚至她下了飞机她仍然被困，整条路上她都被困。他发现她在那里的方式是非常自然的。它变成了一部怪兽电影，不过是用一种真正聪明可信的方式。

卡尔：甚至我们在拍摄房子的最后序列的镜头时，还有一些讨论，我们问自己："为什么发生的一切是这种方式？"而他们问："为什么连杰克逊也回到房子？为什么他冒着暴露自己的可能去那里？"而我认为是韦斯·克雷文，他非常冷静地看了我一眼，说："因为他怒了。"

作者：你让这场戏成为一个极其个人的战斗。它来自角色——不仅是来自状况，因为他是那种人。

卡尔：这是因为韦斯能够从希里安的表演获得的东西。在《红眼航班》的经验之后，我意识到我爱看陷入痛苦的坏蛋。你可以看到，飞机上电话越没作用，雷切尔的还击就越多，而他就更生气。他正在输，因为更可能的情况是，如果他搞砸了，他会被杀掉，不管他为谁干活——他们不会对他高兴的。

作者：现在，我们来谈谈《后窗惊魂》（*Disturbia*），你有一个聪明的混蛋（希安·拉博夫 饰），他如此幽默可爱，尽管他享有特权、性格叛逆。我记得，真正的谋杀，或者别的什么可能会也可能不会和邻居发生事情，进来得很晚。这似乎是一个很长的第一幕，围绕他痴迷的女孩有许多幽默，以及他如何在试图突破界限时被阻碍。

卡尔：今天，我仍然很高兴，我们实际上能够做到这一点。我认为，展开他父亲之死令人难以置信的顺序为我们赢得了时间。那个场景是他们正在池塘钓鱼然后我们知道他们是谁。同样，我们有了这个可怕的事故，以及D.J.（卡鲁索）执导它的方式。我认为，人们对这部电影的预期是将要在瞬间改变。那是一个顽强、现实、可拍的事故。同样，这是快速传达影片的基调的那种状况。我们也做了一年后的场景，其中希安在课堂，带帽衫套在他的头上，而我们同情他的原因是，我们完全理解为什么他是一个聪明的混蛋而且搞砸了这一点。然后他扇了老师，现在他带上了跟踪脚环，再加上他被母亲责骂，"把你的房间弄干净"——同样是很相关的状况。但后来，我真的很开心而且D.J和我看法总是一致的是，利用这个大房子。当他穿过房子的时候，那里有一种略微闹鬼的感觉。沉默对我来说也适用。就像当他打开通向他父亲办公室的门，而他没有迈过去。同样，我希望制片厂对观众多一点信心，他们想参与你设置的场景——不要在这样一个匆忙的场景。

可以说，那个场景表示他仍然没有从他父亲的死这件事中恢复过来，他还是觉得对此负有责任。然后，一旦他能够进入那间办公室，那是因为他从那里监视女孩。这些时刻再次去了角色那里。我们越来越多地关心这个小子，所以我们打算支持他余下的路，我们不想看到他的生活搞得更糟。

所有这些性格特征告知了角色，希望你能够在前20页或30页中把这里拉出来，然后到了你需要危机的时候危机就会突然发生在他们身上——你懂他们。你不想要这场危机插向这些你刚刚投入的人。这是所有电影最基本的一种设置，我已经有机会实现。我看《虎胆龙威》的时候，我15岁还是16岁，我还从来没见过一部电影像它那样影响一个观众。人们欢呼，鼓掌，定住又从自己的座位上跳起来。这是一部各方面观众参与的电影，我从来没有忘记过它，我总是想去完成那样的影片。

　　《后窗惊魂》是让人们发狂的电影之一，特别是电影结束的时候。他们要疯了，大喊和尖叫，但他们为什么这样做？因为他们关心，他们爱这个孩子。

作者：你能谈谈《赤色黎明》的危机点吗，为什么只有那个角色能够拯救世界？

卡尔：最终，这部电影是关于两兄弟，以及不成熟的弟弟怎样最终进步并且成为一个男人或领导者，这给我们一个理由，从这群特殊的孩子的角度来讲这个故事。

作者：他们是被迫采取行动。在你的许多作品中，我也谈这个话题，如果你排除了选择然后迫使角色采取行动，通常放在第二幕更有效。

卡尔：在《赤色黎明》，人们可能自然而然想到："好了，在第一幕的结尾，你可能扔给任何人的最大的危机是入侵：外国的伞兵在降落，而你试图逃跑。"但实际上，这并不是第一幕的结尾，因为这个场景发生在第10页或12页。

作者：它像刺激性事件，像《世界之战》（*War of the Worlds*）。

卡尔：是的。然后，15页之后，我们的孩子都逃到山里，他们的父亲在他们面前被谋杀。

作者：现在他们必须采取行动。

卡尔：不一定，但他们选择去行动。当他们进入更深的山里，克里斯·海姆斯沃斯克里斯的角色转过身，说："我要去战斗。"

作者：请问他的替代方案是什么？

卡尔：等待。但我们也困住他了。他扮演的是帕特里克·斯韦兹的角色（来自1984年版的《赤色黎明》），在这部片子里，我们已经让他成为了一名海军陆战队员，他休假回家，受过训练。他再次成为约翰·麦克莱恩。第一幕的结尾是他根据父亲的死做出的选择。《赤色黎明》是一个紧贴时代的故事。我们把弟弟这个角色，由乔希·佩克扮演，设计成一个非常想做他自己的事的孩子。他在电影的过程中有很多东西需要学习，最终他用最困难的方式学会了。他成长，并领导"狼獾"游击队继续战斗。

作者：从与你合作过你的剧本的导演那里，你学到了什么？那些又是如何影响你的？

卡尔：与韦斯·克雷文在《赤色黎明》的合作，以及与D.J.卡鲁索在《后窗惊魂》的合作中，有一件很棒的事情是，看到他们有多么的视觉化。有时候在你的头脑中有眼睛，当你写一个剧本时，你完全在预见这部电影应该看起来怎样，但往往不是，他们让我知道我缺乏想象。实际上，《红眼航班》的最终序列有一个时刻，是瑞秋在希里安·墨菲追赶下穿过房子，我记得瑞秋·麦克亚当斯十分担心地向我走来。她大概是说："韦斯只是让我在楼梯上用头撞墨菲。"我说，"什么？不，这不是你的性格。"然后我对这个有点恐慌，但是当她那样做的时候，观众的欢呼最大。韦斯·克雷文了解他的观众，知道一部电影里什么东西有视觉效果。这是一个辉煌的选择。

作者：所以，你有在剧组那个房子的物理空间的优势，这对制作重写是极其有价值的。

卡尔：绝对的。我不明白为什么你会听到编剧不在剧组或者被剧组放逐了。编剧不需要每一步都在那里，但你需要有人根据情况不断的流动。我在家里写了很多版本的最后追逐，但你永远不能肯定，直到你有一个一个外景地。所以最后，几个月之后他们找到了房子，和韦斯走进那所房子就很重要了，我们开始设想我们做的东西，比如："好了，她可以经过这里，浴室连接到这间卧室——哦，这是不是很酷？"所以这是最后怎么演变过来的，就在拍摄前不久。

作者：那是当我躲在我的枕头后面的场景：当她在卧室，有一扇门是开着的，而你不确定他在它的后面。那房子就像镜子，你不知道背后隐藏的是什么。在飞机上，我觉得更安全。相对于她而言，我们每次都可以看到他在哪里，这个时刻我是平静的。只要他没有坐在自己的座位上，而她不知道他在哪里，那个时候我感到害怕。

卡尔：这也是韦斯·克雷文的风格。除非她站在地面上，瑞秋·麦克亚当斯的角色在飞机上就是不适应的。但是，一旦我们有了那所房子，显然她知道地形。她终于有了一个战术上的优势，这是很精彩的。

作者：说到类型，《红眼航班》和《后窗惊魂》似乎是惊悚片，而《魔屋》更像一部恐怖电影。它变成更多视觉效果的东西。我记得当时电影出来后，有不少争议，我想在某个点上，这部电影应该要转到X级。请你谈谈你写这部电影的的一些经验，或者作为编剧写恐怖片和惊悚片的不同。

卡尔：这对我太难了。这是我第一次尝试一个绝对R级的超级暴力的故事。这是一部翻拍片。当时的情况大约是，韦斯·克雷文的制片人玛莉安·麦德雷娜来找我。我很犹豫，因为我看了原片，简直不敢相信我所看到的。它是如此的残酷，如此的视觉冲击，如此的扭曲。在它的上面，你有三个可怕的恶人，完全不可救药的人。然后你有了他们不期而遇的这两个女孩，而且她们被扔进了这场危机，她们被带进了森林，被强奸和谋杀。但最具讽刺的是，凶手最终寻求避难的房子恰好住着其中一个女孩的家长，谁会最终搞清楚发生了什么和发起对凶手的报复。我被那讽刺性的一刻迷住了。不过，我最大的关注和问题是：为什么我看到这一点？作为一种电影消费经验这不能让我满意。很多人把原版的电影看成越南对美国的声明或报复。我不这样看。这对我来说没有享受。我得到了它，并且在电影的结尾，父母杀了坏人，但是看看父母在哪里。就个人而言，它应该是很清楚的，我喜欢去看电影为角色捧场，希望知道在结尾的时候他们在一个更好的空间。所以《魔屋》是非常棘手的，因为父母接下来去哪里？他们完蛋了。所以我回去找玛莉安，并告诉她这就是我的感觉。而且，为了让我来处理它，我必须对它有根本的兴趣。那么，我的根本兴趣是什么？我能想出的唯一的事情是女孩之一必须活着。

他们居然说，韦斯已经拍了这样的版本，但不管是什么原因他们选择不这样做。所以他们完全同意，而那实际上让我打开了思路。现在，我可以带入经典的惊悚片和悬疑元素。我把它称为一部恐怖惊悚片或悬疑惊悚片。是的，里面有恐怖元素，但我们可以有令人难以置信的悬念了。是的，你可以说父母在实施准确的报复，但现在它脱胎于实际情况。它脱胎于必须救自己女儿的生命，保护她离开客房里的杀手的"滴答作响的时钟"。观众中没有人希望家里有这一切，他们会说："噢，我的上帝，你在开玩笑吧？"他们感到痛苦又痛苦，就像在说："不！"为《后窗惊魂》工作时，我听说了另一个斯皮尔伯格主义：你必须让你的故事不断地不公平——主角遭受的越糟越好。因此，《魔屋》的情况就是，发生在一个家庭最不公平的事情。

## 作业

列一个你的主角必须完成的三个可能的行动清单——否则将面临后果。列出如果这个目标不能实现，所有可能的严重后果的清单。最糟糕的情况是什么？如果A计划实现，最可能的好结果是什么？

# 第11章
## 弧线球是什么？

### 在第二幕的中点升高利害关系

第二幕一般是第一幕和第三幕长度的两倍。实际上剧情在中点松沓的情况并不少见。而一个有效的中点将提供一个令人惊讶的剧情转折——或者命运的逆转——这将增加戏剧张力和增强我们的预期。

剧本的中点必须正好发生一半的位置吗？不一定。这里不存在绝对的公式或基准。但是许多编剧喜欢把自己的脚本按四部分结构：第一幕、第二幕（A）、第二幕（B）和第三幕。在此配置中，中点会发生在第二幕（A）的结尾。这为编剧提供了一个内置的中点事件，从而避免维持一个缺少中心困境的中心事件的潜在的单调。

**在中点，情节变厚。**

在第二幕前半部分，你的主角是在"危机管理"模式。他/她处于危机之中，并且根据已知的变化因素制订一个计划。举例来说，假设你的房子着火了，这绝对是一个危机。怎么办？优先考虑并迅速打电话叫消防队，确保你的亲人安全，关掉煤气，抓起一个灭火器、花园软管或一桶水然后去浇火。你所面对的是预期到的危机里的障碍。

中点是一个意想不到的障碍出现的时候——通常是一些你的主角（和观众）没有看到的、即将到来的事情。它把我们扔进了一场循环。这场危机把事情变得复杂，所以现在第二幕的目标将会是更加困难或者彻底不可能完成的任务。这被称为"命运的逆转"，因为无论主角已经取得了怎样的幸运进展，他/她现在已经碰到了挫折。继续我们的着火类比，尽管你竭尽全力去扑灭熊熊燃烧的房子，可是你不知道地板下面藏着炸弹，或者说你不知道火灾的原因是自己的家庭的某个人纵火。有可能是任何其他情有可原和不便的状况破坏了原本简单的解决方案。

在《亡命驾驶》中，司机（瑞恩·高斯林 饰）发现艾琳（凯瑞·穆里根饰）有前科的丈夫斯坦德在公寓大楼的地下车库受到攻击，斯坦德吐露说他欠了监狱帮派四万美元保护费。这是一个中点/"弧线球"的时刻，因为斯坦德提前从监狱释放出来了，在司机对艾琳正在绽放的浪漫感觉中打进了一个楔子。作为一个流氓，司机已经开始疏远艾琳和她的儿子本尼西奥，但现在司机被拉回了她的轨道。出于必要和对艾琳的关注，司机同意帮助斯坦德偿还这笔血债——这个致命的的决定，对斯坦德有悲剧性的后果，并把司机和艾琳彻底分开。

**一个有效的中点通常取决于一个"关键角色"。**

关键角色既不是主角，也不是主角的对手——但是是他们之间缺失的极重要的关联。如果中点把主角推进或大或小的"生存困境"，那么它将成为在他/她的性格发展中的一个至关重要的时刻。这实质上给主角最终的顿悟或进化种下了种子。

关键角色是变革的代理人，他刺激主角的成长，推动主角成长为他/她最好的自我。在故事的早期部分，主角可以把这个人当成一个对手，但他/她不是。关键角色始终和主角发生冲突，不让他/她回到平静绝望的生活。关键角色可能是不同世界的中间人——例如在《人鬼情未了》中奥德美·布朗（乌比·戈德堡 饰）的灵媒角色——或者常常是导师、知己或者爱慕对象。在《人鬼情未了》的中点，山姆·威特（帕特里克·斯威兹 饰）催促奥德美找到杀他的人。奥德美不愿进一步卷入他死后的生活，但最终促成了在影片高潮时山姆和他深爱的莫莉（黛米·摩尔 饰）的深情一吻。

在《饥饿游戏》的中点，凯特尼斯（詹妮弗·劳伦斯 饰）发现关键角色皮塔（乔什·哈切森 饰）在串谋反对她——他似乎和卡托（亚历山大·路德维希 饰）领导的集团站在了一起。可以理解的是，凯特尼斯觉得皮塔背叛她，而她曾经认为他是她的盟友。在剧情层面，这是她命运的逆转：她要跑并且为她的生命而战。利害关系不能更高了。如果她能设法逃生，她就可以回到她的家人和社区身边，并为他们提供食物奖品。我们从影片中知道，凯特尼斯是一个忠实的女儿和慈爱的姐姐。我们投入了感情，所以加剧了利害关系。在情感/故事层面，在凯特尼斯和皮塔之间有一个后续的中点场景，更深度挖掘他们的关系和心灵。凯特尼斯面对质问皮塔的行动，他解释说他并没有放弃她，但只能表现得加入了卡托和公司，但他的忠诚将永远留在凯特尼斯这一边。虽然她是一个坚强的女孩，但他的诚意看起来真实的，她选择相信他。

　　在他们的这个场景中最突出的是，皮塔如何坚定地认为他宁可死，也不让饥饿游戏从根本上改变他；用尽所有他可能想到的甜言蜜语和含糊其辞，这些话是必然发生而且赢得了凯特尼斯的心。不用说一个字，我们立刻知道无论发生什么事情，他们都有相同的信念真实对待他们自己，无论发生什么事情。这个中点时刻把他们绑在一起，帮助他们超越了游戏的阴谋规则。这也夯实了主题：爱与希望能克服恐惧。

　　在《在云端》里，中点发生在瑞恩（乔治·克鲁尼 饰）和亚历克斯（维拉·法梅加 饰）在公司的一艘游艇上的时候，他告诉她童年时他的一次差点死掉的意外：他被直升机救出的过程以及这件事如何改变了他对世界的看法甚至他对奇迹的信念。这个诚挚坦白的场景是亚历克斯爱上他的时候，而瑞恩承认他的"无负累背包演讲"其实只是空话。他们在这一幕的亲吻，现在是一个更精神上的连接，也是瑞恩的一个决定性的时刻，他开始追求与亚历克斯的有承诺的关系。

**关键角色体现的是"六度分离理论"。**

　　这个理论认为，我们中的每个人和地球上任何其他的人之间，可以通过六个人并与之关联起来。你只需要连接正确的六个人。在电影中，六度分离理论遵循同步性的法则。在电影里，每个主角需要碰到的任何人，他们会碰到。而他们遇到的每个人，不仅给你的主角打了一扇通向新世界的新的大门，同时为主角的能力提供了方便，去打开处于休眠或被抑制的自我的那一面。关键角色起到这个作用。他或她可能是个进入小镇的陌生人，或者一个新的邻居或同事，或者已经认识的遥远的熟人。

　　在充满刺激的影片《六度分离》（*Six Degrees of Separation*）（约翰·瓜雷根据他的话剧编剧）中，一个冒名顶替者进入纽约上东区的一户富庶家庭，房主人是弗兰和乌萨·基特里奇（唐纳德·萨瑟兰和斯托卡德·钱宁 饰），这个陌生人，他的名字可能是也可能不是保罗（威尔·史密斯在电影中自称的名字），声称是他们在寄宿学校的孩子的朋友，也是影坛传奇人物西德尼·波蒂埃的儿子。这是一个故事是关于改造和幻想，我们目睹了善于说奉承话的保罗通过说人们想听的话，把他引入了人们的生活……直到电影的中点，他的虚构身份被暴露（波蒂埃只有女儿）。

　　这部电影的讽刺意味是保罗对乌萨挥之不去的影响——或者说副作用。我们惊讶地看到，她从一个物质的、百依百顺的妻子转变成一个解放了的女人，从她的地位和婚姻走出去，以她自己的方式追求一个不确定的未来。虚假的保罗解开了乌萨的真相。影片的平行视觉是据说是瓦西里·康定斯基㉒的一幅杰出画作，这幅画两面都作了画。在其中一面你看到康定斯基的黑线，在另一面你看到几个圆圈；它是基特里奇家珍视的财富。在一个关键场景中，乌萨旋转这这幅画，对一位有兴趣的收藏家叹道："混沌，控制，混沌，控制。你喜欢吗？你喜欢吗？"事实上，这幅（虚构的）绘画也同时代表了乌萨·基特里奇的两面。原来"保罗"并不是唯一生活在谎言中的冒名顶替者。最后，乌萨被压抑的狂野一面终于获得了自由，而关键角色是那把钥匙。而且弗兰，而不是保罗，成为她真正的对手。

在《社交网络》中，Facebook演化中的转折点是由关键角色肖恩·帕克（贾斯汀·汀布莱克 饰）贡献的。马克·扎克伯格（杰西·艾森伯格）在一家俱乐部偶然碰到他的前女友埃丽卡（鲁尼·马拉 饰）（在亚伦·索尔金的168页的原创剧本中的第76页），再一次被她打击得心烦意乱，马克告诉他最好的朋友爱德华多（安德鲁·加菲尔德 饰），他们必须把网站扩大到西海岸更多的大学去。此后不久，我们切到斯坦福大学，见到了肖恩·帕克，他登录到一个漂亮的女生"The Facebook"页面。肖恩的好奇心和商业头脑很快把我们带到了那场极其重要的交流（第97页）——在纽约的一家时髦饭店，喝着苹果马提尼，肖恩告诉马克他的想法值几十亿美金。讽刺的是，对于他所有的电脑怪才和自大，马克·扎克伯格也许并非被贪婪或权利驱动——他只想打动一个女孩。但随后肖恩·帕克进入他的生活并且改变了他生活以及历史的航向。

**在结构上，中点往往出现在一个柏拉图式的、充满不快的、禁忌的关系越过红线变成浪漫故事的时刻（常常与关键角色有关）。**

在《无间行者》中，中点发生在卧底警察比利（莱昂纳多·迪卡普里奥 饰）开始对强制指派给他的警察心理医生玛多利（维拉·法梅加 饰）产生情感依附的时候，她也正好是枉法警察/黑帮线人科林（马特·达蒙 饰）的女朋友，并且就要搬去他那里。在这个163页的剧本中，剧情实际的中点是，当比利和玛多利在她的办公室成为专业界限之外的朋友。那天晚上，他出现在她的公寓门口。如果她真的爱科林，为什么她还自己住在这里？她承认她在拖延搬去科林那里。在第104页，他们热情地亲吻，这对他们两个都是禁忌。他们都知道，这是一个危险的、大赌注的三角恋。它直接促使比利加紧努力

---

㉒ 瓦西里·康定斯基（Wassily Kandinsky，1866—1944），俄罗斯画家、美术理论家，抽象艺术的先驱。译注。

编剧路线图
——推动故事发展的21个关键问题（电影篇）

把科林拉下来。最终，不可避免地，两个男人被杀了。如果从电影中的禁忌恋情可以学到一个道德教训的话，它通常是这样的：你玩火，最终会引火烧身。

《少女孕记》的中点场景是，马克·罗林（杰森·贝特曼 饰）和朱诺·麦高夫（艾伦·佩奇 饰）在俗气的复古音乐中跳舞。马克误解了朱诺的兴趣，他似乎想要比朋友更近一步——被她断然拒绝。但他们强烈的（柏拉图式的）关联激励他离开他的妻子瓦妮莎（詹妮弗·加纳 饰），他意识到他还没准备好做一名父亲。而朱诺对这对"完美"情侣的憧憬正在破灭。无论是马克还是朱诺都还有很长的成长道路要走。

中点困境迫使你的主角看向自己的内心。一般情况下，意外的中点障碍会迫使你的主角不仅去面对外部的对抗力量，而且去正视内心并开始审视他/她的心魔。通过把他/她放在一个生存困境中，为他/她的不可避免的顿悟埋下种子。根据电影的不同类型，有些危机将危及生命，而另一些则是对事情自然秩序的显著挑战——你的主角的感觉是这样的：这不应该发生！！！并且伴随着这个问题：为什么会发生？如果你的主角是内省（和/或自恋）的话：*为什么会这样对我？*面对任何重大的危机的时候，我认为人的本性会质疑自己的优先级、价值观、道德和身份。在某些情况下，这个最初的问题将导致在第二幕的结尾或者影片的结尾的重要顿悟。在其他情况下，这种反思会让主角更加坚定他/她的自我认识。

> 如果你发现自己在艰难跋涉通过第二幕的大片荒地，而不是增加更多的情节，那么尝试更深地挖掘到角色的心灵吧。在中点，一个有价值的问题是让主角问自己：我是谁？

## 专访：编剧 里克·雅法和阿曼达·席尔瓦
### （Rick Jaffa和Amanda Silver）
#### *里克·雅法和阿曼达·席尔瓦电影年表*

代表作：

《猩球崛起》（*Rise of the Planet of the Apes*）（2011）

《第三类终结者》（*The Relic*）（1997）

《以眼还眼》（*Eye for an Eye*）（1996）

《推动摇篮的手》（*The Hand That Rocks the Cradle*）（1992）（阿曼达·西尔弗，编剧；里克·雅法，执行制片人）

作者: 你们是怎么开始的? 我想在选择一个创意的时候会涉及大量的研究工作。你如何决定: "好的, 这就是我们要把我们接下来半年到几年的生活花在上面的东西? "你们写大纲吗? 创意过程是什么?

阿曼达: 我们总是有一个主题, 但我们并不总是以它开始。通向电影的出口取决于项目, 但我们开始写作之前, 我们总是写相当广泛的概述。在我们开始写作之前, 在它引导我们之前, 我们需要知道主题是什么。

里克: 我们在大纲上付出很多努力, 不过一旦我们动笔, 我们并不总是跟着大纲走。我们跟着它, 但不是步步紧随, 如果你知道我的意思的话。我花了很多时间在一些闪光的想法或瞬间上——那引起了我的兴趣, 可能在脚本里会很酷。我们讨论的时候一直留着信笺纸——我们花了很多时间, 只是在谈项目——我们做了大量的笔记。它可以是关于任何事情的想法, 也可以是关于结构、角色或者电影的某个时刻的想法。

阿曼达: 如果一个角色必须有一个关键时刻或改变, 我们会讨论那会是什么样子——如何让它戏剧化。如何尽可能地展示而不是告诉观众。我们通常知道这些时刻是什么, 因为人物的旅程是如此依赖于主题。

里克: 为了写作《猩球崛起》, 我们也读了不少资料。我们做了大量的研究。我想我会说, 甚至在我们开始做大纲之前, 我们就已经谈了很多、读了很多、写了很多。接下来, 我们非常辛苦地写大纲, 最后才启动脚本的实际写作。

作者: 你是否使用索引卡, 或者你用什么方法在视觉上展示出来?

阿曼达: 我们尝试过做索引卡, 因为我们读到其他编剧使用的索引卡, 但它从来不适合我们。

里克: 说实话, 我们一直使用信笺纸, 并且有成吨的笔记。几本信纸……很快就填满了。阿曼达有这种本事, 能够记住一个特定的摘记是在哪一本上。

阿曼达: 我有拍照一样的记忆力, 我能把记事笺上的想法像图片一样拍下来。我们把序列大致写出来。有时候, 我们知道序列的一般样子, 但是这些序列内的场景不必要提前想出来。场景将放在大纲里, 但通常是在我们想到它们的时候, 它们需要调整。

里克: 我们会问自己: "这个序列的张力是什么? ""好人会及时到达吗? ""那个家伙会得到那个女孩吗"然后, 我们把它的梗概写出来, 我们可以利用这个序列中的张力。我们将用这种方式尝试搭建结构。

作者: 在《猩球崛起》中, 你的第一个序列是动作序列, 它奠定了影片的基调, 并让我们的心砰砰乱跳。之后, 你来到实验室引入威尔(詹姆斯·弗兰科 饰）。我知道每个项目可以不一样，但是对于《猩球崛起》，你是从凯撒这个点子还是从阿尔茨海默氏症的药物测试这个点子开始的？或者说，你是从威尔这个角色开始并且决定他的父亲（约翰·利特高 饰）有阿尔茨海默氏症吗？这对很多年轻的编剧是极其重要的，因为他们所看到的都是成品的电影。你的电影最了不起的地方是你让它看起来很容易。效果是那么强烈，他们只是在想："嗯，当然，它始终应该是那个样子。"

阿曼达：里克一直在收集许多文章。他收集的文章，总的来说他觉得很有意思。他搜集了一系列的文章，是关于当成婴儿抚养的黑猩猩——当成人类婴儿在家里抚养，以及往往都失败了。很多时候，黑猩猩的结局是悲惨的，它们被送到可怕的地方去了。所以里克出去散心了一个周末，试图想出一个创意。

里克：我拿来成吨的文件和各种想法，把它们全部摊在酒店房间的地板上。我不停地回看那些关于黑猩猩文章，然后想这里一定有一部伟大的电影。它可能是什么？说实话，我有那些文章大约有三年的时间。我从来没有真正想通，"嗯，这一定是一部恐怖片"，而那并不是真的有吸引力。在想的过程中，我也有了关于基因工程的文章和其他的惊悚片的想法摆在我的面前。我的眼睛在一堆堆的文件和想法来来回回很多次。最后，我回过来看那些关于黑猩猩的文章，我的头上有一个声音在说："这是猩猩的星球。"顷刻之间，凯撒诞生了。我对《人猿星球》（*The Planet of the Apes*）系列电影的神话有足够多的了解，我知道其中对猩猩的革命从来没有完全解释，只是暗示。我记得在《猩球征服》（*Conquest of the Planet of the Apes*）里有一只叫做凯撒的黑猩猩，它领导了革命。但是现实情况是这些电影中没有一部特别地出现在脑海。我只是在一瞬间明白："好的，猩猩真的可以接管世界。"所以，我回到家并告诉了阿曼达。

阿曼达：首先，我做了一个假装支持的微笑，当你有了伴侣你就不得不经常说："哦，是的，这是一个伟大的想法，亲爱的。"

里克：想象一下，回到家然后说，"亲爱的，好消息，我们将重新改造人猿星球。"得到的反应是这样的："是啊，但是我们怎么付我们的账单？"

阿曼达：但是，当他开始谈论凯撒这个角色，非常快地，影片的样式，整部电影……这种情况并不总是发生……在脑海中变得清晰。因为我们在谈论的是把大猩猩作为主角的角色部分。虽然我今天这么认为，制片厂仍然会说，威尔是主角。

作者：这实际上是我的第一个问题——谁是主角？因为从这两个点你都可以让电影成型。

阿曼达：确实有一点科学怪人的故事在里边，你可以争论说威尔是主角。但是，我们总是把凯撒看成主角，因为它通过危机发现它的身份，而那个发现把它带到了那场革命，它注定要在这场革命中成为——命中注定成为：一个强大的领导者。在早期的草案中，凯撒在影片开始有一个猩猩父亲。他是一个伟大的战士，有同样的胎记，并领导反叛的猩猩击退了人类偷猎者。

里克：凯撒的猩猩父亲是黑猩猩家族事实上的领导者。当偷猎者来了，他试图发动对抗他们的战斗。当然，他们没有抗击人类的装备，尤其是带枪的人类。他失败并且被杀了。因此，凯撒诞生的时候约翰问："那是什么？"詹姆斯说："这是一个胎记，"我们的目的是，它在观众的桌子下设置了一枚炸弹："噢，我的上帝，这只猩猩将要成长为一位伟大的领袖。"

阿曼达：是的。它给你最首要的感觉是，这部电影是关于凯撒的命运。因为它是一个摩西的故事。他生下来是要带领他的人民——他的猩猩人民——走向自由。

作者：当我的学生问："你如何决定谁是主角？"我告诉他们，通常是三件事：（1）有最活跃目标的角色，（2）处在最紧急关头的角色和（3）变化最大的角色。除非是一个拼盘式的片子，你可能就不必做这个决定。有了这个定义，威尔和凯撒是在平行的轨道上，因为他们都变了，但凯撒确实改变最大。因为他有可能被杀死，他的处境最危险。他不打算在收容所里好好待着。他有非常积极的目标。你可以做另一个案例。

里克：他一直是我们头脑中的主角。

阿曼达：我们在2006年卖了这个创意，所以有很多很多的草稿。我们没有全部参与。有几次我们被解雇了，然后又继续加入。但是凯撒的故事从开头就一直没变。事实上，很多的打斗，例如那些在猩猩研究所的打斗，并没有改变。

里克：我想说，从那次凯撒在第二幕的结尾攻击邻居，大概80%的场景和最早的第一稿是一样的。大多数重写都是关于人类的角色。

阿曼达：这一直是我们的不足。最难的部分是两个主角的故事线分叉了。你必须保持他们各自独立的故事，同时还要保持他们之间的相互连接。我们对凯撒的目标比较清晰，但是威尔必须在他努力去做的事情中失败，那就是让凯撒自由。我们必须找到办法使他的性格活跃并且成为有机的整体，所以会觉得威尔的目标是来自一个真实的愿望。

作者：在原来的故事里，也有阿尔茨海默症治疗的医学试验这部分内容吗？

里克：没有，阿尔茨海默症的想法出现在第三稿。研究机构的最初目标是制造一种药物使人们更聪明。我们真的为此想了很长一段时间，因为我们觉得它对应了1968年那部《人猿星球》的主题。人的傲慢将是他的垮台原因。我们曾经向制片厂指出，猩猩不会把泰勒上校放倒在海滩上，取而代之人类把泰勒上校（查尔顿·赫斯顿 饰）放倒在沙滩上。我们那时认为，作为一个科学怪人的故事，如果威尔的目标是做一些人们不打算做的事情——那就要自食其果。

阿曼达：这也很有趣，因为在重写过程中，一旦我们加入了治疗阿尔茨海默症的愿望，一些东西就被打磨变得更细腻了。它挑战了观众，不要去责备威尔，而是带着同情。在那份草稿中很多事情走到了一起。

里克：不过，我们关注人们是否会认为，我们想要说治疗阿尔茨海默症是一件坏事。即使那个药物的目的是善意的，他仍然不得不在某些点越线，而且他真的那么做了。他必须跨越道德防线。

作者：这给了他一个秘密，一个被东窗事发的可能性。我真的很佩服你导入老年痴呆症这个次要情节的方法，当威尔从实验室回家，你会认为他在和孩子的保姆说话。然后，他的父亲出现了，然后通过音乐显示药物进展——情绪上的。如果我们把凯撒视为主角，影片的中点是他在一家动物收容所的时候。他开始与其他的猩猩还有那只也有非常鲜明个性的猩猩联系，这非常精彩。好像在电影中间的关键时刻是威尔最终能够带他出去，但是凯撒不想走。编剧加里·罗斯认为中点是当你把你的主角放在两难境地的时候。我告诉我的学生，有一个在中点让你的主角问的好问题是："我是谁？"这是角色真正质疑价值观、思想、身份和重点的地方。一方面，凯撒想跟威尔走，另一方面，因为他带着链子，他想留下来，他想知道："我是一个动物还是一个人？"当然，以凯撒为主角，它非常漂亮地击中了那个定义。这也是深化故事的地方，因为它比我们想的多得多。这使得结局难以预料，因为在故事中间角色甚至不知道他是谁。在影片的中点，你会有意识地认为，你真的需要一个时刻，在这个时刻威尔质疑他的动机吗？例如："我把他带回家是因为我需要他，还是我现在要他做他自己？" 当你开始写大纲和制定你的角色的性格弧线的时候，对这种类型的角色演变，你的意识有多强？当你开始的时候，对那种旅途的中间有多少意识？

阿曼达：如果我们在写大纲或者写剧本的时候，意识不到角色的性格发展弧线，那么我们会感到非常紧张。这时候我们必须停下来退后一步。如果我们不知道为什么这个角色"需要这部电影"——他们如何转变——那我们就在海上迷路了。我们必须准确地知道角色将会转变成什么以及如何展开。

里克:我们肯定会知道角色的开头和结局,因此有时候我们要做的是找到两者之间的旅程。我们会问自己:"角色从这里到那里能够经历哪六个步骤?"

阿曼达:而且,有时候,角色前进两步又后退一步。

里克:没错,会是一个反转。所以,我们试图找一个场景的主题是什么:这是背叛的场景?这是为了改变而做出牺牲的场景吗?我们花了很多时间做这件事。有趣的是,凯撒问他是谁,但它肯定不是路途的中间点。这是一个漫长的第一幕,因为它结束在凯撒被送到收容所的时候。他问:"我是什么?"他留下了和猩猩待在一起的行动,回答了这个问题。

阿曼达:但是有一系列的场景导致了他的变化。这是一个顿悟,从凯撒被抛弃和背叛开始。几个场景之后,他乞求被带回家。他觉得他不属于那里,但他们不能把他带回家。然后,发生了两件事情:一个是凯撒通过成为老大开始在这个新的地方寻找他的根基,另一个是威尔已经遗弃了他。那个场景中有一个时刻是凯撒朝下看,看到威尔拿着拴动物的皮带——他在那一刻做了决定。那是你知道你回不去了的时刻。你必须往前走。他忍不住想要奔向爸爸的怀抱并且和他在一起——忘记自己是猩猩。我们都想回到熟悉的生活,即使它是错的。对凯撒而言,关键是自己必须能够熟悉的生活相互关联的。讽刺的是,随着凯撒发现他是一只猩猩,他正在经历非常人性化的自我发现之旅。在那一刻,他本可以对莫里斯(他的新猩猩朋友)说再见,回到熟悉的生活,但他知道他不能做到这一点。安迪·瑟金斯(扮演成年凯撒)在表现这一点上做的非常精彩,因为当他转过身去,他的决定很痛苦。这不像他捶打自己的胸膛和脚踢詹姆斯那么简单。这对他来说很艰难。

里克:我们希望每一个曾经是少年的人或者永远是少年的人能够和凯撒产生关联。动物收容所几乎就像一个非常残酷的夏令营。其他人都已经在那里有一段时间了,而你的父母自己去度假了,所以你感到你被抛弃,感觉很糟。你的第一天一定会发生的是,你给自己惹上了麻烦。而且,你必须把它解决。洛克特痛打他的那个场景就是他在新学校的第一天。我们是非常有意识地那么做的。从广义的改变而言,他确实得到了他的地位,并且成为了一个真正的男子汉。

阿曼达:在结构上,你正在谈论的场景是在第一幕取得的,这是非常重要的。我们真的下了很大的工夫,去保留那些有家庭的粘合场景,那些场景可能看起来无聊或者没有动作场面。但是,它们奠定了观众的感情基础,即感觉凯撒既需要他的祖父和父亲,同时他们也需要凯撒。你必须花时间才能得到这种效果。如果你希望观众感受到一些东西,你必须首先做功课。早期的草稿中，直到第60页凯撒才被带到收容所，因为我们做得太多，这种场景太多了！

里克：我们写那些场景花了相当多的时间。

作者：那些都是很精彩的场景。随着时间的流逝创造情感连接是非常重要的。开始的时候，他是一个刚出生的小婴儿，随即在我们眼前迅速地长大。

阿曼达：人们会直观地了解事情是人手不足。脚本的最大挑战之一是展示时间的运动。约翰·利特高的角色生病、好转、又生病，我们有不少棘手和不流畅的事情需要戏剧化地展现。我们必须在发展阐述和情节点的同时保持故事向前推进。

里克：做好铺垫。

作者：你们怎么把所有的内部心理外部化？这是我很佩服你们的剧本的一个原因，因为你们能够简略地表现那么多的事情，然后通过有形的东西，就像阁楼的窗口，建立与观众的情感联系。

阿曼达：我在南加州大学编剧老师习惯称之为"思想的可视化"。要做到这一点很难，但是值得强迫自己去做。在《猩球崛起》中，当约翰·利特高的病好了很多，其中有一段很长的对话，说他能看到什么和能感觉到什么，但在最后，使用音乐要好得多。

里克：回到你关于中点的问题，我们也努力想知道中点会是什么。只不过我不相信我们曾经问自己这样一个问题：主角会在中点会不会怀疑他自己到底是谁？我从来不会有意识地这样去做。

阿曼达：不过它是一个突出的问题。

里克：是一个很大的问题。对于中点是什么我们一直有非常坚定的想法，我们没有受困于它从哪里来——我的意思是它可以晚一点出现。如果脚本是120页，当然不一定非得是第60页。

作者：凯撒被释放交给威尔，但他拒绝跟威尔走，这是在这部103分钟长的电影的第63分钟。

阿曼达：它必须是迟一些出现的原因是因为，一旦发生这种情况，威尔能做的事情不多。

作者：是的——直到他们爆发。

里克：它实际上是关于凯撒，是他主导了这场爆发，这很有趣，也让人兴奋。像是第二幕的结尾。

作者：凯撒回到房子里去偷剩下的血清，这场戏也让你获益，所以尽管威尔不在那里，但他依旧是保持故事引擎运转的必要组成部分。这部电影给我留下深刻印象的一件事是，你让你的人类观众从根本上反对他们自己。这部电影中有多个反派。这里有动物园兽医的爱情故事，她的信条是有些事情不应当被改变；有在实验室里的雅各布（大卫·奥伊罗 饰），一个为公司做事的贪婪的人；也有动物收容所里的布赖恩·考克斯（作为负责人），他想尽力做他的事。我反复说他是因为他是很仁慈的，但他的儿子是真正残暴的混蛋。你早期问过"谁是这部戏的主要反派吗？"通常我会告诉我的学生，要到高潮才能看出谁是主要的反派，因为有时候直到影片的高潮才会揭示。在你的作品和这个剧本中注入反派和反对势力，你有什么样的创意过程？

里克：我觉得对于《猩球崛起》，具有讽刺意味的是，通常我们是根据这句法令判断的：反派越大，主角越好。

阿曼达：尤其是对于惊悚片。

里克：对于《猩球崛起》，我们一直认为我们并不真的需要一个核心反派。许多重写都是花在把雅各布这个角色打造成那个反派。有趣的是，很多人非常喜欢这部电影，因为它有几个反派。

阿曼达：在一个点上，我们有一个"猴子站中间"㊼的场景，邻居的一个孩子——一个小混蛋——拿凯撒取乐。它给人更多匹诺曹的感觉。

里克：我们喜欢那场戏。在脚本里，凯撒想与孩子玩，所以他偷偷溜出去，然后他们玩有一种抓球游戏。其中一个孩子扔过凯撒的头顶，首先不是故意的，然后另一个孩子扔回去，几乎是在一瞬间，他们认识到："咦，这不是很好笑吗？真的是猴子站中间。"孩子们开始反复地念叨，凯撒意识到他在被人取笑。这个场景让我们第一次瞥见了威胁和危险，因为凯撒的表现是："嘿，这不好笑。"他跳到了一个孩子的脸上，而你会想："哦，不，事情可能会变坏。"

阿曼达：你可以说，在较早的剧本中反派是无形的。它可以描述成一种看待世界的方式，体现在几个不同的角色身上。而这正是凯撒，并在一定程度上是威尔正在反对的。这不是种族歧视，但或许是一种不良的本性，即对不一样的东西害怕而只肯接受相似的东西，不宽容而且残忍。这一点体现在电影中所有的反派身上，他们否认其他的动物——猩猩——是有灵魂的。

里克：确实如此，你可以看到汤姆·费尔顿扮演的角色道奇就是这样的。他说："愚蠢的猴子。"我们希望观众把"猴子"（Monkey）看成是"我"（m）一类的词。它穿插在整个剧本中。很早的时候，威尔说："我不能照料一只猴子。"而富兰克林（泰勒·莱伯恩 饰）说："他不是一只猴

---

㊼ "猴子站中间"（monkey in the middle），一种儿童游戏。两个人彼此扔球，第三个人站在他们中间，并且想办法拿到球。译注。

子，他是一只猩猩。"这说明了很多事情。在某些方面，这是在说阿曼达谈到的主题：差异和人们对差异的恐惧。

作者：看待中点和关键人物的另一个角度，是它把你带到道德的灰色地带。我认为每个人都可以说雅各布让自己身陷死境，只是因为他是一个贪婪的人。他只是越过了底线。同时，当凯撒对威尔在电影的最后说"不，我回家了"时，我想大家都会有畅快淋漓的感觉，因为感觉他会返回自然。它们进一步进化，可能会得到更接近《人猿星球》的未来，我记住将会开始一场权力斗争。我不知道观众清楚地知道该去支持谁会不会更轻松。

里克：另一件事情是，我们开始的时候，不仅关注为什么主角需要这部电影，而且关注主角想要什么？如果你创作的角色拼命想要某些东西，那么观众将会支持这个角色，不管他是一只猩猩、一个人还是一个恶魔。

阿曼达：更常见的是，角色想要的不是他们需要的。很多时候，观众可以提前或与角色一起发现这一点。

里克：顺便说一句，那是我们开始写剧本之前特定写在大纲里的。

阿曼达：我们都意识到，或者说重新意识到，在构建续集时我们能控制观众支持谁，而掌握这种操作方法是我们手艺中的巨大一部分。我们在看一场费德勒打的网球，解说员说，他从来没有把他的视线从球上移开——这是费德勒的打法。我要说的是，当我们在做我们需要做的事情时，我们从来没有让我们的视线离开观众。

> 我们必须知道观众对每一页的感受并且要最大限度地提高这些感受。

我们需要知道他们是否担心或烦恼、希望或者担心要发生什么事情。说到人类角色和猩猩的角色，我认为他们在外形、个头和立场上是多种多样的。有好人也有不好的人，有好的猩猩和不好的猩猩。和往常一样，如果我们把我们的工作做得正确，观众会强烈地感受到他们——不管是什么物种。

作者：对，关键是不必真正去选立场，因为双方都这么多不同的观点、态度和信念。对我来说，《猩球崛起》中最强烈的时刻是凯撒说 "不"的时候，因为他说了。对坐在那的我来说，我只想他说，"去你的。"然后，当他说你想的事情，你就会感觉这些话一起冲进了观众心里。为了他说个不字花了这么多时间。我真的很喜欢逐步细致地展开它。

阿曼达：全部都是关于性格。如果你把威尔和凯撒拿出来看，这就是一个父亲和儿子的故事，有一个明确的开始、中间和结尾。在故事的结尾，威尔承担了责任并且道歉，凯撒原谅了他，所以有一种终结的感觉。我们真的是非常幸运，因为福克斯公司让它成为它本来的样子。纳博科夫[54]用到了一个术语，他称之为"抚摸细节"。福克斯公司让我们做到这一点。

作者：它不只是一部猩猩对抗人类的动作片。它更有深度，因为你关注这群核心角色。

里克：《人猿星球》系列影片全部都包含这样的内容。如果你仔细想想，第一部电影发生的地方被认为是在曼哈顿及其周围。所有其他几部影片都发生在同一区域。某些方面我们是幸运和天真的。我想帮到我们的另一件事情是，视觉效果真的很贵，所以把它放在一个更大的画布本来是负担不起的。我觉得从一开始，每个参与的人都被凯撒的故事推动，并且被他的旅程感动，所以如果没有得到那些条件的话，我们的脚本真的会陷入麻烦。制片厂确实很支持。他们努力推动我们。金门大桥并不在前面几稿里面。不过，总是有一场奔向自由脱逃的戏。

阿曼达：这是故事的必然结局。

里克：总是那样的。它以不同的方式发生，但是直到（导演）鲁珀特·怀亚特与彻宁娱乐公司加入之前，才加入了金门大桥。

阿曼达：整部电影都为了那一时刻服务。从威尔发现猩猩宝宝并带他回家那一刻开始，从他们在丛林中睁开明亮的眼睛那一刻开始，不可避免地让凯撒结束在那些树林里——而有趣的是展开。这不是关于人类的毁灭。这是关于这些动物的解放，我们用傲慢对待他们，人类的需要占据主导地位。人类被大批杀死是一种连带结果。我认为人们需要有这种感觉。他们需要在角色身上花时间，然后感受各种不同的情感，不仅包括心碎也包括凯旋。

## 作业

列一张表，写出在电影开头主角的三项最优先考虑的事项。检查从第一幕的结尾到中点，这些重点事项如何开始转变并导致主角的主动"危机管理"。在关键的中点，我们瞥见了主角休眠（被压抑）的那一面吗？是谁或是什么激发这部分被揭露出来？

---

[54] 纳博科夫（Nabokov，1899—1977），俄裔美籍作家，代表作有《洛丽塔》《微暗的火》等。译注。

# 第12章
## "啊哈"的时刻是什么？

### 在第二幕的结尾让主角站在十字路口

第二幕的结尾经常被称为"一无所有"的时刻。这似乎像是最糟糕的情况也可能发生——但实际上事情还会变得更糟（参见讨论影片高潮的第14章）。

主角在第二幕中花了大量的时间去完成一个主要目标，现在已经到达一个关键的成就或打破它的时刻。这是一个低点，因为他们失去了完成他们的A计划目标的希望。在影片中点，主角听到的存在主义内省的轰隆声——"我是谁？"——现在摆在了最前列，并且需要积极的自我反省。在第三幕，你的主角通常是和他/她在第一幕和第二幕不一样的人。第二幕的挑战使角色必须成长。所以，现在做什么？现在是决策时间。

**如果说第一幕的结尾是基于一个危机点和必要性，那么第三幕的叙事驱动力可以说是基于一个选择。**

一个关于激情的选择——这将给影片高潮火上浇油。选择意味着你的主角已经到达他/她生活中由他/她做主的时候。一个恰当的比喻可能是，有时候为了灭火，消防员最好的方式是点燃一场"可控制的大火"。第二幕是关于为了控制住火焰，往戏剧性的火焰中冲水——但是没有奏效，火势仍然失控。因此，第三幕是关于用火灭火。很多伟大的电影，主角的决策点来自于顿悟。

**接近或位于第二幕结尾的顿悟将（理想情况下）把你的英雄吊在一个两难境地的边缘——一个隐喻或字面意思上的岔路口。**

真正的"顿悟"是突然意识到在人的一生什么是最重要的，在电影中，角色的顿悟通常从中点生长出来。剧本都是关于设置和收益，原因和结果的。所以，理想情况下，主角的顿悟应该不会让观众感觉是凭空冒出的。相反，编织穿插这些线索，让主角在第二幕结尾站在十字路口。

　　如果要让某个时刻成为顿悟的时刻，它会从深深的绝望中生长出来——并且需要极大的勇气来激活。最常见的是，这两个选择一个可能返回到他/她熟悉的相对安全的"平凡的世界"，另一个向一个勇敢的新方向前进。更具挑战性的选择永远是最戏剧性的，所以这是主角为了寻找从可怜和恐惧中释放（又叫做宣泄）必须忍受的道路。而为了让观众接受集体宣泄，主角必须面对他/她自己（最糟糕）的恐惧。

　　通过选择人迹罕至的道路，主角的主要探险（A计划）通常会被第三幕的一个新目标（B计划）取代。在这个关头，A计划被放弃了，因为无论是：（1）它视为站不住脚的或（2）它已经实现了——它已经某些方面使主角的旅程变得更加困难。

　　在《七宗罪》中，侦探萨默塞特和米尔斯（摩根·弗里曼和布拉德·皮特 饰）花了整个第二幕的时间寻找名叫约翰·多伊的神秘连环杀手。在第二幕结束时，约翰·多伊（凯文·史派西 饰）走进警察局自首。A计划被放弃，因为它已经实现了。他们得到了他。约翰·多伊被立即逮捕。但故事还没有结束。他已经开动了两个致命的罪案，除非侦探按照他的要求去做，否则还有两个人会死在那一周的最后一天——第7天。侦探没有顿悟，但他们站在**十字路口**。他们决定吞下诱饵，按照约翰·多伊的指示去深入挖掘他们的性格。萨默塞特，已经被定义为愤世嫉俗者，现在找到了一丝理想主义并希望他能挽救一些人的生命。米尔斯，过去是理想主义者，现在已经成为一个怀疑论者，不相信约翰·多伊的最后一个请求里会含有任何的好意。

　　《七宗罪》中的"啊哈"时刻是中心谜题的解决。恰好发生在下午7:00，那个神秘的箱子被送到汇合点。我们从来没有真正看到盒子里面是什么，但萨默塞特看到它的时候的脸，说明了一切。最后两宗罪——嫉妒和愤怒——在米尔斯和约翰·多伊之间展开。约翰·多伊自称嫉妒米尔斯的从容理智和对家庭生活的热爱，这激发了他最后的行为。而当大卫·米尔斯发现他妻子被谋杀并且她一直瞒着他她怀孕了，他愤怒得要杀人。米尔斯因为报复谋杀约翰·多伊而被捕。最后，萨默塞特的准顿悟的是，他仍然被这个嘈杂的城市、被追捕罪犯拴住，他的血液中流淌着这些，所以可以推断退休还得等上一阵子。随着夕阳在沙漠上落下，是萨默塞特引用海明威《丧钟为谁而鸣》的画外音："'世界是一个很好的地方，也是值得为之奋斗的地方。'我同意第二部分。"

　　影片《阳光小美女》中，胡佛家的A计划是去加州参加儿童选美比赛。在第二幕的结尾，这个目标实现了——他们已经到了加州。不幸的是，大赛主办方现在挡住了他们的路，而理查德（格雷戈·金尼尔 饰）良心上的危机是他应不应该不顾一切地让他的女儿奥利弗（阿比盖尔·布莱斯林 饰）去比赛。他害怕遭受羞辱和失败。但他的"啊哈"时刻带来了，他的妻子雪儿（托妮·科莱特 饰）让他相信，爱和奉献比取胜更重要。家庭的新目标是让奥利弗实现她的梦想并参与竞争——不管结果如何。理查德已经放弃了以为他可以控制一切，甚至应该控制一切的傲慢想法。在影片的高潮，这个曾经悲惨的家庭最终获得了释放。而他们能够陶醉在被赶出来的境地，因为他们拥有彼此。

在《猩球崛起》第二幕的结尾，凯撒从动物收容所逃走。凯撒带着偷来的血清，可以给他灌入超强的体力并且提升智力，他似乎是不可战胜的。对于他在中点的"生存困境"——他尽力想定义自己是人类或者猩猩——凯撒现在已经全面认同他的身份是猩猩。但他的"啊哈"时刻以他成为猩猩的领袖的形式来临。在第二幕，凯撒的A计划是与他的人类家庭同化。在第三幕开始，他有机会和抚养他的人威尔（詹姆斯·弗兰科 饰）重聚和联手。但是凯撒拒绝这条道路，他的B计划是他选择反抗人类。威尔爱他，却不能阻止他。凯撒现在是一种自然的力量，知道他真正的命运。这部影片的那句精辟的宣传语预告了凯撒的旅程，并且在续集中进一步揭示：从进化到革命。（参见第11章中我对编剧阿曼达·席尔瓦和里克雅法的专访。）

---

这两个计划之间的主要区别在于，A计划基于必要性：你有效地把主角困在危机中，而他/她别无选择，只能采取行动——否则他/她将失去一些有价值的东西。另一方面，B计划常常（但并不总是）是基于选择，因为你的主角在第二幕的过程中变得更强大和更果断。

---

### 专访：奥斯卡奖提名
#### 编剧何塞·里维拉（Jose Rivera）
#### *何塞·里维拉电影年表*

代表作：

《切莱斯蒂纳》（*Celestina*）（兼导演）（2013）

《在路上》（*On the Road*）（2012）

《给朱丽叶的信》（*Letters to Julie*）（2010）

《交易》（*Trade*）（剧本/故事）（2007）

《摩托日记》（*The Motorcycle Diaries*）（2004）

奥斯卡奖提名

美国编剧工会奖提名

作者：我把我们的访谈主要集中在《摩托日记》，因为它是一个和字面意义一样的旅程，也是一个走进人物内心的旅程。从美国的故事结构来说，这部电影是反传统的，因为他们最初的旅程并不是受到任何巨大的危机迫使的。他们动身踏上旅程，仅仅是因为他们想探索这个世界中他们不熟悉的那部分。事实上，你的主角并没有在开始时对他的目标充满激情，直到故事的后面，他到了麻风病人隔离区。我知道也是因为有源素材，而你是在真实事件基础写的。你在开始任何一种线性工作方式之前，会画出结构吗？

何塞：我在写剧本的时候，第一幕的结尾是那两个家伙终于上路了。我通常会严格注意一幕戏的突破和降落，尽管我不同意像刺激性事件之类的特别术语，因为我觉得它们有一点过于逻辑和不带情感，不是特别的成为有机整体。不过，我确实虔诚地遵守场次的划分：在第30页，主角接受了冒险；在第90页，主人公在他或她最糟糕的时刻，而在第120页，我们结束了故事。这样一来，我有一个非常公式化的方法。《摩托日记》中有趣的事情是，当（导演）沃尔特·塞勒斯在剪片子的时候，他意识到，所有我写的和他拍的第一幕的素材，虽然是很有趣的，但是没有那本公路小说有趣。所以，不是我们原来的30分钟，我们最终匆匆用大约一分钟半完成了第一幕。我们观看了影片，并意识到开头太长了，所以我写了一个新的画外音，而沃尔特把第一幕剪下来了。这个想法就是像你说的：没有一个不可抗拒的的理由来上路。他们不是在一个饱受战争蹂躏的国家，他们不是去找黄金，他们并没有受到巨大的外力强迫。很多电影是构思为成年礼的故事，而在成年礼故事中，核心角色是去寻找知识和世界的某个地方——这是真正的内部动机。《摩托日记》中的这个时刻，是阿尔贝托·格兰纳（罗德里戈·德拉塞尔纳 饰）说："切，你不想最后落得像那边的那个老家伙那样吧。"一位可怕的肥胖的老家伙独自一人坐着——当然没有人愿意最后变成那样。所以这是关于他们内在动力的程度。其中有许多成分只是为了好玩。而具有讽刺意味的，这部影片有意思的地方，是那些刺激和乐趣变成了一些重要的生活改变，并且让人感到惊讶，因为他们出发时并没有期待有真正的改变，他们只是期待看点别的东西。

　　而在沿途中有许多次，埃内斯托（即"切"格瓦拉，由盖尔·加西亚·贝纳尔扮演）面对贫穷、苦难或疾病不得不采取行动。这些小瞬间的积累导致电影的高潮——他横渡亚马逊河。我们谈论顿悟，这就是他的顿悟时刻，因为他正面对的这样一个世界——在这个世界，穷人和无依无靠在河的这一边，而健康的人在河的对岸，他内心的问题是："你将属于河的哪一边？"

他意识到他属于穷人和无依无靠的人所在的那一边，所以他硬是游到那里。非常体力化地表现一个抽象的主题，但它肯定奏效。沃尔特和我意识到那场戏是影片的高潮，因为它回答了主题式的问题，所以整个电影在结构上导致了那一刻。

作者：帮助把悬念注入那一刻的是他的阿喀琉斯之踵，他的哮喘。游过长长的河面到对岸真的会杀了他。你很担心他，天色黑暗，他的呼吸沉重，所以他也必须克服自己的生理限制才能游到对岸。我觉得这是一个真正的顿悟，因为这个时刻所引向的东西，为他设置了航向，成为一名革命者并且去古巴。所有那些事件的总和把他变成了他本应该成为的那个人。我想知道关于第一幕，因为它是如此的经济，唯一的其他的线索是他的父亲说："如果我年轻几岁，我也会做这件事。"你得到的感觉是：在你还年轻而且还可以的时候做这件事。在你原来的草稿中有画外音吗？

何塞：没有，在影片开头没有画外音，我们只是看到他们的生活展开。我们看到他们玩橄榄球，我们看到他在医学院中，我们看到格兰纳的生活，我们看到了格瓦拉家庭的很多方面。感觉到他的生活不充实，而是常规和陈旧。所以，当我们决定压缩这一切，我写了那些画外音涉及这些信息，并赋予一种兴奋感。

作者：你知道你要涉及这个特别时间的这次特别的公路旅程吗？基本上是格兰纳要在他的三十岁生日之前完成这次公路之旅吗？

何塞：那是虚构的，并且在影片结束的时候我透露了这一点，埃内斯托说："我知道这并不真的是你的生日。"而格兰纳说："是啊，我知道。我那么说只是要激励你。"还有一个相同的事情是，他们打算花五块钱买一件游泳衣给埃内斯托的女友，这也是虚构的。这件事实际上真实发生过，但不是发生在《摩托日记》本身。这是我在做研究的时候发现的一个生平细节。改编那本特别的书的时候，和结构有关的事情之一是，日记本身是非常痞子英雄式的，充满了松散的情节。它们也倾向于漫谈上百万乃至不计其数的时刻。它们缺乏结构。所以我们必须做的事情之一是创建一些运行主线，把影片中不同的场景连起来，让它感觉不那么松散。

作者：给家里母亲的信有画外音。但对于女朋友，有一个场景是他收到齐齐娜（米亚·梅塞托罗 饰）的信，而他被震惊了，因为她不打算等他。刚好就在这事之后，他遇到被从他们自己的土地踢出来的移民打工者，这人恢复了他对人性的信念。所以主题上，他确实不想选一条容易的道路。他本来应该刚刚结婚并且读完医学院。这是他原来传记的一部分吗？是否存在一个特别的女人，他本来应该和她结束的，而你最终混合改编成了另一个？

何塞：我根据两个来源工作：一个是埃内斯托的书，一个是格兰纳的书。他们写的都是相同的旅程，但是视点非常不同。这本书会包含另一本书没有包含的时间。格兰纳倾向于把埃内斯托塑造成英雄，而埃内斯托的视点基本上都是内心戏，而不是关于他正在做什么。关于齐齐娜的信，有趣的是，它切断了最后一件把他与家庭连接起来的事情。这是影片的转折点之一，因为这时候他开始真正拥抱道路，并且开始卷入到人民之中。在此之前，他只是一名游客。

作者：在写了《摩托日记》和改编《在路上》（*On the Road*）之后，你能说说这两部非常不一样的公路电影的相似和挑战吗？公路电影本身是最难写的剧本之一，因为它们可以说是天生的松散——面临的挑战是构建它并且保持强度不断增加。

何塞：很大的不同是源素材。埃内斯托从来没有想过他的日记会被出版。它们真的是写给他自己，用来记录他生活中的事件，并且是在死后出版；而（杰克）凯鲁亚克显然是为国民消费而写，而且他有一个非常小说的结构。在某种程度上，敲开《在路上》要硬得多。

作者：它是非常受人喜爱的文字，人们会期待它和《摩托日记》会非常不同。

何塞：尤其是在这个国家。在南美，显然，《摩托日记》以和在这里不一样的方式产生共鸣。但在这里，《在路上》让这么多代人产生共鸣，并且有大量的包袱，其中包括一个事实，很多人都还活着，他们是书中事件的一部分。我处理这两本书的办法都是把包袱留在门口，而不去承担这个责任的重量，因为我不认为我可以以那种方式写出其中的任何一本。对我来说，我是从把这本散漫庞大的书结构成一部紧凑的三幕电影开始，我把它当成一个学术挑战。这真的是第一个挑战。然后，去找到对结构有贡献的事件，并且删除那些没有贡献的。

作者：你显然非常了解源材料。你会把书放在一边，并尝试用那些不可磨灭的东西去实现它吗，还是你仔细阅读并且突出精彩部分，把这本书用作活着的文本？

何塞：我觉得我必须向那本书致敬。我不觉得我是在重塑凯鲁亚克的车轮。而且有这么多精彩的材料，不用它是犯罪。我非常小心地突出某些材料，并且把我认为电影化的场景和我认为可以用到剧本里的对白划线标出来。通常，我会删掉完全不合适的那些页。有很多材料我很喜欢，并且希望包括进去。这也很有趣，因为我在改编书的过程中发现的事情之一是，在某些方面，编剧的工作之一是修复这本书的不足。即使一本伟大的书都会有不足。所以《在路上》的缺陷之一是它缺少一个引人注目的女性角色。

作者：是的——玛丽露（克里斯汀·斯图尔特 饰）和卡米尔（克尔斯滕·邓斯特 饰）。

何塞：所以这两个人物在电影中有些特定的场面是电影中所没有的，电影中给他们一些背景故事和更多的维度。在某些情况下，我不得不重新设定对话。卡罗琳·卡萨迪，她是卡米尔这个角色的原型，她还活着并且不喜欢那本书，因为所有她做的就是哭。因此，我们格外费劲地给她的角色真正的支柱和更大的人性，让她不只是一个受害者。这是我处理这本书做的事情之一。

作者：你会写一个正式的大纲吗，还是在你开始写剧本之前，你使用一定的方法来处理规划阶段？

何塞：我没有特别正式的大纲。正如我所说的，我很自觉地关注一幕戏在哪里突破下降，我通常会制作一张列表，把有趣的场景以看上去最有机整体的顺序列出来，我倾向跟随这张表并且纳入三幕之中。我不喜欢写详细的电影处理方法或大纲，因为我觉得最有趣的的部分过去了，我喜欢在我做的时候有惊喜，并且在我写的过程中有发现。

作者：我觉得这就是大多数奇迹真正发生的地方——在发现的过程中。常见的情况是，如果你太盲从于大纲，你会让大脑短路。你按照一个特定的主题写吗？

何塞：我不强调主题。我更迷恋风格和故事。讲故事的风格对我来说很重要，而且很明显，故事是很重要的。说到主题，我想主题会浮现出来，而人们会把主题投射到故事上，无需让故事来发送主题。没有那么多伟大的主题。它们已经被使用得太多了，因此在这方面你不会得到非常原创的东西。但是，我们必须在我们的故事和我们的角色得到原创性。我认为这是把"你会在这条河的哪一边"作为主题背后的思想，那是沃尔特和我想出的主题，但你真的感觉不到这个主题的重量，直到电影结束，你走出电影院，想着"哦，那是它讲的东西。"但这不是真的在我的脑海。在我头脑里的是："我如何推动故事前进，我怎么让观众一直失去平衡，所以他们看不到我们要去哪里？" 对我来说这是真正重要的。我确实认为，编剧必须和主要角色共享非常强烈的生活观点，不能保持中立。可能那些认为主题非常重要的编剧真正想的是：我们对世界的看法应该非常强大和有趣，而我们的主要角色应该以一种非常清晰的方式涉及主题。因为你可以问自己：观点是什么？好了，一个视点就是我们的主题。

作者：我认为这实际上非常好，因为我认为主题在一定程度上是能涉及所有人的真理，而视点是——尤其是像切·格瓦拉这样的角色——角色的真理。它使得对角色和观众，都更加容易看清楚他是谁，以及真正对他重要的是什么。他的角度连接到主题。他不能眼看着人民受苦，而自己转过身去。每个人都是平等的。有一件事情是他拒绝戴上手套，因为它是第一个隔离层，当然河水也把他们隔开了 ❺❺。那一幕成为他想要跨越那个把他分隔开的界限的地方，是那样充满力量。

我知道，你最开始是一名戏剧作家，我想知道对你来说，戏剧编剧和电影编剧之间的主要区别是什么？而且，作为这个问题的一个补充，我看到你在执导影片《切莱斯蒂纳》， 你从编剧和导演工作，以及与有才华的导演合作中学到了什么？

何塞：剧院有赖于语言，并且剧院的媒介是对称性的。要成为一个好戏剧编剧，你必须听觉非常好，你必须能够用词句画画；而在电影中，你使用摄影机创作那些图画。从一开始，这就是一个非常不同的讲故事方式。我做这两件事已经做了许多年，所以我的戏剧写作对我的电影编剧有帮助，而我的电影编剧也帮助了我的戏剧写作。我的戏剧创作某种意义上变得更加视觉化和更加宏大，而我也已经能够把我从戏剧创作中学会的写对话的技巧吸收到我的电影编剧中。作为一名导演，到目前为止我已经执导过一些短片，但我已经多次与沃尔特在剧组，我喜欢看他工作。我学到了很多编辑的方法，我学习了我原本从来不会在纸面上做的剪辑，有时候，基本上只在屏幕上做。那些在写作时似乎很重要的事情，此刻我才意识到是次要的。所以看着那些画面被重新安排，剪切，最后拼接起来，用一种你永远不会尝试在纸面上使用的方式讲一个故事，那是真正的受教育。

作者：所以不管所有的那些规划、分镜头脚本、大纲和草稿，电影制作始终是实验的过程，因为有太多的东西在纸面上、拍摄中、在剪辑室的编辑过程中被修改，你真的不知道是哪些在起作用，直到你看到这一切被放在一起。

何塞：这是一个非常有机的运动。最终都靠直觉。我剪了我自己做的短片，全部是靠直觉：这样感觉对或感觉不对。总体规划真的被扔到窗外了。

## 作业

列一张表，写出在第二幕的结尾，主角可以为他/她的生活做出的所有可能的选择或方向。把这张表从最有价值到最不重要分层排序。从第一幕到这个点，主角的观点转变了？按照这个顿悟行事强化了利害关系吗？

---

❺❺ 影片《摩托日记》中，有切·格瓦拉在麻风村拒绝戴手套行医的情节；河水指把麻风村和外界隔开的亚马逊河。译注。

# 第13章
## 冲刺是什么？

### 让时钟滴答作响

在那部非凡的24小时时长的电影《时钟》里，艺术家/ 抽象派画家克里斯蒂安·马克雷视觉化地在影片中汇编了出现在电影（有的来自电视）里的滴答作响的时钟，他剪接了数千个影片片段，每个片段的内容是指示了精确的分钟甚至秒的手表或时钟的镜头，或者抓取了与时间有关的对话。这部影片更不同寻常的是，它按照真正的时间放映，所以如果你碰巧在洛杉矶下午2时05分看到这部电影，那么屏幕上的片段将精确对应相同的时间。这部电影本身就是一个时钟，它带来了这本书里面为数不多几个绝对事件之一：

**电影包含了许多不同的类型、故事和人物，但在剧情层面：所有的电影都是关于时间。**

在影片《羞耻》（*Shame*）、《美国精神病人》（*American Psycho*）、《在某处》（*Somewhere*）、《天生杀人狂》（*Natural Born Killers*）和《关于一个男孩》（*About aBoy*）中，主角们有太多的时间在他们的手中。在影片《土拨鼠日》（*GroundhogDay*）、《源代码》（*Source Code*）和《127小时》（*127 Hours*）中，他们飞快地无处可去。而《初学者》（*Beginners*）、《飞屋环游记》（*Up*）、《本杰明·巴顿奇事》（*The Curious Case of Benjamin Button*）、《特别响，非常近》（*Extremely Loud & Incredibly Close*）、《你妈妈也一样》（*Y TuMamáTambién*）和《继承人生》（*The Descendants*）这些影片，全部都尖锐地证明我们总是没有足够的时间和我们最爱的人在一起。

**尽可能快地以有机整体的方式强加一个最后期限——不晚于第三幕的中间。**

一旦剧情跨越门槛进入第三幕。你的主角已经知道他/她真实的自己和他/她真正想要的东西，那么，用一个定时锁开大热量，增加影片的紧迫性。

电影中常见的最后期限往往是通过仪式施加的：出生、死亡、婚礼、毕业典礼——和除夕夜。而在这些影片中也有出色的效果：《贫民窟的百万富翁》的游戏节目，《最长的一码》中的冠军赛，以及《斗士》（*The Fighter*）中的大比赛。当然，还有奔向机场或婚礼圣坛的冲刺——这已经成为老电影里的陈词滥调。尽管上述的所有例子可以有效地建立一种通向影片高潮途中的紧迫感，但是所有的最后期限从特定角色的需要中浮现出来，而不是为了剧情随意指派。

**电影中滴答作响的时钟可以是文字式或图形式的。**

有些电影制作人选择使用字幕（在屏幕上的时间码）或小标题让我们看到倒计时。这可以产生更大的紧迫感。

在这些影片中，倒计时在前面5页中开始：《酒后大丈夫》（*The Hangover*）（婚礼前四个小时，而伴郎失踪了）、《罗拉快跑》（*RunLola Run*）（她只有20分钟去筹到10万德国马克救她男友的命）、《狙击电话亭》（*Phone Booth*）（一名自大的公关人员被一名敲诈勒索的狙击手挟持在电话亭）、《怒火攻心》（*Crank*）（他被下毒，急切地寻找解毒剂）。

在其他电影中，时钟从第一幕的结尾开始滴答作响（大约在第25页）：《红眼航班》（*Red Eye*）、《127小时》（*127 Hour*）和《世纪战疫》（*Contagion*）。

滴答作响的时钟可以跨越很多天：《周末时光》（*Weekend*）是两天，《秃鹰72小时》（*ThreeDays of the Condor*）是三天，《全面反击》（*Michael Clayton*）是四天，《泰坦尼克号》（*Titanic*）是五天，《阿波罗13号》（*Apollo 13*）是六天，而《七宗罪》（*Se7en*）恰好是一个星期。

在《玩具总动员》（*Toy Story*），滴答作响的时钟是在第一幕里，伍迪提醒玩具们搬家的日子的那一刻设定的，然后我们知道伍迪和巴斯必须在搬家之前回去——否则将永远也回不去了。

一个故事可能发生在一个或多个星期：在影片《我与梦露的一周》（*My Week with Marilyn*）里，一个热心的年轻电影系学生为玛丽莲·梦露所折服，那是他生命中最难忘的一周；《惊变28天》（*28 Days Later*），在一种神秘的、无法治愈的病毒蔓延了整个英国之后，少数幸存者想找到避难所；还有扭曲的情色哥特片经典《爱你九周半》（*9 1/2 Weeks*），讲述一桩复杂迷人，但是不带个人感情的桃色事件，这部影片让米基·洛克成为明星。

电影也可以发生在许多个月：影片《少女孕记》（*Juno*）离孩子出生大约九个月，《美国丽人》（*American Beauty*）离死亡不到12个月。或者，它们可能覆盖一个量化了的时间表：《点球成金》（*Moneyball*）里的棒球赛季；《时尚女魔头》（*The Devil Wears Prada*）里即将到来的时装周；《总统杀局》（*The Ides of March*）里的选举周期。

或者，这个故事也许跨越几年甚至几十年——但是具有敏锐的历史感，如《米尔克》（*Milk*）、《本杰明·巴顿奇事》（*The Curious Case of Benjamin Button*）、《阿甘正传》（*ForrestGump*）和《战马》（*War Horse*）。

**在许多影片中，倒计时能被察觉，但不太明显。**

《迷失东京》（*Lost in Translation*）抓住了两个陌生人之间疏离、关联和失眠的深刻感觉：影星鲍勃·哈里斯（比尔·默里饰）和年轻新婚的夏洛特（斯嘉丽·约翰逊饰）在东京的一家高档酒店度过了几天的时间。随着时钟滴答走在《美丽心灵的永恒阳光》（*Eternal Sunshine of theSpotless Mind*），乔尔·巴里斯（金·凯瑞饰）的新记忆正在替换痛苦但珍爱的过去的记忆，那是与心爱的克莱门汀（凯特·温斯莱特饰）在一起的回忆。

---

随着时间的蒸发，把你的主角推到越来越接近边缘的地方。在电影里，看着的水壶总是烧得开。❺❻

---

### 专访：编剧/导演 大卫·凯普
### （David Koepp）
### *大卫·凯普电影年表*

代表作：

《致命急件》（*Premium Rush*）（兼导演）（2012）

《鬼镇》（*Ghost Town*）（兼导演）（2008）

《世界大战》（*War of the Worlds*）（2005）

《蜘蛛侠》（*Spider-Man*）（2002）

《房不胜防》（*Panic Room*）（2002）

《灵异骇客》（*Stir of Echoes*）（兼导演）（1999）

《失落的世界：侏罗纪公园》（*The Lost World: Jurassic Park*）（1997）

《碟中谍》（*Mission: Impossible*）（1996）

---

❺❻ 西谚有云"看着的水壶烧不开"，意思是心急吃不了热豆腐。此处反其意而用之。译注。

《媒体先锋》（*The Paper*）（1994）

《情枭的黎明》（*Carlito's Way*）（1993）

《侏罗纪公园》（*Jurassic Park*）（1993）

《飞越长生》（*Death Becomes Her*）（1992）

作者：你的剧本是出了名的滴答作响的时钟，紧迫，最后期限，以及步步激化的冲突和利害关系。

大卫：是的，我确实有紧急的问题。

作者：你如何有意识地处理在脚本每一点上的时间线和大事件？从大纲的阶段向前推进？

大卫：这根据故事的性质而有所不同。有些故事高度依赖于时间，并且实际上，采用一种刚性的整体电影结构。我一直喜欢那些"瓶子"似的电影。它不必仅仅是时间，它是一个容器，希望你的美酒倒入其中。《媒体先锋》（*The Paper*）是一个例子，它是极其刚性的——刚好24小时。在影片的开始，你看到的片头是一个时钟的内部运作，时钟翻转至上午07时00分，然后到影片的最后一个镜头时钟翻转至上午07时00分，正好24小时。

作者：我记得非常清楚。你也会记住的，因为这也是通常也是人们订的报纸被扔到他们家前门台阶的时候。

大卫：我们知道我们要做的这部电影说的是纽约的一家小报，制片人弗雷德·佐罗说："为什么不让它发生在24小时？"这个想法对许多不同的故事都好，但是对一个报纸的故事尤其好，因为这是一个循环。结果是，影片采用了一个上午、中午和晚上的结构，这也非常适合于第一幕、第二幕和第三幕，所以24小时工作得非常好。约翰·坎普斯和我刚刚完成了《致命急件》（*Premium Rush*），这部影片今年（2012年）会推出。电影按照90分钟的时间结构，时钟作为参考贯穿时钟。时间结构背后的想法是，这名快递员从城市西北的哥伦比亚大学拿了一份信件到城市东南的唐人街，他有90分钟去送信。我们采用了闪回，但是这90分钟是那个"瓶子"，这也恰好是一部电影的时间长度。我曾经在《正午》（*High Noon*）的评论音轨听到一个有趣的说法，故事、电影和戏剧往往是90分钟至2小时的原因，是因为我们的睡梦往往每90分钟到2个小时会改变，所以感觉这就是一个故事的正确周期。

作者：在《枪声响起》（*The Trigger Effect*）中，因为停电了，你非常强烈地意识到时间，而停电持续的时间越长，情况就会变得越紧急。

大卫：我故意把影片设置在一个周末，因为它也遵循了这个结构：周五、周六、周日，随着这些天有不同的感受。周五的解放，一点点的聚会；周六是长长的第二幕，大部分的活动在其中发生；周日是恐惧和悔恨的感觉。

作者：在《房不胜防》（*Panic Room*），你以指数级速度一步步升高了冲突和利害关系，因为她们被困住了。由于困在让人恐慌的房间的必要性，情况变得越来越可怕。是在什么时候，让你想到让她的女儿有胰岛素依赖症？

大卫：那是在编剧的过程中。我知道我想在电影的中途翻转这个问题。为了取代她待在房间里，不让任何人进来这个情况，我设计成那样，所以必须有一个真正的好理由让她走出了房间。作为一种手段可能有点廉价，但是非常有效。

作者：我认为它的效果非常好，因为它也显示了朱迪·福斯特扮演的角色的母性有多么强烈。我经常在我的课堂使用《房不胜防》，因为我发现我的学生，在他们的脚本里几乎从来没有足够的冲突或紧迫性，而且他们似乎很抗拒增添更多的冲突。我常常告诉他们，要加入更多让你不舒服的东西，然后你可以一直回击。如果你玩得安全或者太细微，很多时候它甚至不会让人注意，但是你看一部《房不胜防》这样的电影，问题越来越加剧，而她的选择只有跑出去。这可能是你的本能，但是你可以谈谈为了各种紧迫性逐步升高冲突的策略吗？

大卫：当然。首先，我想说的是，《房不胜防》把一处场地当成"瓶子"来使用。我给自己的限制是，整部影片必须发生在这个只有17英尺（1英尺约等于30.5厘米）宽的小房间里，随着电影的开发和制作，空间变得更宽，我们在影片的开头和结尾有一个在外面的场景，但仍是相当接近我原来的严格规定。这种想法可以追溯到亚里士多德和时间、地点、人物的一致性。他是最严格的。亚里士多德说，戏剧应该发生在不超过24小时的时间内。它必须是在同一个地方，相同的角色。这很酷，但没人可以完全遵循亚里士多德，这太难了。但是，这是一个很好的点，遵守这些规则确实有助于统一故事。说到逐步加强冲突，故事要是做不到这一点往往是枯燥的，不只是看的时候枯燥，而且写的时候也很枯燥。举个例子来说，有个场景是一个人不得不回到家里并且告诉他的妻子他被解雇了。如果他回到家然后说："工作的时候发生一件可怕的事：有个家伙说了谎，我被解雇了。这太可怕的，我为这事很苦恼。我打算请个律师。"然后，他的妻子说："亲爱的，这就是我听说过的最糟糕的事情，你绝对应该聘请律师。有个和我一起上学的人是一个优秀的律师。""太好了，我们请他。"这种对话可以设置一部关于诉讼的有趣的电影，但是如果我们知道他刚被解雇，然后他回到家里，他的妻子说："工作怎么样吗？"他说："还好。"他们开始谈论别的事情，然后聊天中发现他被解雇了，但他不想做任何事情。他的妻子被他气坏了，说："你怎么能什么都不做呢？发生在你身上的事情是不公平的。"他说："算了，我只是不想在那里干了。"我们不知道是为什么，而现在他们正在为此大吵。这种方式让编剧写这个场景的时候更有趣，这种方式让演员表演的时候更有趣。而且，这种方式让观众看的时候更有趣。

作者：而且，如果他朝窗外望去，看到泳池承包商刚刚开挖，他们要进一步陷入债务……

大卫：绝对的。因为这是戏剧性，没有它，故事就平淡了。肯定存在只是观测到的事情，但它们不是我喜欢看或写的故事。

作者：我认为大多数的这些东西，你最终都剪掉了。有时候它们只在初稿的时候有帮助，因为你想找到故事并且你想找出角色是谁。我从你那里学到的最大的一点是，必须倾斜身体保持运动，而那些你工作过的那些制片厂的大制作就像是在游乐场的过山车。他们只是看起来非常有趣。他们就像有特效的过山车。步伐真的、真的很快。对于那些大制作的电影，你怎么处理对你希望达到的悬念的怀疑，因为在像《致命急件》、《房不胜防》的这种影片中，让紧迫性可以有效的方法之一是因为你处在一个现实的情境中，但是在像《蜘蛛侠》或者《侏罗纪公园》这种充满幻想的电影里它是不是更困难？《世界之战》很现实，但是出现特效和超自然的元素时，你会担心如何在这种基调的电影做到真实性吗？

大卫：这是一个不间断的奋斗。我的意思是，我第一次要处理这种情况是第一部《侏罗纪公园》，那是我第一次写有宏大特效的内容。《飞越长生》有很多的特效，但是写的时候是假设它会是更简单的特效。《侏罗纪公园》是怪诞的，因为人们被那些横冲直撞的恐龙吓得奔跑尖叫。现在，你必须建立它们的真实性，同时似乎在一定程度的想象之上，但你仍然要把它们当成角色来关心，所以他们不能是动画片。所以，在那些影片中你最终想做的是，在前二十分钟里在尽可能多地塞进有趣的人物的内容，因为一旦雷龙出现，你就完蛋了。因为当有恐龙跑来跑去时，这个世界上没有人会打算说："让我们来谈谈我们之间的关系。"他们只会谈论恐龙，有时这是正确的选择。不要试图做任何个人的事情，只能把它放在一边，让他们成为对他们周围的情况做出回应的正常人。不同的人物会以不同的方式做出反应，所以你往往会只能写他们的反应，你不能告诉或设定个人的故事。那是非常困难的。

每部电影都有自己的想象程度，每个人都必须与之匹配。对于《侏罗纪公园》，恐龙是想象出来的元素，但其他的一切必须是真实的。这是一个非常微妙的平衡。《世界之战》要容易得多。这部电影的开头，我们决定给它一个工作级别的背景是，一个非常特别的家伙在一个非常特别的地方。我们甚至在我为它写的地方拍摄，这是十分少见的，你通常做不到。它看起来很棒。那是一个对拍片很友好的地方。它是一个生存故事，和我写的其他影片相比，它与《枪声响起》有更多的共同点，因为它就说的是在我们的现实世界会发生什么事情。这不是在恐龙跑来跑去的梦幻岛。因为它就在你的邻居家里，我们得更加逼真，给人物更加平凡的关注。影片是在9·11发生短短几年之后，所以从那个事件到影片上映有非常特殊的情感相呼应。

作者：在《世界之战》和《侏罗纪公园》绝对吓坏我了。老实说，把我吓得想躲在我的座位下面。尽管我知道这是想象和特效，我认为这是一个证据，证明你的角色和处境是如此真实，我完全相信那些人处于危险之中并且担心他们。这在我看来，悬念来自于我们对角色的情感投入，因为恐龙和有不太现实的需求和态度的角色出现可能已经让我放松了。你非常善于在影片刚开始不久就创造让我们关注和在乎的角色，非常简练，而且角色还有闲聊式的对话，但你让我们和角色连接起来，这是一个真正的目标。你让你做的一切看起来轻松，因为我们看到这一切完成，我们就像在游乐场里坐过山车。所以，随着角色的建立我们和角色建立关联我们在情感上投入他们，他们是可爱的或者有缺陷的对你有多重要？

大卫：我不认为可爱非常重要。我认为可理解、可识别以及有相关性非常重要。克鲁斯在《世界之战》里的表现比我在剧本上的意图更招人喜欢。我认为他在影片里是非常好的，效果很好，我认为这是一个不错的阐释。但他不是一个伟大的家伙。他是一个很糟糕的父亲，他很奇怪地和自己的孩子竞争，而且他不能集中注意力。他有很多的缺点，但我认为是这些东西使他更有趣。也许只是因为克鲁斯是在屏幕上是天生地招人喜欢，所以他的出现让这个角色更可爱。重要的是认出我们实际认识的人或者辨识出我们的特性。

作者：如果他们是有缺点的，它也给了你去救他们的地方。

大卫：没错。

作者：所以，当他们正在奔跑并试图逃生的时候，他们也在成长或者战胜某个人。

大卫：你不能救赎一个圣人。

作者：说到时间和最后期限，我想请教你反派在其中的角色。我记得我读过威廉·戈德曼几年前写的东西，为了写一部惊悚片，他需要首先从反派的视点来构思情节。他找出他们的计划，然后回过去找应该把谁引诱进去。你在什么时候开始思考，谁是我的主要反派或什么是对抗力量？

大卫：你提到了一个很好的点。我从来没有那样想过，但在大多数电影中的反派通常是拥有更强的计划，却在做一些他们不应该做的事情的人。这相当恶毒，而主角，尤其是惊悚片中的主角，只是尽力争取维持现状。他希望恢复他的生活并且不让反派实现自己的目标。在《致命急件》中，所有的最后期限都是坏人设置的。他需要在特定的时间得到他需要的东西。

> 一般情况下，即使电影没有一个严格的时间结构，早一点知道什么时候需要发生什么事情仍然有极大的帮助。

例如"我们必须在周三完成这件事，否则你不会得到这份工作。"或者"我们必须在这个时间以这种方式去加州。"如果你只是在前面给观众一个暗示，知道你准备在某个时间让什么事情发生，之后每个人都可以放松，然后大家都会无精打采得多。这将是一个常规的故事。

作者：对，它是你与观众达成的协议。

大卫：而且，它不一定要基于时间或日历。我想到了《夺宝奇兵》（*Raiders of the Lost Ark*），而且我认为是那是最好的阐述场景之一：在课堂的那个场景，军方情报人员过来见他然后说："希特勒在找什么？"他说："哦，是约柜，而你要做的是：首先，你拿到这个东西，然后把它放在这个地方，然后光透过去告诉你在哪里挖，然后你去那里，然后你挖下去，然后你拿到约柜。"接下来，他们问："我们什么时候必须得到它呢？"印地说："在希特勒得到之前，因为它很强大的。" 对于这部电影的其余部分，这是你需要知道的一切。因此，最后期限并不一定必须是星期三，最后期限是赶在希特勒之前。

作者：你现在在说的是利害关系……

大卫：对。"否则"是"否则希特勒将是不可战胜的"。甚至尽管我们知道他不是这样的，他们仍然不知道。你的英雄不需要一切都会变好。当然，观众知道十件事情中的九次都会完全没事，因为大多数故事都是这么结束的。

作者：他们只是不知道如何做到以及用什么代价。

大卫：不过，英雄也不能知道。

作者：你觉得一般情况下，英雄需要在故事的过程中做出一些牺牲吗？还是要面临一个道德困境？您如何看待这些事情还是说它们只是有机地发生？

大卫：我觉得会发生的情况，要么是有机发生的，要么不是。你在讲故事的时候，你可能会想，"哎呀，感觉事情对他实在太容易了"，所以你经常给他一个艰难的选择。他能做到这一点，但是他不能这样做，或者他可以做到这

编剧路线图
——推动故事发展的21个关键问题（电影篇）

一点，但他会被他在乎的人误解而不喜欢他，所以他们必须要处理这一点。是否这也是一种特别的牺牲？也许吧——因为否则事情对他太容易了。

作者：一般情况下，你看到有缺点的角色或英雄一定程度上是有点自私的，一般在故事的过程中，他们变得去关心别人。像《侏罗纪公园》里，主人公和孩子们存在问题，然后随着时间的推移他越来越像父亲。

大卫：他是被迫进入一种他不能处理的情况。

作者：我常常想，几乎每部电影在一定程度上都是关于成长的故事，因为角色必须成熟或者进步，以便进入他生命的下一个阶段。即使在故事中他们是老人，似乎也有东西是他们缺失且必须得到的，而电影迫使他们审视这一点。

大卫：大部分故事都是关于变化，只因为变化是有趣的。关于这个规则好玩的地方是，当你看到它被破坏了，它是令人难忘的。我总是在想《玫瑰战争》（*War of the Roses*）的结尾：他们躺在地上奄奄一息，他伸手去抓住她的手，她把它拍走了。这是充满想象的，因为你想："哦，我明白了，这不是一个成长和变化的故事。"这是不同的。这是一个道德故事。他们应该已经成长并且改变，但他们没有，所以现在他们就死定了。

作者：这是使它成为一个悲剧的原因，因为它有可能走另一条路。我一般把电影里的利害关系定义为不采取行动的后果：如果他们不做某些事情，那么他们就会失去某些东西。我也采访了《摩托日记》的编剧何塞·里维拉，当然了，那是和一般的英雄之旅非常不同的叙事，因为它向我们展示了切·格瓦拉如何成为一名革命家的根源。然而，在影片的开头并没有促使他们继续公路旅行的动力。他说最初的时候，比如说，第一幕由25～30页来说明他们为什么需要去，但他们最终删掉了这一切，决定了他们只是出去，因为他们想去。

大卫：在那个例子中效果非常好，因为他们年轻，他们觉得喜欢这样。

作者：因为他们年轻，他们觉得喜欢这样。这是他在他在医学院的最后一年或最后一学期，然后他将成为一名医生。他需要看到这个世界他还从未见过的那部分，而那些东西改变了他。

大卫：这是一种令人难以置信的释放的感觉，当你投身于一个故事，发现你正在辛苦劳作去解释或激励某些事情，而这些事情其实真的需要你的解释或激励的时候。

作者：视频游戏、社交媒体和在线视频对你的编剧有影响吗？你如何看待它们？

大卫：不，我不会，因为我认为你必须追赶游行队伍的时候，你就不能带领它。我认为你有兴趣讲的是在你很年轻的时就印刻在你心上的那些故事。你可以尝试另辟蹊径，尝试不同类型的故事，尝试你以前没有做过的类型，这对你是非常好的，但如果你想改变你讲故事的方法，那是很棘手的，我认为也是危险的，因为你试图效仿的对别人来说是自然而然的东西——而不是你。

如果你的孩子决定进入讲故事这个行当，我觉得这些新媒体形式会影响他们讲他们有兴趣的故事的方式。但是，我不认为你可以有意识地思考一下那些东西。我想，如果它发生在你的内心并且改变你，但没用到你的知识，那挺好的。我也在思考这些来来去去的担心。我记得在90年代中期，我们都很紧张一切都会变成互动的，因为那时候交互式CD-ROM很热。好像人们对于听故事不感兴趣了，他们希望在这件事情上进行选择，而所有的电影都将有每十分钟有一个选择，所以你要必须写18个不同的故事线。在那一年或两年的时间里这是一个很大事，接着所有人都厌倦了这种方式，因为人们确实喜欢别人把故事告诉他们，人们已经做了几千年了。他们感兴趣的故事类型会随时间的变化而变化，但我觉得看别人讲述他们的故事的方式是没有改变的根本性质。你希望他们讲述他们自己的故事。你不想做这份工作。你想要看着他们的故事，因为如果你讲自己的故事，你会去做的。

作者：技术的变化是如此之快，它使得剧作家给人们更多逃生和交流的选择。

大卫：我觉得人们去找另一个人说话的场面很有趣。你可以想象出来的理由曾经是，比如他出去跑步，所以他会在另一个角色的房子前停下来。现在，他会打电话给他，或者他甚至不给他打电话，他会发短信给他。太好了，所以现在我们的电影里都有短信屏幕了。你必须不断想办法绕过手机。如果你做任何的间谍电影——我正在做一部新的杰克·瑞恩[57]电影——你必须把手机包含进去。这就像一名现场特工的生命的核心部分，他如何使用手机既能帮助自己，也能扰乱别人。问题是一些可怜的导演不得不拍一只手拿着手机，这真是无聊至极。没有人愿意阅读手机屏幕。这是电影；你想看到事情发生。所以，手机是祸患的根源，但现实就是这个样子。

作者：你觉得电影和场景正在变短吗？你相信一个"刺激性事件"需要在第10页发生，还是觉得这样太武断了？你觉得有有必要思考基准和页码吗？

大卫：我认为，相反，电影是越来越长了。我很乐意看到一些明确页码数字的说法，因为它让我感觉如果你要让别人从家里出去到电影院，你得让他们觉得他们看到的值得他们付的钱。我是短片的忠实粉丝，我喜欢比较短

---

[57] 此片应为《一触即发》（*Jack Ryan: Shadow Recruit*），2014年1月上映。译注。

的电影，《致命急件》只有88分钟。

作者：我几乎也总是认为电影应该更短。

大卫：我从来没有走出电影院然后说："这部片子不错，但就是时间太短了，如果他们愿意给中间再填补了一点点就更好了。"当然，还有很多关于人们理解水平在提高的的言论，因为事情的节奏正在加快。这是真的。您不必按照20年前你不得不使用的方式来展开内容。

至于刺激性事件——是的，不管人们怎么称呼它，我认为重要的是在第10页让它开始产生作用——或者理想情况下，更早之前——以便让我们对故事往哪里去，或者至少看起来谁在反对谁有一些想法。希德·费尔德做的《唐人街》（*Chinatown*）仍然是一个很好的例子，但在那之后，私人侦探电影的内在结构变得容易得多——有人出示了一个案子并提供了一些因素。我想到基准和页码只是为了确保事情正在发生和事情正在取得进展并且就要完成，以避免一个很无聊的电影。

作者：你写剧本时有意识写到主题里的是什么，或者没有？

大卫：我觉得主题最好是后来别人向你指出的东西。如果你一开始想说这是一个关于一个人对另一个人不人道的故事，那么你将让故事变得说教和沉闷。如果你只是打算从个人层面说一个欺负别人的混混的故事，那么你不是有意识或公开地在讲一个关于一个人对另一个人不人道行为的故事。有时候，你写出来的故事底下没有任何有力的主题，但是你总会因为你的故事没效果而发现这一点。不是因为你没有明确地表达一个主题，只是因为你的故事不对劲。他们让你在开会的时候做的第一件事是表达主题，我认为这是错误的。他们应该只是让你阐述这个故事，然后得出他们自己的主题。

作者：但是与此同时，想到《蜘蛛侠》的时候，很难不去想："有了巨大的力量，意味着巨大的责任。"那是因为源材料嵌在里面了吗？

大卫：因为某个别人已经写出来了。这仅仅是一个良好的故事线。我不认为他在写这本漫画书的时候说："我准备写一本漫画故事，它的主题将是'有了巨大的力量，意味着巨大的责任'。"我觉得他是想讲一个故事，关于这个孩子和他的叔叔和他的可怕过失。我敢肯定，那句台词只会在他正在写那本漫画书的时候自然而然地出现。这是一个有基本构建元素的很有力量的故事，但我很怀疑他开始的时候会说，这是我的主题。

作者：你对想要进入这个行当的人有什么建议吗？他们应该写什么？

大卫：写他们会喜欢看的东西。我认为绝对最值得做的事情，就是假装下午你突然不上班了，然后你决定去电影院看电影——你会喜欢看什么？放映什么会让你非常兴奋？

## 作业

按时间顺序，画出在第三幕的结尾，你的主角最后12小时（或更少的时间）的旅程——一小时一小时地画。他/她去哪里？他/她看到了谁？他/她做什么？哪些事件对剧情重要而哪些是无关的？现在，简略地编辑和思考：你可以删除哪些事件以增加戏剧张力？此外，选择一部精神或结构和你的剧本类似的现有影片，将它和你正在写的剧本比较最终一小时或者时间线。

# 第14章
## 可能发生的最坏的事情是什么?

### 把主角推到高潮的边缘

    影片的高潮是终极考验。主角将面对他/她的最终恐惧,那通常是需要角色成长或转变的最后挑战。对需要、欲望和恐惧的深刻理解,驱动主人公考虑创造一个"终极"测试、行动或重要的象征性的"毕业",那是最适合特定的主角、体裁和电影的明智的选择。

    我相信所有的电影在一定程度上都是关于成长的故事——无论主角的年龄大小。因为是这个测试展示给我们的,实际上是主角是否已经成长了。影片高潮之后,通常有只有一个到两个结束场景,再次确认英雄真的变了,然后影片就结束了。有时改变是巨大的。有时变化几乎难以察觉。最重要的是我们关心。

    **提高影片高潮。**

    虎头蛇尾是可以预见的结局,当剧本缺乏戏剧性的热量时。而强有力的高潮将是令人惊讶甚至爆炸性的。检验有效高潮的试金石包括让主角:(a)面对真正的反派;(b)克服性格缺陷;(c)成熟(成年礼);(d)提供真相;(e)面对一个终极道德困境;以及(f)脱颖而出,成为一个更自由的或更真实的自我(又名宣泄——更多内容见下)。

    在《甜心先生》(*Jerry Maguire*)中,杰里(汤姆·克鲁斯 饰)有伟大的友谊和可怕的亲密关系。在影片的高潮,他把自己完全释放去拥抱爱情。他的听众是一群苦涩的离婚妇女。他告诉多萝西(蕾妮·齐薇格 饰)是她让他完整,然后他等待。他的情感是赤裸裸的,真实而脆弱。她会爱他吗?

    在《127小时》,阿伦·罗尔斯顿(詹姆斯·弗兰科 饰)的最低点在第二幕的结尾,当时他终于放弃了希望自己等死。但之后他重新鼓起了活下去的愿望——故意折断他被压住的手臂里的骨头用又小又钝的刀片把自己的肢体切断。他把自己从这个困境解脱出来后,仍然没有回到自由:阿伦必须徒步回到文明社会寻找医疗救护和食物。高潮时可能发生的最坏的事情是，他已经走了这么远，但仍然无法活下去。他随后被拯救的画面解答了这个疑问。这部非常规的电影让人吃惊的地方是，我们对他自我截肢的预期甚至不是他的终极考验。

在《活个痛快》（*50/50*）中，亚当（约瑟夫·高登-莱维特 饰），我们20多岁的主角，确诊患有危及生命的癌症，他进行了化疗和辅导。最终，他发现了与他最好的朋友凯尔（塞斯·罗根 饰）更深的联结，与他的20多岁治疗师凯瑟琳（安娜·肯德里克 饰）擦出了真爱火花，并与他的母亲（安吉里卡·休斯顿 饰）发展出更成人化的关系。所有那些成长之后他身上可能发生的"最坏的事"是在他有机会真正活着之前死了。情绪的高潮位于他在接受可能致命的手术之前说再见的时候，因为他知道是死是活已经不是他能掌握了。

在喜剧《我为玛丽狂》（*There's Something About Mary*）中，泰德（本·斯蒂勒 饰）自从高中舞会之夜那场不幸的拉链事故后，十几年来一直梦寐以求得到玛丽（卡梅隆·迪亚兹 饰）的青睐。二十年后，他经历千辛万苦重新联系到她，他们一见如故开始谈恋爱。在这个时点可能发生的"最糟糕的事情"是她会发现他安排了一个或多个危险的"潜行者"按他的要求去找她——特德可能会永远失去玛丽。

### "宣泄"的源头是什么以及我们如何使它更深刻地针对到我们的角色？

宣泄，从亚里士多德开始，字面意思是*清洗或清除遗憾和恐惧*。在精心设计大高潮时，记住普遍来自于特殊。在一个精彩的故事中，我们强烈地认同主角和他/她的追求。我们知道他们的梦想和恐惧，并强烈支持给他们一个特定的、令人振奋的结果。当他们突破或者失败，我们和他们一起感觉和体验"原始生活"的纯粹一刻。在《心灵捕手》（*Good Will Hunting*）中，威尔·汉汀（马特·达蒙 饰）终于失控并且哭倒在他的治疗师（罗宾·威廉姆斯 饰）的怀抱。他卸下了他的心墙，并且能够拥有亲密关系、爱和幸福。当他驾车西去"看看一个姑娘"，我们知道他会没事的。*请参阅第6章的"角色的缺陷"*。

在《死亡诗社》（*Dead Poets Society*），托德·安德森（伊桑·霍克 饰）在电影的开始是一所精英寄宿学校里最安静和内向的学生。课堂的第一天，他害怕被人注意，害怕公开发言或引人注意。到了影片的结尾，他已经被大胆的诗歌老师基廷先生（罗宾·威廉姆斯 饰）转变。在最后的场景和影片的高潮，托德无视学校的管理，站在他的课桌上，并且带领基廷先生课堂的成员向他们的老师深情道别。这位导师已经永久改变了他的一生。

在《义海雄风》（*A Few Good Men*）中，当中尉卡菲（汤姆·克鲁斯饰）冒着断送他的职业生涯并且坐牢的风险去追求正义和答案的时候，他面对的恐惧是辜负父亲的名声。当杰塞普上校（杰克·尼科尔森 饰）在听证席上认罪的时候，卡菲终于得到了真相。

在《奔腾年代》（*Seabiscuit*）中，是以一场比赛结束影片。然而，片中不存在外部反派，因为在影片一个小时的地方，"海饼干"❸已经击败了那匹十分优秀的马"战争海军上将"。相反，影片的结尾是一个内部对抗。矮小的"海饼干"和被小看的骑师"瑞德"（托比·马奎尔 饰）已经回去拼命参加他们俩的"复出"比赛。我们希望他们至少不受伤地完成比赛。随着他们超过一匹又一匹马，我们希望瑞德和海饼干的伤腿都能扛住。然后在他们越过终点线的时候，我们和他们一起庆祝。这个故事很大一部分动力来自于一个事实，即他们不仅仅是为了他们自己比赛。影片的创作者给我们看到的那个群体创建了一种关联——马、骑师、所有者和教练——全部代表了美国经济大萧条时代的人，那些受到打击但没有被打垮的人，代表了任何时候的弱势者。

**电影的情感（故事）高潮和物质（情节）高潮之间常常有区别。**

在《少女孕记》中，情感的高潮发生在愤世嫉俗、太为自己着想的朱诺（艾伦·佩吉 饰）发现凡妮莎和马可·罗林（詹妮弗·加纳和杰森·贝特曼饰）正在分手并且不打算给她的孩子提供朱诺所希望的田园诗般的双亲家庭的时候。这对朱诺来说是一个巨大的成长历程——她失去了纯真。朱诺冲出罗林的房子，上了她的车然后开走了。这个习惯恶语相向、无忧无虑的朱诺被隐藏的情绪得到了最好的释放。她停在马路边，开始像个婴儿一样嚎啕大哭。她的自我保护和母性的本能出现了——通常是漫不经心的朱诺现在感到失落、脆弱和害怕。她是一个高中女生，还不能马上处理所有这一切。她回到家，并向她的爱管闲事的继母和父亲寻求情感支持和指导。

在情节层面上，电影的物质高潮是她的羊水破了并且进入产房的时候。这是情节中冲突的最高水平，但是在这里朱诺没那么脆弱，因为她已经进化成为一个更加稳重、成熟的年轻女子。而且即使她决定去完成将新生婴儿给即将成为单亲母亲的凡妮莎的收养手续，朱诺现在愿意承认自己对保利·伯里克（迈克尔·塞拉 饰）的真实情感。影片的结尾她表现出更真实的自我。这是一个不可预知的、带着苦涩的甜的情感满足的结局，没有提供一个简单

❸ "海饼干"（Seabiscuit）是片中主人公训养的一匹赛马的名字。译注。

的解决方案。开始时对她怀孕这件事的肤浅回应，在受到道德、嘲讽、真相和后果的影响而变得庄重。

**影片高潮案例研究**

1.《飞屋环游记》（*UP*）（2009年）皮克斯公司制作的一部动画电影。和最好的动画电影一样，《飞屋环游记》是一部家庭电影，它吸引的不只是孩子，而且包括家长和所有年龄和文化的人。

**主角**

《飞屋环游记》的主角是卡尔（由艾德·艾斯纳尔配音），一名鳏居的老爷爷。影片的大多数时候，卡尔无法接受新的生活，因为他沉浸在过去。

**恐惧**

开始：卡尔最害怕的是他去不了天堂瀑布纪念他已故的妻子。而且他将从来没有经历一场伟大的冒险便会死去。

最终：卡尔最后担心的是，他对梦想的盲目追求会害死罗素，罗素是一个小男孩，他偷偷搭上了卡尔的旅程。

**设置**

卡尔一直梦想成为一名伟大的探险家，像他心目中的英雄查尔斯·芒茨（由克里斯托弗·普拉默配音）。还是孩子的时候，卡尔遇到了艾莉。他们长大了，相爱并且结婚——两人都一直梦想着一起去冒险，但他们几十年过去，他们始终没能有孩子，也没能去旅行。然后，她生病了并离开了人世，只留下卡尔一个人。更糟的是（而且如果你做得到，你总是能够让事情变得更糟），贪婪的开发商现在正在想办法占有他的邻居和他们的家庭。法官已经判决卡尔去养老院。这是他最后的机会。

**反派**

卡尔的童年英雄、长期失踪的查尔斯·芒茨，是本片的反派。芒茨是一名享有盛誉的探险家，他被指控伪造了巨鸟的骨架。他发誓要洗清自己的名字，几十年来他一直在岛上寻找，下定决心要抓住一只巨鸟，然后重返社会并恢复他的名誉。他无法割舍纠缠他的过去，这使他从英雄转变成恶棍。芒茨和卡尔，是我们拥有的两个平行人物，两位老人一开始就不能也不愿放开自己的过去和遗憾。

### 决斗

在影片的高潮，卡尔和芒茨有一系列有趣的、动感十足的摊牌场面——从老头虚张声势的剑战斗到在飞艇中的奔跑。卡尔挽救了罗素和那一天。芒茨不愿放手过去，注定他最终摔死了。

### 宣泄

卡尔冒着极大的风险去救拉塞尔，但是在这个过程中失去了他和艾莉的房子。只是，它对他已经不再有那样大的影响了。

### 真相

我们不能紧抱着过去而生活在现在。

2.《恋爱中的莎士比亚》（*Shakespeare in Love*）（1998）通过让我们走进虚构的威尔·莎士比亚发现真爱和这个永恒故事的灵感的旅程，再现了罗密欧和朱丽叶的中心主题。

### 主角

威尔·莎士比亚（约瑟夫·费因斯 饰）是一个充满激情与情感的剧作家，他把现实生活中的风险和考量抛到了风中。

### 恐惧

开始：随着故事展开，威尔最害怕的是他不会找到他的缪斯，并成为一个失败的剧作家。

最终：在影片的结尾，威尔的最大的恐惧是，他会失去他生命中的真爱——维奥拉（格温妮丝·帕特洛 饰）。

### 设置

威尔已经接受委托写一个剧本，被称为《罗密欧与海盗之女厄丝》。不过，他缺乏一个缪斯，不能找到灵感，直到维奥拉的出现。维奥拉充满激情，喜欢表演，是新富家庭的女儿。她热爱戏剧并且一直想加入其中，但她的家人计划让她嫁给韦塞克斯勋爵（科林·弗斯 饰）。

### 反派

韦塞克斯勋爵是一个"真正王室血统"的身无分文、没有思想、华而不实的贵族。他不爱维奥拉并且知道她不爱他。为了得到她父亲的财产，他会轻率地拒绝给予她幸福。

### 决斗

威尔和韦塞克斯之间的大对决发生在剧院的击剑决斗。虽然韦塞克斯决心杀死他，但是威尔赢了（虽然他试图刺杀韦塞克斯失败了，因为他使用的是道具剑）。威尔没有力量反抗他生活的世界的社会阶层和规则。

### 宣泄

经过许多磨难后，重新命名为《罗密欧与朱丽叶》的剧本现在已经完成并且上演了。维奥拉嫁给威塞克斯勋爵，但是出现在剧场，而这两位薄命的恋人演出了一幕从未有过的戏。演出结束，全场鸦雀无声，然后是雷鸣般的掌声。女王自己说，这是第一部抓到真爱精神的戏剧，但是这个故事必须和所有被拒绝的爱情故事一样结束——泪水和漫长的旅程。

威尔和维奥拉说，他们的告别是充满激情、温柔和有趣的一幕，同时也是心痛和乐观的一幕。他发誓再也不写了，她告诉他如果他的誓言实现，她将是在这个星球上最悲伤的人。她爱他。他赢得了五十英镑，是受聘的演员。女王要求威尔为即将到来的第十二夜假期写一部戏剧。他说他可能永远无法写出来。他的主人公会是世上最悲哀的可怜虫。她告诉他，这是一个开始。两人都已经被改变。维奥莱会永远把威尔放在心里，而威尔已经找到了他的缪斯，直到永远。

### 真相

真爱是永恒的，最好的艺术捕捉这种情感的本质。

3. 《四十岁的老处男》（*The 40 Year Old Virgin*）（2005）通过一个害怕和女性有身体和情感上亲密关系的人的眼睛，是一部重新定义男性气概喜剧。他把跨过"晚熟"门槛变得羞愧和尴尬。

### 主角

这部影片的主角是安迪（史蒂夫·卡瑞尔 饰），一个40岁的处男。他有几乎比世界上的任何人更多的爱好，他的情感封闭，害怕女人或身体接触。

### 恐惧

开始：在影片开头，安迪表面的恐惧是，他的同事会发现他是个处男。

他精心构建一个假象，显得他不过是"正常的男人中的一个"，但这让他无法找到真正的爱情、快乐和友谊。

最终：随着电影的发展，安迪最深的恐惧是，由于他的处男瑕疵，他将失去崔西（凯瑟琳·基纳 饰）。

### 设置

为了避开顾客，安迪在一家电子商店的后面工作。他甚至不能和女人说话。他与一群大多是男性的同意一起工作，他们都是爱追女人的花花公子。

在刺激性事件中，他的同事们发现他是一个处男。这导致他们开始寻求让他正常并且破处的办法，这样他就可以得到他自己的生活。这是我们的A故事。随着电影的展开，这些尝试用更加滑稽的方式把安迪带到了事与愿违的境地。在平行的B故事，安迪开始对崔西有真正的感情和成年人间的联系。崔西是一个和他同样年纪的离婚妈妈。这样的背景设置了第三幕和影片的戏剧性高潮。

### 反派

这部电影是内部反派的一个很好的例子。安迪与自己内心的恐惧和不安全感斗争。他也和社会期望斗争。他的朋友要他去找个无意义的伴儿。但他内心的道德指引告诉他，他的第一次应该是和一个他爱的人。

### 决斗

安迪拒绝了和开放的贝丝（伊丽莎白·班克斯 饰）发生关系的机会，因为他对她没有真正的感情。他回到他的公寓，发现崔西在等他。她之前从来没有来过他家里面，她已经发现了他的工作伙伴给他的所有色情录像带、快速约会卡和情色书籍。她马上觉得他是不正常的，是个色鬼，甚至是杀人犯。当他告诉她他爱她，他最恐惧的事情发生了——她跑出去开车走了。而我们的主人公安迪，必须用他唯一的交通工具——自行车，去追她。

### 宣泄

在繁忙的马路中间，背后是车流，前面是他重要的听众，他告诉她他爱她，而且他是个处男。这是他能赢回她的唯一途径。他承认他以前不好意思告诉她。他爱她。

### 真相

真爱战胜一切。

> 把主角推到脆弱的边缘，让观众前倾身体坐在自己的座位边缘上。我们看电影是为了逃离自己的生活，为了娱乐，为了观看"我们关心的陌生人"（即伟大的角色）面对他们（和我们）的最大恐惧。编剧者首要的目标是挑动观众进行一场强烈的情感释放（即宣泄）。

### 专访：编剧/导演
### 大卫·S·高耶
#### 大卫·S·高耶电影年表

**代表作：**

《超人：钢铁之躯》（*Man of Steel*）（2013）

《蝙蝠侠：黑暗骑士崛起》（*The Dark Knight Rises*）（故事）（2012）

《灵魂战车2：复仇时刻》（*Ghost Rider: Spirit of Vengeance*）（2011）

《未来闪影》（*Flash Forward*）（电视连续剧）（2009）

《生灵勿进》（*The Unborn*）（兼导演）（2009）

《蝙蝠侠：黑暗骑士》（*The Dark Knight*）（故事）（2008）

美国编剧工会奖提名

《心灵传输者》跳线（*Jumper*）（2008）

《蝙蝠侠：侠影之谜》（*Batman Begins*）（2005）

《刀锋战士Ⅲ》（*Blade: Trinity*）（兼导演）（2004）

《刀锋战士Ⅱ》（*Blade Ⅱ*）（2002）

《心灵推手》（*ZigZag*）（兼导演）（2002）

《刀锋战士》（*Blade*）（1998）

《移魂都市》（*Dark City*）（1998）

《截杀威龙》（*Death Warrant*）（1990）

作者：我的第一个问题是关于你的创作过程。你从哪里开始？你写大纲吗？你从剧情开始还是从角色开始？

大卫：我从事职业编剧到现在已经大约24年了。我甚至不确定我写了多少个剧本，大概至少超过50个吧。经过这些年我确实发展出一种工作形态。我从一个可谓无利可图的阶段开始，这个阶段我倾向于写我想到的任何东西。我会开始研究，然后在信笺纸或电脑上，写下所有东西，没有特别的顺序：好点子、片段的文字或对话。一个星期左右之后，我会坐下来看看我现在拥有了些点子，然后开始写提纲，这个提纲通常是给我自己的。我几乎从来没有给过制片厂一个提纲。

作者：你使用索引卡或某种流程工作吗？

大卫：这两种我都做。我确实倾向于使用索引卡，尤其是每次我和克里斯·诺兰合作的时候。我觉得它实际上是强迫你把想法表现出来并且把东西重新排序的好办法，所以我倾向于写一个10～20页的概述，内容相当广泛。写剧本最艰难的部分，实际上总是关于搞清楚如何从A到B到C的机制。前面40%永远是最简单的，因为全部是在设置，当你进入了剧本的中间，痛苦就来了。总有一种冲动是只管开始写吧，完全不必想通一切。但我现在永远不会那么做了。我以前做好几次，随即迷失在项目中间，所以现在没有大纲我不会写剧本。我倾向于在我的第一遍时间顺序写，我尽量不去做我的编辑工作，我只是尝试去写并且写完它。最后，我把它放在一个抽屉里，放一两个星期，接着花一两个星期重写。所有这些做完，我会得到剧本的第一稿。这是我的流程。

作者：一旦你有了大纲，你按照时间顺序写剧本，但是当你在写大纲和构思结构的时候，你有没有从影片的高潮开始然后想，我能把它推多远呢？我打算把主角推多远到边缘——然后倒推？换句话说，你按时间顺序写大纲吗？

大卫：大部分的时间是的。但每过一段时间，我会有一个想法，关于它将如何结束。我不会透露它是什么，但在即将上映的蝙蝠侠电影《蝙蝠侠：黑暗骑士崛起》中，我首先有了影片结尾的想法。在这种情况下，我与克里斯·诺兰写了故事，然后我们写了一个扩展的大纲，有25～30页。结尾只是自然而然地浮现，所以一切工作都针对它，有时候这是更让人开心的工作方式。只是得看情况。我现在正在为一个新的电视剧工作，我们最近写了第二集，这是在我知道结尾然后朝它写作的另一种情况。

作者：你相信三幕剧结构吗？

大卫：一般情况下，结构和规则作为其他方法行不通时可以依靠的指引是不错的。不过克里斯和我一直——可能更像是华纳兄弟的噩梦——把蝙蝠侠电影和即将推出来的超人电影打成四幕。这些电影倾向于比一般电影更长：大约有两小时20～25分钟之久。这事我不会建议新手做。我认为有一句古老的谚语说得好，从基础做起，当你开始知道自己在做什么的时候，从那里扩展出去。

作者：是第一幕、第二幕（a）、第二幕（b）和第三幕？

大卫：不，是第一幕、第二幕、第三幕和第四幕。

作者：怎么样的主题？

大卫：你问到情节、人物和主题。在我看来，大多数编剧更倾向于基于剧情来写，而不是基于人物来写。我觉得这两者都是完全可以接受的编剧方法。我倾向于先想出情节，然后再建立我的角色，不可避免要发生的是——这是我感觉我接触到什么东西的时候——一个主题就出现了，它可能是一直没意识到的某种东西。当我回过头去看，它变得相当明显，而且我开始重写的时候更容易处理一些。另一件开始发生的事情是，我的剧本的最终版本最后和我的大纲有20%～30%，也许40%的地方不一样。当这种情况发生，有时是因为我会拿出更好的想法，甚至更令人兴奋的——角色有了生命，你意识到角色不会做你之前规划好的事情。因此，为了保持人物的真实性，必须改变情节。当角色做一些对他们来说是有道理的事情，尤其是感觉他们更有活力的事情，总是让人激动不已。

作者：如果你必须强迫他们做什么，那就不是从他们本身产生的。主题方面，你会说《蝙蝠侠：侠影之谜》出现的主题是他父亲的建议："为什么我们跌倒，布鲁斯？为了让我们自己重新站起来。"或者是别的什么吗？在《蝙蝠侠：黑暗骑士》中，主题是"你的命运你自己掌握"。但也有另一个主题是"要么死得像个英雄，要么等着成为恶棍"。有没有其他你有意要表达的主题？

大卫：《蝙蝠侠：侠影之谜》这个故事，主要是关于布鲁斯不想辜负他的父亲投下的长长的影子。他遇到了像父亲角色的忍者大师。他正在寻找另一个父亲，最后感觉被这个角色背叛了。我们很刻意在电影最初的高潮之一把韦恩庄园烧毁。这是实际上是他父亲建的房子。这个场景的意思是，这个时刻是他试图做所有这些事情不辜负他的父亲投下的影子，但他最终可能把它们全部摧毁，必须从那些灰烬上重建。《蝙蝠侠：侠影之谜》真正关注的是他试图不辜负他的遗产但最终希望找到自己的路。

作者：蝙蝠侠有自己的操守，他不会滥杀，因此他最终救了忍者大师。不过，在影片结尾，他回到了相同的位置：他准备救他还是不救？他选择不救，并且说了那句让人惊讶的台词："我不会杀你，但我也不会救你。"这是一种超越性的创意。这是否也纳入了主题并且是他的主要挑战？

大卫：克里斯三部曲，我们的三部曲的第三部也就是最后一部电影，会在明年（2013年）夏天推出，《蝙蝠侠：黑暗骑士崛起》。我认为在那部影片的结尾，我们用所有这几部影片想达到的是什么会变得相当明显，但主要的是，它再一次讲述了布鲁斯试图不辜负他父亲拥护那个的理想。他想要帮助哥谭市，但是在帮助哥谭的时候他是不是其实让情况变得更糟？他真的只是自私地使用哥谭市作为画布用来解决他自己的心魔吗？难道他必须要烧掉这座城市来拯救它？

作者：它一直被规划成三部曲吗？因为《蝙蝠侠：侠影之谜》有非常开放式的结尾。

大卫：并没有三部曲的计划，因为克里斯非常信奉把你有的一切丢进每部电影，而不要做他所说的"续集的诱饵"。对于我们开始的每一部连续的电影，并没有一个他会同意去做另一部电影的预料中的必然结局。我们总是坐下来歇一会儿，然后交谈。他需要自己决定，这部电影是不是值得做。在拍《蝙蝠侠：黑暗骑士崛起》之前，他真的很犹豫，但是当我告诉他我对结尾的设想，他开始做出回应。你可以看到他眼中的火花，意味着我们可能有重大收获。

作者：你们两个似乎是完全重新定义了超级英雄类型的电影，而且我想这就是人们做出的回应。他有了真实的道德复杂性。

大卫：在最后一部里面有很多。我真的很希望看到人们的反应。

作者：比较典型的超级英雄类型片是超级英雄不改变，但改变了他周围的世界。《蝙蝠侠：黑暗骑士》不同之处在于，他在改变，他在不断发展，并且在《蝙蝠侠：黑暗骑士》的结尾，他做出了牺牲。为了大家的利益，他愿意牺牲人们对他的看法。在这一点你完全脱离了漫画书并且重塑这种类型片吗？在其他什么方面，你可能要重新塑造这种类型的电影？

大卫：你是指蝙蝠侠电影吗？

作者：是的，还有《超人：钢铁之躯》。

大卫：蝙蝠侠电影没有从源材料里拿走任何东西，源材料是很精彩的。就我们表现的故事和复杂性而言，我真是觉得我们对那些影片合情合理地拥有一些真正的所有权。即使你看第一部影片，我们也绘制了相当大量的新领地，当然到我们拍《蝙蝠侠：黑暗骑士》的时候，我们确实加入了小丑这个角色，但剧情的其余部分不是任何漫画书的任何情节。虽然在最后那部影片里有一些关系不大的元素，但剧情确实不存在于漫画书里的任何实际的故事线。

作者：你觉得超级英雄类型片的演变，蝙蝠侠甚至可能超人角色的演变，是因为观众正变得更加复杂老练吗？是不是也有Xbox和其他游戏的影响，因为现在那是相当大的观众？

大卫：我认为两者兼而有之。部分原因是，我认为描写漫画人物的电影花了很长的时间才赶上来表现漫画书里的道德复杂性，因为当《蝙蝠侠：侠影之谜》出来的时候，看电影的观众以前从来没有见过一部复杂的蝙蝠侠电影。他们的蝙蝠侠概念是蒂姆·波顿的蝙蝠侠，那部蝙蝠侠非常酷，但仍然很卡通化，用了很多花哨的颜色或者像是存在于20世纪60年代电视节目的东西。然而，即使回到20世纪80年代，漫画书里蝙蝠侠的描述已经明显比电影更复杂精细了。所以，我觉得对于《蝙蝠侠：侠影之谜》，我们把这部电影对蝙蝠侠的描写加速到和漫画书对他已有的描述同步。对于电影观众，这是一个真正的启示，并且《蝙蝠侠：侠影之谜》影响了随后大量的漫画书改编的电影，和很多电影是不是漫画电影的电影。我觉得《007：皇家赌场》（*Casino Royale*）的重启和《星际迷航》（*Star Trek*）的重启亏欠了《蝙蝠侠：侠影之谜》许多。很多电影评论都同意这一点。这听起来很简单，但我们做的最重要的事情是把蝙蝠侠神话当成好像是"现实"来对待，而不仅仅是一本漫画书。对于这部电影，我们始终说，我们不会仅仅因为它是一本漫画书而打算做任何事情，并在一定程度上，我们已经把这套方法论用在了《超人：钢铁之躯》里的超人身上。

作者：你重新塑造神话吗？将神话用在蝙蝠侠身上，那是编造出来的吗？

大卫：一定程度上是。有人说超人不是一个黑暗的角色，那么为什么他们把超人塑造成黑暗？我们不是塑造黑暗的超人，我们只是使他更加真实。应用蝙蝠侠故事里相同的黑暗和严峻将是荒谬的。我同意它不适合。

作者：神话似乎是新超人/超级英雄类型片的试金石，但是也进一步推动了影片的高潮。在我看来，更标准的超级英雄电影基本上是英雄与一个主要恶棍对决，英雄被推动去战胜那个恶棍，在下一部电影里转去战胜一个新的恶棍。

大卫：有别于原来的电影，我们选择处理这些电影的方式有一个很大的不同，就是当那些人坐下来写剧本的时候，他们会想："我们会用到什么坏人？"这是我们一直抗拒的。我们首先为了英雄思考我们要讲的这个故事，然后问："为了讲这个故事，谁是可以派上用场的最棘手的对手或对手们？"我们查看各种各样的坏蛋，然后说如果英雄有这个问题，那么这个坏蛋是最合情合理的。我们就是这样得到忍者大师的，因为我们知道我们要讲述的是关于布鲁斯努力不辜负他父亲遗嘱的故事，而忍者大师身为恶棍但又像是他父亲是最合理的。一开始每个人都在说："你不打算使用小丑㊹吗？"不，我们挑选了一个之前从没有在电影里用过的坏人，这个角色是唯一具有父亲特质的坏人。这是处理这个坏人的一个非常全面的方式。大多数人并不认为自己是坏人；大多数人都是自己的故事里的英雄。因此，我们已经很努力地让我们的恶棍表达自己的观点，并且给出自己观点的正确性。

---

㊹ 小丑（The Joker），蝙蝠侠系列电影中的反派之一。译著。

作者：而且，有很多复杂性。即使他们不比你的主角更复杂，那也是和主角一样复杂。

大卫：是的，小丑有很多这种事情，尽管他有一种疯狂，而忍者大师说的是对的。如果你把他们抽象出来，你完全能理解他们的观点。

作者：我们来谈谈电影中的固定套路，想到任何动作电影的高潮，你会有那些视觉感强大、令人兴奋的动作场面，我会想象在你头上一直有一种压力，就是到了影片的高潮，场面应该在某些方面比你开始时的那些场面更加壮观，因为我觉得你的影迷们等着下一个会更大、更酷、更响亮。你是怎么想出所有那些我们以前没见过的小器具和武器以及动作场面？你如何不断扩充和构建它们或者仅仅是一个考虑因素？

大卫：是的，这是一个考虑因素。动作场面真的很难做，而且真的很难写。我们都看过许多尽是动作场面的电影，你目光呆滞地看着，因为你要么不理解影片中的利害关系，要么你没有真正投入到角色正在发生的事情上。你对角色的情感投入程度决定了一个动作场面好不好。

作者：我一直都这么认为。

大卫：这是真的。我刚刚参与制作了一部相当大制作的超人电影❻，它经过了很多、很多草稿的演变过程中，里面绝对有一些是超人在情感上处于危险之中的东西。其中我喜欢做的事情之一是，当我构思出的一个故事是我们处在动作序列中间的时候，特别靠近第二幕的结尾，传统上在这里总是黎明前最黑暗的事情，然后我会说……

作者：在《蝙蝠侠：黑暗骑士》里，他说："我想救哥谭。我失败了。"

大卫：对。所以我喜欢做的事情是——即使我和其他编剧一起工作，以及写电视节目的时候我也一直说的——说："好吧，那很酷，但最重要的是，

　　现在可能发生在我们的英雄身上的最坏的事情是什么呢？就是这件最坏的事情。"

而且，有时作为一个练习，说说也是很好的。"他的女友死了。""哦，但它是一部超级英雄电影，所以你不能杀了他的女朋友。"嗯，在《蝙蝠侠：黑暗骑士》里瑞秋最终死了，很多人震惊于我们真的这么干了。我认为这是第一部漫画书改编的电影里，处在危险中的女人居然死了。这不常发生。所以，我总是喜欢说可能发生的最糟糕的事情是什么，如果你能想出一个办法让它发生，那就太妙了。另外我想说的是，我从别人那

---

❻ 应是《超人：钢铁之躯》（*Man of Steel*）。译注。

里听来的，就是如果你有一个巧合是有利于你的英雄的，那就不好，但如果你有一个巧合是有利于坏人的，那就很好，因为这样就变成了又一个障碍。一天结束之后，你能往英雄的道路上扔的障碍越多越好，而如果他们能克服这些障碍，他或她就更能成为一个英雄。尽管有时你想出一个障碍，但你不能按你的方式写出来，偶尔你还必须放弃它。

　　作者：对的，但是作为一个编剧，如果你能把自己写到死角然后又解决了它，总是令人兴奋的，因为观众永远不能超过你。

　　大卫：不可避免的是，我会构思一些东西接着我自己写到一个角落里，我会努力和它斗争再斗争，有时我就直接跳到前头去了，随后它会再来找我。我会说十次有九次我会想出一些办法。

　　作者：我告诉学生的事情之一是，高潮就是真相。这就像是你在玩扑克牌，你就剩下一张卡了，所以你有一些东西要展示。那是你在构思的时候有意识知道的东西吗？像沃尔特·莫斯利说："情节是启示。"是否有中心谜题进入到你的创作过程呢？

　　大卫：在你构思的时候，如果你能想出许多揭示和变数，那是相当好的。我在完成第一稿之后，我会往回走然后说："好吧，我已经用线性的方式在让主角出现在各种事情里了，但是我在哪些地方可以有正当理由限制那些信息而不显得刻意呢？"有时候让观众知道那些是很酷的，但不要让主角知道，这是另一种有趣的情节方式。如果你能够理由充分地隐瞒信息，你绝对应该做到这一点。话虽如此，如果在某种情况角色绝对会告诉主角某些事情，但他们没有，那是说不通的。如果角色要告诉主角某些事情，但之后房子炸了，这是公平的游戏。但是，有很多懒惰的剧情构思，看到这种构思，我会拉拉我的头发，说："为什么他们就是不说发生了什么事情呢？任何正常的人都会说的。"

　　作者：是的，感觉就像你在戏弄观众，而不是让它成为故事的有机整体。

　　大卫：说到角色，我想再说一次，当角色做一些逻辑上说不通的事情时，那种感觉最好了。最近在电视上，我们已经看到了托尼·瑟普拉诺在做自我毁灭的事情。在《绝命毒师》（*Breaking Bad*）里，沃尔特·怀特效忠于他的前学生完全是自我毁灭。但是，因为他们的背景故事，你绝对理解这些角色为什么那么做。对我来说，这真是令人兴奋，而且很多观众，当他们看到一个角色做类似的事情，也会感到兴奋。现实世界中，人们总是做客观上没有任何意义或者自我毁灭的事情，因为我们主要是受内部动机激发而不是靠真正的逻辑。这是人类真实的生存状况。发生这种情况时，让剧情随一种意想不到的方式转动是非常有趣的。你可以在一枚硬币上得到一个构思完美的漂亮故事，一切取决于一件极小的东西，但是如果突然有一个角色，出于一个情感的理由而不是一个合乎逻辑的理由决定做某些事情，这就是让高潮发生的最好方法。我认为很多最好的电影就是这么发生的，我希望人们会在最后那部蝙蝠侠电影里看到。

作者：你是否认为，公平地说，有一种情感高潮，再有就是剧情高潮？

大卫：当然是的，有时你可以让它们手拉手地同时起作用，但它们并不总是需要这样。有很多电影并非如此。《蝙蝠侠：黑暗骑士》里就发生了这种情况，他击败了小丑，但是情绪的高潮是在电影的结尾，他必须对付双面人。这个把自己烙上歹徒污名的决定是基于一个情感上的决定：他，布鲁斯，认为让人们相信哈维·丹特一直是个很好的人，相信他，蝙蝠侠，是一个坏人，对城市更好。这绝对是一种情感的高潮。他救了高登的儿子，他阻止了小丑，而他在最后一幕并没有必要一定那么做。

作者：大多数的超级英雄，蝙蝠侠和超人肯定是其中的一部分，有一个致命的弱点。他们有一个被坏人乘机利用的非常著名的弱点。你会说，在影片的高潮，他们将不得不克服这个弱点，并且这也是这种类型片的传统之一吗？

大卫：我认为这绝对是这种类型片的一个传统——一个在这种类型片中被过度使用的传统——一个角色有一个致命的弱点，并且会将出现在电影的一个关键时刻——像印第安纳·琼斯[61]对蛇的恐惧。如果你把角色的阿喀琉斯之踵[62]穿在他的袖子上，那么我认为你写得不好。我认为更好的是，如果你可以从主题方面回过来看，然后说："哦，是的，经过了半小时的过程他被推到了那个地方，而不是把那个地方强加在他身上。"

## 作业

把你自己的剧本的概念分解成主角的：

a.　最初的恐惧

b.　平凡世界的空虚

c.　反派或对抗势力带来的紧张

d.　和反派的摊牌

e.　宣泄时刻

f.　最终揭示的一些真相

---

[61] 印第安纳·琼斯（Indiana Jones），斯皮尔伯格系列电影《夺宝奇兵》中的主角，有恐蛇症。译注。

[62] 阿喀琉斯（Achilles），希腊神话人物，全身除脚踵外刀枪不入。阿喀琉斯之踵比喻致命弱点。译注。

# 第15章
## 我们带着这一切去哪?

### 让剧情设置获得结果

剧本都是关于设置和结果。在设置中被模糊化的东西现在将显露出结果。这也包括解决中心谜题（见第17章）、提供连串的妙语以及用一种具有讽刺意味的、富含深意、引起共鸣的方式揭开主旨。许多这种较大的情节设置诱发的结果会出现在影片的高潮。但也有一些较小但是重要的结果会一路上累积起来。对于这一点，一个极佳的例子是奥斯卡奖获奖影片《贫民窟的百万富翁》（*Slumdog Millionaire*），在这部影片中，主角的全部生活经历为印度版电视节目《谁想成为百万富翁？》中价值数百万卢比的问题提供了答案。主角被怀疑作弊而被捕，毕竟一个来自孟买贫民窟的十几岁的孤儿怎么可能知道那么多？当我们目睹他在警局吐露的证词，他的生活故事通过闪回展开——每一个序列的每一个细节上都在游戏节目中产生了结果。

《非常嫌疑犯》（*The Usual Suspects*）、《搏击俱乐部》（*Fight Club*）、《禁闭岛》（*Shutter Island,*）和《特别响，非常近》（*Extremely Loud & Incredibly Close,*），都提供相似的累积式结果。没有随机的东西。影片设置的每一个微妙的细节都关联到影片高潮时最终的大结果。这是一种叙事和电影手法，几乎是潜意识地对我们起作用。在奈特·沙马兰的《第六感》（*The Sixth Sense*）中，科尔·希尔（海利·乔尔·奥斯蒙特 饰）可以看见死去的人，但是马尔科姆·克罗医生（布鲁斯·威利斯 饰）和观众都不理解事情的全部来龙去脉，直到结尾才知道。

**铺垫是设置和结果的另一例子。**

铺垫就是设置事件和场景，使观众一定程度上对故事中后来发生的情况（结果）有所准备。铺垫可以是总体气氛的一部分，或者它也可以是对话中一句特别的台词，或者给剧情后来的发展提供线索或提示的物体。剧本里几乎没有给无关的说明性内容留下的空间。一切都要有价值。

在影片《孩子们都很好》（*The Kids Are All Right*）前面的一个场景中，女同性恋伴侣，妮可（安妮特·贝宁 饰）和朱尔斯（朱丽安·摩尔）在她们的主浴室里，试图弄清楚应该如何处理她们的孩子已经查到并且与他们作为精子捐赠者的父亲保罗（马克·拉夫洛 饰）见面这件事。在她们刷牙并准备上床睡觉时，两位母亲讨论了她们对这种状况的不适感以及她们本来是如何希望保罗的身份一直保持匿名。在朱尔斯退出卫生间时，*妮可发现朱尔斯的一束红头发堵在水槽的排水管*，她如此草率地责备道："水管工就在这里……呃……真恶心。"这个场景结束。这句看似无心的话后来用一种很激烈的方式产生了结果。由于妮可对保罗侵入她的家庭十分不满，而朱尔斯似乎不断地站在保罗那一边……到了那种妮可开始感觉到朱尔斯和保罗之间有一种特别的关联的地步。妮可试图甩掉让她吃醋的担心，但是当妈妈们和孩子们全部聚集在保罗那里家庭聚餐时，妮克在不经意间发现了*保罗卧室和浴室里有朱尔斯的红发*。朱尔斯和保罗之间的恋情曝光，排水管里的头发爆发成彻底的愤慨，妮可和朱尔斯未来的关系受到严重威胁。

另一个铺垫的例子发生在《阳光小美女》。埃德温爷爷（阿兰·阿金 饰）训练他的孙女奥利弗（阿比盖尔·布莱斯林 饰），为即将到来的选美比赛的才艺部分作准备。但他们的排练内容在银幕上从来没有展现过，我们也无法知道他们的编排，直到影片的高潮。在这两者之间，我们正在疑惑于奥利弗练舞时的步伐和野兽般的嚎叫，但我们的确不知道她和爷爷的计划到底是什么。我们只知道，爷爷欧文是一个坏脾气的海洛因成瘾者，他被赶出了养老院；我们知道他嘴巴不干净，喜欢"很色的"色情片，并给他的十几岁的孙女提一些淫秽色情的建议。我们知道他完全不是一个适合这个天真小女孩的好榜样，但是奥利弗似乎是这个厌世的埃德温爷爷真正珍惜的那个人，所以当他对奥利弗说："你会把他们打得落花流水。我保证。"我们相信他只有美好的愿望。由于这个匆忙的家庭比赛迟到（不包括已经去世的埃德温爷爷），奥利弗被取消资格。奥利弗的父亲理查德（格雷戈·金尼尔 饰）跪下并恳求绝情的大赛主办者让他的女儿表演。在这个时刻，我们是如此的关注奥利弗是否可以参加比赛，我们从预测她的舞蹈内容分神了。苛刻的大赛主办者最终发善心，奥利弗得以出现在舞台上，她说她把表演献给她爷爷，接下来她表演了粗俗的带着明显脱衣舞套路的舞蹈，震惊了她的家人，并且让神经质的评审感到愤怒。这是一个欢闹、刺激的结果，令人惊讶，但是这完全和导致了这一切发生的因素共同构成了有机的整体。

在《搏击俱乐部》里，前面有一个快速微妙的暗示，泰勒·德登（布拉德·皮特）不是真的。当叙述者（爱德华·诺顿 饰）的公寓失火，他从公用电话打给泰勒，但是没人应答。几秒钟后，电话响了。随着叙述者去接听电话，镜头推进到付费电话机上的文字，上面写着"不接受来电"。也就是说——泰勒不可能打电话回来，因为这台电话不会响。但是应当指出的是，在设置－结果和最后的剧情转折之间存在区别。《搏击俱乐部》和《第六感》这两部影片的结尾都把影片转到了不同方向上，而"结果"不必承担这种分量。

在疑神疑鬼的惊悚片《罗斯玛丽的婴儿》（*Rosemary's Baby*）中，罗斯玛丽（米亚·法罗 饰）的好管闲事的邻居米妮（露丝·戈登 饰）给了她一串护身符项链，项链填充了一种神秘的、陌生的气味草本植物（"tanas之根"），米妮告诉她这会给她带来好运。但是，一旦罗斯玛丽禁不住香味的诱惑一切都会走下坡路。这是很微妙的铺垫——当罗斯玛丽拼出拼字游戏并且意识到TANAS是撒旦的一个字谜的时候，铺垫终于破解了。在影片《闪灵》（*The Shining*）里，我们碰到了相似的单词整理，我们意识到"REDRUM"男孩在酒店走廊一直喃喃自语的"redrum"，实际上是"murder"（谋杀）倒过来拼写。

我们也被《肖申克的救赎》中的结果弄得大吃一惊，当时安迪（蒂姆·罗宾斯 饰）设法从他牢房里的隧道逃脱——这个隧道被一张拉奎尔·韦尔奇的海报遮挡隐蔽起来。即使用监狱图书馆的场景里的那本《基督山伯爵》来强调，我们并没有意识到他一直在策划逃跑。最好的结果是那些我们应该看出来要出现的结果，但我们没有。我们看到了在影片较早的时候丽塔·海华丝的海报到了（这本来已经给了我们暗示）。最终，安迪骗过了我们。

在《在云端》中，当瑞恩·宾汉姆（乔治·克鲁尼 饰）终于达到他曾经梦寐以求的百万英里飞行常旅客的身份时，他似乎和我们一样吃惊。在第一幕，他对旅行红利的痴迷的设置已经被如此重点地强调。但是，在电影的结尾，在他经历了那样一场情感过山车之后，当他得到终极行程奖励的时候，他发现这毫无意义。这给我们带来……

### 麦高芬

"麦高芬"（MacGuffin）是希区柯克创造的一个术语，是指无论好人和坏人认为极其重要的某个物体、事件或者某些知识，因此可以用来设置和保持情节运转。但是转折是一个真正的麦高芬（如希区柯克的定义）原来实际上一文不值：《马耳他之鹰》（*The Maltese Falcon*）中的黑鸟；《三十九级台阶》（*The 39 Step*）中的引擎计划；《低俗小说》（*Pulp Fiction*）中，皮箱里的神秘内容；《非常响，特别近》（*Extremely Loud&Incredibly Close*）中，年幼的奥斯卡在他已故父亲的衣柜中找到的神秘钥匙可以打开的锁。随着时间的推移，麦高芬已经成为电影策划时对任意欲望对象的统称——可能会也可能不会变成非常有价值的东西：《血钻》（*Blood Diamond*）里的钻石、《国家公敌》（*Enemy of the State*）里的微型磁带、《老无所依》（*No Country for Old Men*）里的皮箱和《偷天换日》（*The Italian Job*）里的金砖。对麦高芬更广泛的解释，有时候被看重的对象获得了回报并且揭示出来，有时候（如《低俗小说》）皮箱里的实际价值和内容仍然是个谜。

**最好的设置和结果要求编剧同时跟进情节和角色的发展。**

有两种主要的跟进类型：逻辑型和情感型。

**逻辑型跟进**是情节的连续性，确保设置在对白或作为标志牌的事件不被随意遗忘或不符合逻辑；这些都会被称为情节漏洞。展示，但是不要告诉观众，你的主要角色如何拿到所有重要的线索和信息。要避免巧合容易的问题解决方案，那只是方便了编剧者。所有的结果收益必须真实、能赚到戏剧性。逻辑型跟进也包括必须和科幻或超自然世界的规则（越简单越好）保持一致。

**情感型跟进**是确保人物的心理和感情生活和整个故事相一致，这不一定意味着他们的情绪是整洁和受控的。但它确实意味着你作为编剧，必须从一个场景到下一个场景，认真留意他们的心态。亚里士多德宣称，角色是被他们的行动定义的，他是对的。作为编剧，我们不仅必须理解角色在每一个情节点有什么感受，而且也要通过他们的行动和对白中的微妙潜台词，找出表现他们的感觉的视觉方式。

---

　　情节的逻辑（外部事件）和故事的情绪（内部旅程）是同时存在的。随着剧情和故事在每一个场景交叉，把重点放在因果关系、设置和结果，关于：真相和后果；真实性和装腔作势；接受和判断；宽恕和积怨；赎罪和惩罚；愈合和伤口。每一个生命都是神圣和有价值的。因此，即使在恐怖电影里，也要让身体变得重要。逻辑型和情感型的跟进将揭露马虎构思导致的问题点和漏掉的角色发展机会。

---

**专访：编剧/执行制片人**
**莱塔·卡罗格里迪斯（Laeta Kalogridis）**
***莱塔·卡罗格里迪斯电影年表***

代表作：

《变异碳元素》（*Altered Carbon*）（2014）

《铳梦》（*Battle Angel*）（待定）

《禁闭岛》（*Shutter Island*）（兼执行制片人）（2010）

《阿凡达》（*Avatar*）（执行制片人）（2009）

《开拓者》（*Pathfinder*）（2007）

《亚历山大大帝》（*Alexander*）（2004）

《守夜人》（*Night Watch*）（2004）

作者：在改编《禁闭岛》（丹尼斯·莱尼的小说）的时候，你面对的是哪一种挑战？我会想象最大的挑战是哪些你能留下哪些你必须拿出来，因为书的内容始终是更丰富的。你必须一开始就做出的决定。

莱塔：我会说它们大概可以分为三类。第一类明显是原著的这种密度。这就是你留下和你丢掉什么。而且，先决条件是你在处理一个改编作品，而你想保持情节、人物、主题实质上不变。有些改编比这种更宽松。这取决于源材料。在这个特别的例子，我觉得原著已经非常电影化，它有一个深刻的电影化的结构。我不觉得我需要重做的和我需要削掉的是一样多。在这方面，我觉得和《沉默的羔羊》相似，它是一部小说，结构上非常像电影。《禁闭岛》这本小说非常密集，是一个非常密集的故事——有很多人物很多事情发生。所以，第一件事情是保留什么和丢掉什么，但主要是丢掉什么，因为否则的话，那将是一部10小时长的电影。

第二个挑战是主角的内心品质。泰迪时常认为，小说的一个巨大优势是可以通过不断出现的动态画外音，用文字进入角色的头脑。这部小说是从泰迪的视点写的，所以一切都是通过他的角度经历。从本质上讲，你是以第一人称经历它，即使它不是这样写。因此，大挑战之一是把或多或少的大量内心独白转换成观众可以参与其中的东西，而无需使用连续的画外音。这个挑战是找到一种方法，把特定的故事元素瓦解或者重做，这样我就可以坚持书的主题。我真的、真的很喜欢这本书，但我觉得改编的危险之一是，你会爱上原著，然后想非常忠实地再现它，结果完全失去了原著的精神。

我会说我的第三个挑战是，想要找到一种方法来维持我觉得是书中情感内核的东西，我们相信这是一个堕入疯狂，但实际上是与理智回归的东西有关。原著让你觉得你在看着一个人疯了，而事实上你正在看的是一个人恢复了理智。例如，在达豪的小女孩是原创的，原著中没有，因为我需要一种把他在解放克拉科夫时的经历和他与女儿蕾切尔的关系这些不同的元素结合在一起的方法。我需要一个标志物，它可以解释为什么这两件事情在他的脑海发生联系。在书里，有一个情感/理论上的假设，推测他参与解放达豪集中营的时候，他身上受到了根本性的伤害，而这对他造成的后果就是他对他妻子的病情会如何反应。你从书中多洛雷斯的大量闪回得到这种感觉，后来变得越来越干扰故事的前进，我选择不这样做。在书里面，有一个梦里确实出现了一个小女孩，她叫他坏水手。我喜欢这个创意，即有一个女孩出现一件事里，她似乎是集中营的受害者，但实际上是另一件事，是多洛雷斯的受害者，由于他在集中营的经历，他无法阻止她，使她一步步走到了她能走到的地步。我说的过于简化了一点，但是他的创伤后应激障碍（PTSD）同时影响了他在他的婚姻和身为父亲时做的选择。这些选择的结果是可怕的错误。所以，为了把这些东西连在一起，我不得不创造一个书中不存在的角色，然后我不得不在影片的梦的序列中给她一个贯穿线，让她在影片结尾的有一个结果。

还有另外几个像这样的选择；可能是最重要的一个是影片的结局。书的结局不同之处在于泰迪实际上又发作了，他从泰特又重新回去变成安德鲁·莱蒂斯。他复发了，而你在结尾会看到他们打算给他做会使人迟钝的脑叶切开手术。我在改编这本书的时候，我的感觉是，虽然这对小说而言是一个惊人的结局，但是我想让这段旅程是为了更大的原因。我希望它和真正为他的罪过赎罪有关。他主动选择要做脑叶切开术，马蒂（导演马丁·斯科塞斯）在排演时称之为"灵魂自杀"，这对我来说是非常重要的，和书是完全背离的。

作者：由于在影片结尾的选择，你的决定也成为了压倒一切的主题，那个选择是知道能够活着但是疯狂，或者死去但是重回理智。

莱塔：我想稍微再解释多一点。他本质上是在说："我现在是理智的，而且我不能回到疯狂的状态。如果我继续活着，我是一个允许自己孩子去死的人。而如果我作为泰迪去接受脑叶切除术，那么我就是以美国警官的身份去死，他正在这里试图做正确的事。"这是更高贵的地方，是对他非常理性地感觉到的罪过感的赎罪，这种罪恶感来自于他做的和没做的那些事情。

在这个案例中，我知道我想要重建的是我在阅读小说时的体验，但问题是，使用这些角色和这个结构，我如何重建那种体验呢，因为那种娱乐的大敌是盲目地信奉原著小说。如果你只是想誊抄书里的东西，你就会失去它。你会失去你感受到的魔力，因为作为一名观众与作为一名读者的体验是完全不同的。

我倾向于用第一幕、第二幕（a）、第二幕（b）和第三幕来做更传统的划分。我看着小说，然后看哪个地方从叙述上适合我认为比较传统的电影结构。再说一遍，这本书已经是电影化的。它有一个五幕剧结构。只是它里面的内容比可能转换的内容更多。我通常没有这样做的一套方法。有时我会用里面有结构的卡片，但我总是从在第一幕开始发生了什么开始，然后是第一幕的末尾发生了什么，第二幕开始发生什么，第二幕中间发生什么，这是你从第二幕（a）到第二幕（b）的过渡，在第二幕的结尾发生的是一个非常重要的时刻，然后是在第二幕的结尾和第三幕的开始发生了什么，然后是第三幕的结尾。我看到这个故事的骨架，接着开始寻找如何加上肌肉和韧带，并且把其他的组织连接到骨架上去。

作者：斯科塞斯的眼光对这个项目的影响有多少？他是这样一位讲故事的大师。这部电影有一个我喜欢的地方是他们刚到岛上的时候。交响配乐，摄影机拉回来使一切有了那样一种不祥之感，它的恢宏气势真的让它很有电影感。

莱塔：那些是不会出现在脚本里也从来不会出现在脚本里的事情，这就是为什么任何别的导演可能拍出来的电影版本会感觉完全不同的原因，即使你并没有改动一个字，即使脚本完全一模一样。"他的眼光指导了脚本的写作吗？"没有，但他的眼光指导了电影。脚本只是我考虑的一个出发点。它是建房子的一张蓝图，但它离房子还远得很。而且，如果你曾经建过一所房子，有一张蓝图是件很可爱的事情，但你不能住到里面去。

作者：《禁闭岛》全部由围绕过去发生的事情以及它如何影响现在产生出来的结果而构建。当你处理项目时，你认为中心谜题是每一个剧本必不可少的东西还是要视情况而定？

莱塔：说到中心谜题的想法，我觉得总有一系列问题你要去问，它们可能会更明显和情节有关，也可能是更隐蔽地和角色有关，但我确实认为那是每一个精彩故事都会碰到的情况。在场景的微观层面和整件事情的宏观层面有几个问题。通常是你要回答的某种更大的问题。即使它是像"这个人会干吗？"这样简单的问题，因为那也能成为一个谜题。

作者：作为编剧和讲故事的人，你从与斯科塞斯、詹姆斯·卡梅隆、奥利弗·斯通还有提莫·贝克曼贝托夫的合作中学到的最主要的是什么？

莱塔：我常常被视角猛烈而独特、对他们做的事情绝不妥协的导演吸引。所有我合作过的导演也都是他们自己的最佳剪辑。从写作的角度来看，我往往倾向于和会编剧的导演合作。当然，马丁一直写对白，而且他是一个令人难以置信的天才编剧。吉姆显然是吉姆，奥利弗是奥利弗。我发现，编剧、导演、剪辑三合一的人会意识到处理流程是相同的。吉姆总是说："你把一部电影制作了三次"你写它、导它、剪它，每一次你都把那部电影又制作一遍，而每个过程都是有自己的写作过程。很难囊括我学到了什么，但是我确实觉得我看到了那个过程已经非常幸运，那个过程是人们从脚本里拿出东西把它实现成一部完全的电影，同时没有失去他们的轨道。我看到现在我们这个行业发生过很多次，当人们开始制作一部电影，做到一半或什么地方的时候，因为那些各种各样的、疯狂的压力，他们被迫开始去做另一部电影，常常是一部他们不一定开心去做的电影。

作者：我认为这是很常见。这是伟大影片不多的普遍原因，因为制片厂在担心如何营销电影，以及他们打算得罪谁。既然其中的一些东西并不一定是艺术决定，而是商业决策，我能看得出，有一个凶猛的将军掌舵可以起到防护作用。

莱塔：不管怎样支持对"可销售性"的猜测，那也永远不能比得上另一种方式。用这种方式，一个伟大的导演可以做出一些人们预想不到同时想去看的东西。不得罪人并且能够营销的想法的问题是，你只能创作乏味的东西——它们让观众不感兴趣。四象限电影❸的想法，虽然它看起来是一个非常完备的概念，但其实是行不通的。不能用计算机程序取代艺术家是有原因的。我们不能被一个计算机程序取代，用一种特别的方式插入创意。每当你开始尝试应用这些特定的公式，你会得到一个人们不想去看的作品，它在我看来是违背本意的。即使你能把它营销得非常好，但没有人想去看，这只会因为作品本身不好，我想说，现在是时候重新审视一切都要尽可能不得罪人这种想法了。

作者：你怎么理解在一个统一的主题的涵盖之下设置剧本和结局？

莱塔：首先，我觉得在主题和争论之间有区别，而我敢肯定没有人会不同意。存在这种可能性，为了服务于主题，不必让它把一切压到那个让角色的行为感觉不真实并且因此倒胃口的点。我会说，说实话，我没有强烈的意见。我写的时候会考虑主题。在《禁闭岛》里的主题是关于个人责任和罪过，既有社会的也有个人的，都是我可以感知的。我感兴趣的是看到它们被拍成电影。我倾向于从角色开始，然后是主题。我绝不会为了服务主题创作角色，因为这样的角色不会成为人——他们将成为人形的争论起源。人们不是那样生活。

角色，真实的角色，是令人惊讶的，我想这就是我创作角色的首要原因。我想要给他们一些时间做让我惊讶的事情，因为那才是生活的方式。

❸ 四象限电影（four-quadrant movie），是指吸引全部四个主要的人口统计学"象限"的电影观众的影片。四个象限的划分是男性和女性，25岁以上和25岁以下。译注。

你周围的人做的事情总会让你吃惊。我不会说不要思考主题，但我也不会每时每刻地思考它。我确实认为人们把主题和争论混淆了，我认为争论，至少在我的脑海里，是好好讲故事的敌人，因为它太死板了。

作者：我同意这一点。我跟何塞·里维拉讨论《摩托日记》的时候，他说他不考虑主题，但是他确实考虑视点。他需要知道每个角色的视点，是政治的、道德的、不道德的，或者无关道德的。最后一个问题，是什么成就一个令人满意的结尾？让事情有结果对你来说有多重要？

莱塔：我想说的是，令人满足的结局是戏剧的必要组成部分。从亚里士多德写《诗学》的年代起，已经有了很多关于令人满意的结局的特性是什么的讨论。在喜剧中，它通常是一场婚姻或者一个出生。在悲剧中，它是某种具有宣泄作用的死亡。这个问题对我来说是："针对你正在讲的内容并且让它满足于这个故事的结局是什么？"故事是它自己的独立存在体。我一直在忙一部大的惊悚恐怖片，我们一直在讨论《吵闹鬼》（*Poltergeist*）的结局，在大多数恐怖电影、几乎所有的恐怖电影里它都是非典型的，那个结局削弱了你认为你刚刚看到的胜利。如果你想想《猛鬼街》（*Nightmare on Elm Street*），当你觉得大家都没事的时候，他们基本上全部都死了。

这非常清晰地展现了恐怖电影令人满意的结局。如果你看像《吵闹鬼》那样的电影，它是一部恐怖电影，但它不会有那种结局，所以就变成了恐怖/冒险电影。《吵闹鬼》的结局是满意得让人不敢相信，所以每部电影都会创造了自己的规则。这就是为什么当你尝试并强加上某种小器件设计/营销过程，但它就是效果不好而且从来都不会有效的原因之一。我觉得在《禁闭岛》这个例子中，那个特别的故事在书里有一个和在电影里不一样的结局，我会说它们都是令人满意的，尽管它们完全不同。它们只是说了关于角色的不同的事情，以及你和他一起走过的旅程。那么，结局有多重要？它和任何其他部分一样重要——如果不是更重要的话。但是，存在一个正确的结局吗？我不知道我会不会采取这种说法。

作者：编剧和所有电影制作人都面临的巨大挑战是，可预见的概念与不可避免的概念的对抗。因为我发现，如果结局太具可预见性，人们通常觉得它不能令人满意，因为观众走到你前面去了。

莱塔：结局是你和你的观众达成的协议，他们期待你带给他们一些东西，所以他们在等着它。同样，如果结局是不同的或者不相称的东西，他们可能会很不高兴。

作者：就像是他们要你把结局给他们，但没有用他们认为的那种方式。《禁闭岛》这部片子，你的结局是让我吃惊的，因为你创造了一个道德困境和两个选择，每一个都有它自己的积极和消极的一面。

莱塔：谢谢你，谢谢你。我希望如此。我觉得考虑到我们正在谈论的这类故事，它是我想作为一名观众看到的某种宣泄，或者情绪释放。而宣泄，无论是欢笑、泪水还是恐惧，是故事最终的回报。

## 作业

隔离和跟踪每个主要角色从开始到结束的旅程（或性格弧线）。

观看《禁闭岛》，并辨别所有导致必然结论的具体线索。

# 第16章
## 我们如何在这里结束?

### 精心设计一个必然的结局

为了吸引买家，你需要一个精彩的开场。为了完成交易，你需要一个杀手的结局。《不要告诉妈妈保姆死了》（*Don't Tell Mom the Babysitter's Dead*）（与我的前任编剧搭档塔拉伊森合写）开始的时候是一个待售剧本——幸运的是——我们卖给了20世纪福克斯公司。这是我们进入这个行当的"大突破"，不仅因为它让我们有了一名经纪人和一大笔钱，也因为它被拍出来了（HBO和华纳兄弟公司制作——不过这是另一个很长的故事了……）。我们写这个剧本的经历很棒，但我并不认为这是一个辉煌的剧本。充其量，它是一部黑色喜剧，加上一些时髦的恐怖场景和一些难忘的俏皮话和套路。一部给青少年看的爆米花电影，从它上映以来不知怎么地受到了欢迎并且（我的很多学生告诉我）已经达到了"受崇拜的状态"，但我不知道是否真的。写这本书的时候，梦工厂正在研究重拍它。过去在我的公寓梦想一点电影也不是那么寒酸。我们在开始写之前，为这部影片做了大量的提纲。而且从没改变的一件事——从开始到完成电影——是影片的结局。我们会使用场景卡做提纲，而最后一张卡片总是这样：

### 妈妈

还有一件事，保姆在哪?

我们的剧情策略是在第10页让那位老保姆消失（我们的"刺激性事件"），然后有那么多乱七八糟的事情围着我们的主角苏·艾伦"斯维尔"（克里斯蒂娜·艾伯盖特 饰）打转，然后观众会忘记死掉的保姆。我一直感觉好玩的是，斯维尔也已经忘记她了，所以我们有了让了让人突然目瞪口呆的时刻，突然**切到黑场**。到今天我仍然相信，我们能卖掉脚本是因为这个最终的结果。这部电影是一个一半聪明一半好玩的旅程。但那个结局是我们的王牌，因为它是不可避免但又令人惊讶的。

令人满意的结局是让人感觉必然发生但不可预见，这里有一个很大的区别。一个能够充分预见的结局是令人失望的，因为它缺少惊喜——而惊喜是剧本的命脉。即使观众可以预测到最终结果，一定要扔进一些干扰让观众不能预测你将*如何*到达那里。事先警告：本章包含了许多干扰器并且许多结局被解剖和剧透。精彩的结局对观众是神圣的。

在你绘制你自己的给人惊喜但必然发生的结局时，考虑以下问题：

**你用什么方式、在什么时候把信息施舍给观众是你的权力。**

决定故事的最后启示。我喜欢用扑克牌来比喻。你在扑克游戏中权利是，只有你知道你手上有哪些牌。讲故事的人也是如此。你要选择把哪些牌亮给观众哪些牌留着。然后编剧的人才能有效地控制剧情和角色赢下牌局。你的最后一张王牌是什么？

**不需要把剧情的每一个松散结尾都绑紧成一个整齐的蝴蝶结。**

*提示*主角（们）正要去哪里几乎总是比把一切告诉我们更好。我最喜欢的电影结局之一是在影片《杯酒人生》（*Sideways*）里，迈尔斯（保罗·吉亚玛提 饰）走上楼梯去玛雅（弗吉尼亚·麦德森 饰）的公寓然后敲门。我们不需要看到她开门——最重要的是迈尔斯展示了这么做需要的勇气。

**一个令人满意的结局必须是主角获得的，并且从他/她的灵魂深处涌现出来。**

避免"神兵天降"（*deus ex machina*）（来自古希腊语："从机关来的神"）㉝，这种神灵如字面意义那样悬停在舞台上面然后出人意料地解决了所有人的问题。相反：让你的角色积极地解决他们的自己的问题。当主角被迫做出更艰难的选择时，常常更能从情感上满足观众。

在影片《继承人生》（*The Descendants*）中，律师马修·金（乔治·克鲁尼 饰）要对维持他妻子伊丽莎白（帕特里夏·黑斯蒂 饰）的生命和一桩重要土地交易做出正确的决定，他为此弄得筋疲力尽。他尽力避免做这两个决策，但他越想弄清楚，就越矛盾。他能原谅他妻子对他的不忠吗？他能原谅自己是个不称职的爸爸吗？他能接受亲戚的建议把土地卖给他们选的买家，还是他做出精明的商业举措冷静地把土地卖给出价最高的人？最终，马修被

---

㉝ 神兵天降（deus ex machina），古希腊戏剧中，当主角陷入难以解决的困境时，拥有强大力量的神灵突然出现将问题解决。扮演神灵的演员通过舞台上的机关下降到舞台上。译注。

迫选择了立场。他原谅了妻子然后让她离世，并且决定不把土地卖给任何人。在整个影片中，他一直是个变来变去的律师（穿着人字拖鞋）[35]。在影片的结尾，他知道什么感觉是对的。他在他的家人和夏威夷岛的神圣之美中找到了自己的根。他和女儿们将他已故妻子伊丽莎白的骨灰撒向大海，没有比这更有代表性的了。最后的场景是马修和他的女儿们一起在家里看电影，肩靠着肩躺在沙发上，身上盖着伊丽莎白住院时曾经盖过的同一条被子。这是充满了温暖、舒适和爱的告别瞬间。

**高潮过后，赶快走出去。**

在某些案例中，影片高潮就是结局：《末路狂花》（*Thelma and Louise*）（吉娜·戴维斯和苏珊·萨兰登 饰）战胜了压抑然后驱车冲下悬崖。《雌雄大盗》中（*Bonnie and Clyde*）倒霉的、挫败的邦妮和克莱德（费·唐娜薇和沃伦·比蒂 饰）在几乎令人亢奋的弹雨中被消灭在他们的车门前。《虎豹小霸王》（*Butch Cassidy and the Sundance Kid*），玻利维亚军队朝逃跑的神枪手与小霸王（保罗·纽曼和罗伯特·雷德福 饰）开火，在定格画面上我们不断听到枪声落在难逃一劫的匪徒身上。在《钢铁侠》（*Iron Man*）中，托尼·斯塔克（小罗伯特·唐尼 饰）面对媒体的闪光灯肆无忌惮地让这整个世界都知道了真相："我是钢铁侠。"

**不要只是展示给我们一个大团圆结局。让我们感受它。**

在《点球成金》（*Moneyball*）里，当奥克兰运动家队赢得联赛与比利·比恩（布拉德·皮特 饰）感到证明了自己，那感觉就像是我们的胜利了。这是一个共享的体验。经典的好莱坞"大团圆结局"给观众留下希望和惊奇感，提升我们的精神，在我们自己的生活中激励我们。《舞动人生》（*Billy Elliott*）的结尾，我们不仅得以体验年轻的比利（杰米·贝尔 饰）被皇家芭蕾舞学校录取的欢欣鼓舞，而且得以一窥他的未来，成年比利在更广阔的舞台上飞身一跃。这个场面令人振奋，使我们的心也在飞跃。比利和他的家人经历了艰难的时光去面对几乎不可能的机会和成功。一个圆满的结局往往在它无视传统观念的时候最有效。毕竟，奥斯古德·菲尔丁三世（乔伊·布朗 饰）在《热情似火》（*Some Like It Hot*）的结尾指出："没有人是完美的。"

---

[35] 影片发生在夏威夷岛，主人公常穿着人字拖鞋（flip-flop），flip-flop在英文中还有政策突变、变卦之意。译注。

**让人满意的结局在他们要求你的主角拥抱他们的脆弱性的时候最能宣泄。**

他们丢掉了他们的借口和他们的比喻意义上（或者本意）的面具，并允许他们做真实的自己。在浪漫喜剧中，这种情况发生在两个恋人终于停止他们的显然是试探性的求爱游戏（为了避免他们对承诺和抛弃的恐惧）并且承认彼此相爱的时候。请参阅：《当哈利遇见莎莉》（*When Harry Met Sally*）和《伴娘》（*Bridesmaids*）中的热闹感人的例子。

**保持其他可能的结果是可行的，直到影片结束。**

浪漫喜剧的另一个试金石是三角恋——有两种选择，而这两种保持到结尾的选择越可行越好。这种类型片最好的之一是《费城故事》（*The Philadelphia Story*），我们不知道名媛特雷西·劳尔兹（凯瑟琳·赫本）打算嫁给谁，直到她走出过道。剧透：她那玩世不恭但迷人的前夫C.K.德克斯特·哈文（加里·格兰特 饰）最终亲切优雅地胜出。

**拒绝公式化。**

在黑色浪漫喜剧《我最好朋友婚礼》（*My Best Friend's Wedding*）中，朱尔斯（朱莉娅·罗伯茨 饰）最终失去了她心爱的人（新郎，由德莫特·马尔罗尼饰演），但是她与最好的男同性恋朋友（鲁珀特·埃弗雷特 饰）的柏拉图式的友谊使她心情得到平复。这不是故事的结尾，她一直在寻找，但它是一个令人满意的结尾，与她试图去破坏别人家庭但失败了相称，所以她得到了她的报应和安慰奖。在《广播新闻》（*Broadcast News*）中，控制狂的电视网新闻制作人简·克雷格（霍利·亨特 饰）拒绝她生活中的两个特别的男人（威廉·赫特扮演的英俊无脑的主持人和阿尔伯特·布鲁克斯扮演的太为自己着想的好记者），坚持她自己的正直。这是一个令人满意的结局，只是不是特别欢乐。

**最让人满意的结局，就像生活一样，是苦乐参半的。**

在《猩球崛起》的结尾，凯撒终于回到缪尔森林为家，但是也有一种和他的人类父亲威尔（詹姆斯·弗兰科 饰）分离的悲伤。

《初学者》（*Beginners*）的结尾，奥利弗（伊万·麦格雷戈 饰）找到了真正的爱情——这与体验失去他的父亲哈尔（克里斯托弗·普拉默 饰）的悲恸同时到来。

在《社交网络》，马克·扎克伯格（杰西·艾森伯格 饰）赢得了数十亿美元，但代价是友情和爱情。

《辛德勒的名单》的结尾，奥斯卡·辛德勒（利亚姆·尼森 饰）感叹说，他不能够做更多的事情来阻止数百万的暴行。他知道自己的良好的愿望远远不够好。奥斯卡活下来了，但大屠杀带来的无尽悲剧把他压垮，让他感到内疚和羞愧。他只身一人在绝境中想方设法发挥一点作用，但他是无依无靠的。

**经典爱情故事通常是又苦又甜的——而且结尾几乎从不圆满。**

戏剧的这个体裁告诉我们，精彩、激情的浪漫是短暂的，*但真正的爱情可以天长地久。它超越了时间和空间的法则*。两人关系的形式可能会随时间而改变，但爱情经久不衰——即使死亡。经典的戏剧性爱情故事以两个不幸的恋人痛苦分离而结束。由于内部和/或外部环境的结合，他们的爱情燃烧得如此强烈以至于突然窜出火焰：《罗密欧与朱丽叶》（*Romeo and Juliet*）（敌对家庭/自杀约定出错）、《飘》（*Gone With the Wind*）（失算/冷漠）、《卡萨布兰卡》（*Casablanca*）（战争/牺牲）、《走出非洲》（*Out of Africa*）（地理/对爱情截然相反的观点）、《往日情怀》（*The Way We Were*）（政治/不可调和的分歧）、《日瓦哥医生》（*Doctor Zhivago*）（革命/不忠/心脏病发作）、《断背山》（*Brokeback Mountain*）（禁忌的爱/偏见）、《本杰明·巴顿奇事》（*The Curious Case of Benjamin Button*）（类固醇时机不佳）、《廊桥遗梦》（*The Bridges of Madison County*）（忠诚/牺牲）、《泰坦尼克号》（*Titanic*）（阶级冲突/冰山）、《和莎莫的500天》（*500 Days of Summer*）（流氓/不可调和的分歧）、《判决》（*The Verdict*）（蛇蝎美人/背叛）。在每个例子中，有一个潜在的积极结果，拉动着观众情感的心弦。在两个恋人不能或不会去做的时候，我们渴望他们克服他们的烦恼和绝望。在《恋爱中的莎士比亚》的结尾，威尔和维奥拉被迫分离，去走他们各自的路，但他坐下来写《第十二夜》的时候，她仍然是他的缪斯——她的精神注入了他的作品。他们的爱是永生的。

**令人满意的结局通常需要为了更大的美好做出某种形式的个人牺牲。**

主角总是无法得到他们想要的东西，但往往会发现他们真正需要的东西。洛奇·巴尔博（西尔维斯特·史泰龙 饰）不能打败阿波罗·奎迪赢得冠军（实际上，这是一个有分歧的裁决），但是他确实赢得了艾黛丽安（塔莉娅·夏尔 饰）的心。埃利奥特必须和他的外星人好朋友说再见，但他得到的是坐在他的自行车上的愉快飞行和勇敢地帮助外星人E.T.躲避追捕回到月亮上的家。埃利奥特不能让他的家人回来，但可以让E.T.回去他的家人团聚。这也是电影不要走过高潮的一个很好的例子。E.T.回家——影片结束。

在《艺术家》（*The Artist*），默片电影明星乔治（让·迪雅尔丹 饰）不能接受有声电影来临带来的潮流变化，但他能够默认甜美、迷人、勤奋的新秀佩皮（贝热尼丝·贝乔 饰）。他处于事业顶峰的时候去支持她反对制片厂老板（约翰·古德曼 饰）。多年以后，当佩皮成为一个名副其实的明星，乔治跌到了谷底。她恢复了善良——并帮助恢复他的尊严。即使在他对自己失去了所有信心的时候，她仍然相信他。他失败了但赢得了她的心。这里有一种因果报应的公正在上演的感觉。他没有得到他一直想要的东西（再次成为默片明星），但现在他已经准备改变。

在《蝙蝠侠：黑暗骑士》中，我们体验到超级英雄为了压倒小丑的胜利，不得不牺牲自己的英雄主义，这使得克里斯托弗·诺兰重新塑造的蝙蝠侠成为超级英雄惯例中的一个显著例外。小丑（希斯·莱杰 饰）已经成功地腐蚀了检察长哈维·登特（艾伦·艾克哈特 饰），并把他变成一个杀人犯。但是，如果哥谭市的好人发现登特的真相，他们会失去登特曾经带给他们所希望的信仰象征。登特协助抓到监狱的囚犯会被放出来，混乱会爆发。蝙蝠侠（克里斯蒂安·贝尔 饰）理性地向戈登警长指出，哥谭市永远不能发现登特的邪恶作为，而他（蝙蝠侠）将为谋杀担责。戈登告诉他的儿子，虽然哈维·登特是哥谭市需要的英雄，但蝙蝠侠是哥谭实至名归的英雄。蝙蝠侠的符号被破坏，对蝙蝠侠的追捕令已经发出。蝙蝠侠骑上他的蝙蝠摩托车加速离去，戈登称："他是一个沉默的卫士。一个机警的守护者。一位黑暗骑士。"

**一个令人满意的结局通常证实了角色的成长，因为他/她克服了一个重要的缺陷。**

主角的转变可以是明确的变革。《永不妥协》中，艾琳·布罗克维奇（朱莉娅·罗伯茨 饰）是一个痛苦的单亲妈妈，把她的不幸怪罪于除了她自己外的任何一个人；后来成长为强大的法律倡导者和捍卫被剥夺权利的人的斗士。

在《国王的演讲》（*The King's Speech*），艾伯特王子，又名伯蒂的约克公爵（科林·弗斯 饰）为了克服自己的严重口吃，绝望但勉强地聘请了一个非正统的语言治疗师莱昂内尔·罗格（杰弗里·拉什 饰）。他们之间的逐步信任帮助伯蒂找到了他的声音，并接受成为乔治国王六世的角色，勇敢地领导他的国家面对战争。

在《格林伯格》（*Greenberg*）中，情商低下的反英雄主角音乐家罗杰·格林伯格（本·斯蒂勒 饰）做了一切他可以做的事情去破坏与可爱的佛罗伦斯（格蕾塔·葛韦格 饰）盛放的浪漫……直到她不能再忍受。"受伤的人伤人。"她告诉他。这是她对他内心的洞察，这同时也吸引和惊吓了他。但是在影片结尾时，格林伯格终被迫放弃他的自我毁灭的生活方式，让她进驻。

在《珍爱》（*Precious*）中，受虐待的少女（嘉伯蕾·西蒂比 饰）从消极的受害者发展成为拥有力量的女人和母亲。

在每个例子中，我们的满意源于每个主角独特的发展能力：从受压迫到解放、从虚假的负担到真实的释放、从傲慢到谦卑、从自私的分离到（脆弱的）连接、从沟通故障到更大的理解、从生理或情感的受伤到有可能痊愈。

### 不是所有的主角都需要改变。

阿甘（汤姆·汉克斯饰）根本没变，但他确实对别的人和几个重要历史事件产生了影响。丹尼·欧绅（乔治·克鲁尼 饰）在《十一罗汉》（*Ocean's Eleven*）这部电影并没有改变，偷窃和不法行为在他的血液里流淌。印第安纳·琼斯（哈里森·福特 饰）并没有改变，他的冒险旅程改变了。

超级英雄们倾向于不变，但确实在想办法去改变*他们周围的世界*。他们和各种可怕的邪恶力量作战，寻求真实和正义，并且玩弄秘密的双重身份。詹姆斯·邦德没有改变，他是一个总能够化险为夷的花花公子，几乎毫发无损。我们享受他的邦德范。他总是赢。但是，最新的邦德（丹尼尔·克雷格饰）和布鲁斯·韦恩/蝙蝠侠（克里斯蒂安·贝尔 饰）比以前展现了更多的道德复杂性。也许这只是因为观众对超级英雄审美疲劳了，但似乎实际上也是对超级英雄的新一波角色演变主动去超越观众的期待。

或者，对于想看到我们的英雄更加脆弱的需求要做些什么了。他们不再掌控大局、沉着镇定和不可战胜。可能这是我们在9·11事件后需要看到的东西，为了让一个超级英雄故事抓住任何意义给现在的我们。看到我们的英雄受到打击然后摔倒，接着学会如何再次站起来，更加令人满意。我们作为观众极其需要那样的故事。角色的复杂性和演变是这个脆弱性的一个后果。这就是为什么把超人带回到银幕上那么有挑战性——他是不可战胜的。你怎么让一个钢铁之人脆弱呢？现在氪星石似乎过于简单化了。参见第14章对大卫·高耶关于新超人电影编剧的专访。

### 有些主角用报复抵制改变，实际上变得更加顽固或者决心成为他们自己。

想想伍迪·艾伦的吹毛求疵。尽管做了几十年的心理治疗，这个角色（在无数电影）是几乎保持不变的神经质的高贵的失败者。在影片《安妮·霍尔》（*Annie Hall*）中，艾维·辛格（伍迪·艾伦 饰）想和安妮（黛安·基顿 饰）在一起，但她不能忍受他无尽的悲观情绪——而他的生活不能没有它。艾维不会改变，而安妮变了。她想要享受生活，而他无能为力。

（影片原来的片名是*Anhedonia*——一个心理分析术语，用于描述没有从正常的愉快事件中体验快乐的能力。）

在《拆弹部队》的结尾，看似无所畏惧、肾上腺素分泌旺盛的三级军士长威廉·詹姆斯（杰瑞米·雷纳 饰）已经从伊拉克回到了家里，与他的妻子和宝贝儿子团聚。作为一个军人，他什么都不怕。作为一个平民，郊区生活的日常细节——购物、清理雨水槽、在厨房帮他妻子打下手——才是让他憎恶的事情。在超市里，一排排的谷类食品盒子已经变成敌人。我们意识到，他确实是不怕死的——他害怕的是生活。

当他和他在婴儿房的儿子说话的时候，他给他的儿子一些建议——这些话是讲给他的儿子听的，但主要是告诉他自己，他只有处于生死之间的剃刀边缘，才能真正感觉活着。当詹姆斯为了他的宝宝的好奇弹开玩偶盒的时候，这个玩具不仅仅只是一个道具——它是詹姆斯热爱他的拆弹工作的一个象征。在战争中，他是一个专家，一个救世主。没有人很喜欢他。在家里，他觉得平凡而麻木。他不能应对。尽管他爱他的妻子和孩子，并且想留在家里，但他更需要的是危险。

影片开头的字幕，引用了克里斯·赫奇斯为这个必然性给我们准备的这段话："对战斗的强烈感觉常常是一种高效致命的瘾，因为战争是毒品。"詹姆斯回到伊拉克的过程发生在镜头的切换中。不可避免的是，他回到了身在D连的又一个365天的循环，以及剧本最后的行动路线："我们看着他走向无名之路，直至消失"。

在动作惊悚片《亡命驾驶》（*Drive*）中，无名司机（瑞恩·高斯林 饰）把私藏的脏钱、被他打败的敌人（阿尔伯特·布鲁克斯 饰）的尸体和他爱的女人（凯瑞·穆里根 饰）留在身后——独自开车走了。他帮忙把她和她年幼的儿子从危险中拯救出来——一种慈悲的行为。他在个人转变之间摇摆，我们甚至认为，他可能会变。但是，说到底，他一点也不会改变。不可避免的是，他是一个无赖，只相信自己。他为了自由牺牲了爱情，不对任何人负责，除了那条敞开的道路。

除了这些原型，还有许许多多其他的例子，其中的主角从开始到结束没有改变——但这些往往是好莱坞电影的例外。观众对票价几乎有一种心照不宣的默契，即主角的旅程将会带领他/她去到某个新的和意想不到的地方。

**故意暧昧的结局提供了生活中灰色地带的道德复杂性，没有明确的解决办法。**

好莱坞影星鲍勃·哈里斯（比尔·默里 饰）在《迷失东京》的结尾对夏

洛特（斯嘉丽·约翰逊）的耳语中到底说了什么？她那蒙娜丽莎式的微笑同样高深莫测。观众留下来思索接下来会发生什么。在《在云端》的结尾，瑞恩·宾汉姆（乔治·克鲁尼 饰）在机场研究航班抵港及离港告示牌，我们不知道他要去哪。他旁白道："今晚，大多数人会回家与家人团聚。我会在飞机上。如果你抬头看看天空，群星中有一颗星比其他的星星更闪亮，那是我的翼尖飞过。"瑞恩的未来留在了空中。

在《虐童疑云》（*Doubt*）的结尾，虔诚的修女阿洛伊修斯·贝维尔（梅丽尔·斯特里普 饰）是布朗克斯教会学校的校长，她怀疑神父猥亵男童，努力寻找真相，但是将不得不忍受不能证明神父有罪或无辜。这个故事的核心谜团仍然没得到解决。而在她的生活中，阿洛伊修斯修女生命中第一次因为怀疑自己对上帝的信仰而受到困扰。

《一次别离》是一部引起强烈争议的伊朗电影，在影片的结尾，对争斗已经疲惫的夫妇两坐在法官办公室外面一个玻璃隔断的两侧。他们静静地等待他们的女儿做出一个令人不快的决定——在苦涩的监护权争议中选择一个家长。但是，影片的编剧/导演阿斯加尔·法哈迪没有提供一个确切的答案，而是让女儿刚好走过了他们，让作为观众的我们得出自己的结论。

**悲惨结局的关键成分是被浪费的潜力。**

悲剧英雄有无法克服的缺陷——导致角色的不幸死亡。但是，要让悲惨的结局产生共鸣，只有让我们看到存在另一种更积极的替代方案，可是最终没有采用。

在《美国丽人》的结尾，当悲痛欲绝的卡罗琳（安妮特·贝宁 饰）打开衣柜门，把她刚刚去世的丈夫莱斯特（凯文·史派西 饰）的全部衣服抱在怀里的时候，最后的共鸣时刻来临。事实上，她一直爱他，但可悲的是，现在一切都太迟了。

在《黑天鹅》中，一个芭蕾舞演员（娜塔莉·波特曼 饰）对完美的偏执追求，使她陷入疯狂的恶性循环并最终导致她壮丽的死亡。

反英雄的萨列里（F·莫里·亚伯拉罕 饰）在《莫扎特传》（*Amadeus*）里，碰到类似的命运：他强烈地嫉妒他的音乐神童对手，沃尔夫冈·阿玛迪斯·莫扎特，这使他变得疯狂。只要萨列里能够接受排在第二，他本来是可以避免失去理智的。

反英雄的丹尼尔·普莱恩维尔（丹尼尔·戴-刘易斯）在《血色将至》（*There Will Be Blood*）里，是一个贪婪、诡诈和报复性强烈的石油大亨，他渴望一种家庭式的连接，但是破坏了他生活的每一种关系，最终退化成没有信仰、偏执妄想、凶残的独夫。

《完美风暴》（*The Perfect Storm*）悲剧性地结束，因为船长（乔治·克鲁尼 饰）有几次机会掉头，但他的自大迫使他带着船员向前——进入了风暴眼。所有产生共鸣的悲惨结局都染上了"只要……就好了"的遗憾。

> 一个必然的结局给观众提供满意的感觉，即他们应该已经看到它始终要来，但是没看出来。有效的结局是影片各个部分的总和，但是直到最后时刻，整个拼图才会聚在一起，给我们留下经久不息的共鸣。

### 专访：编剧/导演 比利·雷

### （Billy Ray）

#### *比利·雷电影年表*

代表作：

《饥饿游戏》（*The Hunger Games*）（2012）

《国家要案》（*State of Play*）（2009）

《双面特工》（*Breach*）（兼导演）（2007）

《飞行计划》（*Flightplan*）（2005）

《欲盖弥彰》（*Shattered Glass*）（兼导演）（2003）

《哈特的战争》（*Hart's War*）（2002）

《活火熔城》（*Volcano*）（1997）

作者：因为《欲盖弥彰》和《双面特工》这两部电影都是基于真实人物的故事，在构思必然的结局的时候你面临什么样的挑战，但又同时保持尽可能多的悬念？尤其是《双面特工》这部影片，因为我们从开头就知道结局是什么。

比利：让结局那么棘手的原因你想让它们是不可避免、必然发生的，然而你又不希望他们是显而易见的。换句话说，你希望人们在电影的结尾说，它不可能以任何其他的方式结束，或者在没有其他办法让它这样令人满意。你不想为你的结局埋下那么多伏笔之后，然后人们说："嗯，我整场时间都看出来会那样结束。"

当我思考真正精彩的结局，我总是先从《教父》（*The Godfather*）开始，对我来说，它是有史以来最伟大的电影。完全是必然发生的，而又完全出乎你的预料。所以问题是，如果你知道你要去哪里——你怎样在你的电影的第一幕和第二幕铺好轨道让它发生？那样你的结局才能够达到尽可能多的共鸣。在《教父》这部电影中可以拿一个人为例子，他在影片开头时声明得很清楚："那是我的家人，那不是我。"他看起来不一样。他穿着制服；别的所有人在婚礼上都是燕尾服。他对凯说的不同。他对家族里的每个人的回应都和别的人做的不一样。他说了一遍又一遍："这不是我想要的，这不是我打算成为的人。"他后来对凯承诺，即使在他犯下了谋杀罪行之后，柯里昂家族将是完全合法的。所以，看到他变成一个比他父亲更暴力的人是极其令人满意、令人回味和精彩绝伦的。我觉得他们通过影片的整个发展过程，精心设计了那个结局。这是一个伟大的典范。

然而，当我在做《欲盖弥彰》的时候，我发现《总统班底》（*All the President's Men*）⑥对我来说是一个更好的模板，因为这部电影的结局大家也都知道。你知道，伍德沃德和伯恩斯坦在结尾让尼克松下台了。那么，威廉·戈德曼和艾伦·帕库拉⑥是怎样想出办法做出那部可能最令人满意的电影的呢？首先，他们架起了设置了一个巨大的画布。他们在影片开头设置了一个真正的坏人。尼克松处在他的权力的顶峰。他已经得到了庄严的空军一号和国会，每个人都起立和欢呼。似乎并没有任何办法让那个两个笨蛋拿下这家伙。实在是精彩的设置。但是之后，你发现这些家伙都是刨根问底的人。他们不会罢休，直到他们把事情拼到一起。他们面前摆着巨大的障碍。

我认为，戈德曼在写那部电影的第一稿的时候做出的最好的选择是，他让影片结束在他们最大的失败的时候。他们追踪霍尔德曼——尼克松的办公室主任。不过他们没有完全掌握他罪证。他们的目标太高了，他们倒下了，这使得伍德沃德找深喉说："我已经厌倦了你鸡毛蒜皮的游戏，我需要知道你知道的东西。"在这个时候他得知他们自己的生命处于危险之中。他跑去告诉伯恩斯坦，然后他们一起告诉他们的编辑，本·布拉德利，本强烈地批评他们。所以，你实际上在他们都处于自己最低点的时候结束了电影。因为戈德曼利用的是你的知识，你知道他们将会成功，那些内容在巨大特写镜头拍摄的电传打字机上。非常壮观的内容。当我坐下来写《欲盖弥彰》的时候，所有这些都在我的脑海里。另外，我知道我有办法让角色立起来，因为巴兹·比辛格尔⑥写的时候，他已经埋下了伏笔，在那里斯蒂芬·格拉斯不停地说："你在对我发火吗？你在对我发火吗？"

不过，问题是：如果我们过于陷入了斯蒂芬·格拉斯的世界，最终发现

⑥《总统班底》（*All the President's Men*），根据水门事件改编。译注。

⑥威廉·戈德曼和艾伦·帕库拉分别为该片的编剧和导演。译注。

⑥巴兹·比辛格尔，《欲盖弥彰》的两名编剧之一。译注。

他是个骗子，观众的感觉会不会太可怕了？我认为答案是"是的"，所以我尝试了一些事情，我不建议那样做，因为它需要门道。那部电影的前半部分有一个主角，是斯蒂芬·格拉斯[海登·克里斯滕森]，在电影的下半部有一个不同的主角，查克·莱恩[彼得·萨斯加德]。在影片的结尾，作为一名观众，你应该不知道我们已经从一个故事转到了另一个，但我可以告诉你在电影中它发生的确切位置。

如果你们能把影片转到更多关于彼得·萨斯加德扮演的角色，在结尾他抓到了那个坏人时人们会很高兴的。但是，你不能从他开始，因为他在电影的开头他的动力不足。最终，这部电影是关于，如果高中里最不受欢迎的孩子不得不搞倒高中里最受欢迎的孩子，将会发生什么。所以，你得先从最受欢迎的孩子开始，因为他是充满活力的摇滚明星，这会把我们吸引进入电影。然后，你把查克·莱恩这条线穿进这个故事，你逐渐让他接管主导叙事。对于我，那部电影的过渡时刻是他们和《福布斯杂志》数字版的那个家伙的电话会议。在这个点上，真相开始浮现，胡说开始褪色。我认为这是曼迪·沃克，我的摄影指导，是他建议我们的视觉风格从电影的中间改变，这样你下意识在告诉观众从这里有些东西要转变了。在影片的前半部分，无论什么时候看到《新共和》杂志的办公室，所有的镜头都是手持拍摄的。然后，从电话会议之后，用三脚架拍摄。

作者：所以它是立在地上的。

比利：对。影片停止晃动。对于这个变化，从来没有人问过我。

作者：它是非常潜意识的。老实说，我从来没有注意到它。

比利：这意味着它是成功的，但它是设置结局的一个过渡，并且告诉你的观众有些事情已经从这里转移了。游戏的规则现在微妙但根本地改变了。斯蒂芬·格拉斯不再负责。现在是查克·莱恩的故事，因此是查克·莱恩的电影，我们就是这样设计必然结局的。非常、非常有技巧性的方式。

《双面特工》是不同的人，因为它是一个比较著名的案例。人们看那部电影的时候汉森已经做了。事实上，即使他们不知道，我们在影片的第一帧画面也告诉他们了，因为约翰·阿什克罗夫特，总检察长，在谈论逮捕罗伯特·汉森意味着什么。顺便说一句，把阿什克罗夫特这部分放在影片的最开头，因为人们认为没有足够的利害关系。在9·11之后，有人把秘密给俄罗斯很要紧吗？因此，通过让约翰·阿什克罗夫特在影片的开头告诉我们这件事情有多严重，影片的张力就提高了。

作者：它给你庄重性。

比利：而且，它做到了。没有人再问起这部电影里的利害关系。我第一次读到的草稿那时候还叫做《最后时刻》，它是由亚当·梅泽和威廉·洛克托组成的编剧团队写的。他们讲述了埃里克·奥尼尔和罗伯特·汉森的一个更直接的故事。从一开始你就知道，罗伯特·汉森是一名间谍而埃里克·奥尼尔打算抓到他。没有什么不妥的地方，但它只是没有给电影留下发挥的地方。

> 既然我们已经有得到一个必然的结局，我们怎样用一个没有人预料到的方式到达那里？

如果奥尼尔被联邦调查局骗了呢？如果他被告知，这是一件关于性变态的案子呢？然后，以这种方式，他被吸入到了罗伯特·汉森的故事。一旦他得出结论，所谓性变态全是胡说八道，他就被汉森迷住了，然后当联邦调查局说："好吧，他其实是个间谍。"奥尼尔无处可去了。他被困那个房间里，与那个家伙在一起。

《双面特工》在主题层面没有停留在我认为它可能会停留的地方，影片的切换容纳了开发脚本时更多地东西。不同之处是很微妙的。我在写脚本的时候，我想到了的是我们的导师是如何让我们失望的，即使他们正在教我们。但我们做的这部电影实际上最后说了一些略有不同的东西。和罗伯特·汉森（克里斯·库珀 饰）困在一个房间里，追使埃里克·奥尼尔（瑞恩·菲利普 饰）重新评估他对他的职业生涯、婚姻与宗教的感受。在影片的结尾，他给出的回答和他在电影开始时给出的回答不一样。汉森实际上完成了埃里克·奥尼尔的性格弧线，而电影追溯了这一点。这就是为什么它的结尾中，汉森在电梯里说："请为我祷告。"而且，奥尼尔说："我会的。"他实际上会的。所以，这是一个必然结局的两个电影，而有趣的是我们将如何实现它。

作者：我觉得对于《双面特工》，尤其有一种想暂时不相信已知的必然结局的愿望。你认为汉森对一切是如此小心翼翼，所以他不会露馅。你认为他只要领先一步就行了。因此，它是猫捉老鼠的游戏。即使你理智上知道了他被打破了，你作为影迷的那部分却还在想，说不定这一次会有不同的结果。我对注定失败的阿波罗13号任务有同样的感觉。

比利：当你写脚本、拍电影的时候，给电影做一个备用结局是你工作的一部分。换句话说，在制作《双面特工》的时候，你想提出证据能够支持这个故事有一些其他的解决方式。以这种方式，你的结局可以让人感觉有那么一点让人吃惊。人们看那部电影时不知道奥尼尔和劳拉·琳妮是谁，也不知道他们之间的关系会有什么困境。

作者：在影片的高潮，汉森拿出那把枪，他是喝醉了，你确实在怀疑，他会不会杀了奥尼尔？你一定存了不少这样的紧张时刻。汽车的后备箱里的枪是真实存在的吗？

比利：是的，这一切都是真实的，但在高潮时的公园场景，我好好利用了那把枪。

作者：是脚本有多少是基于真实的故事？

比利：我没有加任何对事件的实质来说是不真实的东西进去。然而，《欲盖弥彰》的吧台更高[69]，因为你在讲一个关于新闻造假的故事。如果你用伪造的方式讲这个故事，那么丢脸的是你。那是不能接受的。我们必须准确地讲述我们知道的事实，我没有把任何未经双信息源核实[70]的东西放在里面。事实上，我唯一编造的事情是，格拉斯给高中班级做演讲这个创意。

作为一种框架手段[71]，这是相当好的。事实上，它是在我把电影剪完之后想出来的。我需要这个框架手段，我认为会提升这部电影。我把狮门影业的全部人叫过来开会，他们是投资这部电影的人。我说："我们已经剪出了一部电影。它不错，但我不认为它很精彩。我不认为它会获得巨大的成功。除了说对不起，我不知道该说些什么了，我试图做到，但是我没有。我道歉。但是，我有这个新素材的想法，如果你们让我去重拍三天，我想我们可以让这部影片好得多。"而且，他们本来可以说你去跳河吧，但他们没有这样做。我真是走运。

作者：每部电影的预算是多少？

比利：《欲盖弥彰》的预算为580万美元，《双面特工》的预算是2055万美元。

作者：我能想象，有很多线上（演员、导演、制片人、工资）的预算吗？

比利：是的，《双面特工》的线上预算上升了。拍摄50天和拍摄28天是不同的。而且多伦取代了蒙特利尔。另外，拍《双面特工》，我们在华盛顿特区也拍了十天。

作者：华丽的、令人难以置信的电影。

比利：谢谢。我必须有汉森实际被捕的那个地方，而且是在一年中实际

---

[69] 《欲盖弥彰》（*Shattered Glass*）是根据美国一名记者写假报道的真实事件改编的电影。影片中有一个情节是，杂志社查证记者的一篇报道中提到的酒店套房里的吧台是否真实存在。"吧台"（bar）在英语里还有门厅的意思，此处双关这部影片的制作门槛更高。译注。

[70] 双信息源（double source），意思是对记者在报道中提到的新闻事实，需要至少有两个独立信息来源核实，这是西方严肃媒体为了保证新闻真实性而采取一种传统做法。译注。

[71] 框架手段（framing device），一个写作术语，指一种给故事叙述带来兴趣、惊奇或悬念的技巧。译注。

的一天和一天中实际的时间。我当时准备为这一点花掉更多。

作者:在结构上,让编剧最困扰的事情之一是第二幕和中点。加里·罗斯谈到中点时,认为它是角色的一个生存困境。我告诉我的学生,这是让主角问自己"我是谁?"的好时机,这是一个自我反省的时刻。在《双面特工》里,有一个场景是他在家里去找他的父亲说话,感觉这时就像一个精彩的中点时刻。

比利:我不知道这是否就是中点。我从来没有想过"呵呵,小伙子,第一幕在第25页结束会更好,或者呵呵,小伙子,在第60页我们最好有个转折。"我从来没有这样想过。我想,大多数的脚本一定程度上变成那样,是因为我们的大脑已经被硬插入了一种特定的讲故事模式,而我们最后就落脚在那些点的附近。但是,我从来没有那样去思考,我也从来没有那样去剪片子。《双面特工》一定程度有上有一个通常的第一幕结尾,而且它确实有一个转折,但是我确定它出现在第60页之前,就是劳拉·琳妮告诉他实际在发生什么的时候,我觉得他的反应是和他的父亲坐下来然后请求。

作者:很多编剧新手被告知,读剧本的人只看前10页,所以一些漂亮的爆发最好在第10页开始发力。

比利:我也不相信这个。我知道,存在着一种把某些东西在剧本里非常快速地推动的诱惑,因为你害怕某个在周末读剧本的人会把它扔到角落里去,与它竞争的还有11个剧本。我对剧本的信念是,第1页的目的是足以引起人的好奇心去读第2页,就是这样。我不认为第10页一定要发生什么事情,但我能够在半页纸里告诉你,如果作家有发言权的话。如果他们有一些有趣的事情要说,我会知道,而如果他们没有,我也会知道。如果我被吸引了,我知道,如果我没有被吸引,我也会知道。而且,要搞清楚远不需要10页纸。

作者:什么样的事情会在前10页吸引你?

比利:被准确描绘的世界。或者因为我知道它和它被描述的是一样,或者它激起了我的好奇心,像这样:"噢,哇哦,这是我不知道的。这很有趣。"或者,一个独特的角色但是在他的特质中有可辨别的人性。有时候,这种情况很少,它是一个我以前从来没有见过的动作设置,但我对它通常很早的时候会有一个膝跳反射式的怨恨。而且,非常、非常少见的情况是,它是某一页上的一段噼啪爆裂的对话,但是很难去做。

作者:所以,它是角色。

比利:它是角色、风格或者世界。

作者:你的作品是如此的真实——没有增强风格的感觉。感觉好像你就在那里。

比利：不过，诀窍是，如果你写的东西被拔高了，你能够让它感觉就像是真的吗？最近，以《饥饿游戏》（*The Hunger Games*）为例，我写的草稿是提得非常高的，但是必须让人感觉真实——这是影片风格的一个挑战。加里·罗斯也做了自己的草案，现在也在导演这部影片。

作者：你有一个写作的流程吗？你写大纲吗？您是否使用笔记和卡片？

比利：首先要考虑的事情是：你如何选择你准备去写的东西？我不认为很编剧花了足够的时间来考虑这个问题。我很高兴现在我所处的位置，有人把内容提供给我，然后我会尝试评估哪些是投入时间的正确的事情。我能够应用的可以立见分晓的最简单的检验办法，碰巧也是最好的办法是："我醒来的时候正想着它吗？"如果我醒来没有思考它，它就无所谓谁是导演，谁是演员，或者赞助这个项目的是什么，如果它不是为我而存在，我就不会做全力以赴去做它。它不适合我。

如果我醒来的时候在思考它，这意味着对于这个创意，潜意识里有些东西在折磨我。问题的解决发生在我睡着了的时候。所以，这是第一件大事：选择一些会让你全力工作的恭喜。编剧，尤其他们想要突破的时候，会功利地去思考，"哦，这个创意我应该写，因为这是一个我能卖的创意。"

作者：这几乎总是错误的。

比利：这几乎总是错误的。最简单的测试方法是：不要写你不会花钱去看的电影。就这么简单。但是，即使它是一部你会花钱去看的电影，如果它不是让你心神不宁的电影，你不会付出伟大的工作。你就是做不到。所以，第一件事就是：选择合适的项目。

作者：你认为在当前的好莱坞氛围，《欲盖弥彰》和《双面特工》今天仍然能制作出来吗？

比利：不，我刚下车，门就在我身后砰地关上了。我非常幸运。

作者：机智的剧情，机智的政治惊悚片。

比利：非常机智。一部2500万美元的克里斯·库珀⑫电影？忘了它。它没发生过。

作者：这些事情正在影响你的选择吗？

比利：当然。不久前有些东西到我手上，风格和《欲盖弥彰》或者《双面特工》非常接近，我本来会很乐意去做但我说不，因为我不相信那个特别的项目会被做出来。而且，这太让人心碎了。潜心进去研究、了解一个真实的故事、会见很多的人、做笔记，然后把你自己累得要死，太让人心碎了。只是不值得那样做。

---

⑫ 克里斯·库珀（Chris Cooper，1951—），美国著名演员，《双面特工》的主演。译注。

所以，当你已经选择的电影是适合你去写的电影，接下来的问题是：风格是什么？它的感觉像什么？一旦我知道是什么风格，我喜欢找一部风格相似的电影的原声配乐，然后开车到处听听。《细细的红线》（*The Thin Red Line*）——我喜欢它的配乐。HBO电影，《世纪的哭泣》（*And the Band Played On*）——我也非常喜欢它的配乐。如果这是一部有动作场面的电影，我会听《生死时速》（*Speed*）的配乐。而且，如果你听那些配乐适合你的电影的风格——我一遍又一遍地听《细细的红线》——影片开始出现在你的脑海里。

你随时需要一个记事本。你的床边需要有一个。你的半成品应该是你去睡前考虑的最后一件，也是你醒来时想的第一件事。我总是有东西要在车上写。总是有。我开车转来转去只是记下随机的笔记。这个过程需要几个星期。这个阶段你只是在餐巾或者别的任何东西上记笔记。

一旦我有了一大堆这种东西，我走进办公室，建一个电脑文件，开始在上面组装这些想法。我有把通常的主题性的想法整理成许多重大头条新闻——我只是用新闻广播的感觉来思考我正在说的东西。关于角色的创意，例如，斯蒂芬·格拉斯穿着短袜走来走去。好的，这个想法应该放在某个地方。我不知道在哪里，但它会的。然后，用头条新闻的大字标题写：第一幕的想法，第二幕的想法，第三幕的想法。然后，我拿出我非常随意写下的那些笔记，把它们放在可能的那一幕的大字标题下面。一旦那些想法在每一幕里面了，序列就开始出现了。这个时候，你完全不应该进行编辑。

一旦你有了这个庞大的文件——对我来说是40~50页——你回过头去搞懂雕刻大象的方法。你从一大块花岗石开始，把一切不是大象身上的东西削掉。你现在有一大块的花岗。你开始把一切不是你想要讲的故事的东西削掉。当你做完这些的时候，你得到的"处方"是相当长的。通常，当我坐下来写一个剧本的时候，我的"处方"大约是50页。而且基本上，没有人付钱给你。这全部是待售的东西。即使我打算去制片厂推销一个创意，我也会做这么多的工作。如果它是制片厂提供给了我的一个创意，而他们只是在等着看看我对这个创意是怎么想的，我也做这么多工作。有两个原因：第一，因为我想走进制片厂并传达给他们，如果他们雇用其他人，他们就是疯了。没有人干活比我更卖力；没有人准备工作超过我。而且，我不关心他们是25岁时充满饥饿的年轻人——他们仍然不会超过我。我比我25岁时工作更努力。

但是，第二，在我知道我将会值得他们付的钱之前，我不想拿走他们的钱。当我带着我的50页的方案走进去，我知道如何制作这部电影。我知道如何开始它，我知道在中间发生什么，而且我知道我打算怎么结束它，所以在我坐下来真正写下"淡入"的时候，我永远不会觉得恐怖，没有空白页，因为我已经写好的50来页的东西。我只需要填充它们。我就是这么做的。

　　作者：主题已经成为这本书里的一个有分歧的问题。有些人说主题是一切，你必须从主题开始。但是，另一些人说永远不要去想主题，因为它会让创作变得刻意做作。它会成为学究式的迂腐。只需要讲故事，然后让观众去弄明白。听起来好像你需要知道你的电影是关于什么的。

　　比利：我需要知道它在说什么，但我完全接受在我完成的时候它可能在说一些不同的事情的事实。即使在我完成草稿的时候，也可能是说的东西和我原来想象它要说的有些不同。你想稳定地指引它，但它可能把你带到别的地方，你必须接受。

　　作者：从制作悬念和必然性的角度，中心谜题扮演的角色有多重要？因为你的一些电影从已知的结论开始：我们知道在最后他们抓住了汉森和斯蒂芬·格拉斯。这样一来，是否有你需要隐藏的东西？你是否有意识地思考隐藏一些事情，或者它们只是有机地出现？

　　比利：我不认为每部电影都需要一个谜，但它确实需要展示角色想要走多远。《大白鲨》（*Jaws*）里并没有谜团，但我认为它是设计最好的剧本之一。我的意思，它是十分让人吃惊的，你把它放在原著也很精彩那种语境中来看尤其如此，但是卡尔·戈特利布和斯皮尔伯格把它从书过渡到银幕所做的改变是那么聪明、那么来钱。在书里面，布罗迪在艾米蒂岛长大，他是一个岛民，但在电影中，他是一名纽约警察，来艾米蒂岛过他的第一个夏天。他们这么改，就可以让他怕水。如果在影片的开始布罗迪被告知，他将不得不在一艘正在下沉的捕鲸船的栏杆上去杀死一条鲨鱼，他本来应该会说让别人去吧。这不是一个谜——这只是一个角色的演变。

　　对我来说，在《欲盖弥彰》和《双面特工》里，谜题都是关于角色。这些家伙到底是谁？斯蒂芬·格拉斯和罗伯特·汉森，两个人都是对于他们真正是谁这件事情说谎的人。我们作为观众什么时候会弄明白？我们的主角什么时候会搞清楚，代价什么？这些都是那些电影的谜题。

## 作业

　　确定你的影片的所有可能的结局。做一个分层列表，哪个结局是最可能的，哪个是最意想不到的（高兴的、苦乐参半的、悲惨的、暧昧的？）。从可预测的路径清晰转向。令人满意的结局涉及主角做出的一个积极的选择，所以从他/她的视点量化出不同的选择。列出所有重要角色相应的故事情节，并优先考虑哪些次要情节需要明确地收紧，哪些最好留在观众的头脑中晃来晃去……

# 第17章
## 缺的那块拼图是什么?

### 给故事注入中心谜题

几年前，杰出的编剧/导演/执行制片人J·J·艾布拉姆斯做了一次名为"神秘盒"的TED演讲。如果你还没有看过的话，它只有大约20分钟，但是绝对值得一看。基本上，当艾布拉姆斯还是孩子的时候，他的爷爷在魔术店给他买了一个"神秘盒"。密封盒子的包装上承诺："用15块钱买价值50块钱的魔力！"艾布拉姆斯对全神贯注的TED听众说，他今天仍然有这个盒子；盒子放在他办公室的一个架子上——为了灵感。但是，这个故事最值得一提的是艾布拉姆斯*从来没有打开它*。因为他知道将会是令人失望的。他谈到，对箱子里面的东西的*期待*是它真正的魔力。一旦他打开盒子，悬念和预期——神秘的东西——消失了。

我们去看电影的时候，就好像交给了我们自己的神秘盒。影片的设置向我们介绍了人物在他们的世界，然后强迫他们离开自己的惯常生活并且挑战他们。在这个时候，如果电影是不错的，那么它正在引起我们的好奇心，我们需要知道更多。而主角不知道的事情*能够*伤害他们。

**观众不知道的东西会一直——暂时——比他们知道的东西更有趣。**

会讲故事的人总是拿一个新的剧情发展在我们眼前晃来晃去，逐步让我们感觉需要了解更多。当你讲故事给孩子听的时候，这会迫使他们问你："那么会发生什么事呢？"观众长大了，但这些预期性的本能不会丢掉。这是好像是有另一个更小一点的神秘盒在里面，然后是另外一个更小的在里面，依此类推。随着我们打开并发现更多层的神秘，讲故事的人在为观众创造不断打开和探索的动力。这种动力被称为叙事驱动力。它的燃料是观众的好奇心。

最近，我听了马特·斯通和特雷·帕克（《南方公园》（*South Park*）和百老汇红极一时的《摩门经》（*The Book of Mormon*）的创作者）在纽约大学艺术学院的一堂编剧课。我是转述，但他们对构思剧情的评论要点是，如果你的剧本里联结场景的"结缔组织"是"然后……"——那你就彻底完蛋了（但他们用的是F开头的字眼）。相反，帕克和斯通建议——而我也衷心地同意——"结缔组织"应该要么是"但随后……"，要么是"因此"。他们的观点，在我看来，怎么强调都不为过。"但随后……"让我们生机勃勃，"然后……"让我们昏昏欲睡。

**中心谜题常常涉及过去；中心问题是关于未来。**

中心谜题使我们疑惑*过去*发生了什么正在影响现在的事情——通常我们还会问为什么或怎么发生的？核心问题疑惑接下来*将要发生什么*。

并非所有的谜题涉及深藏的黑暗秘密。很多未解之谜并非完全隐藏，而更多的是被伪装或者部分模糊。只要角色不断尝试去想清楚他们生活里的事情，只要他们不断努力去解决他们的问题里的为何/如何/何时/何地，那么你就有了叙事驱动力。但重要的提醒是，我们必须*在乎*他们。他们不必是讨人喜欢的，但他们确实需要有让人同情的目标或某种弱点。我需要承认他们的人性——包括缺点在内。如果他们必须解决自己的问题，如果他们需要答案，如果我们关心他们，那么观众就在听。

**如果他们不在乎，我们也不会在乎。**

角色更多地是由他们的行为定义，而不是他们的语言。他们或许说他们不会给出该死的任何东西，但潜台词可能完全相反。在《耻辱》（*Shame*）中，布兰登（迈克尔·法斯宾德 饰）似乎不关心人或任何东西，除了他自己的好色欲望，但随着故事的进展事情变得非常清楚，他热爱并且希望保护他的小妹妹茜茜（凯瑞·穆里根 饰）。我们想知道，他们打算两个人都自我毁灭还是想办法挽救彼此。这是电影的*中心问题*。中心谜题是，为什么这两兄妹如此深刻地搞砸了？是乱伦吗？是儿童性虐待吗？我们永远不会知道他们为什么离开爱尔兰，或者为什么他们都无法维持健康、稳定的关系。对于我来说，由于这个故事的即时性，我感到满意。我更关心他们的未来，超过关心伤害他们的过去。在《耻辱》中，神秘盒保持密封。

**良好的情节构思会包括一个总体的中心谜题或问题。**

观众和主角需要知道更多。而且他们活跃地想要达成一个积极的方案去解决他们的核心困境，但他们不断遇到更大的内外部障碍。这是就是帕克和斯通所说的"但随后……"。毕竟，电影是关于有问题的人，而随着电影的进行，他们的问题加剧。我不是鼓励你写一个糟糕的肥皂剧，里面事情就那么发生了。但是，我听从了一个名叫亚里士多德的智慧老人的忠告，他说事情需要发生在基于因果关系的剧情层面上——缺少了这一条就会导致"……然后"。让人满意的电影剧情是令人吃惊、充满情感的，而每个新的场景都受到它之前的场景（们）的影响。在一个谜题里，这是线索的积累——通常和过去有关。在一部被核心问题驱动的电影里，剧情进展涉及当前麻烦的结果。

**漫无目的的故事是致命的平淡。**

我有一个非常让人喜欢的朋友，他恰好就是一个讲故事差到无可救药的人——被里面的"然后"所困扰，感觉一个故事永远也不会结束，而我只想从窗口跳出去逃生。在会讲故事的人手里，你相信他们正把你带上一段旅程，去某个你想去的或者不能抗拒其诱惑的地方。因为有逐步升级的利害关系和一种神秘的感觉——不只是接二连三的信息和无关的细节。如果你认识某个人，他喜欢我的那个讲不好故事的朋友，那么他可能无法一次只讲一个故事——他们不断跑题然后失去叙事线索。

**逐步地、充满悬念地展开故事的主要冲突，可以激发观众的好奇心，而不会漠不关心。**

讲故事的人失去了我们，通常是因为故事向前推进不够快——由于错综复杂的剧情、太多的阐述、太多的闪回和跳跃、太多的人物或过度复杂的次要情节——所以我们觉得无聊。相反，当故事变得太快而跑到我们前面去了，我们的耐心趋于耗尽。我们变得失落和绝望的困惑。窍门——你要知道，这很难做到——是编剧只比观众提前大约半步。

**通常有两种类型的谜题：封闭式和开放式。**

大多数心理惊悚片和剧情片类型的电影是封闭式谜题（又名"侦探小说"），在这种影片中，解决一个当下的难题取决于找到过去丢失的一样东西。而最终的解决方案不会透露给观众或主角——直到影片的高潮。

**在一个"封闭式谜题"中，主角通常和观众一样处在黑暗之中，直到大家都发现了真相的那一刻。**

在封闭式谜题的剧情喜剧片《美国丽人》中，莱斯特（凯文·史派西饰）在影片的一开始，就通过画外音告诉我们，他将在不到一年的时间内死去。我们不知道他是否在告诉我们真相，但他确实有一个无所不知的视点，所以我相信他。果不其然，在影片的高潮，莱斯特被射中后脑勺死了。在

《美国丽人》这个例子中，有两个封闭式谜题：（1）是否他真的会在影片的结尾死去；（2）是谁杀了他。这个高潮的精彩部分是，几乎莱斯特生活轨迹上的每一个人本来都可以做到。所以我们能看到他们中的每个人在谋杀几秒钟之前、之中和几乎立刻之后在干什么。每个人都有动机和机会。莱斯特的妻子卡罗琳（安妮特·贝宁 饰），甚至有一把上了膛的枪。他的孤傲、叛逆的女儿（索拉·伯奇 饰）甚至已经和隔壁小子瑞奇（韦斯·本特利 饰）——她的新男友——讨论过杀她爸爸，甚至就在剧本的第1页。她在开玩笑吗？抑或是铺垫？在影片的结尾，真相大白，原来是瑞奇的同性恋父亲，前海军陆战队队员弗兰克（克里斯·库珀 饰）——他爱上了莱斯特，但不能接受自己的性别身份或者被莱斯特拒绝了。这是一个封闭式的谜题，因为我们直到影片高潮才找到答案。

在政治惊悚片《暗潮汹涌》（*The Contender*）里，副总统即将卸任，参议员莱恩·汉森（琼·艾伦 饰）是现任总统埃文斯（杰夫·布里奇斯 饰）填补副总统空缺的第一人选。但她是一个自由派的民主党人，而共和党参议院委员会是由保守派参议员雪莱·鲁尼恩（加里·奥德曼 饰）把持，雪莱是莱恩的强硬对手，他会做一切事情来毁掉她的提名；雪莱设法翻出了一桩丑闻，指控莱恩在大学时代参与了一场秽乱派对。雪莱的心腹出示了一些龌龊照片，照片上身影模糊的女大学生可能是，也可能不是莱恩。

莱恩满腔愤怒，而我们得到的感觉是她不是那些聚会照片里的女孩。但她挑衅地拒绝对丑闻发表评论，无视媒体的眩光和她的全部政治顾问要求她反驳指控的敦促。莱恩的解释是，评论指控"实在有损我的尊严"。在整个电影里，她坚持她的信念。直到第三幕的后面，莱恩的过去才揭晓——莱恩向总统吐露，她不是丑闻照片里参加聚会的女孩。封闭式谜题为观众解开了。然而，除了总统埃文斯、莱恩的丈夫和照片里实际的女孩，别的人片永远不会知道真相。

影片《蓝丝绒》（*Blue Velvet*）的开头附近，杰弗里·博蒙特（凯尔·麦克拉克伦 饰）在草丛中发现一只被割下来的耳朵，它点燃了这部经典的非主流影片的封闭式谜题。耳朵属于谁？发生了什么事？谁负责？这只耳朵就像是美国20世纪50年代看似田园诗般的外表上的一个细微裂纹。在这个充满秘密和谎言、压迫和变态的小镇，耳朵预示着一个将被连根拔起的危险的黑社会。这就好像地球一直在聆听。

《冬天的骨头》（*Winter's Bone*）里的芮（詹妮弗·劳伦斯 饰），必须尽快找到她违法的父亲，否则她和她的弟弟妹妹们将被赶出他们的家。但观众，就像芮一样，不知道她的父亲是死是活。这不是"侦探小说"式的故事；这是一个"谁知道（真相）？"的故事。

**亚类型、偏执型惊悚片通常聚焦在一个封闭式中心谜题，这个谜题取决于主角的（不）理智。**

这种影片给观众提供了有限的、主观的第一人称视点。在《黑天鹅》（*Black Swan*）里，妮娜·塞耶斯快要疯了还是她正在经历真正蜕变成为一只黑天鹅的过程？或者是有一个邪恶的新芭蕾舞演员出来诱惑并摧毁她？另请参看：《罗斯玛丽的婴儿》（*Rosemary's Baby*）、《禁闭岛》（*Rosemary's Baby*）和《搏击俱乐部》（*Rosemary's Baby*）。

**"开放式谜题"的观众都知道预先知道了结果，但问题仍在：他们会被抓到并绳之以法，或者逃之夭夭呢？**

在《双面特工》里，我们从第1页就知道，联邦调查局资深特工罗伯特·汉森（克里斯·库珀 饰）被控担任间谍并把美国政府的秘密卖给苏联的罪名成立。这是一个开放式谜题，因为最终的结果是预先知道的。这部电影的主角，年轻的联邦调查局特工埃里克·奥尼尔（瑞恩·菲利普 饰）的任务是以汉森助手的身份担任卧底。埃里克如何逐步设法让时刻警觉、多疑并且小心翼翼隐蔽的汉森放松他的警惕，是这部电影的核心谜题。他们的工作关系充满了潜台词，为中心冲突提供了燃料。

在伍迪艾伦的影片《赛末点》（*Match Point*）和《罪与错》（*Crimes and Misdemeanors*）里，观众知道是谁策划谋杀了他们的情妇诺拉的和多洛雷斯（分别由斯嘉丽·约翰逊和安吉里卡·休斯顿饰演），但几乎所有其他的角色都没有察觉。这些电影的前辈是《夺命索》（*Rope*），由希区柯克执导，影片中两个天才计划了"完美"的谋杀，然后与受害人的家人和精明的教授（吉米·斯图尔特 饰）玩智力游戏。《夺命索》是根据利奥波德和洛布的臭名昭著的真实犯罪案件改编的。

在《数字谋杀案》（*Murder by Numbers*）里，无情凶杀案侦探卡西·梅威瑟（桑德拉·布洛克 饰）调查一件神秘的谋杀案——表面上是一个"完美的犯罪行为"。观众从一开始就知道是谁、为何、如何、何地、何时、发生了什么，但令人不安的可怕乐趣是看者卡西尝试在天才杀手理查德和贾斯汀（瑞恩·高斯林和迈克尔·皮特 饰）的游戏中打败他们。

**开放式谜题的其他例子：**

在《冰血暴》（*Fargo*）里，我们知道谁有罪、谁说谎以及谁杀了谁——

然后我们看着看似无害、身怀六甲、极其精明的警察玛吉（弗朗西丝·麦克多曼德 饰）智胜这一帮不合群的人、凶手和堕落的人。

在《无间行者》（*The Departed*）里，我们知道一开始就知道谁是腐败的谁是尽职尽责的。谜题是哪一方将被曝光和首先被杀，以及谁——如果有人的话——将毫发无损地离开或被绳之以法。

在《阿波罗13号》（*Apollo 13*），在我们进入电影院之前，我们就知道阿波罗13号的任务做了危险的让步。但我们不知道参与那个决定命运的太空任务它究竟是什么感觉，或者他们究竟如何逃生的。我们在开头就知道结局，但我们不得不去知道得*更多*。

**核心问题是少谈解答一个迷惑或揭露一个秘密，多谈维持我们对故事结局的投入。**

例如，影片《洛奇》里面没有太多的中心谜题，但我们对于处于劣势的洛奇（西尔维斯特·史泰龙 饰）能否在结尾赢下那场大战充满期待。而他的新女友，阿德里安（塔莉娅·夏尔 饰）也会出现并为他加油吗？

同样的，在《大白鲨》里也没有中心谜题。我们从一开始就知道，有一个饥饿凶猛的大白鲨在艾米蒂岛附近徘徊。没有神秘的"为什么"。让我们的心一直砰砰跳的中心问题是什么时间和什么地点鲨鱼会再次攻击——以及我们的猎鲨乌合三人组如何在他们成为鲨鱼的饵食之前阻止它。

在《活个痛快》（*50/50*）里，我们不知道为什么27岁的亚当（约瑟夫·高登-莱维特 饰）会患上一种罕见的萎缩脊髓肿瘤。中心问题是，亚当会活着还是死去。但是，这不是一个"神秘谋杀案"或惊悚片。如果这是一部关于寻找治疗癌症的灵丹妙药——与时间赛跑去解码疾病的DNA——那么它会是一个谜。但是《活个痛快》探讨的是亚当如何面对他的生命受到威胁。我们更多地把情感投入在他与家人、朋友，还有他漂亮的新医生的关系上，而不是解决任何事情。我们报最好的希望，但是做最坏的打算，就像亚当一样。

在《玩具总动员3》（*Toy Story 3*）里，中心问题是：伍迪和他的伙伴们能及时间到家和安迪一起去大学吗？

在《40岁的老处男》（*The 40 Year Old Virgin*），我们不知道安迪会不会完成他的第一次以及究竟和谁一起，但是最大的问题是：他会找到真爱吗？

在《艺术家》（*The Artist*），乔治·瓦伦丁（让·迪雅尔丹 饰）会战胜他的不安与傲慢，去拥抱技术的进步和他的真爱吗？

在《点球成金》（*Moneyball*），在不走传统路线的总经理的新策略指导下，奥克兰运动家队是赢是输？"如何"和"为什么"不神秘。"何时"和"如果"一直吸引我们，直到最终结果揭晓。剧本中的有效场景下面有一种戏剧张力在运行——即角色之间的冲突——例如，关系的展开、失败、重新组合、断开连接以及重新连接。

我认识的每一个编剧都是控制狂。我们喜欢描述别人看起来怎样，他们穿什么说什么。为了我们讲故事的计划，我们喜欢操控剧情——这不可避免地影响到我们的现实生活。

在现实生活中，我常常讨厌意想不到的困境和惊喜。我讨厌被蒙在鼓里。但在电影的世界里，我喜欢坐在我的座椅边缘严阵以待并且失去控制。在一个熟练的电影制片人的手里，我想在影片可怕的部分闭上我的眼睛，为主角痛苦难受的弱点战战兢兢。我不想马上知道一切。我想要参与。我要我的大脑转动计算可能的结果。或者说，就算我能预测会发生什么事情，我还是拼命希望我不知道它会如何、何时以及何地发生。

> 什么是观众想要的？他们想要大吃一惊。

### 专访：编剧 安德鲁·凯文·沃克
### （Andrew Kevin Walker）
#### 安德鲁·凯文·沃克电影年表

代表作：

《断头谷》（*Sleepy Hollow*）（1999）

《搏击俱乐部》（*Fight Club*）（未署名）（1999）

《心理游戏》（*The Game*）（未署名）（1997）

《七宗罪》（*Se7en*）（1995）

**作者：** 对这个特殊的主题，我想到了你，因为《七宗罪》是如此复杂和多层次。由于它是一个待售剧本，我想知道你的流程——对这个特别的故事，你从哪里开始。你是否认为，写一个那种特质的连环杀手会很有趣？

**安德鲁：** 那个时候，我正在为纽约市的低成本制作公司工作。而我的思维过程，准备写的时候是高概念开发模式。所以电影是从七个致命宗教谋杀罪[73]的想法开始。我不记得那个特别的想法是怎么出来的，但它是从一个精

---

[73] 影片中的连环杀手，按照天主教教义所指的人性七宗罪——"暴食"、"贪婪"、"懒惰"、"嫉妒"、"骄傲"、"淫欲"、"暴怒"，去谋杀触犯这些教义的人。译注。

巧的构思开始，有一个人根据七宗罪去干下那些谋杀，然后的想法从这七宗罪怎么排序发展。故事线从结局开始。很早就定了。我知道，有一个警察，他是好人之一，他将会变得暴怒，然后我从这里往前回溯。因此在某种程度上，我的想法必须是约翰·多伊**⑰**的想法，就是我该怎么办，我作为一个编剧或连环杀手，怎么确保有些事情发生、有些事情泄露，最后让这个善良的堡垒变成第七宗罪，而它确实成为了第七宗罪。

我在纽约工作的公司当时正在做的事情是像《血涌》（*Blood Rush*）这样的片子，那是一部发生在一所兄弟会房子里的恐怖片。我记得他们有一个《施虐乐园》（*Abusement Park*）的概念。所以，能够和某个人说一两句这些基于七宗致命罪孽的谋杀的描写，是一个宝贵的起点。

作者：然后你用你的文学典故提高了门槛——米尔顿，《失乐园》（*Paradise Lost*），还有海明威，所以给影片赋予了非常聪明的感性，这是我们以前从没有在这些杀人电影里看到过的。

安德鲁：不过，我本来的意图是写一部纯正的杀人片或一部直接的恐怖电影，它只是变得多了一点点。影片的想法表达了我对纽约市的许多沮丧无奈，因为我来自郊区，但生活在一个特立独行的城市。回首过去，纽约在我住在那里的时候，正处在裂变蔓延的高度。它也是中央公园慢跑的时光，甚至是罗伯特·钱伯斯的时光。它是一段奇怪的时间，不是被七十几件罪案负累，而是它对我来说是一个真正的文化冲击。所以这个剧本是要表达我生活在一个大城市的沮丧无奈，然后它只是发展到超过了标准老派警察/菜鸟警察这个概念一点点。引用的很多文学、文化典故来自于研究，而我也肯定你可能会有关于研究的这一章。研究是一件非常有价值的事情。我认为，从对法医学到七宗罪的宗教起源的研究，让我知道了罪案调查的每一个方面。这和拿起《贝尼特读者百科全书》（*Benét's Reader's Encyclopedia*）一样简单，然后研读百科全书的一个又一个索引，从七宗罪到圣托马斯·阿奎那到《失乐园》，把那些点连接起来。我说过很多次，我更多地是有"克里夫笔记"**⑮**的米尔斯（布拉德·皮特 饰）那个角色，而不是有了那种知识的萨默塞特的角色。我是做研究的信徒，因为你可以读一整本书，然后弹出一个精彩的想法，这很明显是值得的。

作者：我们来说说数字七，你从七宗罪开始，萨默塞特七天后退休，所以你一天一天倒计时。

---

**⑰** 约翰·多伊，影片中连环杀手的名字。译注。

**⑮** 克里夫笔记（CliffsNotes），主要在美国出版的系列学生学习指南。指南用小册子或概述的形式简写和解释文学作品。译注。

安德鲁：滴答作响的时钟。

作者：滴答作响的时钟在影片的结尾，因为他们越来越接近立着高压电塔的田野，约翰多伊说："现在是什么时候？"而时间是7点01分。

安德鲁：我是想让它获得某种对称性和完美性，这就是我认为，在你开始的时候你知道结局的一个重要组成部分。我很相信这样。如果你不知道结局会怎样，我不认为你真的可以铺下那么多的潜台词或者随便你怎么称呼它吧。象征意义。不祥之感。你可以高雅可以粗俗，只要你去做。对于类似七宗罪这种事情，列出日子、列出受害者、列出小时数是有意义的。

作者：而且你有一个内置的利害关系，因为在第一幕的结尾，他们知道有一个模式，他们知道还将发生五件谋杀。

安德鲁："他们"是影片中的侦探和观众。

作者：在结构上，你开始写之前做大纲吗？

安德鲁：我的大纲极其宽泛。为了让我自己保持理性，我需要大纲。我在一页纸上做大纲，我把页面分为三列，然后我给电影里基本上每一个场景写很短的句子。现在，我在做大纲的时候，我知道写剧本的时候一切会变，但我需要的它作为一条生命线，如果写剧本的时候卡住了我可以回到这个大纲。我是一个大结构主义者，我是三幕结构的忠实信徒。我一定程度上，坚持希德·菲尔德[76]的教诲。他的教科书《剧本》（*Screenplay*），是我遇到的最好的编剧书之一，而我住在纽约的时候，我读了大量的和编剧有关的书。但是，是的，我很宽泛地做大纲，而我只能说说《8毫米》（*8MM*）这部电影的剧本，我不能谈论这部电影，因为我从来没有看过它。为了写《8毫米》的脚本，我已经有一个完整具体的第三幕结构的大纲，其中有三个人将必须被主角杀掉，我在写脚本的某个时刻意识到第三幕将会变得太长。就是在我让一个角色用枪指着另一个角色的时候，所以我就在那时决定了，让枪熄火，而我则突然彻底改变了我的结构。所以，你必须有灵活性，但我确实相信结构。

作者：很多时候，大纲会告诉你从什么地方结构熄火了。我发现有一件事情是人们不怎么讨论的，那就是电影的中间。你思考影片中点的时候，有一个具体的办法或途径吗？因为在《七宗罪》，从我能分析的角度，似乎中点实际上是特雷西（格温妮丝·帕特洛 饰）打电话给萨默塞特（摩根·弗里曼 饰）然后说："我需要和你谈谈。"他和她见面吃饭，他发现她怀孕了，中点是这个时候。

安德鲁：我来想想是在之前还是之后。我不知道《七宗罪》的中点会是

---

[76] 希德·菲尔德（Syd Field，1935—2013），美国著名编剧，提出了电影的"三幕剧"范式，著有多部流传甚广的编剧教科书。译注。

什么——我应该看一看的。这很有趣，因为《七宗罪》第一幕是我的结尾，我觉得会和很多人想的不一样。在我心目中，《七宗罪》第一幕的结尾是萨默塞特说"你知道吗，我不干了，你去干吧，不要把我扯进去"的时候。因为我看到了他的性格做了一个决定，要把一切转到一个不同的方向，而之后他又不得不拉了回去。很显然，第二幕的结尾对于我来说，是约翰·多伊这个角色自首的时候。这是讨论你这一章的主题"神秘"的一个很好的地方。我觉得《七宗罪》效果不错的一个很大的原因是，对观众的期待有强烈的意识。从一开始就在我脑子里的一件事情是，这个警察要怎样变成暴怒，和我说的那样。挫败沮丧必须在其中扮演角色，并且在故事里绝对没有任何别的选择给这个角色，除了出于个人原因将约翰·多伊处死。制造我说的这种挫败沮丧的部分是一个有意的决定，基本上是说："让我们有令人满意的那一刻吧，观众一直在等待的那一刻，当警察找到坏人并抓住他的时候……我们只是把它从观众那里拿走。"他们会坐在那里等待那一刻，渴望那一刻，而角色也在渴望那一刻，而不是给他们那一刻，约翰·多伊只是进来然后说，"我在这里。"而且要不容置疑，"我是赢了的那个人。"我希望它强有力的理由是因为它是扇在脸上的一记耳光。它和你作为观众想要的是如此相反。它采用的公式是：几乎你任何你在写的东西都会落入某个特定的类型，而针对每一种类型都存在一种特定的期望，当涉及策划让人满意的故事时，真正的技巧在我看来，是把他们头脑中的那些期望翻转；这种情况下，你进入了第三幕的思考："我现在已经不知道什么事情将要发生了。"

它的另一种让人满足并巧妙地实现将要发生什么事情的期望的技巧。这是关于写类型片的东西，神秘的悬疑的东西是最有价值的事情之一。我不认为它被低估了，但我也认为它没有得到了它应有的评价——在讲故事的时候尽量做到诚实地聪明。换句话说，要引导观众用智慧思考一件事情，而不要完完全全地，像几乎所有的电影那样，毫无意义。太多时候，我相信故事似乎是聪明的，但它付出的代价是逻辑性，或者完全无视逻辑。这意味着，在结尾的时候，剧情无论如何也收不拢。

作者：但是在我看来，由于几个显著的原因，《七宗罪》超出了任何的期望，这也可以配合"神秘性"这个主题。伏笔和铺垫：如果你看到结果是什么的话，实际上前面有很多铺垫，而我不知道这些东西是如何可以安排的。这些是大卫·芬奇（导演）所作的选择吗？这只是我注意到的几件事情：当他在图书馆里的时候，我注意到，当时他们正在查看图书，有一个镜头是一个脑袋被割下来的女人，在书里面，非常快。

安德鲁：我敢肯定，这是芬奇的伏笔。

作者：在那场戏里，在我说的中点附近，当他们谈论怀孕的时候，当萨默塞特说到他的故事关于他的爱情，以及他们怀孕了，然后他说服她妻子不要有孩子。而翠西坚决地说："不，不，我一定会要这个孩子，我想都不用想。"这是另一个小的铺垫。我的问题是，我知道你写过《心理游戏》和《搏击俱乐部》，这些影片里加入了不少提示，其中一些是潜意识的吗？

安德鲁：在每个这些例子中，伏笔的使用回到了我的观点，即知道你的结局。例如，萨默塞特说："这不会有一个圆满的结局。"这是直接让观众在一定程度上有所准备。总是有很多的考虑，关于这个测试会怎样以及观众会怎么想，我的观点一直是，如果人们可以度过"淫欲"谋杀案这一关，它是那么邪恶，无论你怎么看，那么他们会扛过去直到影片的结尾。他们已经受打击够多了，所以他们会生存下去。说到那个重要的场景，萨默塞特和翠西坐在一起。对于萨默塞特这个角色，那是他保守的一个极其巨大的秘密，因为那样的话，他比他的搭档更早知道他搭档的妻子怀孕了，这是一个真正的负担。从我看这部电影到现在已经有一阵子了，但我觉得你必须假设即使在影片的结尾只有萨默塞特知道这一点，绝不是约翰·多伊。而约翰·多伊是透露给米尔斯的人。而萨默塞特的心碎成了几瓣，因为他知道。又一次，这充分说明预先做好你的故事的大纲。你对你自己说："上帝啊，可以不要那样让人伤心裂肺吧，如果这个家伙知道妻子的秘密……约翰·多伊发现了它，并且留着到他最需要它的时候？"这是约翰·多伊保留的全部东西，因为这是他计划中游戏的最后一局，他对自己说："如果发生这种情况，我会用这个。或者我要逼迫这个家伙直到他杀了我，所以如果别的似乎并不奏效，至少我有这张秘密王牌——她怀孕了。"而布拉德扮演的角色米尔斯，将会知道那是真相，因为他会看到它写在萨默塞特的脸上。

作者：它是莎士比亚式的，它是不可避免的。在影片很早的地方有一个镜头——我甚至不知道它是不是在剧本里——影片开场的镜头之一，我们看到了萨默塞特公寓里的一盘棋。而影片的结尾是最后一步，就像将死。

安德鲁：这可能是芬奇的一个润色。它是那样一种东西，当你看第二遍的时候——希望如此——会让人感到满足。接下来的这个例子，特别来自恰克·帕拉尼克写的那部小说，但是第二次看《搏击俱乐部》（*Fight Club*）显然和第一次看是完全不同的体验。在某种程度上，你作为一个观众第二次观看它的时候，你能够回顾并且看看——芬奇在骗人吗？而他绝对没有。对于任何还没看或还没读那本书的人，我不会多说，但……在《心理游戏》、《七宗罪》或者《搏击俱乐部》里，有太多的伏笔只是芬奇的作品。

作者：当你做重写的工作，无论是《搏击俱乐部》还是《心理游戏》，你发现有共同的弱点，或者任何你能够带到台面上的东西吗？

安德鲁：算不上吧。同样，在那些例子中，大部分可以归结给芬奇。他是非常特别的人。这是给他写剧本是件很快乐事情的原因之一。此外，他是非常有包容性，所以他阅读和感知东西的方式，别的很多人不那样做，那么你作为编剧，实际上是欢迎进入到那个过程与其他人……不过它并不总是奏效。我在写那个直截了当的恐怖片的待售剧本《变态杀手》（*Psycho Killer*）之前，我读到的一本书是《死之舞》（*Danse Macabre*），斯蒂芬金的非小说类图书。它在一定程度上说到了斯蒂芬·金对恐怖电影的热情，并且显然和他的写作有关。他非常详细地叙述了"门后面的怪兽"的寓意，观众或读者的期望总是比你真正打开门让怪物出来的时候要强烈得多。你知道，那必然是让人失望的，我觉得这对我有意思。在《8毫米》的脚本里，米西尼这个角色是带面目的，我专门在脚本的结尾，在米西尼被打败后，主角威尔斯伸手扯掉了面具，我说："我们的观众不要看到他的脸，而我们永远不会。"电影里他们走了不同的路，和我说的不同。同样很多原因，我从来没有看那部电影，但对我来说最初写的结局体现了那个总的理念是，你能展示给观众看的任何东西都比不上他们想象的面具下的恶魔。现在，因为《8毫米》我来说是一种清洗，几乎就像改装，我肯定已经检查并且从中提取了一些主题性的东西，我说："我应该重新探索"，所以《变态杀手》的一个核心比喻是经典的蒙面杀人犯，但我在这个脚本引入的是，你是否应该见过他的脸这个概念。我喜欢这个创意，我似乎经常处理对付它——几乎和我写的差不过每样东西里的杀的人一样多——扣留来自观众的恐怖。出于显而易见的原因。就像在《七宗罪》的结尾，我们从来没有真正看到盒子里面是什么，虽然很多人相信他们看到了。而且我知道，有些人可能会认同这个创意，即让观众体验像《8毫米》那样的经历，然后不让他们实际看到杀手的脸是一个警察，但我拥护那一种自负的创意。

作者：我完全不认为那是一个警察，这也是那些类型的人的一种成就，那些人只是可能即使刚好走过他。他们是匿名的。

安德鲁：嗯，这是约翰·多伊的全部观点。约翰·多伊的全部观点是，他可能会在街上和你擦身而过，而你不会第二次想起来。

作者：但他们会。

安德鲁：这就不像是说："哦，看那个可怕的、笨拙的家伙，离他远点。"

让一个当之无愧的谜题要么集中在故事上，要么是故事背景中真正好的一部分……实现那种不信任的悬念的能力，用一种让人满意的方式去获得那个谜题的结果，不要欺骗观众，不要让整个故事变得荒唐——那是值得为之奋斗的奇妙事情。

我认为，尽你所能保持怪物在门后面的时间尽可能长，打开门的时候仍然会存有尽可能多的、你能实现的满足感，这同样奇妙。有恐怖的影像，你可以从希罗尼穆斯·波希**⑰**的油画或是像《女巫》（*Häxan*）这种电影中看到。有效的、可怕的描写，我不知道其中的一些是否会被视为禁忌，他们几乎不太现实，你知道我的意思吗？如果它们完全利用在现代恐怖电影制作中，人们要处理的东西太多了，也许，是我不知道。但是我认为对于恐怖电影，确实有一定的底线需要突破，当然现在一切都可以用特效获得。有时候把门尽可能敞开，然后真的努力付出面对困难，我认为这是重要的。我认为这是一件勇敢的事。虽然，关于这一点我可能是错的，但是当涉及恐怖电影，总体来说，我认为有更多的是停留在PG-13的心态，而不是R级；限制级的恐怖。我更喜欢后者。

作者：似乎你的作品里，你打开了最忌讳的门，像《8毫米》里面色情虐杀小电影的想法，但并没有深挖下去。

安德鲁：在《8毫米》的剧本里，我加了下划线可能还是粗体，写道："我们永远不会看到这部电影。"意思是那部色情虐杀电影。在脚本中，你是从固定摄影机的角度体验这部虐杀电影的，展示的只有私人侦探，而他正在看这件事，所以你体验的是它的恐怖。你永远看不到它。同样的，这也体现了你在说的：谜或悬念。这样你作为观看者，就不会有看那部虐杀电影的体验然后对自己说："哦，这是真的吗？还是可以通过特效来实现的呢？"我指的是在这个故事里。所以，在某种程度上，因为是看着这个家伙的反应，就让人想相信那一定是真的，而且效果更强大。

谜，作为一种构思工具，在每一种电影类型都是有用的，不只是恐怖和悬念类型，不言自明。但是，例如，在电影的前面"人们正在谈论的这个角色是谁？"，这里面存在谜题。我现在正在写的一个脚本，叫做《可靠的妻子》（*A Reliable Wife*），改编自同名小说，里面有一个角色，在我看来，不偏不倚地在故事的完美型的中点出现。直到这个角色出现的这个时刻，其他谈论此事的人才见到看到这个角色。每当屏幕上有人正在谈论某个你知道你

---

**⑰** 希罗尼穆斯·波希（Hieronymus Bosch，1450—1516），荷兰画家。译注。

将要碰到的人，这本身就一定程度上升高了期望，因为它变得令人兴奋，另一页就要翻开。这只是说，"神秘"属于每一种类型，不仅在惊悚或悬疑片里面。

沿着这一思路，我曾经写过的另一个待售剧本，是一部喜剧，叫做《老人约翰逊》（*Old Man Johnson*），这个剧本说的是这个年轻的女孩，二十岁出头，去看望她年迈的爷爷。爷爷只是偶尔提到了这个叫约翰逊的家伙，说他住在大厅里。现在，你进入了这个故事，你知道因为这个故事被称为《老人约翰逊》，约翰逊显然是非常重要的。但是这个人被谈论和被提到了几次，用的是"如果被他听到那件事，他会难过的。"以及 "如果我不在那里和他喝杜松子酒，他会难过的。"那么一定有一种感觉是："哦，约翰逊一定是爷爷这个岁数的老人家。"然后就在第10页左右，约翰逊走进来了，你看到他是和那个女孩一样的年纪……他才二十多岁，但他清楚地认为他已经80岁高龄了。所以再一次：期望与揭示相对。在这个例子里，我确定做到了在第10页把这个角色带出来。作为读者或者观众，你知道那种神奇的前十分钟，要么进去相信这个故事，要么从故事里走出来。当你谈论某个屏幕上没有出现的人，真的可以在一个非神秘的语境下建立一个谜。这是否是有道理的？

作者：绝对的。我和斯图尔特·比蒂讨论反派的角色时，他提到了《七宗罪》，并在很多书里面，人们谈到为什么你必须在第一幕引入反派。斯图尔特说的是，我也同意他说的，就是你必须要引入这个想法或一个反派的*存在*。所以像《七宗罪》，你完全不知道这个反派是谁，你看见的是这个反派正在做的事情的影响，但是在此期间，你需要其他来源的对抗性。你需要知道你要去哪里。我在想威廉·戈德曼说的，在一部惊悚片里，你必须从你的反派开始，例如，在《马拉松人》（*Marathon Man*）里那样，从反派的惯用伎俩是什么倒推回去工作，然后破解它。这是揭开难题的钥匙。也许在你的作品或者你的流程里这不是一个固定的东西，但是你在给你的反派增加维度时要做多少工作？

安德鲁：嗯，这是一个有点老生常谈的话题，但它是真的，写反派经常更轻松，更令人兴奋。我认为，存在那种像《豺狼的日子》（*The Day of the Jackal*）的电影，其中的反派一定程度上是主角，通过在故事里来回反弹获得平衡。我不想说太多关于《变态杀人狂》，因为，我希望有一天它会被制作出来，而我不想要破坏它的惊喜，但它玩的是结构和整个视点。《变态杀人狂》的核心构思之一是，与任何好的杀人恐怖片一样，你显然在有些时候要通过反派的眼睛去看。但是，不管使用什么类型的公式可能全部失败，你需要尝试去相反地做——或者至少给那个公式一点新的诠释。加入一些改造。

你可以用一种简要的方式极其容易地推销一个反派，一个场景的导入，如果你觉得需要在你的故事很早的时候就完成的话。但是，我同意你说的。我认为那个人什么时候出来不重要，只要能感觉到他们的存在。

在拍摄《七宗罪》的第一天有一个特别的争论，确有其事，我一直抵制把约翰·多伊更早展示出来。《七宗罪》的整个开发过程是一条漫长的抵制之路，抵制了很多要求做的改变，再后来，幸运的是，芬奇来了并且挽救了它，回到了更早的版本。但是在拍摄的第一天有一场讨论，制片人阿诺德·科派尔森表达了他的担忧，本质上是说：“冲突在哪里？反派在哪里？他们只是在这些谋杀案上走来走去。”而我的理由是，在一定程度上，冲突是这些角色试图保持自己的理智，这是处于危机之中的事情之一。让人心情沉重的感觉是有一个恶魔出现在外面。我只是想说，还是存在不同的方式做这件事的，我们可以用不同的方式讲一个故事和表现“冲突”。

再次说到《七宗罪》里的谜题，我不想无所不能地讲故事。我们选择不展示约翰·多伊在他的实验室准备。我们不会展示他折磨任何人。有一个整体制作动向，我相信它把事情摆到另一个方向去了，就是在那种电锯折磨色情的编剧/制片里面，你确实在展示。你可以做一部《七宗罪》的电影，里面你真的展示每个人被折磨，但它只是对我没价值。

《七宗罪》呢，说实话，有一个地方欺骗了观众，是在第二幕的结尾把视点跳到展示约翰·多伊下了出租车，走过马路去自首。如果影片是真的纯粹的话，我们实际上是和米尔斯和萨默塞特站在一起，然后在那一刻从他们的视点看。但你作为一个讲故事的人都希望这样建立——你需要把视点篡改一点点。而你有时候应该那么做。在那个例子，去挖掘悬念比说“我坚持我提出的规则”更好。但是，你从约翰·多伊的视角看到的越少——你跟随主角的观点就越多——你就越感觉得他们的挫败沮丧，你就越想知道……当你终于进入这个家伙的房子的时候，而他早就不在那里了，那个场景就越有力量，但你环顾四周然后走了：“噢，我的上帝！”

作者：并且从那里把它拼凑起来。一切都是线索。

安德鲁：我觉得这一切都归结为从每一个不同的角度检查故事，做这种我被教导的事情是重要的，那就是完全去想象你正在写的是什么。所以约翰·多伊为了不留下任何指纹，切掉自己指尖的想法，显然是通过思考犯罪现场得来的！你必须想：有什么证据可能留下了？尤其是现在，每个人都这么清楚法医的东西了，因为每周的电视上尽是这些。

但是“全面想象”这个概念也意味着从观众的视点来思考。说到“谜题”这个想法，我将稍微说说《狼人》（*The Wolfman*）的电影剧本。我原来的剧本和电影有相当多的不同。再一次的，我还没有看过这部电影，但我知道有一些被改写的是什么。就像在《断头谷》（*Sleepy Hollow*），《狼人》的脚本是设计成一个神秘谋杀案。你有一个所谓的侦探是本尼西奥·德尔·托罗扮演的角色，回到他童年的家——他的弟弟不见了。所以我知道观众在想："好吧，弟弟可能已经被狼人杀害了，或者弟弟实际上可能就是狼人。"只要你在写它，你就要试图走在观众前面一点，因为他们正试图超过你。这就是有趣的战斗，发生在你和观众之间。观众们总是试图在你要他们搞清楚之前搞清楚。让观众最满意的回报是，要弄他们并让他们真诚地走向歧途，但仍然最终还是符合逻辑地引导他们到结尾，这个结尾真实和实至名归地解决了那个谜题。写作的过程中，这场战斗也一直在你头脑中。

## 作业

把你正在进行中的剧本以八个序列来思考，并假设你正在玩一个八张牌在手上的游戏的扑克游戏。哪两张卡应该在第一幕出？哪四张牌要在第二幕出？哪两张牌在第三幕出？哪张牌是你的王牌——留到最后出给观众——为什么？

# 第18章
## 电影真正说的是什么?

### 阐明中心主题问题

主题是关于生活的普遍真理。有了一部电影,接下来要谈的是这部电影真正说的什么。具有传奇色彩的加州大学洛杉矶分校电影教授霍华德·苏伯断言:"主题一定要表达,不为作为套话,而是作为行动"(《电影的力量》(*The Power of Film*),迈克尔·维泽出版社,2006,第373页)。

理想情况下,角色不应该在对话里说主题——这往往感觉说教和没新意。相反,让整个剧本——每个人物,每一条情节线——有寓意地代表主题。虽然不同的观众将从同一个脚本里提炼不同的主题——但你身为作者必须拥有观点。知道你想说什么,然后把主题的DNA注入你的场景。

编剧/导演加里·罗斯〔《飞越未来》(*Big*)、《冒牌总统》(*Dave*)、《欢乐谷》(*Pleasantville*),《奔腾年代》(*Seabiscuit*),《饥饿游戏》(*Hunger Games*)〕曾经在加州大学洛杉矶分校给我上过编剧课,他说主题就是一切。对加里而言,角色的建立只是为了一个原因:服务主题。他还表示,我们的角色总是比我们更无知(作为编剧),因为角色只能看到就在他的面前正在发生了什么,而我们可以看到他的过去、现在和未来。有了"无所不知"这个武器,加里围绕一个中心指引建构他的剧本,以便*第一幕和第二幕提出一个主题性问题,第三幕给出一个答案*。

在《飞越未来》(加里·罗斯和安妮·斯皮尔伯格编剧),中心主题问题是:一个无辜的孩子能够在玩世不恭的成人世界里成功吗?12岁的约什·巴斯金(汤姆·汉克斯饰)能在企业丛林和成熟人际关系中找到方向,而不是生活在少年期吗?在第二幕结束时,约什发现自己正处在一个十字路口;他的童年好友已经定位了许愿机,给了约什再次扭转咒语变成了孩子的能力。但约什已经爱上了(初恋?)玩具公司总裁苏珊(伊丽莎白·帕金斯饰),并已成为玩具公司宝贵的财富。苏珊是关键和重要的角色,为约什带来了他最大的挑战。别看他外表长大了,但他在感情上仍然不成熟。通过跨越他的成长期，约什意识到在他生活中有一个空隙是他表面的年纪不能填补的。他错过了太多。还有一个第二主题是愿望的实现——"小心你希望得到的东西"——这在他的故事里形成了一个完整的圆弧。在电影的开头，约什感到羞辱的是，在嘉年华上因为身材矮小不能坐过山车，他最深的愿望是长得更高大。但到了影片的结尾，他宁愿只是一个弱小的孩子但拥有乐趣。

在《冒牌总统》（*Dave*）里，加里·罗斯的探索类似，但更多的是政治主题问题：一个理想主义的公民能够在官僚政治体系里成功吗？长得和美国总统简直一模一样的戴夫（凯文·克莱恩 饰），能够无视包围着他的腐败和政治花招，在椭圆形办公室里功成名就吗？这是在第一幕和第二幕提出的问题，要求在第三幕给出答案。戴夫开始时是一个政治上幼稚的新手，一个无意中被耍弄权谋的白宫幕僚长（弗兰克·兰杰拉 饰）操纵的受骗者。但戴夫很快开始维护自己，通往权力斗争之路。这里的关键角色是第一夫人（西格妮·韦弗 饰），她与戴夫开始坠入爱河。她鼓励他的良好意愿，但戴夫必须知道复杂的政治问题没有简单的解决方案——给一个市民的恩惠也可以是另一个市民的祸根。戴夫逐渐成长为一个更聪明世故的假总统，但他认识到，在任的副总统（本·金斯利 饰）更能胜任总统的位置，所以戴夫把缰绳交给了他。在这个过程中，戴夫保持了作为一个就业顾问的本性，并且把他的政治教训整合到他的"普通"世界——在这里一个普通的人也可以让世界不同。

《总统杀局》（*The Ides of March*）、《穿普拉达的女魔头》（*The Devil Wears Prada*）、《糖衣陷阱》（*The Firm*）和《华尔街》（*Wall Street*）都探讨了同样的纯真vs.犬儒主义或腐败的主题，但具有明显不同的设置、人物和主要情节。他们的故事独一无二的，但他们的主题是普遍的。

《欢乐谷》（*Pleasantville*）提出这个主题性问题：自发、自由的意志和想象力会提高生活质量吗？或者在一个家庭价值观被预先设定、均匀一致的社区里我们会更好吗？罗斯设计了一个完美的方案来测试他的主题：十几岁的兄妹俩（托比·马奎尔和瑞茜·威瑟斯彭饰演）来自现在——彩色的世界——无意间的时间旅行，让他们通过自己的电视机穿越到了20世纪50年代的黑白情景剧。起初，他们感到害怕只想逃离。但他们被困在这个扭曲的时空和他们现在的意识之中，那么为什么不利用自己的优势和经验榨取其所有的价值呢？这部电影最吸引人的地方时，黑与白的世界如何被这两个新来的人影响——他们部分厌倦的丰富多彩的生活态度和价值观如何逐渐转变成范式，导致欢乐谷社区的牢靠结构瓦解。欢快、高效、专一的家庭主妇贝蒂（琼·艾伦 饰），她唯一的生活目标就是让她的丈夫和孩子们开心，现在开始寻求自我价值的实现。

在一个关键场景，当她心怀忐忑地给她那永远和蔼的电视丈夫乔治（威廉·H·梅西 饰）展示开始从她苍白肤色下透露出来的颜色时，他的反应是："没关系。你可以化一点妆……[但]它会消失的。"而贝蒂违抗地回应道："我不想让它消失。"主题充满寓意地和我们的社会中存在的对那些外表和想法与大多数人不一样的人的偏见和歧视关联起来。欢乐谷是一个缩影——它也是一个犀利的政治主题，通过夸张、讽刺、幽默和魔力表现出来。在第三幕，生活在这个一成不变的五十年代完美世界的居民质疑为什么他们的书页是空白的。进步与变化是不可避免的。

加里·罗斯讨论了他在《饥饿游戏》的改编中对主题的处理（《Written》杂志撰稿，2012年4月/ 5月号），其中探讨的核心问题是：在一个残酷的社会里，你可以（敢）变得是多脆弱？ 主角凯特尼斯·埃弗顿（詹妮弗·劳伦斯 饰）是一个性格坚韧的母亲般的角色，表现得比她的严重抑郁、寡居的母亲更无私地保护父母留给她的小妹妹普里姆罗斯。凯特尼斯生长在肮脏贫穷的反乌托邦/阿巴拉契亚12区，饥饿游戏比赛开始之前，已经拥有了强健的生存本能。她的父亲惨死在矿难的悲剧，更加迫使凯特尼斯依靠原始的动物本能生活。她精于射箭，不是为了运动，而是为了维持她的家人的生计。讽刺的是，随着游戏变得更加残酷，凯特尼斯同时变得更加好斗也更容易受到伤害。她的聪明和机智足以让她认识到，她那只做孤独战士的计谋也有其局限性，所以她的信念来了一个大飞跃，转而和皮塔（乔什·哈切森 饰）联手作战。两人一起，他们能够取得胜利。主题问题的答案是：爱战胜一切。

《猩球崛起》的海报用三个精辟的词拼出了主题：进化终成革命。凯撒不是一只寻常的猩猩。他被注射了治疗阿尔茨海默氏症的强力实验药物——为他提供了非凡的智慧。凯撒最终认识到在人类的世界里身为一个动物的局限性，然后被迫对抗人类的权威，成为他自己的主人。我们事先就被告知，他要进化和反抗，但电影仍然能够用复杂的共鸣给我们带来惊喜。让人难以相信的是，电影制作人实际上试图让我们从根本上反对我们自己。在高潮的第三幕，有金门大桥上混乱的大场面。这是人类在对抗猩猩——而我们在为猩猩欢呼。主题方面，似乎是当科学搞乱了大自然的时候，她总是反咬回来。人类的进步总要付出代价。诸如《2012》、《侏罗纪公园》和《阿凡达》这类电影，展示人与环境之间、地球和宇宙之间的脆弱平衡。

科幻电影《第九区》（District 9）是一个寓言，寓意种族隔离、贫穷和种族主义的残酷和不公正。这种真实电影风格的影片跟随一名在约翰内斯堡的政府特工，他的任务是把外星人种族（绰号"大虾"）从肮脏拥挤的城市贫民窟强行驱逐出去。大虾们奇形怪状并且气势汹汹，像怪兽一样——所以我们不会马上同情他们。但是，当监督驱逐行动的探长威库斯（沙尔托·科普雷 饰）暴露在一只大虾泄漏的奇怪有毒化学物质之后，他发现自己没法求助任何人，除了他的新外星人朋友克里斯托弗（杰森·柯普 饰）。更糟的是，威库斯不仅要为他的生命而战，而且还要对抗他逐渐蜕变成大虾。随着猎人与猎物、监狱长和囚犯、朋友和敌人之间的界限变得模糊，观众被迫去质疑自己所拥护的东西。这部电影通过展示外星人的脆弱和人性，让我们怀疑我们对他们的下意识的排斥是否正当。主题方面，这是一部关于宽容、怜悯和同情的影片，因为主角最终穿上他的敌人的鞋子、感受他的敌人一定会有的感受。

《战马》（*War Horse*）提供一个相似的主题。这部电影发生在第一次世界大战期间，乔伊，一匹名义上的纯种马，被征召为盟军义务服务。然而，乔伊依靠纯粹的动物本能生活而保持中立。他的强烈忠诚是非常个人化的，不受敌方或政治的影响。当英国少年艾伯特（杰里米·欧文 饰）成为乔伊的看护人，马用坚定不移的忠诚回报男孩。这是一个不可否认的强烈纽带。然而，当乔伊在战斗中和他的指挥官分开，并随后被法国女孩埃米莉收养，马也同样忠诚于她。而当德国士兵把他从她身边带走，乔伊和他的新看护人弗里德里希紧密联系在一起，直到这匹骏马能够再次逃脱。

在这部影片中最有力量的场景之一，影片的主题变得十分清晰：乔伊陷入铁丝网，被一堆有倒钩的铁丝缠绕困住，痛苦不堪，两个敌对的士兵（英国和德国）被迫携手合作来帮助乔伊解脱。由于乔伊痛苦地扭动挣扎，士兵们放下枪，拿起钢丝钳让这个高贵的生物自由。当马被解救出来时，两人同意掷硬币来决定乔伊的所有权。英国士兵赢了；两个男人握手，然后回到战争中他们各自的那一边。即便身处恐怖之中，他们对这匹脆弱的战马的共有的同情也盖过了他们之间的敌意。

在一部拼盘式的电影中，有多个主角，故事情节发散，一个统一的主题将是黏合它们的胶水。在《撞车》（*Crash*）中，主题是我们都被我们的人性连接在一起。在《毒品网络》（*Traffic*），主题性的贯穿线是，毒品交易如何影响每一个阶层的每一个人和城市——以及为何没有本质上全球性的合作禁毒就无法取胜。在《真爱至上》（*Love, Actually*）里，主题说明了我们都渴望爱情和情感关系，尽管害怕被拒绝和受损失。最终，最持久的主题仍然是：爱战胜一切。

> 　　所有的主题都涉及人类精神的力量：爱、真理、荣誉、正直、勇气、救赎、信仰等。我们渴望这些被生活的不断挑战包围起来的美德。角色必须面对他们的恐惧，奋力超越他们的局限性。哪里有奋争，哪里就有戏剧性。而有了戏剧性，就有了故事。嵌在每一个有价值的故事里的，是一个引人注目的、普遍的主题。

## 专访：奥斯卡奖得主

### 编剧埃里克·罗斯（Eric Roth）

#### 埃里克·罗斯电影年表

代表作：

《特别响，非常近》（*Extremely Loud & Incredibly Close*）（2011）

《本杰明·巴顿奇事》（*The Curious Case of Benjamin Button*）（2008）

　　　奥斯卡奖提名

　　　美国编剧工会奖提名

《特务风云》（*The Good Shepherd*）（2006）

《慕尼黑》（*Munich*）（2005）

　　　奥斯卡奖提名

《拳王阿里》（*Ali*）（2001）

《局内人》（*The Insider*）（1999）

　　　奥斯卡奖提名

　　　美国编剧工会奖提名

　　　美国编剧公会保罗塞尔文荣誉奖得主

《马语者》（*The Horse Whisperer*）（1998）

《阿甘正传》（*Forrest Gump*）（1994）

　　　奥斯卡奖得主

　　　美国编剧工会奖得主

　　　美国编剧公会2012银屏桂冠奖得主（终身成就）

　　作者：在你做完研究之后，我敢肯定你做过广泛的研究，你的第一步是什么？你写大纲吗？你从角色、情节、前提或主题开始吗？

　　埃里克：我觉得我处理原创或改编的第一步是主题。换句话说，在作品要说的事情里面哪些事情更大？而且，它们有可能是真实存在的想法，或者是我觉得我可能会找到的事情。在改编的情况下，它们甚至可能是我觉得在那里的问题，虽然甚至作者都有可能没有预期到。主题对我来说是最重要的，因为一切都以某种方式与主题相关。

作者：这一直是最具争议的专访问题，因为很多人说："不，我从来没有想过的主题，因为它会变得说教或者让你笨手笨脚，它会破坏剧情和故事。"而其他人会像你说的："不，主题就是一切。"

埃里克：我认为它是一切。我不认为它很容易界定。顺便说一句，我不在乎它是否是一个更微妙或潜台词的版本，这是处理它最好的方法。有位导演曾经和我分享过他听过的最糟糕的解释性台词，是这么说的："早上好，水利专员先生。"我想我至少有足够的经验，用一种聪明的方式写阐述。在《局内人》里，阐述是有意的，并且做得非常巧妙。我们需要把观众带入电影，让他们准确知道哪些事情必要要做，这样才能增加作品的张力。迈克尔·曼和我设计了一个在哥伦比亚广播公司餐厅里的场景，我们有意让艾尔帕西诺，他扮演记者洛厄尔·伯格曼，在那里展开了整部影片。"我们必须给这个人找个律师，我们必须让他从这件事脱身。"然后所有的其他任务都为我们展开了，它做得很好，它不像是在阐述。一个大问题是，每个人都告诉你正在发生什么，或他们的人物相互跟对方说彼此都知道正在发生的事情。我要给你一个坏例子。当他们双方很清楚地知道自己的妹妹死了的时候，你却故意让一个角色说："我们的妹妹死了。"这是把观众强迫拉进故事的方式。

作为一般规则，我会说我的流程是去写我认为是这个作品总体主题的东西。它可能不是特别能明确定义，但它是我的方式，用来感觉这部电影应该关于什么。如果它是关于不幸、宽恕、救赎，或者这个作品的任何的总体概念，那么我认为几乎每一个场景都应该与之相关。当你知道主题是什么以后，你可以进入各种结构之类的东西，比如你需要第一幕和第二幕结束在哪里，以及所有别的非常严格的戏剧规定。有一个真正优秀的编剧曾经对我说："一个主要角色想要什么？"你必须用某些方式指出来，它可能束缚你的手脚，也可能不会，因为这是电影真的应该说的东西。我正在写一部太空电影，和我以前做过任何东西都很不一样，一种介于《星球大战》和《2001》之间的青春期电影，我在想："我们的主人公想要什么？"非常简单：他想回家。而且，我真的让他那样说。因此，对于影片的其余部分，你完全理解他的立场是什么，他的追求是什么，以及哪些事情和他回家有关。我认为这是一件有价值的事情。如果我谈起我的作品的总体质量，我和许多人谈过，像汤姆·汉克斯、布拉德·皮特、大卫·芬奇等人，他们都非常喜欢我的作品，他们都觉得我的作品是关于孤独。而且，我也不会反对。

*孤独大概是我所有作品中最一致的主题。*

作者：把你的所有的电影看了又看之后，我有完全相同的结论。你的每一个角色都害怕被单独留在世界上。

埃里克：我认为完全是这样的。也许你可以批评我的作品是一个调子。跟你说实话吧，这可能是因为我从来没有在我的生命中孤独一人。即使我一直是孤独的，我也可能害怕孤独。我的整个生活中，我甚至从来没有一个自己的房间。孤独一直是个很大的主题，我改编过的其他作者也是如此。当主题成为道德困境，像你之前提出来的，我认为那些是更有趣的电影。

作者：嗯，当然，阿甘最后并不孤独，因为他有孩子，所以你有一个又苦又甜，大部分是甜的结局。本杰明的死……

埃里克：我觉得他应该平静地死去，但它可能对观众有另外的含义。我完全是为我妈妈写的，她那时刚刚去世，或者就快要去世了，而我的爸爸在我写这个剧本㉘的时候已经去世了，所以它大概是关于我开始认真思考我是一个孤儿这件事。

作者：我感觉，它可能和呈现的故事里的选择有关，尤其是卡罗琳失去她的母亲黛西——她死在医院里，和你的"被遗弃/孤独"的主题有关。我们孤独地出生，孤独地死去。

埃里克：在我们准备拍它的时候，卡特里娜飓风来了，并且变成了每一个人的灾难。我们认为，如果不用它来讲述一个关于新奥尔良的故事，我们就失职了。在一定程度上它以它自己的方式成为剧中的一个角色。换句话说，飓风会来，飓风也会走，而显然也会有可怕的事情发生在你身上，但是这只是这个女人的特殊人生的另一个里程碑。这是另一个事件，包含一切事情的时钟的一部分。我母亲要死的时候我看着我的母亲。她怎么会那么准确地记起一些事情，而另一些事情则是由于吗啡的作用产生的天马行空的梦。我只是想通过黛西的声音反过来讲这个故事，因为如果一个人想真正有富有想象力的话，整部电影可能仅仅是来自这个女人的视点的一个吗啡之梦。本杰明甚至可能从来都不存在。

作者：对，对。

埃里克：这是一个极端的版本，但我可以做一个案例吧。我认为她有可能参与编造这个传说，同时伴随着一些真实性去帮助人们更快参与到故事里，这可能会很有趣，因为当你有一个传说，你不得不让不相信暂停。一些伟大的电影已经是这样开始的："我准备给你讲一个故事。"从卢卡斯说

---

㉘ 指《本杰明·巴顿奇事》这部电影的剧本。译注。

的，"在一个很远很远的星系，"到《小飞侠彼得潘》（*Peter Pan*）里的温蒂，甚至《哈利·波特》。一旦你作为观众愿意坐下来听这个的故事，你可以去各种各样的地方。如果人相信你是按照这个作品的规则在讲，他们会和你在一起。

作者：嗯，结构，它似乎既给了你讲故事的支柱，也给了一种你要去哪里的感觉。本杰明和黛西的关系有一种必然性。然后，卡特里娜某种程度上达到了最强。

埃里克：关于这一点，我认为大卫·芬奇让影片在时钟那个场景结束的创意非常精彩，因为本就是时间已经冲刷了一切。

作者：是的，那个场景很华丽。

埃里克：在那个仓库里，水位在上升，几乎吞下了一切。这是可怜的新奥尔良真实发生的事情，也是生活里发生的事情。最终，时间变成了一个巨大的分水岭。

作者：对于情节方面的必然性，你会有意识地寻找某种中心谜题吗？把拼图的其中一块留下？我经常跟学生讲，高潮就是真相，理想情况下，你要保留一些东西，这样你就能朝着最后的揭晓构建剧本。例如，在《特务风云》里，它是揭晓他父亲的自杀信的内容。还有，神秘影片里的那个人是谁？在《本杰明·巴顿奇事》，你隐藏了卡罗琳是他的女儿这个事实。这是你在建构你的电影时做的吗？

埃里克：我认为有时候原创更容易，因为如果你想的那些成为作品结构的重要组成部分，你可以把一些特定的事情构建进去。我可以给你一个例子，说明这是如何产生效果以及如何没有效果。我最近刚刚写完了的这部影片会在圣诞节的时候推出，叫做《特别响，非常近》，它有一个内置的谜题，所以是相当简单的。电影是来自一本畅销书，关于一个小男孩寻找他的父亲，他的父亲是9/11去世的。汤姆·汉克斯和桑德拉·布洛克主演。他与父亲的关系非常亲密，他们会做一些寻宝游戏之类的事情。这个男孩应该有亚斯伯格症❼❾或者类似的问题。在他父亲死后，他在他父亲的衣柜里发现了一个信封，外面写着"布莱克"（black），里面是一把钥匙。他推测这是来自他父亲的一些信息消息。书里面应用了的技巧之一是，保持特定的谜团继续存在，然后在结尾，给一切事情某种结论。导演和我也给这个设计添加了一些元素。它可能不会像是不容置疑地解决一个谜是，而是希望给大家一个感性的结论，你会感觉好一点并且与男孩一起悲伤。这本书的内置的因素大

---

❼❾ 亚斯伯格症（Asperger's），自闭症的一种，患者通常没有智力方面的障碍。译注。

概是吸引我的地方，因为我在视觉上觉得它很有趣。

对照我的新太空电影，我有一个想法是可能做三部电影，所以你就不必在第一个结束。我的意思是，它会有一个结尾，但也许更多的是一个扣人心弦的悬念。我会有特别的事情要用在第二部和第三部电影，但不是用在第一部里面。这可能是一些可能永远也看不到出现之日的东西。所以，答案是"是的"，我建构这部电影的方法是，观众觉得他们知道他们去哪里，但他们不知道他们是如何到达那里的。那里面存在一个谜。我不是喜欢漫画书的人，所以这可能是不好的例子，但如果你知道超人最后在地球上，如果他正在说这个故事，你会对他是如何来到这里有兴趣。你的发现可能拍不成三部电影，但你会发现。所以，如果他独自坐在一间酒吧，然后告诉服务员："你不会相信我的故事。我是从另一个星球来的，我有超能力。"那么，当他告诉我们他是什么的时候，你已经给它建立了某种形式的神秘元素。我认为，你说得对，我或许应该远离这个，因为我已经做了很多，是我一直用来自另一个时间的画外音讲故事。比如《本杰明·巴顿奇事》《阿甘正传》从板凳上来的画外音。《特别响，非常近》有画外音，因为在那部电影里男孩来自一段特定的时间，而这部太空电影由于一个特别的理由也有画外音。我一定要弄清楚，我是在欺骗还是懒惰，但我觉得这是一个很好的方式，可以给电影增加一个完全不同的元素——也许它只是一种避免用完全线性的叙述讲故事的方式。

作者：嗯，它可以提供你音乐般的语言。画外音有一种诗意，非常精彩，而且它让我们进入角色的想法，这在小说里很普遍，但是你常常不能在剧本里得到。我也觉得画外音似乎在很庞杂的作品里很有必要。你写画外音写了几十年甚至更久年。它为缺口搭建桥梁。

埃里克：是的，我喜欢那样。这是画外音的主要价值，但它们也能成为拐杖，变成依赖，所以你必须要非常小心。

作者：对，我觉得在错误的人手里是那样，但在你的手中，画外音感觉很正。

埃里克：嗯，到目前为止，还不错。

作者：你在考虑的影片前提的时候，除了从主题开始，你会考虑在影片前提下的中心冲突吗？例如，在《本杰明·巴顿奇事》中，他的年龄会越变越小，但他将会失去一些人，而在《阿甘正传》里，阿甘会有重大改变或者载入历史，但因为他们智力上的差别，他无法真正与他爱的女人在一起，或者在《局内人》里，他想要的只是说出真相，但代价是什么？他最终几乎失去了一切，但在影片的结尾它最终还是值得的。

埃里克：我不认为可以把《本杰明·巴顿奇事》和《局内人》来做比较。除了孤独感，我看不出来，这两部电影没有任何关系。

作者：好吧，是没有那么多的关系，因为他们是如此不同。我实际上是指《本杰明·巴顿奇事》和《阿甘正传》。

埃里克：他们有一些相似性。事实上，我因此受到了批评。

作者：嗯，主要就是爱情故事……

埃里克：嗯，在《本杰明·巴顿奇事》，除了明显采用了菲茨杰拉德关于一个人年龄越变越小的创意，我用熟悉的主题用自己的方式构建了他的生活。换句话说，我的作品里总是有许多的水，也总是有某种形式的管家。人们发现某些相似性，然后以此为乐或者享受它们。二者之一吧。两种方式都没关系。

作者：嗯，提供膳宿的私人住宅和养老院……

埃里克：有些人认为有它的作用，有些人认为这是模仿。我不认为这是模仿。我认为它们是完全不同的故事。例如，马丁·斯科塞斯的《好家伙》（*Goodfellas*）与《赌城风云》（*Casino*）特定的主题和角色、想法，他表现他们的方式也是相似的。换句话说，你可以会喜欢或不喜欢，但你不应该批评它们是模仿。我可以告诉你，也许有六个这个的导演是像这样讲故事的。好消息是，人们都知道我的作品，让时间来比较一个和另一个吧。

作者：我不是把他们当成模仿之作来比较。这更多是为了编剧新人和学编剧的学生。我一直想教他们留在故事里，留在一点，并且知道这部电影是关于什么以及不关于什么。

埃里克：对，这是非常重要的。

作者：对于影片前提下的中心冲突，你有意识地在情节层面思考它吗？换句话说，就是一个人的特别抗争，他只是想说出真相，但要付出巨大的成本。

埃里克：我认为这些是非常不同的。我不知道如何比较《本杰明巴顿奇事》和《局内人》。《本杰明·巴顿奇事》是我写给我母亲的一个爱情故事，关于我对她在这个地球上的时间、我在这个地球上的时间、我和我的孩子和孙子的关系的思考，以及每一个人如何在他们的生命中拥有或不拥有其他人的更普遍的想法。我只是展示一个人的生活，以及他如何开始努力对付这种可能性，即他会离去或者消失，而他一直爱的那个人正在变老。另一个主题我很感兴趣，是她的芭蕾世界，当人们受伤会发生什么。这是一个非常、非常可预测故事，在某些方面。就好像我是杰克·伦敦，故事是说一个年轻人从战场回来和他在期间的冒险。他从战场回来，他恋爱了，他失恋了。所以，没有什么宏大的不同之处，只是这个特别古怪角色的故事。《局内人》设置成有趣的往里面看的方式，也许你会把它称为"真相"，我同意这种说法。为了说出真相你准备不得不经受什么事情？这是一个非常有缺陷的人，所以他特别勇敢，因为起初他真的没有任何别的意图，他只是想得到该死的养老金。这实际上是一个不太可能发生的电影。当迈克尔请我做它的时候，我不明白这怎么可能是一个惊悚片，但我深入以后，我发现它是扣人心弦的，所以我们就把它做成像一部惊悚片。

作者：是的，它的结构类似于一个惊悚片。

埃里克：至于难度，这可能是我曾经写过的最难的剧本。也许它和其他的作品一样获得了成功。我喜欢其他不同的作品。我喜欢《阿甘正传》，因为它和我很接近，而且在全国各地受到了欢迎。我一直喜欢别的事情。我对《特务风云》的反应不是很高兴。我喜欢它，是因为它是一个非常复杂和有趣的作品。因为它是重写的，所以我对《慕尼黑》（*Munich*）走的一些方向不高兴。虽然我认为托尼·库什纳[30]是一个非常、非常出色的编剧，而史蒂芬[31]也只是有一些其他的想法。这一切都很好，这是你所做的一部分。我觉得它们都是不同的。每一个都提出了不同的问题，需要不同的解决方案，而唯一保持相同的事情——我真的相信对于我写过的每一个剧本，我已经大概写了二十部电影——是他们的主题已普遍不同，而我自己的主题一直保持不变。你必须应用那些规则——我不管你的脑袋里是否已经准备把多少幕戏贡献给一部电影——总是要是一个希腊式的戏剧结构。将会是三幕或者四幕。第一幕阐明问题，第二幕试图解决问题并且把问题复杂化，而第三幕动作将要决定问题。希望电影开始采取一些连贯的整体。我总是知道开头和结尾，但我完全不知道中间是什么，即使它是从一本书来的。

作者：嗯，好像你的大多数作品的中间发生的是这种生存困境，其中角色重新评价或开始重新评价"我是谁？"这个问题。谁是我真正相信的？真正重要的事情是什么？而且，关于《局内人》，对我来说特别厉害的是，它是双轨制的，因为杰弗里·威根德正在经历他的全部生存困境，洛厄尔·伯格曼也是。他质疑新闻的力量、企业世界里的真相以及事情如何改变了。

埃里克：那肯定是有意做的。两者之间有一些奇怪的相似之处。他发现他在他自己的工作里是个局外人，这是《局内人》的一个讽刺概念。对我来说，我曾经写过的最好的场景之一是这个，他努力得到了手机信号然后走进了水里。

---

[30] 托尼·库什纳（Tony Kushner，1956— ），美国著名编剧，《慕尼黑》的编剧之一。译注。
[31] 应是指《慕尼黑》的导演史蒂芬·斯皮尔伯格。译注。

作者：我也一样。我很喜欢那场戏。

埃里克：他尖叫着："我说出了真相。"里面有伟大的戏剧性。效果确实很好。

作者：最后两个问题。《本杰明·巴顿奇事》里面，那个被闪电击中17次的人的重要意义是什么？

埃里克：我一直很喜欢《达尔文之书》（The Book of Darwin）和达尔文奖，那是给可怕的事情发生在自己身上的人设的奖。这有点讽刺。他们把其中的一个非常好地做在了一部《木兰花》（Magnolia）电影里，里面的父亲和他的妻子吵了一架，然后操起猎枪开枪，意外地杀了他的儿子，他正跳出了窗外要自杀。我喜欢生活中这种稀奇古怪的事情。被闪电击中的人背后的想法是，这家伙会永远经得起时间的考验，所以我就决定把他放进来。

作者：我也热爱生活的随机性。你怎么可能被闪电击中然后活着，或者你被一辆巴士撞了，而就在那之前你的医生给了你一份身体非常健康的报告。

埃里克：没错——这种变幻莫测的生活。

作者：《特务风云》里面的瓶子里的船的主题是什么？

埃里克：我其实非常近距离地见过一两次，我喜欢它们的神秘。它们是怎么进去的，而你又怎么弄出来？我喜欢围绕它们的复杂性，如果一件事情出了问题，整个事情将会解体。我多次什么是天意、什么是命运、什么是意外。对于《阿甘正传》里的珍妮，我有意写了这个场景，她的父亲试图强奸她，她杀死了他。所以，她是注定要到这种可怕的心理生活，导致她走向了一些不好的路径。你会发现在我的作品里，我尝试让每个人感觉真实，他们有一些内在的心理生活，会自然地把他们带到只有特定类型的心理特点会做的方向。

## 作业

分析三幕当前电影的主题性问题，以及每一部电影是如何在第一幕和第二幕提出问题并要求在第三幕给出答案。

# 第19章
## 热量在哪里?

### 给戏剧性火上浇油

理想情况下，你的主角都会有一个主要的正面目标和相应的负面目标。正是这种+/–极性产生戏剧张力或"热能"来保持故事的引擎运转。热量也由你的主要角色需要的摩擦产生，寻求他/她潜在的可掌握的命运（＋），同时不会屈服于他/她的潜在的宿命（–）。按照加州大学洛杉矶分校电影教授霍华德·苏伯说的：

> 你寻找你的命运；你屈服于自己的宿命。命运的起源于自我；宿命来自外部。宿命是一种超出个人意志和控制的力量；它从背后推动你。命运是在你前面的引力，就像一块磁铁，而你选择去获取它。
>
> （苏伯·H，《电影的力量》（*The Power of Film*），迈克尔维泽
> 出版社，2006，117页）

第三幕需要在情感上感觉像用火在烤验（即使是浪漫喜剧），否则影片的高潮就太温和了。在影片《当哈利遇见莎莉》（*When Harry Met Sally*），哈利（比利·克里斯托饰）的命运是新年永远孤独一人，但事实证明，在影片的高潮，他的命运是和莎莉（梅格·瑞恩饰）结婚。在《拆弹部队》，三级军士长威廉·詹姆斯（杰瑞米·伦纳饰）的明显命运是一个英勇的拆弹专家，他能够在能想象的最不可能的任务中拆除爆炸物。我们不知道他的宿命是否就是让自己炸成碎片，还是他会活下去寻找他另一个的"真正"的命运：忠实的丈夫和身为小男孩的父亲的角色。最终，当他再次报名去往战场，他的命运是仍然做一个不安分守己寻求刺激的人。

在《珍爱》（*Precious*）里，感情上伤痕累累的少女珍爱（加布里埃尔·西迪贝饰）的宿命，看来是跟随她的暴虐母亲玛丽（莫妮克饰）的悲惨命运重蹈覆辙。但是意志坚定的阿珍锻造了一条新路，并追寻她的命运去打破的恶性循环，接受教育，并找到独立性。

在《第九区》，威库斯（沙尔托·科普雷饰）的宿命是被职责绑定：执

行他的官僚上级的命令，把人口不断增长的外星人"大虾"从他们的难民营外驱逐出去。但在威库斯意外地暴露于有毒化学品之后，他自己开始变成了"大虾"，他和外星"大虾"克里斯托弗（贾森·柯普）成为同伴，追寻他的命运——不再作为迫害者，而是作为于流离失所的外星人种族的救世主。

**从一个在第1页已经绝望了的主角开始。**

在《龙纹身的女孩》里，麦可·布隆维斯特（丹尼尔·克雷格饰）最初对于针对他的诽谤罪起诉的丑闻已经绝望了。在《午夜巴黎》，编剧吉尔（欧文·威尔逊饰）对完成他的第一部小说已经绝望了。在《饥饿游戏》，凯特尼斯（詹妮弗·劳伦斯饰）对养活自己的家人已经绝望了。在《一次别离》，纳德（佩曼·姆艾迪饰）的妻子西敏（蕾拉·哈塔米饰），在寻求离婚，这样她可以在国外开始新的生活，但是纳德拒绝。他想要留在伊朗抚养他们的女儿。西敏是绝望地要改变，纳德则是绝望地想维持原样。

**有些主角知道自己的绝望困境；另一些很难意识到。**

编剧的目的是挑拨这些"被卡住"的角色采取行动。给我们展示他们生活中的空虚，我们将坐在座位边缘等着令人惊讶的时刻，而是必然的变化即将到来。

检查《猜火车》（*Trainspotting*）的开场序列——通过像从大炮里发射出来的镜头处理阐述。这是气喘吁吁和令人振奋的，而我们从第1页就知道这些家伙陷入了麻烦。

   _ 外景。街道上。白天
     沿着人行道奔跑的腿。它们是马克·伦顿（伊万·麦格雷戈 饰）的腿。就在他前面的是斯帕德（尤恩·布雷姆纳 饰）。他们一起飞跑。
     在他们跑的时候，各种东西（笔、磁带、CD、洗浴用品、领带、太阳镜等）掉落或者直接从他们外套的里面掉出来。他们被两个脸色难看、穿着制服商店保安追赶。这两人跑得很快，但是伦顿和斯帕德还是保持在前面。

   _ 伦顿（画外音）
     选择生活。选择工作。

选择职业。选择家庭。
选择该死的大电视。
选择洗衣机，汽车，
光盘播放器，和电动开罐器。

突然，伦顿横过道路，汽车打滑停住，离他只有几英寸远。在脱离的瞬间，他停下看着震惊的司机，再看看还在继续奔跑的斯帕德，然后是那两个男人，他们现在离他很近了。他露出了微笑。

_ [稍后……]
内景。斯旺尼的公寓房间。白天

在一个空荡荡的、肮脏的房间里，伦顿躺在地板上，独自一人，一动不动地在嗑药。

_ 伦顿（画外音）
选择健康，低胆固醇
和牙科保险。选择定息
按揭还款。选择
小户型。选择你的朋友。
选择休闲装和配套的
行李。选择三件套装
用分期付款的各种
该死的面料。选择DIY
不知道星期天早上
你是谁。选择坐在沙发上
看着头脑麻木精神崩溃的
游戏节目，把该死的垃圾食品
填进嘴里。这一切结束的时候
选择腐烂，对你最后的悲惨的家
说呸，没有什么比你生出一堆
取代你的自私的混蛋小子更尴尬的事了
选择你的未来。选择生活。但谁
会想做这样的事情？

_ [然后我们听到伦顿真正的爆发……]
内景。斯旺尼的公寓房间。白天

伦顿躺在地板上。斯旺尼，艾莉森和婴儿，"病小子"和斯帕德在注射或者准备注射。"病小子"正在跟艾莉森说话，他在轻轻拍打她手臂上的静脉。

> 伦顿（画外音）
> 我选择不选择生活：我选择
> 别的东西。理由呢？
> 没有理由。当你有海洛因
> 的时候谁需要理由？

他们是绝望的人物，但麻木了，浑然不觉，而且不断为他们的下一个困境绝望。随着电影的进展，伦顿的激情目标是戒掉海洛因。但由于他无法从他那群狐朋狗友中脱身，他可能的戒毒受到了挫败⋯⋯

随着主角对一个个人的、激情的和有形的目标变得越来越狂热，最初的绝望在升温。

在《毕业生》里，本杰明·布拉多克（达斯汀·霍夫曼 饰）在影片开始时是电影史上最被动的主角之一。当他刚从大学毕业到达洛杉矶机场，他是站在自动人行道上——甚至不要求为他自己走几步。尽管他在中上阶层养育长大，但这个年轻人已经不堪重负，对他的不确定的未来不知所措。但是，尽管他对风骚的罗宾逊夫人（安妮·班克罗夫特 饰）发誓，他会远离她的宝贝女儿伊莱恩（凯瑟琳·罗斯 饰），但本杰明还是疯狂地爱上了她。他的狂热目标是赢回他爱的女人，而且任何事情——甚至她诡计多端的母亲——都会挡住他的去路。

影片《在云端》的开始，是一些现实生活中最近刚被解雇的人的访谈——从不敢相信到苦涩到彻底愤怒的各种情绪逐一呈现。他们接下来应该怎么办？所有的人被这个问题吓坏了。他们将如何支付账单？他们如何养家？然后，我们见到了企业裁员顾问，瑞恩·宾汉姆（乔治·克鲁尼 饰）——通过画外音——他告诉我们，他的生活全是关于如何躲避痛苦的子弹和不确定性。他解雇的人都待在地上、痛苦不堪，但他的工作和平和的心态是安全的——只要他保持移动。起初，瑞恩迫切地去保持他的没有负累、常旅客的单身的生活方式，但他即将被他脚下的跑道拖走。随着故事的进展，瑞恩逐渐卸下心防，并开始爱上了女性高管旅行者亚历克斯（维拉·法梅加 饰），他们的亲密关系和私密交谈燃起了他的热情目标，变成了维持与她长期的亲密关系。影片的上半部分，公司福利待遇和职业是他的一切。在结尾，他渴望家庭和持久的亲密关系。

在《永不妥协》里，医生办公室的一场面试，让我们认识了艾琳（朱莉娅·罗伯茨 饰），我们得知她在医疗领域没有实际经验，以及她失去了她的最后一份工作是因为："我的儿子降生了，得了水痘发烧104度而我的前夫是没用的人。"她一直想上医学院，但在那之前她结婚了，太年轻就有了孩子，以及诸如此类的事情。然后，医生看着她的简历，试图想出一个礼貌的拒绝，但他可以提供只是一种敷衍："谢谢。"接着是一阵尴尬的沉默，然后："不过……" 通过艾琳 "曾经有过的"的恼怒的表情，她知道接下来要来的是什么，或者更准确地说不会来的是——这份工作。

我们切到她站在医院大楼外，她抽完一支烟。她的破烂老车的挡风玻璃上已经贴了一张乱停车的罚单。在她开门的时候，她折断了她的一根可笑的长指甲。如果这还不够糟糕，那么她开车经过一个路口时，一辆飞驰的汽车闯过红灯，从侧面撞上艾琳。崩溃！

后来，在她家里，我们发现她其实有三个孩子——其中一个是不会走路只会流鼻涕的婴儿——接下来是她的蟑螂出没的厨房、逾期没付的账单还有漏水的下水道。相信我，这是一个有很多问题的绝望女人。但是她在努力，所以我们立刻进入了她的世界。她充满激情的发展目标在演变，因为她成为病人和被剥削者的法律捍卫者，去对抗公用事业巨头PG&E公司。艾琳脚踏实地、不说废话的工作态度，使她赢得了这个具有里程碑意义的民事诉讼中弱势一方的的信任。因为他们的问题变成了她的问题，艾琳用永不妥协的决心捍卫他们。

> 伟大的电影是关于绝望和激情之间的碰撞：获得一些东西而失去一些有价值的东西。中间燃烧的是故事的戏剧性之火。

## 专访：美国编剧工会奖提名

### 编剧梅利莎·罗森堡

#### *梅利莎·罗森堡电影年表*

代表作：

《暮光之城：破晓 - 第2部分》（*The Twilight Saga: Breaking Dawn—Part 2*）（2012）

《暮光之城：破晓 - 第1部分》（*The Twilight Saga: Breaking Dawn—Part 1*）（2011）

《暮光之城：月食》（*The Twilight Saga: Eclipse*）（2010）

《暮光之城：新月》（*The Twilight Saga: New Moon*）（2009）

《暮光之城》（*Twilight*）（2008）

《舞出我人生》（*Step Up*）（2006）

《德克斯特》（嗜血法医）（2006-2009）

　　　美国编剧工会奖提名

作者：我们从你对非常流行的小说《暮光之城》的改编开始把，请谈谈你把小说从纸面改编到大银幕的过程中面临的特别挑战。

梅利莎：这些书的诀窍是，它们都是从主角的角度写的，这意味着声音全部在她的脑袋里。这种类型的内心独白对书而言是很精彩的，但不一定在是剧本里起作用。另一个问题是，当她的思绪终于用声音来表现的话——会有许多的对话和很少的行动。我的工作就是让贝拉与她自己以及与爱德华的对话进行视觉化和电影化。

作者：你能详细说说你对画外音的使用吗？

梅利莎：画外音是剧本最难写的元素之一，也是我写贝拉时的主要问题之一。因为她没有任何人可以倾诉，所以必须有一定的阐述方式，来揭示她是谁。贝拉是一个非常内向型的角色。画外音是用来把她外部化。但这必须用一种不是非常明显的阐述方式来实现，这是非常难的。画外音在这方面可以是一个真正的拐杖。而且，它常常遭人白眼。但是，在尝试第三部电影里把它去掉之后，我们意识那部电影里没有画外音是不对的。

在《嗜血法医》里，画外音特别有挑战性，因为你必须在德克斯特的脑袋里。在讲述正在发生什么事情和画外音有一个真正良好的平衡——有时它是用于阐述。你必须拥有它。因为德克斯特从不告诉任何人他的计划是什么。因此，如果观众不知道他偷这辆车的特殊原因，他们会说："他到底干什么啊？"所以，我们需要画外音告诉我们，为什么他要偷它。但它必须是用他独特的声音说出来。你必须那样做——差不多那样吧。我想很多人都觉得画外音才是容易的，但它不是那么容易。就是这个事情——这是处理贝拉面临的同样的问题。她没人可以倾诉，因为她不能告诉任何人她的秘密。所以，你必须要理解她正在做的一些事情——必须有一些其他方法阐述，但它也揭示了她是谁。贝拉和德克斯特是非常内向型的角色。

作者：那你对闪回的看法呢？

梅利莎：闪回也非常棘手。我尽量不去用它，但有时它可以是一个很梦幻的视觉工具。例如，在整部电影里角色之间有一个秘密，你最终知道了它是什么。在这种情况下，你值得用闪回。你去看那些伟大的电影，你会明白角色是随着他们在每一幕的经历展开给观众的。你不必在第一幕揭示他们的一切。事实上，第一幕的重点是去想："我们必须知道这一点，我们必须知道那一点。"但是也许我们并不需要知道一切。

作者：改编的最大挑战之一，是把一部漫长的小说浓缩成一个精炼的剧本。因此，除了与爱德华和雅各布的核心三角爱情故事，贝拉与她父亲的关系真正奠定了故事的情感；他是她积极去反抗的权威人物，但她已经失去了她的母亲，所以他也是她所拥有的仅有的一切。我猜想，这个关系是脚本中保留的重要因素。

梅利莎：是的，书里面很清楚，父亲对贝拉非常重要，所以肯定要留下。它制造了和她父亲之间的惊人的戏剧张力，为了生活她自己的生活里，她必须向他隐瞒爱德华的真实本性。

作者：在你写剧本的时候，你正在处理一部深受喜爱的小说这个事实，会让你感到受制约吗？

梅利莎：会，也不会。我觉得只要我把角色放在和书里一样的旅程上，我可以保持忠于原著。实际的场景不如这一点重要。我觉得，如果角色继续相同的情感历程，那么观众会感到满意。我从头到尾细读小说，找到了那些时刻，它们是那个旅程的试金石，随后我把那些场景作为我的结构。也有一些特别的角色必须在第一部电影里，因为随着系列片的继续，他们扮演非常重要的作用。例如，有一个角色在第一本书里只有几个场景——他是雅各布。最初，我只读了第一本书，所以我问，我们是否真的需要他。当然，答案是："是的，他是非常重要的。"在那之后，我的工作变成了把场景和人物组合起来，以便服务主要的故事线，并保持电影前进。

作者：在你开始写剧本之前敲定主题重要吗？

梅利莎：每一部《暮光之城》的小说都提出了一个主题，我不得不进行视觉化的表达，并且通过角色的行动使它外部化。制作的每一个环节集中于这个问题："这部电影在讲什么？"我觉得整个系列是关于贝拉自己的一个成长故事。当你写角色驱动的内容，主题是至关重要的。动作片和悬念/惊悚片的主题不是那么重要，它们主要是关于剧情展开。但是，我会争辩说，那些电影里面最好的作品就是动作和角色驱动的。我想问的问题是：我为什么要讲这个故事？我想要传达什么？我认为，主题就是一切。

作者：从逐步加强戏剧张力和为每一部续集打造基础方面，你是怎么避免重复自己的？

梅利莎：归结于贝拉的选择：她审视她想要给自己的是什么——而她最终想要的是成为一个吸血鬼。在每一部电影中，反派是最糟糕版本的吸血鬼。她爱上的是最好版本的那个，他的家庭也是由最好版本的吸血鬼组成。

作者：她在努力对付情感和道德的困境，并且在调和作为吸血鬼永生与残忍中积极和消极的方面。我们总是担心贝拉。她很坚毅，但又脆弱，越来越多的事情压在她的肩上。在你的计划过程中，你如何有意识地规划后果或者利害关系（在吸血鬼电影这个词太贴切了！）？

梅利莎：利害关系必须是尽可能地高。

> 对于一个十几岁的女孩，爱情就是生命和死亡。他们把情感放到那么高。我觉得斯蒂芬妮·梅耶㉜完完全全地戏剧化了这一点。这是冒着生命危险去爱。而且，要通过五部电影，反复做到这一点。它需要经验使得它非常视觉化。我认为这就是这些故事的普遍吸引力所在：激情——与爱德华相爱，她可能会失去一切。

作者：我的儿子现在十几岁了。每一位家长的噩梦是，他们的孩子会爱上坏男孩或者坏女孩，或是某个会有坏影响的人，而《暮光之城》只是把这种情况推到了极端。但是，这种禁忌的青少年关系里面有一个内在的普遍性。我想知道，是否你对爱德华的处理方法是"我需要不把他当成吸血鬼来写，而是作为一个凡人，前卫、性感，《无因的反叛》中的那种人？"

梅利莎：其实，对我来说，爱德华是这个故事的乔丹·卡塔拉诺㉝。

作者：《我所谓的生活》里克莱尔·丹尼斯的所爱（贾里德·莱托饰）？

梅利莎：我的天啊——那样一个标志性的人物！虽然，在这个例子里，即使成为了局外人，但这个坏小子本就是一个杀手。而且演员阵容是一切。斯蒂芬妮写了这个本来该我写的精彩的人物关系。但是，如果你没有那样的化学反应，它可能会变成一场灾难。演员阵容是完美的。

作者：我们来谈谈你对改编和原创剧本的处理。在大纲方面，你在写之前事先做多少工作？

梅利莎：我做非常详细的大纲。通常大概不空行地写25页。这是我写电视剧得到的一个习惯，因为你要处理这么多动来动去的东西，你必须快速地编写剧本，因为你的日程非常紧。

作者：你用数字思考吗？比如：第一幕需要在第30页结束？

主席：当然。我有四幕戏：第一幕，第二幕（a）和两个（b），还有第三幕。每一幕大概是12~13节。这个过程中最难的部分是大纲。事实上，我

---

㉜ 斯蒂芬妮·梅耶（Stephenie Meyer），《暮光之城》的另一位编剧。译注。

㉝ 乔丹·卡塔拉诺（Jordan Catalano），美国20世纪90年代中期的一部青春电视连续剧《我所谓的生活》（My So-Called Life）中的人物，外表好看个性反叛。译注。

的大纲是我的第一稿。我的大纲包括对话和其他可能去掉的细节，但通常保持同样的结构。

作者：一旦你完成一个草稿，并且得到反馈，你还会回去重新写一个大纲吗？

梅利莎：有时我会写一点只是一句话总结场景的大纲。这样的话移动棋子就更容易了。

作者：我知道你是一个非常直觉的编剧，所以这可能是一个很难回答的问题，但你有任何加强一个场景或者一组场景的戏剧性张力的窍门吗？

梅利莎：如果一个场景感觉平淡，我会回去检讨一下这个场景需要说什么。我会看看演员已经处于什么位置，他们将会去哪里，以及他们什么时候走出来这个场景。我常常会让他们跑步、打拳、或者跑去赶火车，给这个场景增添一些活动。我喜欢看看改动一个活动能给场景增加什么能量。

作者：当你重写你自己的作品或者别人的作品是，你如何给脚本注入更多的戏剧张力？你有注意到任何的普遍缺点吗？

梅利莎：我最后总是回到结构。如果你的设置不够强，那么就不会有足够有力的一拳把你打进第一幕，接着把你发射进入第二幕。还有一个常见的问题是，模糊的中点突然转变。

作者：你能详细一点说说吗？你怎么看待一个强大的中点？因为它可能是编剧时最被忽视的课题。

梅利莎：这是因为有三幕剧结构的这种念头。但是，我认为第二幕实际上有两幕组成，如果你这么思考的话，那么中点就是带你进入后半部分电影的东西。如果没有这种推动力，电影就会显得平直。

作者：你能评价一下谜题在你的作品中的作用吗——以及如何避免可预见的结果？

梅利莎：这是在揭示程度和揭示时机之间的一个平衡。你需要在第一幕定义角色和冲突，至少应该等于为了吸引观众和制造冲突你需要知道的量。

作者：最后几个问题……是否有想到一个电影，已经对你的故事叙述有很大的影响？

梅利莎：《几近成名》（*Almost Famous*）已影响了我的写作，部分原因是怀旧，但也因为人物关系和人物的旅程。我最喜欢写的场景就是实现一个人的梦想，而实现一个人的梦想的首要部分是知道这个梦想是什么。这是关于知道你是谁和你在这个世界上的位置问题。一旦你知道你希望你在世界上的什么位置，你怎么实现？这就所有五部电影里真正的贝拉。在第三部电影的结尾，我加入了一段话，不是从书里来的。贝拉对爱德华说："这不全是为了你。"我不希望它仅仅是关于贝拉。全部是关于她的恋爱，但恋爱不包括失去自己。让贝拉成为一个可信可行的角色的基础是，她实际上是选择一种生活。事实上，最后两部电影变成讲她通过选择去积极实现她的梦想。

作者：这是如何应用到标志性的电视人物德克斯特[34]？他是否有一个梦想？

梅利莎：他有一个有意识的梦想和无意识的梦想。我觉得他的无意识的梦想是具备人性——去连接亲密关系。他总是在寻找亲密关系——这使得他具有人性。亲密关系是使我们成为人的东西。所以这是他潜意识的梦想。但他不认为他可以拥有它，或者每次他为此尝试的时候，都有可怕的事情发生。所以我觉得他总的梦想就是这个。他一直试图做到这一点。但他没有一点点实现它，他越来越近了。

作者：与导演一起的工作如何影响了你的剧本写作？

主席：因为他们的思维那么视觉化，他们让我成为一个更灵活的编剧。在你的职业生涯的开始，你常常变得非常重视你写的场景。我认为部分原因是，你认为："我不会拿出一个更好的方法来做到这一点。或者说，如果我不拿出任何更多的想法呢？"没错，有6000多种不同的方式来写一个场景。随着年龄和经验会有一种特别的自信。你学会了要放手一些事情并且相信你自己会想出另一种思路。

## 作业

用散文式的叙述阐明你的剧本关于什么，首先用一个句子，然后用三句话，终于用三段。每个版本最好应当包括故事的开头、中间、结尾，以及已经逐渐增加细节。除了简单地讲故事，挑战自己去寻找最激烈、最有活力的冲突，让你的主句去面对。在你的脚本的每一个情节点，不断地问自己：热量在哪里？

---

[34] 德克斯特（Dexter），美剧《嗜血法医》里的主角。译注。

# 第20章
## 你的感觉如何?

### 与角色的情感内核相连

在电影中，危机通常会迫使主角对现状施加控制，这对他们特别具有挑战性。他们已经碰到了一个必须处理的紧迫问题。这可能是一个生死攸关的问题，或者更微妙的困境。在任何情况下，他们的任务是把"火"扑灭，并继续他们的生活。但是，在一般情况下，在试图控制，管理或克服问题的过程中，他们也许只是发现自己面对自己的命运。这个简单的感慨在动画电影《功夫熊猫》漂亮地表达出来了，乌龟大师说："*人们经常在逃避命运的路上碰到它。*"

在影片《少女孕记》里，她的难题是如何处理她的怀孕。这不是一门选修课。她是未成年人，而时钟在受孕那一刻开始滴答作响。她准备成为一名母亲吗? 她愿意请孩子的未成年爸爸一起做决定吗? 她知道这是怎么发生的，但不知怎么，她并不期待这个结果。然而，今天是她遭报应的一天。最初，朱诺认为她可以只是"想想办法紧急流产"，但是当她无法实现时，她转到B计划: 寻找完美的养父母。但是当她得以认识准备收养小孩的那对夫妇，冷静地怀着宝宝接近足月的时候，朱诺发现，虽然她可以用尖刻的聪明应付她的生活琐事，但她无法控制的事情是她的情绪。几乎每一个主角面对的考验和磨难，其核心是头脑（心理学/智力）和心脏（激情/情感）之间的冲突。

随着主角为了控制他们的生活去理解和搏斗，他们不可避免地发现自己处在的不可预知的混乱之中——这常常导致情感剧烈波动。大多数主角寻求迅速的解决方案然后恢复原状——但必须面对的真相是，生活就是一种妥协、神秘、惊奇和不断变化的东西。这完全是编剧的好消息。在一个伟大的电影里，观众应该感觉接下来几乎可能发生什么事情。

在《惊魂记》（ *Psycho* ）里，希区柯克在电影里很早就杀掉了"明星"，珍妮特·利扮演偷了钱的出纳玛丽安，轻而易举地使他的观众感到不适。在《夺宝奇兵》里，印第安纳·琼斯（哈里森·福特饰）在影片的开场序列，未能马上得到神像。事实上，他在那部电影里一切都失败了。而坏消息很快堆积在《奇迹小子》（*Wonder Boys*）格雷迪（迈克尔·道格拉斯）身上。

> 这些电影通过让我们保持不安感而产生效果。当观众变得太舒服了，它通常意味着无聊。我们想要兴奋、激怒、惊讶，甚至被电影震撼，所以铭记你的"情节点"是呈现给角色的危机，因为它们迫使你的角色去思考改变。而你的剧本提出了的每个危机应该充满悬念，角色的情感生活是让你的读者入迷的东西——不是危机本身。

## 专访：奥斯卡奖提名
### 编剧/导演 吉列尔莫·阿里亚加（Guillermo Arriaga）
#### 吉列尔莫·阿里亚加电影年表

代表作:

《燃烧的平原》（*The Burning Plain*）（兼导演）（2008）

《夜间的水牛》（*El búfalo de la noche*）（小说和剧本）（2007）

《巴别塔》（*Babel*）（2006年）

　　　奥斯卡奖提名

　　　美国编剧工会奖提名

《艾斯卡达的三次葬礼》（*The Three Burials of Melquiades Estrada*）（2005年）

《21克》（*21 Grams*）（2003）

《爱情是狗娘》（*AmoresPerros*）（2000）

《死亡的甜蜜气息》（*A Sweet Scent of Death*）（小说）（1999）

作者：虽然我想把我们的谈话聚焦在情感叙述上，但我首先要问的是你的电影里的特异结构。你似乎喜欢相互关联的故事情节，在《燃烧的平原》里，就有多个平行的故事。为什么这种结构吸引你，你如何开始呢？在看完你所有的电影后，我写下的笔记之一是，它们的结构就像缺了块的拼图，你必须保持观看，去看看这一切是如何拼到一起。那么，你是如何开始构建的？

吉列尔莫：我没有计划。我从来不写提纲。我从来不写角色的背景。我不知道角色。我不知道结局。我什么都不知道。我只是坐下来写。

作者：你经常从一个随机的悲剧开始，然后再围绕它搭建情节？或者，你从角色开始？或者，你从主题开始？

吉列尔莫:我来告诉你一些绝对和《爱情是狗娘》有关的个人的事情。我自己发生过一次车祸。当时我正在去打猎的路上。我的SUV是一台切诺基。我睡在后座上,一个非常小的家伙睡在地板上。有三个孩子在后面,所以驾驶的那个人开始去戳睡在我下面的那个家伙的肋骨,以便他会醒来开车,因为我已经开了一整夜,只睡了一个半小时。然后,当他去戳了他的时候,他突然失去了对车的控制,我们掉下了悬崖。我在事故中间醒了。我记得我的脸撞在石头上。事故发生后,我有了一个幻象。我能够完美地记起那个事故,我怎么在事故中间醒来,在30英尺(1英尺约等于30.5厘米)的自由落体过程中说:"我不会死。"我变得痴迷于事故的时间框架。从事故开始,我开始重建它:事故的影像,事故前后发生了什么。在事故中发生了什么以及事故之后发生了什么,所以这是《爱情是狗娘》的结构——这是它怎么来的。因此,它是没有任何计划的。我只是想用一部电影来代表我自己对事件的重建。

作者:特别在《21克》里,我们从许多不同的角度来看那场车祸,就像一个棱镜。我相当佩服的地方是,娜奥米·沃茨的角色(克里斯蒂娜·佩克)回到事故现场,然后她坐在那里,所有的细节涌现,你把我们带回到最难以忍受最痛苦、最脆弱的部分。你回去过这起事故的发生地点吗?

吉列尔莫:我们回去了。我不得不捡取走我的车,因为它离墨西哥城还有十二小时远。那是在墨西哥的一个非常偏远的丛林里。所以,是的,我们回去了,我看到我们掉下去的地方,一切就像娜奥米的那个角色。

作者:这是多少年前的事?

吉列尔莫:1985年12月26日,上午6点18分。

作者:而且,从那以后你一直在你所有的作品里探讨这件事。

吉列尔莫:是的。

作者:《巴别塔》里美国游客(布拉德·皮特和凯特·布兰切特饰)困在摩洛哥——可能是滞留感,碰到医疗紧急情况可是没有人可以帮你。《巴别塔》是从哪里来的?

吉列尔莫:我是那次事故中唯一受伤的人。我头上有道伤口,但是现在我其他的疤痕消失了。我不知道为什么。我做过几个手术,没有疤痕。有些骨头断了,我的鼻子完全没了。我想请一台货车搭我们一程。他停了下来,一个朋友跟我一起。我开始吐血,司机说,"这家伙快不行了。我不希望有人死在我的车上,所以下车吧。"所以,我走了三英里去找医生。而且,当然没有麻醉或任何东西。他只是缝合了我的伤口,当他试图修理我的鼻子,他说,"什么也没有",因为所有的骨头都进到了我大脑里去了。所以,我不得不再等一辆公交车去急诊室，那里有5小时远，我到达那里差不多是事故发生24小时以后。就是这么紧张。

作者：这似乎是你有这样的亲身经历，因为它是那么直接。

吉列尔莫：但是，我要告诉你一些事，在我写《巴别塔》之前我从来没有到过摩洛哥和日本，而且我永远不会做任何形式的研究。我恨研究。我只是根据个人经验写剧本。我希望我在墨西哥北部和放羊人接触的经验会和摩洛哥的放羊人几乎是一样的，而日本青少年会表现得好像我十几岁的女儿。

作者：看上起是极其真实。贯穿所有影片的另一个主题是外人的想法。因为在摩洛哥，显然美国游客都是外人，保姆阿梅利亚（艾德里安娜·巴拉扎饰）带着孩子去墨西哥，你有这种文化的冲突。千惠子，那个日本少女（菊地凛子饰），总是感觉她被排斥在外，因为她听不见。一直有人们没有亲密关系和试图去建立亲密关系这种双主题。所以，无论是布拉德·皮特（理查德）或凯特·布兰切特（苏珊），在《巴别塔》的开头，在他们的假期中由于缺少宽恕而缺少亲密关系，原因是他们的婚姻出了问题。或者，在《巴别塔》的结尾，阿梅利亚自责她在不可能的情况下做的事情，但她还是背负了这么多的愧疚。在《燃烧的平原》，查理兹·塞隆的角色西尔维娅，背负了由那场致命的火灾而来的全部负疚感。它在每个故事中运行。你让人们之间失去亲密关系，原因或者是内心的恐惧和愧疚或者生理障碍或者只是由于那种他们之间格格不入的文化。你会感觉一种特别的亲和力还是你对文化上感觉像外人有兴趣？

吉列尔莫：我在一个中产阶级环境长大，我的父母对教育的投入很大。我们住的那个地方，我们是唯一上私立学校的孩子。当我去私立学校，有些花哨的孩子准备去欧洲，诸如此类。我的父母为了这所私立学校付出了努力，而我父亲有了良好的经济状况一切变得顺畅了。但是，它像是没有去感受世界的相当一部分。它更多的和旅行无关。我一直喜欢处在极端中的人的这种想法。当你走向有些事情的极端，你就跨越去另一块领地。

作者：当你一定程度上是个外人，你总是觉得更脆弱。我去俄罗斯旅行非常多，当它不是你的第一语言，当你读不懂那些符号，当你不能理解海关在说什么，你从一开始就感到脆弱得多。在《巴别塔》，千惠子为她不能去听去说感到那么耻辱。她不希望人们看出来。她只是想融入。在咖啡厅里有一幕很精彩，她去见她的朋友，那个女人问她是否要帮忙[35]，她假装她是不是聋子，然后只是从那个女人旁边走过去，希望以某种方式"过"掉这件

---

[35] 这个场景的细节是女服务员过来问她是否有预约。译注。

事。脆弱性的这个想法是这一章的一个核心。我到现在已经教了23年了。让我的学生最困扰的最常见的毛病是他们玩得太安全。我告诉他们没有足够的冲突，所以他们需要把角色推到边缘。我真的对他们中的其中一些人说，大胆去做，让角色极其痛苦地脆弱，而到你作为编剧，几乎要不好意思或不敢把它们写在纸上的程度。而且，仍然是远远不够的，因为他们中有好多人都是很胆小的。你的作品正好相反。你把它推得那么远，以至于每部电影就像是你要去看的车祸，你几乎不敢看，因为它是如此的痛苦，但你需要看，因为这是人的生存条件。你在写的时候，你就是被那种热量吸引吗？你为此挣扎还是你一开始就知道你需要去哪里？你有关于如何做到这一点的建议吗？

吉列尔莫：我有两个残疾人朋友：一个有脊髓灰质炎，她使用支架；另一个有脑瘫。所以，我熟悉残疾人，而且也是因为我开始担任几部关于残疾人的电视纪录片的导演。我被认为是这个行当里的"快枪手"，因为有人会问我："哥们，你明天忙吗？""没有，怎么了？""你能拍一部纪录片吗？"我记得有一部是关于残疾人运动员，然后我去见那些人，不太清楚会发生什么事情。有一个人，他两只胳膊没了，而且他少了一条腿。我看见他从水里出来，但是从他入水的那一刻，他变成了一只海豚。所以，我说要带一台水下摄影机。他们说他们没有足够的钱。我说我会付的。我要摄影师尽可能靠近缺了手臂的那个部分。我从不对看东西害怕。我不怕问问题。我让我的家人难堪，因为我去吃饭的时候，我问你能想象得到的最离谱的问题。所以，对于我的角色，我事先没有任何计划，这只是我的方式。我认为我们太驯化了。我们是太政治正确了，尤其在中产和上层阶级——像美国这样的第一个世界国家更多——你不能说任何东西，因为你可能会冒犯所有人。你那么小心翼翼地说话。你甚至会被起诉。在墨西哥是安全的，没有人打算告我。但是，这就像："哥们，你会陷入大麻烦，如果你继续这样做。"不过，我觉得害羞是没有意义的，就像你说的。约束你的角色是毫无意义的。我最讨厌角色可爱这种想法。通常我的角色是不讨人喜欢的。在《爱情是狗娘》里面，我们有一个小孩，奥克塔维奥（盖尔·加西亚·伯纳尔 饰），他带走了他哥哥怀孕的妻子，苏珊娜（凡妮莎·布奇 饰）。

作者：对，但是你确实进行了调和，因为事实上他试图保护她，因为他哥哥虐待她。而且，他是由一个那么讨人喜欢的演员来演。

吉列尔莫：而且，艾尔·齐沃（埃米利奥·埃切维里亚 饰）是一个杀手。这是有害的。一个以杀人为生的人。

作者：但是，他喜欢动物。

吉列尔莫：或者，查理兹·塞隆（饰演《燃烧的平原》里的西尔维娅），她有性瘾。或者，本尼西奥·德尔·托罗（饰演《21克》里的杰克·乔丹）。他疯了，伙计。

作者：都是对的。我觉得，如果角色对儿童和动物友善，那么即使他们彼此都太可怕，我会找出对他们的一些好感。所以，在《爱情是狗娘》里，我对艾尔·齐沃和每一个人有好感。我认为你真正发现了人性。在《爱情是狗娘》里，每次通过一只动物发生。我看的第一部你的电影是《爱情是狗娘》，我永远、永远、永远不会忘记那个场景，就是艾尔·齐沃回到家而所有他的狗都被打死了。奥克塔维奥去救狗（考菲），它是爱的行动，然后艾尔·齐沃开始哭了起来。它是这样那么精彩的时刻。我永远不会忘记。你可以拥有爱和忠诚但同时毁灭的想法。具体的故事情节中有这么多复杂的道德灰色地带。现在，你说你不从任何事情开始，但你曾有撞车……

吉列尔莫：我有我自己的狗。这个故事是从我自己的狗开始的。真的发生了。我长大的地方会斗狗。我的狗是一只可怕的杂种狗。他所有的兄弟姐妹是魏玛犬，但他是黑色长毛。电影里有一个场景，他跑出了家门，有人想要杀死他，只是为了杀他。在现实生活中，是一只德国牧羊犬和我的狗打架，我的狗把牧羊犬杀死了。这事发生的时候我八岁。但是，一些人开始未经我们许可带我的狗出去斗。他全部都赢了。当我父母的经济状况发生变化以后，我们从这个中产阶级搬到更高的中产阶级街区去了，在那里我的狗总是逃跑，而且他开始杀纯种狗。所以，我们把他放在一块空地，因为他是一只非常强壮的狗而他有所有他所需要的空间。但是，有一次总统的妻子住到我们房子隔壁，他把其中一位保镖给咬了，因为这个保镖打他的头。所以我们把他放在车库里。有一个租了第二套公寓的女人热爱动物，她认为我们没有给狗足够的关注，她不知道这是一只什么样的狗。所以，她把狗偷走了。负责这三套公寓的家伙说，狗跑了再也没有回来了，但是几年以后，这个女人的侄子说："你知道，她偷了你的狗，把它送到一个收容狗的（地方）"她也不想想她把谁带进去了，他杀死那里所有的狗。

作者：而且，没有忠诚的感觉。那么让人心碎。总有主题是测试信仰，总是有宽恕、救赎的主题，而赎罪贯穿所有的作品。你信教吗？

吉列尔莫：我是无神论者。我一点没有受过宗教教育。我的父亲是不可知论者，而我的母亲是一个挂名天主教徒。他们没有对我。我从八岁起就是个无神论者。我写的一切都是一个无神论者的电影。

作者：宇宙里总有随机性而且一切都可能发生。在大多数时间，没有理由，没有警告，而你的整个人生可能改变。

吉列尔莫：我首先喜欢的是被周围境况挑战的人。如果他们要去一个方向而周围境况压榨你，你得多强壮才能仍然继续往同一个方向？例如，《爱情是狗娘》里奥克塔维奥这个角色，他走在把那个姑娘从他哥哥身边带走的方向上。不管他撞车还是别的一切，他仍然走，在葬礼上"跟我来"。而且，更多的不是处理赎罪和救赎，我要的是人们能够忍受。像威廉·福克纳说："美好的精神会继续下去。"你能走出深渊是多么强壮啊。但是，它一点宗教成分都没有。

作者：你的电影都是关于同步性。有随机的事件，但它们把人带到了一起。我看着它们，感觉它并不像只是随机的一盘散沙。感觉里面有一些计划，人们的信仰也被严格地测试。发生这种情况时，唯一的出路是行动。而大多数时候，积极的主角需要承担风险或做更困难的事情。你的角色脆弱的部分原因是，他们不得不几乎总是做出更艰难的选择。你不会让他们轻松过关。当你构建一个角色时，既然你没有一个计划，你只是看他们把你带去哪里还是你会根据他们的局限性思考角色应该有的最具挑战性的事情是什么？

吉列尔莫：我在这里看到两个问题。第一个是，作为一个无神论者会使你人道主义化。我没有感觉到信仰，我也一点没有感觉到上帝。我的生活里没有任何宗教的东西。我在一个很无神论的学校工作。一个没有信仰的家庭。这都没事的，直到八岁以前你能相信有圣诞老人和上帝。在此之后，它是一个幻想。对这些角色，必须是他们内心的一些东西，这些东西可以把他们从他们所在的黑洞里拉出来。第二个，我记得我被迫参加过一个研讨会，和一些写作专家一起。不是最好的那个，是没那么好的那个。然后，这个人说："你必须知道关于你的角色的一切，"然后，我说："这有什么意义呢？那么你的角色要怎样准备给你惊喜呢？"所以，我不知道角色要去哪里。我没有计划。我甚至惊讶他们是怎么出现的。例如，写到艾尔·齐沃把枪放在两兄弟中间，我对自己说："我是怎么想出这个主意呢？它从哪里来的？"我不喜欢限制我写电影的任何东西。这就是为什么我不写提纲。既然我写的是发生在我身上的事，做研究有什么意义呢？这并不是说我反对研究。我知道有些人比如彼得·摩根，他是写《女王》（*The Queen*）的，那是需要做研究。但是，我不是在写女王。我平生第一次，我正在写的东西不是原创的，但根据一个新闻报道，关于在西伯利亚的老虎。我从来没有去过俄罗斯。我从来没有去过西伯利亚，我从来没有去猎杀老虎。但是，我是一个猎人。我了解野生动物。它们不是可爱的小猫。我对动物的了解，让我足以知道它们打算进行什么反应。所以，我没有做研究的需要。

作者：一旦你完成第一稿，你会回去统一所有的主题和线索吗？第一稿变成相当忠实于要拍的东西吗？

吉列尔莫：首先，我认为剧本是文学，因为我是首先是一名小说作者。我认为重生是一个作家的责任——这表示质疑他的所有创作决定。例如，《21克》里面本尼西奥·德·托罗演的那个角色，首先他是富裕的商人。结构几乎相同。我质疑、质疑再质疑，直到我找到正确的角色。我认为这是一个关于诱惑的行当。

你要诱惑影星、制片人、投资人和副总裁。而且，诱惑他们的主要方式是通过剧本。写一个有力并且语言构架强烈的剧本，他们会被它吸引的。

## 作业

检查你的剧本或大纲里的每个"情节点"，并且确定主角在每个场景中的情绪状态。在每个常经理他们在做什么以及为什么？每一个行动让他们有什么感觉？你打算让观众有什么情感反应？给每一个主要角色确定最终的宣泄。有些人可能会发生实质性的变化，有些人可能几乎没有任何变化。但所有的主要角色必须通过接纳或反叛自己全面的情绪，对情绪进行处理。

# 第21章
## 这部电影有什么毛病?

### 重写：修改和优化你的意图和视野

你已经完成可能是非常粗糙、探索性的草稿，接下来你需要开始重写阶段的航行。不要绝望——世界上所有的编剧都面临这种总是具有挑战性，同时也让人振奋的修订过程。在娱乐行业里，最成功的编剧们也拥有不断完善和打磨他们作品的天赋、视野和毅力，一稿又一稿。这不是巧合。获得奥斯卡奖的编剧迈克尔·阿恩特写了超过一百稿的《阳光小美女》（*Little Miss Sunshine*）。写作的本质也是重写。

鉴于接下来的这个阶段可以需要数周、数月，甚至数年，所以你必须从项目一开始就投入激情。你为什么不得不写这个剧本？谁是你的目标观众并且你会（理想情况下）喜欢为他们带来什么？是什么让他们不得不去关心你的角色？在你改造和优化你的进行中的剧本时，这些问题将支撑起你的创作过程，给你提供和韧性。

**修订过程的策略。**

把你的探索性草稿放在抽屉里至少三天，任何情况下都不允许自己去看它。这将有助于你恢复一些客观性。

72小时后，去某个安静的地方温柔地读它，把纸折页、在纸边上写注释做笔记。这些注释笔记将成为通向你的第一版修订稿的路线图，在这个修订版里，你的目标应该是摆平麻烦点、收紧叙事、梳理对话并且把页数缩短到（理想情况下）不超过120页。

把这个新的（希望）有改善的草稿给几个"值得信赖的顾问"看，听听他们客观的、建设性的反馈。找一位有效的值得信任的、对你的职业很重要的顾问，你应该愿意读他们的作品，好像它们是你的作品一样。如果去寻找未经检验、还不值得信任的顾问，那么去找电影爱好者或其他你尊重的编剧。你能不能预测他们的提议是建设性还是破坏性的？在他们读你的剧本之前，问他们具体的问题：这个剧本的基本前提是否吸引你？这是不是你曾经喜欢过的一种类型片？你读这个剧本大约要花多久时间？是的，提出一个限期，这样你就不会干坐着着急，等着电话铃响。

优先处理大的提议。一旦你使用更大的脚本提议（或被称为"繁重的"），许多较小的提议将变得无关紧要。结构方面的提议总是最重大和让人却步。如果你只得到非常具体的页面标记——即使它们有不少——这是个好消息！对我来说，页面注释笔记越挑剔越好。它告诉我，读者和给建议的人真正注意到了细节。如果我主要得到的是一个整体印象——这是比较常见的，因为这样花的时间少得多——那么我就需要靠我自己或者我的注重细节的人——值得信赖的顾问。去找出那些非常具体的问题点。

如果你收到了结构性建议，你将需要重新勾勒出你的剧本。把脚本中每一个场景分开写在一张张索引卡上，然后把它们都摊在地板上或一张大桌子上，或者将它们贴在告示板上（参见谈剧本结构的第8章）。

如果结构被认为是基本完善的，那么就没有必要去回到绘图板前面了。现在，你最新的剧本草稿变成了你的大纲——所以随意在每一页纸上手工涂鸦了（是的，我建议你在打印稿上做这部分处理，这样你就拥有一个永久的记录）。有些页你会完全打"×"。有些页你会标注"注意事项"提示需要修改什么。很多时候，你会在纸上写下"OVER"，然后要实现的目标清单，那是要在你的电脑文档上写的下一个草稿中要实现的目标。我经常用数字、字母、箭头和星号，给我自己在纸上建一个路线图。它看起来像一个烂摊子，除了我没有人会搞得懂它。但是，当我键入所有这些变化，我能看出这个新的进展是否有效，是否确实是有一种方法让我疯狂。

筛选所有的注释、笔记和建议，决定哪些是有用的针对你的剧本的类型、风格和想象力的，而哪些又不是的。*你在寻找你的读者的共识*。如果有一个人撞在什么东西上面，而其他人都没有，你也许可以忽略这个特别的担忧。淘汰轻浮主观的标注和建议是必不可少的。你不可能讨好每一个人，而你总是不想最后得到的修订后的脚本是让批评你的人高兴，而付出的代价是你独到的眼光。在另一面，一些作家有一种不幸的特质，被称为"爱较劲的人"，对别人的建议充满戒备心理，喜欢争辩。当有人想帮你的时候，去反击这些建议对编剧来说太浪费时间了。在一天结束时，你要为你的工作感到自豪，坚持它的价值，所以确实要听所有建设性的批评，但你没有义务去实现所有的评价。

如果你是受雇写的，那你可能对你的老板有一个受托责任，但你永远不应该采用一个你绝对讨厌的建议，因为制片厂的主管、导演或制片人永远不会记得（或承认）他们给你的坏建议，无论什么行不通的东西他们都会责怪你。而且，无一例外，他们会认为页面上的魔法是他们的功劳，虽然他们可能有也可能没有给你启发。但是，嘿，如果你拿了钱做一名编剧，这通常就是做这个行当的代价。

保持你的幽默感和角度。永远记住，你是在重写一个剧本，不是去找治愈癌症的方法。如果你对剧本的投入非常高，那是很好的，但它从来不值得搞得神经崩溃或者破坏你的生活。有时候，最好的药物是放轻松。我听过一句伟大的话，是阿尔伯特·爱因斯坦说的："创造力的最高水平是通过游戏展开的。"所以尽量享受这个过程的这部分。如果你在改写，编辑，精简情节和压缩对话的时候感到乐趣，它可能会转换到页面上。如果它是辛劳和艰苦的，可能需要去读读那句话。熬过关键的第一次修订，然后让对自己的劳动感到。超级成功的编剧大卫·凯普认为，脚本的最大创作飞跃，是从初期探索性的草案到第一份修订稿的过程中产生的——而他写了《蜘蛛侠》。

相信这个过程，并尝试给这个下一次的全面重写提交一个新的方向。你可以一直在此之后重写……然后又重写。但是请相信你的缪斯女神，并对你的天才有信心，这样你就可以完成全面的改写。你可以从此岸到达彼岸了。

**策略解释和实施注意事项。**

我经常作为一名专业的"剧本医生"工作，这需要诊断脚本的疾病然后开出补救处方。专业人士写成的剧本里最大的问题的之一是，活泼的对话通常掩饰了故事中更大的问题。读那些让你急着要看下一页的剧本时很有趣，但是当我读到最后，我觉得不过瘾。我总是一口气把剧本读完，中间不会停下来在页面上做注释笔记；我喜欢首先得到故事的节奏和整体感觉。我第二次读的时候，我开始去寻找哪些东西漏了，哪里的剧情张力掉了或哪些情节松了。

当我重写一个脚本的时候，通常会有人提前告诉我制片人、导演或制片人认为的主要问题是什么。而我通常发现的是，他们总是对的。这部分的脚本有问题，但通常变成是*问题下的问题*。也就是说，他们已经确定了剧本里的可感知的缺点，但不是真正的原因。例如，第三幕的问题可能实际上是发生在背景故事里或是在第一幕里的问题。或者一个没有同情心的角色实际上可能是很有同情心的，但是配角让他/她失衡了。出于这些原因，我已经在下面构建了针对重写过程的入门，来解决可感知的问题与实际的问题可能是什么。

**他们说什么vs.他们是什么意思：治疗自己的脚本。**

"主角是不讨人喜欢。"翻译：他/她缺乏魅力，他/她的目标是冷淡的。

处方：给你的主角的一个关键弱点。

"这个故事太肤浅了。"翻译：挖深一些。

处方：该如何与是什么可能是清晰，但*为什么*不清楚。弄清楚主要角色的想要/需要，恐惧/渴望。

"剧本的开头太慢了，我几乎把它放下了，但在下半部分变好了。"

处方：故事启动迟了。过多的设置和笨拙的阐述。直奔正题。

"我觉得无聊。"翻译：情节缺乏戏剧性冲突和紧迫性。

处方：让主角更加绝望，反派更加强大。增加利害冲突。

"可预见的结局。"翻译：令人不满意的或不存在的中心谜题。

处方：你需要更有效地掩盖一个需要被隐藏的真相。

"我只是没有找到角色性格弧线中引人注目的地方。"翻译：主角从第一页到结尾没有充分演变。

处方：理清并重新构想设置。把角色在"平凡的世界"中的内在空虚更有效地外部化，这个内在空虚需要在电影的结尾外在化地填充。第三幕的问题几乎总是涉及到构思不周的背景故事。

"我没能看懂故事。"翻译：混淆/不合逻辑的情节发展；剧情太复杂了。

处方：简化设置，简化情节/可能减少角色数量，统一视点。

"我不知道你想说什么。"翻译：这个故事太理性而情感上没有足够的吸引力。

处方：深挖（上面每一条）；让他们思考更少，而感觉更多。如果他们歇斯底里地笑、哭或坐在自己的座位边上，他们可能不会过度分析然后到死都注意你。另一方面，好莱坞每一个制片厂的开发主管需要证明自己的工资，所以你是否会得到批评建议不是一个大不了的问题；这些批评建议有多广泛以及它们是如何散布出去的都将是一个大问题。一个好的制片人是接收批评建议的一个重要的缓冲。

心脏衰弱的人是做不了获取意见建议和修改工作的，但这是给剧本治疗中意料之中的事情，所以把药吃下去。这个职业最反讽的地方是编剧是艺术家——这需要很大的敏感性。然而，维持一个编剧的职业生涯，你需要一张厚脸皮（或假装有一张，然后回家对着你的爱人——或者在你的心理医生的办公室——哭吧）。拒绝和批评可以粉碎你也可以激励你。选择是你的。原谅我又要老生常谈了，但对我来说，笑仍是最好的药。

## 专访：编剧/导演

### 杰夫·内桑森（Jeff Nathanson）

#### 杰夫·内桑森大全

**代表作：**

《黑衣人III》（*Men in Black III*）（2012）

《高楼大劫案》（*Tower Heist*）（2011）

《夺宝奇兵之水晶骷髅国》（*Indiana Jones and the Kingdom of the Crystal Skull*）（故事）（2008年）

《尖峰时刻3》（*Rush Hour 3*）（2007）

《最后一导》（兼导演）（2004）

《幸福终点站》（*The Terminal*）（2004）

《猫鼠游戏》（*Catch Me If You Can*）（2002）

《尖峰时刻2》（*Rush Hour 2*）（2001）

《生死时速2：海上控制》（*Speed 2: Cruise Control*）（1997）

**作者**：我想从《猫鼠游戏》（*Catch Me If You Can*）的起源开始。你做大纲吗？你有一套流程，或者是针对那个项目的吗，因为你在写一个真人？

**杰夫**：这一个本子有点不同，因为我有弗兰克·阿巴奈尔的录音带，他过去经常去全国各地讲他的疯狂的青春。我不很了解它。我看过一本书，我认为是70年代写的。我到梦工厂然后说："这是不是你们这帮人有兴趣做的东西？"我认为，他们不是那么激动吧，因为它这是非常松散的。当然，想象一个孩子，他假装自己是飞行员、医生、律师，是很有趣的，但是这部电影是什么？我没法继续下去，所以我去找源头，我找去弗兰克。我飞到达拉斯，和他在一起坐了几天，只是跟他谈谈他的生活。而且，很早的时候，他就开始谈论他的童年，这些东西没有出现在任何录音和那本书里。他开始谈论他的父亲、哥哥、家庭的活力。我开始意识到，这里有一部电影，是关于这个父亲和这个孩子之间的关系，他出去到外面的世界并试图纠正他的家庭的错。于是，我花了几年时间写那部电影，但它仍然不是一部电影，它仍然是不够充分。书里面有一小部分是关于追踪他的联邦调查局探员，我意识到这完全是第二个父亲的角色，能够成为故事的核心部分。所以，我创造了（剧中名为卡尔·汉雷蒂）汤姆·汉克斯的这个角色。而且，一旦这事发生以后，那个脚本真正成了一部电影，而一旦它成为一部电影，一切都发生得很快。

作者：卡尔·汉雷蒂是多个人的综合体还是根据一个人创作的？

杰夫：有个名叫乔·沙耶的人是真正追踪他的人。但是，乔·沙耶不想接受采访，所以我只好创建了一个我觉得可能是观众的角色。它做了主要的事情，因为他成为了第二个父亲，是它让我有一条清晰的主题线，让人们把它看作一个完整的电影，这是以前很多人不能做到的。

作者：圣诞主题的东西是他在现实生活中谈起过的，还是你加进去的？他们怎么会一直在圣诞节前夕联系的想法。

杰夫：它只是发生了。这是其中那种事情之一，当我意识到："噢，这是第二次他们圣诞节前后说了。"然后，我转念一想："那么，为什么不让它贯穿下去呢？"当我意识到它成为有关这个孩子寻找家庭，似乎为了用这个圣诞节主题很合适。这部电影是在圣诞节当天上映的，我想，这件事是个意外。

作者：有趣的是，卡尔·汉雷蒂也正和他的家人疏远，你是怎么给出这个背景故事的。他经历过离婚。他和他的妻子和女儿分开了。我猜她们是在芝加哥。有一个精彩场景是，汉克斯说："哦，我知道你为什么给我打电话，你也没有别的其他人可以说了。"但是，他也是一样的。

杰夫：你可以看出来，他们真的早就只有对方了。你知道，很多时候写剧本是运气。这是好运气，所以我写出来了。当然，我花了超过两年的时间去真正地破解这个剧本。如果我把它扔进抽屉里，去做别的事情，或者在那个时候更成功，人们想请我去做别的事情，我大概就再也不会把它弄出来了。那部电影就不会制作出来。我只是很幸运我能坚持下来。

作者：这是给有抱负的编剧听的一个精彩见解。在加州大学洛杉矶分校，我的学生有十个星期的时间去写一个剧本。在南加州大学，他们的学期制有14周。但是，他们都感到沮丧，如果在第三周他们没有破解的话。但是，我说："这需要时间。你一定要找到它。"

杰夫：有些电影你确实比这更早就发现了，但即使是那些你早就发现的肯定是还没有完成的。我敢肯定有人这样对我说过——剧本从来不会完成。他们真的从来没有完成。你必须接受脚本的流动的生命。

作者：我觉得所有的脚本都是创作实验。你真的不知道它们是否会被拍出来或者行得通。这里面包含了很多信心。在我看来，《猫鼠游戏》本来有可能是另一个版本的电影，里面只是插科打诨和松散的内容。而且，我之所以这么欣赏这部电影，是因为你创造了的情感的庄重性。快到结尾的时候那个出色的场景，我认为它是影片的高潮，他坐飞机跑去他母亲在长岛的家，他发现她再婚了。他站在外面朝里看。你会看到，他想要的全部只是成为家庭的一部分。

杰夫：我已经写了很多更接近弗兰克真实生活真相的结尾。我甚至不想谈论它，但他的家庭的有些事情我其实写得实在非常，非常沉重。当我意识到我可以把这些放在电影里，我作为一个编剧我太激动了，我想："哦，我的天啊，这个家伙真的发生了这种事情，关于他的家庭他发现这一点。"我想肯定这将是电影的结尾。由于史蒂芬·斯皮尔伯格的功劳，他知道本来应该更多。电影不能抓住特定的情感真相。故事必须是它自己。你必须让故事完整。所以，我继续写这些结局，他不停地递回给我，说："不，不。"我们来来回回很多次，试图找出电影实际的结尾。他真的让我忠于我的开始，这一点上我欠他很多。

作者：所以，在他去给联邦调查局工作结束——它是"一段美好友谊的开始"。

杰夫：没错。基本上，我认为意识到他打算现在去拥有这个另一个家庭，而卡尔打算出现在他的生活里，这是正确的结尾。这意味着，他会好起来的，他不打算跑了。有时候，作为一个编剧，你用一种方式看事情，而导演用另一种方式看事情。在这种情况下，我很高兴导演是史蒂芬·斯皮尔伯格，他之前已经做到了这一点。我觉得他是正确的。

作者：现在当你在写一个原创剧本时，你有一个规划过程吗？你写大纲吗？你用卡片吗？你会用什么样的构建或规划结构，还是你就是开始动笔写呢？

杰夫：我不是做太多大纲的人。即使我在学校写剧本的时候，我也真的不是做大纲的人。然后，我得到的第一份工作，我必须写了很多的大纲——几乎八个月的大纲。当我弄完的时候，我发誓再也不会写提纲了。当我坐下来写的时候，我就是不能感到兴奋。我认为，在过去的20年里，我也许只写了一个或两个项目提纲，只有那么大或者复杂，没有别的选择。但是，如果我有那么多的信息，我觉得这对我是限制，让我感到乏味。我真想坐下来就有新鲜感，完全不知道电影要怎么走下去。危险是你会在很多次左转弯的时候熄火，你会撞进很多的死胡同，但是当你在那天发现有些新的东西以令人兴奋的方式在推动剧本向前，这就是让我第二天继续写东西的动力。这有点像高尔夫球，当你打一个好球——不管你球技有多差——如果在一个回合里有一个好球，你会想再玩一局。对我来说这就是编剧——它只是寻找那些一天中让你感到兴奋的时刻。

作者：你给角色写注释提要之类的笔记吗？你会从许多注释提要开始吗？你怎么知道你已经做好准备坐下来开始写了？

杰夫：我没有做任何注释提要之类的笔记。我喜欢我的脑袋里有一个或两个我知道会很棒的场景。很多时候，问题只是我怎么选择一个项目。如果有一两个场景是我可以完整设想的，那我知道它们不错，它们出现在哪个剧本里倒不重要——如果我有那些场景，我总是能够坐下来开始，因为知道我向什么地方去。

作者：是《猫鼠游戏》里的那个场景，当他的父母告诉他，他必须选择他想和父母中哪一位一起生活？然后，他开始跑。

杰夫：这是绝对是一个，里面有一些从第一幕就向着它去写的东西。我知道将会有那一刻。《猫鼠游戏》里有很多这种场景，所以它比有些剧本更容易，有三或四个场景，我觉得："呵呵，写这个将会很有趣。"这小子混上了飞机，他以前从来没有坐过飞机，假装是一个飞行员。我知道这场戏将会很有趣。所以，有一些东西内置到这个场景里面，我只是很兴奋，并能够足够放松下来开始。但是，我不做卡片，我不做人物摘要，我不把东西挂在墙上。我不做那种事情。

作者：从你的其他的一些电影里，你有什么例子使另外一些场景成为火花，让你围绕它搭建剧本？例如，《高楼大劫案》（*Tower Heist*）或《黑衣人》（*Men in Black*），我知道大卫·凯普也做了？

杰夫：在《高楼大劫案》里，我立刻想到一个时刻，埃迪·墨菲看着这些家伙，并告诉他们必须去商场里然后偷点东西。而且，为了证明他们实际上可能是窃贼，他们每个人必须偷价值50美元的东西。于是，我立即想到这帮生活中从没偷过任何东西的家伙跑到有"维多利亚的秘密"[86]的商场去入店行窃。一旦我想到了那个场景，我觉得我理解了一种构建整个事情的方式，因为这就够了。

作者：这表明他们是新手，他们将要进入一个更大、更具有挑战性的舞台。此刻埃迪·墨菲和其他一些演员已经加入了吗？所以你写的时候头脑中

---

[86] 维多利亚的秘密（Victoria's Secret），女性性感内衣品牌。译注。

有他们的形象了吗？

杰夫：不，我想本·斯蒂勒当时在开发它。那是在一次他参加的会议上，他说："那埃迪怎么样？"所以，从这一点开始，我们不知道我们是否能让他加入，但我们确实认为这是一个很好的想法，因为没有人比埃迪做这行的时间更长了。我也自编自导了一部电影，叫做《最后一导》（*The Last Shot*），里面有一个场景，那个联邦调查局的人正在给钱给一个编剧买他的剧本拍电影，他以为他真的是在拍电影，但实际上拍电影是联邦调查局的卧底行动。当我听到这个，我有了那个场景，我知道我能够做那部电影。

作者：我想把话题转到剧本的修改。当你得到了任务重写一个脚本，你知道至少有一个别的编剧写过它了。你发现里面有普遍性的缺点吗？当你阅读需要加工的脚本时，有没有什么跳到你脑海里？

杰夫：就我读过的剧本和我自己的剧本以及我看过的电影来看，几乎总是一样的，你真的是不必成为编剧或者专业编剧，任何人都可以在星期六的晚上去电影院看电影，之后走出去到停车场，并且说："这部片子还不错，但它这里有点奇怪或者我真的不明白为什么那家伙会那么做。"或者："真的有点牵强，而结局太可怕了。"我想大家都有一个内置的测量仪，我们看电影的时候它在运行。我想，当我的工作是加工的时候，我确实看出一些略有不同的地方。但是，我的第一直觉只是当成一名观众。看一部电影，并且试着想明白了："我喜欢这样吗？有什么问题吗？"几乎所有问题的根源在第一幕。如果它的设置部正确，如果角色没有立起来，如果基础不在那，如果概念不清晰——如果其中的任何一个在第一幕熄火了，就没有办法完成一个电影剧本并让它奏效。而且，你一定不要写出一部第三幕是那样的剧本。大多数时候，他们会给我送一个剧本，然后说结尾有问题。但是，我会叫他们回来然后说："你的问题在第3页。"这种事发生了很多次。或者，他们会说："我们有一个第二幕需要很多工作。"然后我会说："实际上是第一幕和第二幕没有任何关系，所以第二幕没有办法行得通。所以，我们将不得不重新创造一个第一幕，让它平滑进入第二幕。"一般来说，是第一幕坏了，而这导致了人们写一个完整的剧本想行得通，它能行得通，但一般不会有什么效果。

作者：您谈到了《猫鼠游戏》里的主题贯穿线。你开始原创或改写时，主题对你有多重要？在这个过程中有什么是你比较早想到的？

杰夫：是的，我认为你必须。我觉得你不能让它指导编剧或者改写。我认为，如果你只是在说一个直接改写，那么他们已经决定了很多次了那部电影是什么。所以，我不能对他们说："嘿，我改变了你的电影的整个重点，所以现在，这将是这个，这个，还有这个。"很多时候，你回到了第一幕，然后你把事情摊开，让影片的主题在第二幕清晰，然后实际上在第三幕得到结果并且让它有意义。但是，一般说来，很多人会有一个场景，他们有很多人在一个房间里，他们会觉得这就是电影。有时有别的方式去做。至于我自己，我觉得当我改写自己的剧本，我总是非常、非常小心地确保该主题是存在而且体现了，但不是往人的脑袋里强行灌输。我写的电影不都是主题沉重的影片。有时候它们是，有时候它们不是。

作者：在视觉化主题方面，说到主题，有一个例子跳到我脑袋里的例子是在《猫鼠游戏》里，他撕掉瓶子上的标签——你拿起一个有品牌的东西，然后你让它失去特征。你可以去掉一个标签。视觉化地表现手法能够告发角色。你在写的时候，你寻找这样的东西？或者是在后面更导演化的讨论的时候做这件事？

杰夫：我觉得是可以放在剧本里的东西，但在所有数以百万计的你必须为剧本操心的事情中，我会把它放在所有事情后面来开始想象，因为导演要么打算改它要么打算换它。因为当你开始把事情那样来视觉化，马上他们蜘蛛侠的感觉就上来了，他们想："等等，这家伙想为我导这部片子吗？"这真的取决于你和导演的关系。当然，如果你导演你自己的剧本，那这件事情重要。对我来说，写作过程不是尝试去想象摄像机将会在哪里。去尝试想象他们将要看到什么。在《猫鼠游戏》里，撕瓶子是莱昂纳多·迪卡普里奥的想法。有一次他走到史蒂芬那里，说："如果不管我走到哪里，我都把瓶子（的标签）撕掉，会怎么样？"这就是一个演员真正融入了角色后给他带来的东西，史蒂芬和我都没有看出来。而且，这是后来加到脚本里的一个精彩的东西。

作者：它对电影也有帮助，因为后来它制造了一个小的剧情点，汉雷蒂出现在在婚礼上，然后他看到了香槟酒瓶没有标签，所以他知道他在这里。当你梳理它，这种东西是很有趣的。你做修改的时候，可能有一个相对常见的事情是，它是反高潮的或者高潮并没有太多的热量或能量。我想和学生们说的一件事情是，思考高潮的方法之一是，高潮就是真相。你正在构建的一些观众不知道的东西。因为一旦他们知道一切，电影就结束了。观众不知道的东西是产生更多悬念的东西，因为那时你有期待。你同意吗？作为一个结构性的概念，对于编剧新手，它可以变得很自觉，但它是我追求的东西，有一个核心问题或中心谜题。有些东西你藏起来了，就像最后的王牌，留到电影的后面出牌。你在写原创或者改写的时候，你会自觉地思考这些吗？

杰夫：是的。我说我写大纲，但我对结局应该像什么肯定有一个基本的想法。我并不需要知道它是什么,但我需要知道什么样的感觉——在它的基本结构里。而且,在我的脑海里,总有一个房间是留给一个叫惊喜的元素。不仅是为了观众,而且是为了身为编剧的我。我该怎么做去得到让我这个编剧感到吃惊,值得别的人开车过来看的东西呢?当我说大多数的电影在第一幕碎掉了,这是真的,但大多数电影死掉,是因为它们的结局没有效果。而且,在我的生活中我经历了至少十几次的事情是,有一个电影制片人说:"过来吧,看看我的片子,告诉我如何解决我的结局。"我看了电影,然后说:"这里有一些想法,你可以让它有效果。"有时候这是一个全新的结尾,有时它是一个新的场景,有时是一条线,有时它是一个编辑。但是,总有一些事情你可以做。这是一部电影最重要的一件事情。这就是制片厂最担心的事情。这是他们把所有的钱投下去的地方。这是整个事情。我已经看过很多不好的电影有一个精彩的结局。你走出到了停车场,你说:"你知道,这是相当不错的。"而且,你甚至不记得这部电影在任何层面都行不通,因为结局是那么好。所以,这是一个大问题,这是你在编剧过程中必须要知道的事,你在电影制作过程中必须要知道这一点。

作者:在电影营销方面,因为电影现在是面向全球化制作,你听到了很多人谈论四个象限㊲——它需要吸引各年龄组。你也听到说,创意应该用一个句子表达。在那个句子里常常有一个词"但是",让它包含冲突。当你在做剧本修改时,你觉得电影,尤其是现在,需要相当简单地表达以便让人理解吗?

杰夫:首先,我所做的一切是关于修改。我的整个生活是关于修改。我从早上写到晚上的是在修改。我的一天中很少向前运动。所以,我每天总是在倒退。比方说,我在写我的剧本的第35页,我会开始我的一天,也许我会看那35页,然后从前一天晚上的地方开始编辑。我会再回去重写那35页,然后得到36或37页的一个场景。我把它打印出来,然后再次做同样的事情。因此,真的也许总是前进半步后退四十步。我认为,如果你害怕重写和修改剧本,你不会成为一个编剧。你要能够不断地返回并编辑。而且,如果你不能做到这一点,那么你就在向前看。而且,如果你总是向前年看,那你就丢分了。我说过,如果第一幕行不通,剧本的整体结构和严密性将会解体。如果我有一个为期10周的工作,我可能会花7周时间在第一幕,因为它是非常重要的。给人看的前25页非常重要,因为它们能够成就或者打破某个人要做这部电影的梦想。

作者:嗯,前25页基本上设置了这部电影是关于什么的。

---

㊲ 四象限电影(four-quadrant movie),是指吸引全部四个主要的人口统计学"象限"的电影观众的影片。四个象限的划分是男性和女性,25岁以上和25岁以下。译注。

杰夫：我不认为可以用这种方式看它。我认为你一定要这样看它——这就是你得到的全部。就是这样。你必须这么看它：如果你给人120页的剧本，而他们只打算读25页。而且，这对我和第一次做编剧的人都是如此。所以真的，你差不多是创作一部30页长的微电影，里面有让极好的原创人物和原创场景，这些东西会抓住人并且彻底改变他们以为他们会读到什么的看法。而且，给他们再往前走的欲望。如果你没有这样做，他们不会前进。对这种事你能做的事情很少。不会让你说："嘿，如果你看到第80页，它就会好了。"这是行不通的，没有人会看到第80页，如果他们还没有翻过第30页。对你另一个问题的回答是，我尽量不去太多地想电影营销。这是一道光滑的斜坡。很显然，我在制片厂体系里工作。我知道这些人雇我工作的电影将在3000块屏幕上放映，我也知道他们会希望那些人去看这些电影。所以，我意识到这一点，但我尽量真实地不去想它。不去想太多。

作者：你有没有收到一个需要修改的脚本，你已经读完了但你仍然不知道这部电影是关于什么的？

杰夫：总是如此。

作者：是不是它说了太多的事情，你必须选一个？

杰夫：总是如此。

作者：因为这是一个常见的问题，我试着让我的学生尽早注意这个问题，我说："我不知道你的电影是说什么，而且我不认为你知道它在说什么。"你觉得你必须很早就做出这些决定吗：这是与它有关的，这是与它无关的？我没有跑题吧？

杰夫：我们用最清晰的方式来说它吧。电影有好的创意和坏的创意。大多数人坐下来开始写一部创意不好的电影。十个人里面有九个会坐下来花掉他们生命中的两个月，而如果他们问过哪怕五个人："这是一个好的电影创意吗？"他们都会说不是。这是人，这是我们的本性。这就是我们做的。我做过——每一个曾经写过一部电影的人都做过。究其原因是想出一个好的电影创意太难了。人们没了耐心。他们感到兴奋或者他们在学校的班上或者他们是夜晚的一个酒保，然后他们在想："我一定要把这件事做成。"所以他们开始写。甚至在他们开始之前，他们已经开枪打坏了自己的脚。

有一件人们能做的最重要的事情，就是要有足够的耐心去想出一个好的电影创意，而别人会说："我认为这是一部电影的好主意。"如果你不打算有耐心，那么你总是要会和海啸对抗，因为没有什么能救你。

真的，无处可逃。别人总是给我送剧本，别人总是给你送剧本，很多方面它很盛行，我真是觉得这是年轻编剧的急切心情。但是，如果你能有那种耐心，我想你会得到回报。因为当你终于坐下来，写一个对电影来说足够好的剧本，那容易得多。

作者：找到个人化的东西，以便从情感上和一个不是源于你自己的创意的剧本连接，这对你有多重要？

杰夫：我的生活中确实有一段时间，我没有对任何事情说"不"。我那时年轻，想工作。现在，我确实对我感觉不知道怎么做的东西说"不"。它里面必须要有些东西，我知道我早上起床兴奋得想去做它。因此，回答最后一个问题，我一直等待直到我听到了一个好创意或者读一个好创意或者想出一个好创意。那么，这是值得做的事情。去写一个坏的创意，好多这样的创意已经被人写了，我已经做过了，做那种事不是那么好玩。

作者：最后，我想和你谈谈对话的写作。我认为这是很难教人如何做的事情。我为这是一种自然的礼物。对于编写有效的对话，你有什么建议吗？

杰夫：没有人能教别人怎么写对话。你当然可以告诉人们多听，走出去，不要说话，多留神。不过，我觉得教别人写好对话的最好办法是，如果他们写对话的时候遇到了麻烦，他们很可能其实是写场景遇到了麻烦。他们的对话是没有纳入实际的场景。很多时候，有人可以写出相当不错的对话，但由于他们的场景永远不会有一个开头、中间或结束，甚至一个点留给对话——没有关系。你开始厌恶他们的对话，让你愤怒的是这些人物还在说话。他们没有真正进到那个点。它们没有真正把故事推动向前发展。或者，因为有人有一个对话的好点子，所以他们就在那里说话。所以，很多时候，与其说是对话是个问题，其实是没有理解剧本的场景应该看起来像什么和感觉是什么。如果你能理解那个场景，你可能就能够设计适合那个场景的对话。

作者：我同时觉得，这是从来没有做过或者做过许多次或者导演过的人之间的差异。从纸上到屏幕上，从纸上到准备拍摄，甚至在排演，你从中学到你认为你需要以及也许并不真正需要写在纸上的东西。是否有你已经注意到的事情呢？

杰夫：有大量的要学的东西。你必须有一种勇气成为一个编剧。你必须有一种本能。你将不能教任何人写一个剧本，你必须有一个诀窍。但是，这样做了20年之后，我确实认为你会学到许多关于编辑是多么容易以及你必须多么恶毒地对待自己和你自己的材料。你必须愿意深入进入然后去砍它或者重新开始。有许多天，我只是打印出前30页，然后其中的一半被丢到垃圾桶里去了，因为它们缠着我——它们行不通。我知道它们可能更好或者我喜欢的对话丢到垃圾桶里去了，因为它只是和故事没有太多关系。所以，在你工作的时候，你必须真的有一双作为编辑作为观众的眼睛。你必须能够从材料中分离出来，然后作为编剧，作为一个读者，作为完全的另一个人去查看自己的东西，然后拍拍你自己的肩头说："嘿，让我们来谈谈这个。"

作者：你有值得信赖的顾问吗？读你的草稿的任何朋友或者你只是把它放在一边至少数天，然后你是那个人吗？

杰夫：大部分时间我就是那个人。有些人喜欢给他们的脚本给20个人去看。我从来不是那种人。不过这些年在我的生活中基本上有两个人是我靠得住的人。他们在制片厂之前首先拿到剧本。而且，其中一个是我的妻子，她是一个很好的观众，是会说实话的。不管你把剧本交给谁，关键是你必须确保他们会说实话。寻找一个或两个诚实的人，他们会真正告诉你他们的真实想法。这就是你所需要的。你不需要十个人。你其实只需要一个。

## 作业

找一段不被打断的时间——至少有六个小时——坐下来，关闭互联网和手机——然后开始改写。Mac系统有一个非常宝贵应用程序名叫"Freedom"，它能在你规定的时间里禁用你所有的社交网络功能。如果你不能避免分心和电子产品的诱惑，这个应用程序是为你定制的。现在，忙着应对那些你赞同的机敏评价并且考虑那些一致的评价吧。当然，你可以捍卫你的脚本保持现状，从而避免工作，但是在你含含糊糊中花掉的时间里，你可以完成许多新的、可能好得多的版本的剧本。所以，记住耐克的不朽名言：*Just do it*。